血证 XUEZHENG

APGTIME 时代出版
时代出版传媒股份有限公司
安徽文艺出版社

作者简介

李幼谦，重庆人，安徽省芜湖市作家协会名誉主席。发表过两百多万字的文学作品，著有长篇小说《抗婚》《倾城红颜》《间岛铁骑》《卧底中将》《救赎，在迷雾中》《钓鱼城的乱世佳人》等，散文集《踏歌而行》《独步天下》《君子如茶》《叶落花开总关情》《一个老饕的美食笔记》等，与李擎天合著民间故事集《丫山传奇》。

安徽省作协第三届长篇小说精品创作工程重点扶持作品

血证

XUEZHENG

李幼谦◎著

时代出版传媒股份有限公司
安 徽 文 艺 出 版 社

图书在版编目（CIP）数据

血证/李幼谦著. —合肥：安徽文艺出版社，2018.10
ISBN 978-7-5396-6358-6

Ⅰ. ①血… Ⅱ. ①李… Ⅲ. ①长篇小说—中国—当代
Ⅳ. ①I247.5

中国版本图书馆CIP数据核字(2018)第108461号

出 版 人：朱寒冬
责任编辑：周　康　　　　装帧设计：褚　琦

出版发行：时代出版传媒股份有限公司　www.press-mart.com
　　　　　安徽文艺出版社　www.awpub.com
地　　址：合肥市翡翠路1118号　邮政编码：230071
营 销 部：(0551)63533889
印　　制：安徽联众印刷有限公司　(0551)65661327

开本：700×1000　1/16　印张：19.25　字数：320千字
版次：2018年10月第1版　2018年10月第1次印刷
定价：49.00元

目 录

第一章　长江里捞人

1938年2月初就立春了，然而，过了雨水节气，长江南岸依然春寒料峭。江面上水流湍急，风紧浪高；江水下暗流涌动，波谲云诡。

堤上残雪一片片的，如长满白癜风的巨人背脊。百草尽折，没有一点绿意。往年开春之后，这个中等码头就进入了繁忙期，现在却看不到熙熙攘攘的人流，如过江之鲫的货船也消失了踪影。码头已被日本人占领了，除了码头搬运工分不出颜色的破衣，再就是日本军人土黄色的军装。到处灰蒙蒙的，只有插在所有船上的膏药旗耀武扬威，刺目的红块如血团一般触目惊心。

长江如风烛残年的老人黄皮寡瘦，江水离岸很远，从岸边到趸船要搭三块跳板。趸船下面水流湍急，漩涡激涌，脚下的跳板颤颤巍巍，甲板上日本兵的刺刀闪着幽光。抬着沉重木箱的码头工人如履薄冰，无不两腿打闪。

"妈拉巴子，抬你龟儿子死尸……"江龙抬着货物，稳稳当当地走在跳板上，冲着船上的日军点头哈腰，嘴里却骂骂咧咧。

话没说完，见前杠脚没踩稳，身子飘忽，赶紧一手把住杠上绳子，一手捏住小家伙的肩膀，如大钳子一样稳住了他。

下了船舱，放下货物，小黄毛脚踝就被踢了，跟着响起急促的骂声："你他妈掉江里了，老鬼才救得上你——"

一束阳光射进舷窗，像师傅的眼光，暖暖的，小黄毛转过头去，突然低声问："江水里怎么有只大桶啊？"

"没听说上游被炸了吗？妈的，不知又有多少人遭殃了……"江龙堆好货，扭头望去，一个圆圆长长的东西，随着波浪沉沉浮浮，越来越清晰，他轻轻叫了一声，"稀罕！一桶葡萄酒！"

“葡萄酒？甜吗？”

听到徒弟吞唾沫的声音，江龙心一酸，扒下棉袄就往徒弟手中揣。小黄毛刚打了个寒战，就见江龙从舷窗钻了出去。

传来扑通的落水声，两个鬼子叽里呱啦地跑过来，边跑边拉枪栓。

小黄毛套上师傅的棉袄，双手捂住脸，哇哇大哭：“我师傅掉江里了——”

“该死，支那猪——”见是一个搬运工失足落水，鬼子扭过身去，哈哈大笑着走开了。

刚跳进江水，江龙如同掉进油锅里的虾子，全身如针刺，脑袋麻木了，四肢僵硬了，他赶紧划动，向酒桶靠拢，带起的波浪却将酒桶冲走，到离轮船更远的地方了。

老子不信抓不住你！他干脆埋下头，一个闷子朝酒桶方向扎过去，再从水里钻出来的时候，已经抱住了圆圆的酒桶。他喘口气，猛抬头，吓了一跳：见鬼了！酒桶另一端冒出一颗脑袋，双目紧闭，面孔惨白，湿漉漉的黄毛覆盖了半张脸。

鬼呀——江龙的心脏缩起，猛地推开酒桶，双腿并拢，像鱼尾巴一摆，扭身想游回船去。

“救……我……”酒桶那边，传来微弱的呼救声。

活人？管他丑不丑，不能见死不救啊！江龙快速折返，划到酒桶跟前。

呼救的人睁开眼睛，是灰灰的蓝色，金发散乱，眼皮低垂，嘴唇乌紫，定是在江水中泡了许久，一只手死死抱着酒桶，另一只手扣住酒桶上的铁环。他见有人来，吃力地露出脑袋，用生硬的汉语说：“我……我要……上船……”

“屁船！你他妈上去，日本人还不把你‘突突’了？”江龙冲洋人吼道。

听说是日本人的船，洋人丧失了求生的欲望，松开双手，脑袋又戳进水里了。

咦，你还想跑？江中捞人，老子还从没脱过手！江龙一手勾住那人脖子，一手勾住酒桶铁环，借着浮力，两条腿使劲一蹬，顺着江水往下游划去。

迎面漂浮来许多东西：船板、木箱、盆子、死牲口、尸体……一定是上游民船被炸了，这洋人，说不定就是从船上掉下来的！

江龙控制好酒桶与方向，看准右边的乱石滩，趁着一个浪花涌来，用力一推，先把洋鬼子送到岸边。江浪像是不甘心，哗地一下反扑过来，劈头盖脸，打得江龙睁不开眼睛，人与酒桶都被冲跑了。

好可惜！他想去捞酒桶，可是，刚刚上岸的洋人又被卷进水中。还是人命金贵呀，只能顾一头了，江龙一把捞住洋人，拖起，拉扯着爬上乱石滩。

早上只喝了点稀饭，江龙此时又冷又饿，刚刚站起，就听洋人咕噜着爬过来，抱住江龙的腿："我的，酒桶……"

"见鬼了！"他往江中指去，洋人看到酒桶还在水中漂浮，两眼放光，像蜥蜴一般扭动着身子，跟着扑进水里。

江龙站起来破口大骂："你他妈找死啊！喝酒重要，还是命重要？"

"酒桶……是……我的……命啊！"洋人在水中挣扎，探出脑袋，声嘶力竭地喊。

这个鬼东西，老子偏不让你死！江龙犟脾气上来，再次跳入刺骨的水中，把他拖上岸来了。

洋人像是快要渴死的鱼，大嘴一张一合："先生，帮……帮我……捞……捞酒桶……"

看架势，若是不帮他捞回酒桶，这鬼东西还要往江里跳。救上来的人再死去，老子不是晦气吗？

江龙吐了一口江水，骂着娘，第三次扑进水中。终于，他提着酒桶上岸了。可是，乱石滩上鬼影子也没有，指望要几个酒钱也落空了，难道他又跳进江里了？

为了驱寒，他跑着跳着，叫着找着，没找到洋鬼子，却喊来了徒弟。小家伙一边把干衣服给师傅，一边笑眯了眼睛，围着酒桶转，寻思怎么把它打开。

江龙刚换好衣服，见徒弟用一块石头尖撬桶盖，顺手就扇了他一巴掌，说："这是西洋人的，不能动！说不定他以为没有捞上来，又扑到水里去了呢。"他讲了那洋人的模样，让小家伙在这里守着，自己先回去干活。

小黄毛的脑袋摇得跟拨浪鼓似的，说不行。日本人的大官要来码头检查，工头要大家都赶紧回去，少一个也不行。

"你他妈怎么不早说？"

江龙拔腿就要跑，又被徒弟拉住，说这桶酒不能便宜了别人，如果被人搬走了，洋人把这东西看得比命还重要，要找来没法交代。讲得有道理，江龙见边上有个坑，用脚蹬着酒桶，推进坑里，搬几块石头盖住。小黄毛不放心，又扯了些柴草堆在上面，两人才往码头跑。

工头的脖子伸得像长颈鹿，眼巴巴地望着江岸下游。他知道江龙水性好，让黄毛赶快沿江岸去找，还特许他带上个大饭团。工头见两人来了，刚松一口气，就发现不对劲，江龙的脚步虚浮，跑得摇摇摆摆，跑着跑着，一头栽倒在地下。

江龙身强力壮，是把干活的好手，从来不生病，这是怎么了？工头跑到他身边蹲下去，摸了一下他的额头，失声叫道："哎呀，好烫啊！"

这一声叫喊，把所有人都惊动了。日军驻湖城的最高司令官是九岗中佐，尽管没听懂中国话，但看工头的模样，也猜出个八九不离十。南京离此地不远，死了那么多人，开春之后，必定要引发瘟疫，莫非这家伙已经患病了？他快速后退几步，眼神阴郁得像头狼，用戴着白手套的右手捂住鼻子，厌恶地看着躺在地上的江龙，厉声对翻译官刘福喜说："赶快，找个地方，烧掉他！"

"是，太君！"刘福喜吓了一跳，不假思索地应了一声，接着又小心翼翼地说，"不如，把他扔到江里去就行了……"

"瘟疫！会传染的！"九岗中佐又退了一步，额头上青筋直冒，"都喝着长江水，下游，南京、上海，还有大部队，他是，不能扔长江的！只能烧掉，快快处置！"

"是，这就去办。"刘福喜点头哈腰，满口答应。

两人说的是日语，码头人听不懂，连工头都以为日本人发善心，要送病人去医院。于是把仓库的板车给了小黄毛，帮着把江龙搬到车上，嘱咐他快去快回。

师傅病了，得赶紧找医生！小黄毛拉着板车尽力往前跑。

烧人？还烧一个患了瘟疫的人，真他妈倒八辈子的血霉！刘福喜骑着自行车远远跟着，到岔路口才把小黄毛喝住，说要往江边走。

"江边是医院的后门，好高的坡，板车进不去！"小黄毛说。

"进医院？想得美！"刘福喜下了车，拍拍车后架上的小铁桶，"我带的是什么？汽油！到江边烧人去！"

"烧？烧我师傅？"小黄毛的腿都吓软了，身体直打哆嗦，"他，犯了什么罪？"

"什么罪？瘟疫罪！发高烧拉肚子的都是瘟疫病，只要被日本人发现，一个村、一条街的人都要被烧死！"刘福喜让他赶紧把板车拉到江边去。

拐弯过去就是江滩，坑坑洼洼满地石头，小黄毛身体单薄拉不动，也根本不想往江边拉，放下车把，跪倒在地："军爷，求求你了！我师傅没病，他只是掉进江里，着凉了——"

"没病会掉江里？"刘福喜将黑洞洞的枪口对准小黄毛。

该死的酒桶！小黄毛为了救师傅，说话像放机关枪一样，忙不迭地告诉他，师傅看到江上漂着一桶葡萄酒，才跳到江里去捞的，还捞上来一个西洋鬼子。

听说是葡萄酒，还是大桶装的，刘福喜的喉咙都痒了，就问他酒在哪里。小黄毛再三央求，说只要放过他师傅，就把那一大桶酒给他。

刘福喜假意点头，见小子放下板车往乱石滩跑了，心想，这边事儿自己干吧。于是他取下汽油桶，打算往江龙身上浇，没到近前，就听到沉重的喘气声，见板车上的人满脸通红，吓得倒退几步。看样子真是瘟疫！万一被传染上，被烧的就是自己了。不如先去看看那小子找到酒桶没有。

弋矶山在长江边上，山头有座教会医院，坡下乱石横立，杂草丛生，刘福喜不见酒桶的影子，只有那小黄毛在一个土坑面前发呆，问他酒桶呢，小黄毛说自己也在到处找呢，并指着土坑说："你看，坑里还有酒桶印呢。"

果然，坑边有石头，坑里泥土是潮湿的，有清晰的铁箍印子。刘福喜气急败坏，对着他拳打脚踢，要他把酒桶交出来。师傅的性命跟酒桶相连，小黄毛赌咒发誓没说假话，然后指着山上说："山上是洋鬼子办的教会医院，说不定，那家伙就是送酒到这里来的，一定带着酒桶上山去了。"

听他把洋人的模样讲得有鼻子有眼的，看来不假，眼看到手的鸭子还能飞了吗？刘福喜丢下火柴给小黄毛，吩咐他回去烧人，自己沿着小路匆匆忙忙跑上山去了。

小黄毛回到板车旁，看到江龙还是昏迷不醒，哭着又是拉又是拽，终于把他弄到放酒桶的那个坑里，扯来柴草，将他盖了个严严实实。

翻译官下来怎么交代呢？正巧，一个白花花的东西被冲上岸来，居然是一只死山羊，他赶紧把死山羊拖上来，浇上汽油，点上火，风大火猛，很快，死山羊被烧得变了形。然后，他跑上山去，躲在弋矶山的树林里，偷偷察看下面的动静。

洋人醒来了，望着四周，雪白的房间、雪白的被褥，还有围在身边穿着白大褂的人，在用英语讨论他的病情。他怀疑自己在做梦，难道我回国了？

一个老人俯身向着他，亲切地说："詹姆斯先生，很幸运，从证件上认识了您——美国摄影记者。不幸的是，您的肺部感染了，必须在医院接受治疗。"

詹姆斯一边咳嗽，一边道谢，表示自己一定配合治疗。

"先生，我叫乔子琴，是您的病床医生。"

会诊的医生走过之后，站在后面的一个年轻女医生走上前，声音也像她的目光一样柔美，一边写病历，一边问他从哪里来。

"南京……南京……"詹姆斯伸出右手，捂上眼睛，痛苦地说，"哦，一个，地狱一样的，地方！上帝呀！怎么有，那么多，魔鬼？"

乔子琴打了个寒战，把詹姆斯的右手放进被子里，轻声安慰他道："先生，放心吧，您现在已经安全了……"

"安全？我、怎么、到、这来的？"詹姆斯打量了一眼陌生的病房。

"医院的护工到后山填埋垃圾，发现您昏迷不醒，就背上来了。"乔子琴轻声道。

"哦，这样！"詹姆斯想起来了，在冰寒彻骨的江水中，自己被一个中国人所救，而酒桶却漂走了，"乔医生，有没有，看到一只……酒桶？"

乔子琴见他痛苦和焦急的模样，只有安慰他，说去问那两个护工。

詹姆斯哪里躺得住，掀开被子从病床上下来了，还没站稳，就冷汗涔涔地倒在地上，把扎在他手上的输液针管连同输液架子一起扯倒了。

听到响声，乔子琴返回病房，想搀扶他，却又扶不动。她没见过这样固执的病人，只得告诉他病情很重，身体很差，已经叫人去找护工了。

"不，不，我要，找酒桶，比什么，都重要！"詹姆斯一手扯掉针管，顾不得手上涌出鲜血，推开医生，"酒桶，我的，酒桶，不能失去……"

两个壮硕的杂工走过来，争先恐后地说出救他的经过，赌咒发誓，没看见什么酒桶，也没看见别的人。

詹姆斯挣扎着，还是要往外面走："不可能，一定，有的！我叫，那个男人，帮我捞的，他水性，极好，一定，能捞到……"

乔子琴只有让两个护工背他下山。

小黄毛躲在树丛里，想看看能不能骗过翻译官。他等半天没等到刘福喜，却发现山上下来三个人，当中有人背着个洋人，放到江滩上。洋人看着空旷的江滩燃着一堆火，发出难闻的焦臭，其他只有乱石，趴在地上边哭边喊："酒桶——在哪里……"

小黄毛忍不住跑下来，对他嚷嚷："喂，大鼻子，是不是我师傅救的你？"

他认识救我的人？知道酒桶吗？詹姆斯连连点头道："是的，中国男人……把我，救起来，他去，捞酒桶……"

"我师父救了你，他人在这里。"小黄毛跑到坑边，扒开柴草，露出江龙，哇哇大哭，"我师傅要死了，就是救你，才变成这样的——"

詹姆斯挣扎着站起，踉踉跄跄地走过去一看，正是救自己的人！他顿时咧开大嘴大喊起来："救他——回去——"

背下去一个，背回来两个，不用詹姆斯说，乔子琴也不会见死不救。

看见师傅惨白的脸上恢复了血色，急促的呼吸也变得平稳了，一直跟着转的小黄毛跪下来，给乔子琴磕了三个响头，说："谢谢医生！谢谢医生！"

乔子琴指着詹姆斯说："应该谢他，再晚一点，你师傅就没救了。"

詹姆斯咳声不断，却也向乔子琴鞠躬："乔医生，谢谢您！找到他，我才能，找到，我的酒桶……"

"酒桶，酒桶，就知道你的酒桶！那破酒桶，比我师傅的命还金贵吗？"小黄毛冲着他嚷嚷。

他们非常幸运，和那个日军翻译官错过了。

刘福喜是南京人，跟着这支日军部队来到湖城，对这地方并不熟悉，顺着小山坡走上去，穿过一片小树林，果然看到一个院落，里面有西式洋房，门上画着个大大的红色十字。

有门，洋人和他的酒一定在里面。他冲进去，看见很奇怪的现象，医院里的洋人不少，站着走着的大多是外国医生，床上躺着的却是中国病人，只有少量的医务工作者是中国人。

他挨着问医生护士，今天有没有收治落水的外国人，大家都摇头。

刘福喜哪里知道，自己跟詹姆斯错过了交会的时间。他到病房查找的时候，詹姆斯正在下山。当詹姆斯带着江龙他们回到病房时，刘福喜又到医生办公室去查问了，来来去去都没有碰面。

这小子玩我呢，老子一枪把他崩了。他骂骂咧咧地回到江滩，远远就闻到骨肉烧焦的臭味。河滩上的烈焰中，露出几根尚未烧化的骨头，他赶紧捂住鼻子往后退，暗骂晦气，找到自行车，颠颠簸簸地往回骑。

那小家伙要回去，一定顺着江边走近路，他也往那边走。江湾停着一条渔船，渔夫坐在船头，问他要不要才打上来的长江大鲤鱼。

刘福喜一头恼火，正想骂他，一看，船上赫然放着一只酒桶，渔夫正拿它当板凳坐着。妈的，这真是踏破铁鞋无觅处，得来全不费工夫啊！他怕船跑了，便假意答应买鱼，跳上船去一看，木桶上面是弯弯绕绕的英文，掏出手枪大声一喊："你他妈的小偷，这东西从哪里弄来的？

渔夫吓坏了，连连喊老总，说是到岸上捡柴烧饭，发现了这个桶，就想把它带回家装水……

"这是老子的东西，快点背下去！"刘福喜晃了晃手枪说。

渔夫哪敢怠慢，赶紧按这人的指示，一直把酒桶扛到码头上。刘福喜听说中佐已经走了，又让渔夫扛到司令部大门前。

刘福喜接过酒桶，没有预期的重量，心里咯噔一下像被掏空了，暗想大事不好，但门岗都望着他，也只有硬着头皮搬进办公室。

中佐大喜过望，令他找来工具打开。似乎里面装的是响尾蛇，他战战兢兢，却不敢不从。打开酒桶，没有葡萄酒，没有响尾蛇，却有一个扎得紧紧的油布包。中佐喜悦的面部绷紧了，像被蛇咬了一口似的叫了一声，吩咐排地雷的工兵来，把油布包拿到空旷的后院去打开。

油布包左一层右一层，油布里面是一张毛毯，毛毯里面还裹着一层油纸，油纸里包裹着一筒胶卷、一个日记本，还有一个扁扁的盒子。

"情报！一定是情报！"九岗中佐厉声道，逼视着刘福喜，"你，过来看看！"

刘福喜浑身冒汗，走过去，翻开那赭色封面的小本子，全是密密麻麻的英文，又写得很潦草，根本认不清楚。胶卷没有冲洗，曝光了就会报废，他像捏到了一个烫手山芋似的赶紧放下。最后那个盒子他搞不清是什么东西。

"蠢猪，摄影胶带都不知道？"

骂了一顿，九岗中佐这才问他这些东西怎么来的。他战战兢兢把经过说了，最后汇报道，捞酒桶的人就是那个被烧死的码头工。酒桶的主人是个西洋人,上岸的地方是美国人开办的教会医院,据推测,那应该是个美国人。但是,他到医院里上上下下都搜索了,没有找到……

"一定要找到!我敢肯定,他是从南京逃出来的!"九岗中佐一脸狰狞,恨不得把那床草绿色的毛毯捏出水来,"这些东西,说不定跟南京战事有关……"

刘福喜的肠子悔成十八截:我怎么带个虱子往头上放啊?他小心翼翼地建议,把日记本的文字翻译出来,才能知道什么内容吧。中佐扬起下巴,让他赶紧翻译。他苦着脸拿起日记本,翻看一阵说,连笔字太潦草,他不认识,问司令军中有没有英文好的人。

九岗中佐说,只有报务员小野懂得英文,可他因重要任务到南京去了,一时回不来,而这个东西马上要处理,最后指令他:"找信得过的人翻译!"

"太君,自治会会长李宇怎么样?"刘福喜想起来了。

李宇?组建伪政权的时候,中佐就考察过他,这个曾经留学英国与日本的商人,皖南有田地,湖城有工厂,家大业大,德高望重,日语、英文都不在话下。

他当即命令日本军曹去叫李宇过来,再让刘福喜找人把胶卷冲洗出来,把摄影胶带冲洗出来。

可是,电影院老板不愿意放电影给日本人看,对外宣布说机器设备坏了。刘福喜不信,说这么久也应该修好了。老板盯着刘福喜手中的小盒子说:"即使设备修理好型号也不对,16 毫米摄影机只有美国人有,想看片子,就是到南京也未必能找得到放映机。"

湖城是个小城市,只有两家照相馆,其中一家逃难去了,刘福喜一脚踹开另一家照相馆的门,把胶卷往桌上一拍:"乔老板,马上给我把这些照片洗出来!"

"这胶卷质量不错,是美国货啊。"乔老板接过来,应酬道,"哪来的?"

"真他妈倒霉,今天在江中搞到个酒桶,一滴酒也没有,却是这些玩意,也不知拍的是他妈什么东西!"

啊?这胶卷不简单,有什么门道?乔立人想留点时间细看,遂说:"真是不巧,我这里的显影液用完了,伙计到南京买去了。"

"你小子,成心给我耍花招吧?"

见对方翻脸不认人,乔立人耐着性子解释:"这是银盐胶片,要显示出图像,用的药液叫显影液。是用什么东西做的?卤化银。就是银子做的,当然金贵。我们这小城市哪能买到?也没钱买一大堆放着啊。"

“别啰唆!”刘福喜敲着桌子发飙,“啥时搞好?”

乔立人想了想说:“后天下午吧,这可是最快的时间!”

“不行,明天!别误了皇军的大事!”刘福喜悻悻地走了。

第二章　照相馆取证

江龙醒来,看见一个漂亮的女医生在旁边,他赶紧爬起来,手脚都不知道往哪里放,吞吞吐吐地问是怎么回事。

听小黄毛讲了事情经过,乔医生又复述了一遍,最后告诉他:“日本人说你患了瘟疫,让你徒弟拖你到江滩烧掉。詹姆斯去江边找酒桶,把你找到了。”

“詹……”江龙想起什么,结结巴巴地说,“酒桶?”

乔子琴拿出听诊器,在江龙后背听着,又背着房间其他的病人,悄悄说:“就是你捞起来的美国记者。”

“啊,他,拿到酒桶了?”

乔子琴摇摇头:“酒桶真那么重要? 你舍命帮他捞,他没命地要去找。你们男人,怎么那么喜欢喝酒?”

“他人呢?”医生刚刚听完,江龙从床上下来,赤脚就往外走。

“哎呀,小心,你病得也不轻——”乔子琴让他穿上鞋,把他带到顶搂最后一个小房间,进屋就对病床上的人说,“救你的江龙来了。”

雪白的床上躺着个外国人,黄头发,蓝眼睛,大鼻子,正是江龙救上来的詹姆斯。一见是救自己的人,詹姆斯马上惊喜地坐起来,大喊:“江! 哦,真是,一条龙,谢谢你,快过来——”

江龙走过去,轻轻喊了一声:“詹先生——”

詹姆斯欠身问:“江,酒桶,在哪里? 你徒弟,说,你捞,上来了……”

“藏江边坑里了,没搬回来?”

“没有,找了,什么都,没有……”詹姆斯一边说话,一边不停地咳嗽,脸涨得通红。

“他妈的，哪个搬走了！”江龙失望地说，“里面没有酒啊！”

“比酒，更贵重，”詹姆斯抹下手腕上的金表，递给他，“江，酒桶，给我，我用，金表换……”

“什么狗屁酒桶？老子没拿！”江龙大动肝火，鼓起眼睛，毫不客气地指着对方，“你……你把我当什么人了？”

两人声音太大，乔子琴把门关上，轻声说：“江水都进不了，酒桶一定密封得很好，打开也不容易。都别着急，慢慢查访好吗？”

“江，刚才……我太，着急，抱歉！等我好了，自己，找，上帝保佑……”詹姆斯这才躺下，在胸前画着十字。

“我、我也去找，把酒桶找回来，好还老子清白！”江龙愤愤地往外走。

乔医生提醒他，不能回码头了。

江龙指着詹姆斯，气得眼睛都鼓起来了：“就你这洋鬼子害人，害得老子饭碗丢了，还成了个活死人——”

乔子琴正要说什么，护士来喊她，说有个病人来找她看病。

医院里洋大夫更有本事哩，干吗找我？她嘀咕着走进办公室。

一个男人坐在她的位子上，穿着藏青长毛呢大衣，戴着黑色礼帽。一见那身影，她就有一种爱恨交加的感觉，正考虑要不要进去，男人听到脚步声抬起头，50 多岁的人像孩子一样龇牙咧嘴，疼得要命的模样，左手捏着右手的大拇指，说：“小琴，我受伤了！”

面对中国劳工、外国记者都落落大方的女医生，脸唰地一下红了，手足无措，结结巴巴地说：“李……李会长，你、你怎么了？”

一个大夫进来拿病历，会长冲着乔医生说：“这丫头，明明见我手受伤了，还问！这不是来找你看病了吗？”

那大夫走了，乔子琴跟着出去，拿来药水和纱布。一看，伤得不轻，右手大拇指削掉了蚕豆瓣那么大一块肉。她赶紧为他包扎，却仍然冷着脸，问：“怎么会把大拇指削了？”

“我这是削指明志！”他背对着大门，把一个赭色的日记本塞进她的手里，“我的皮虽说是黄的，可我的心是红的……”

她匆匆翻着日记本，眼睛盯着门口，神色大变，问：“李叔叔，这……这从哪来的？”

“日本人的……”李宇反问道,“你说,要不要给他们翻译?”

“不能,千万不能! 这是南京大屠杀的罪证!”乔子琴愤怒地说。

李会长做了个手势,要她冷静点,自己压低了声音,匆匆忙忙地说,“那个日军翻译官告诉我,有人从江里捞到个酒桶,还有个洋人。他们获得了酒桶,发现里面有胶卷、16 毫米的电影胶片,还有,就是这英文日记本……”

“您是说,这些东西装在酒桶里?”

听她对自己称“您”了,李会长肉体的痛苦减轻了几分,点点头,说:“春寒料峭时,若是洋人江边被救,恐怕只有一个去处,就是你们这里。”

难道,这个日记本就是酒桶里装的东西? 乔子琴试探着问:“李叔叔,能不能把这日记本给我?”

“不行,掉了本子,我就会掉脑袋。”李宇摇了摇头。

“那你来干吗?”

见乔子琴又变了脸色,李宇掏出一个胶卷递过去:“这是我翻拍的日记,洗出来,不就有一份内容了吗?”

“哦,谢谢李叔叔!”乔子琴鄙夷的神情立即变了,嘴角上扬,轻轻一笑,又深深地对他鞠了一躬。

她走进病房,只有詹姆斯一人了,轻声问他:“酒桶里,是不是藏着日记本、胶卷,还有摄影带?”

“你,找到了?”詹姆斯大喜过望,情急间拉住她的手。

乔子琴摆脱掉那只毛乎乎的手,摇摇头:“只是有了线索。你能告诉我,里面藏着什么密秘密吗?”

詹姆斯迟疑了一下,皱着眉头,还是说了实话:“那些,都是,日本人,南京大屠杀,血腥,罪证!”

“啊,总算,找到一样了!”乔子琴把那卷胶卷塞在他手上。

“不是的!”詹姆斯摊开手掌,盯着手心的东西,头摇得跟拨浪鼓似的,“我那是,美国柯达,你这是,日本,樱花。”

“这是翻拍日记本的内容。”

“为什么,不把,日记本,给我? 应该……物归原主的!”詹姆斯愤怒地低吼。

乔子琴垂下眼睑,看着地面说:“对不起,詹姆斯先生,日记本不能给你,因为它,牵涉到我未婚夫全家性命……我未来的……公公,是湖城自治会会长……日本人要他翻译日记。他削掉手指也不干,只能拍照片……”

“东西,到日本人,手里了?”詹姆斯痛苦地擂着床板,“上帝啊！我要,送到,美国,大使馆……向全世界,公布,他们的……”

想不出安慰他的话,乔子琴低垂着脑袋,绞着双手,仿佛自己犯了过错。突然听到匆匆的脚步声,她脸色瞬间变得苍白,从他手里夺过胶卷,放进自己口袋,说:“你不想要？我来保存吧！”

“不,不,不……”

一个护士惊慌地跑来通知,日本人到医院来搜查了,院长要詹姆斯藏到手术室去。

詹姆斯来不及说话了,乔子琴让护士把他带走,自己再去找江龙,如此这般给他交代了一番。

听说酒桶里有重要的东西,现在却落到日本人手里了,江龙并不为自己被洗白而欣慰。听说现在日本人要来找詹姆斯,他急得双脚跳。但他毕竟是跑过大码头的,医生让他装成清洁工,他马上又平静下来:“放心,骗鬼子我行。”

看着詹姆斯进去了,乔医生进去了,江龙刚到手术室走廊上,一队日军就来了。

领头的翻译官和鬼子司令他都没有见过,不知他们可见过自己。就是这些家伙要烧死自己的,江龙恨不得把手里的扫把变成武器,最好是青龙偃月刀,一刀一颗人头。

可是,关羽的家伙比不过鬼子的枪炮。在码头上,自己昏死的时候,他们是不是记得住我的模样啊？江龙的心头像打鼓一样,但转念一想:我要装个熊样子,反而让他们起疑心。他埋下头,把帽子往下拉拉,口罩往上拉拉,挥舞着大扫把,将走廊的灰尘往外扫。

“你他妈没长眼睛啊?”刘福喜用巴掌捂着鼻子、嘴巴叫喊,“没看见太君来了吗?”

他停住扫把,大着胆子迎上去:“找医生看病到门诊去,这里是开刀的地方。”

“他妈的——”刘福喜踢了江龙一脚,“乌鸦嘴,老子好端端的生什么病?”

中佐告诉刘福喜,这里是美国人的教会医院,不要太放肆。他这才收敛了几分，问江龙有没有看到一个外国人来治病？

江龙连连点头，说经常有外国人来看病的。

“老子问今天！”刘福喜打断了江龙的话。

“今天没有！”江龙摇头。

“要是查到，老子先收拾你！”刘福喜横了江龙一眼，又对九岗中佐说，“只有手术室没看过了。”

虽然听不懂他们的话，但也猜出来他们的意思。这汉奸狗腿子是不是来过一次了？莫非就是他把酒桶搞走的？江龙赶紧伸开双臂，拦住他：“进去干吗？难道想挨刀？”

日本人不明白什么意思，但刘福喜知道，这是一句十分恶毒的骂人话，他掏出手枪，指着江龙的胸口说：“你他妈敢骂老子？看我一枪毙了你！”

“吵什么？”伴着一句严厉的呵斥，手术室门打开了，乔子琴探出身子，满脸怒容，“里面正在做手术，请不要喧哗！”

刘福喜打量着这个俏丽的身影，语气缓和了一点，说：“我们搜查一个外国人，不要妨碍我们执行公务！”

“病人正在做手术，为了你们的健康，请赶快离开这里。”乔子琴的语气依然强硬。

“说不定，你的病人就是我们要找的人呢？”刘福喜推开乔子琴，领头闯了进去，九岗中佐和几个日本兵也相继进入。

手术室里开着暖气，灯光雪亮。手术台上的病人蒙着蓝色被单，中间露出一个洞，洞周围都是血。边上站着好几个人，都是白衣白帽白口罩，有的拿着剪刀，有的拿着手术刀，有的拿着钳子，手术器械亮闪闪的、血淋淋的。

这些站着的人有蓝眼睛的，也有黑眼睛的，一个个瞪着眼睛，目光里竟有几分杀气，手术室里的气氛因此有些怪异和恐怖。

手术台上躺的是洋人吗？刘福喜转过去，看见露出一个披散着头发的脑袋，明显是个女人。他愣住了，往后退了一步。

九岗中佐哼了一声，他只得硬着头皮上前，问做什么手术？跟在后面的乔子琴说：“结核病引起的肺穿孔，正在进行肺部切除，你们想参观？”

“啊？传染病！”刘福喜一听，脸色大变，连连后退，赶紧转身解释。九岗中佐听说后脸色也变了，捂着鼻子和嘴巴，第一个冲出手术室，其他鬼子也慌慌张张地往外走。

尽管进手术室之前,医生已经给詹姆斯用了吗啡,他还是因为强力忍着咳嗽,憋得太久,胸闷气短,鬼子一走,一阵惊天动地的咳嗽,让他几乎昏倒。几个医生赶紧对他进行抢救,送回病房,日本人已经走了大半天了。

乔立人没说假话,因为战争,去冬没进货,照相馆的显影液所剩无几了,眼看维持不了几天。当天早上,他就让伙计冯冬去南京购买。

冯冬为人谨慎,不敢一车子坐到南京,在江宁下了车。

这里是南京的西大门,还不是市区,却满目疮痍,一片废墟,房屋不是被烧得只剩下框架,就是被炸得只有断壁残垣。大街边有凝固的血痕,小巷里有倒卧的尸体,昔日繁华的街道,现在甩一颗手榴弹也炸不到人。

他只得硬着头皮去找朋友庄佳万,两人是在上海做学徒时认识的。

小庄也开了家照相馆,幸亏房子还是完整的,但是招牌上有弹痕,门也关着。他绕到后门敲了一阵,庄佳万开了门,一把拉他进去,神色慌乱地问他怎么来了。

“不是说南京已经恢复正常了吗?”

庄佳万给他倒了杯茶,摇摇头说了十六个字:“屠城暴行,惨不忍睹;劫后南京,满目凄惶!”

冯冬哆哆嗦嗦,连茶杯也端不住了,颤抖着说:“人们的传言……都……都是真的啊……”

“哪里是传言?是千真万确血的事实啊!”庄佳万说,“他妈的日本鬼子简直就不是人,那是破天荒的残暴啊:杀人、掠夺、强奸……我们这里还不是主城区,却连淘米洗菜的水里都有血,煮出来的饭都有腥味……”

冯冬听得胆战心惊,又问一句:“还没恢复?”

庄佳万说:“怎么恢复得了?大屠杀后,南京被系统地抢劫和焚烧过了。城内外遗尸遍地、瓦砾满城、臭气熏天、疫疠丛生,患病的人无处治疗……”

说了半天,听说冯冬要买显影液,庄佳万劝他别进城,把自己还存有的显影液给了他。冯冬千恩万谢,赶车回到湖城,已经下午3点多了。

日本人占领湖城后,便下令将时钟拨快了一个小时,与东京时间相同,称为“新钟”。也就是说,下午4点钟就是他们规定的5点钟了。日本人还再强行规定,每天下午 5 点到第二天上午 7 点为宵禁时间。冯冬幸好赶在全城戒严之前回到店里。

如果要回家也来得及,可是一进门,就看见柜台上老板留下的条子:“冯冬,日军司令部要的照片很急,回来后,哪怕是半夜三更也要辛苦一下,尽快洗出来。”

他不敢怠慢,关上店门,房间里立即变昏暗。他点了一盏红灯,紧张地把胶卷冲洗好,再把底片挂起等待晾干。工作时不能分神,他尽力不去想庄佳万说的那些恐怖事。看来,今晚回不去了。他想起自己刚过门的新娘,心头涌上几丝甜蜜。

底片出来他也没看,等待晾干平直后,印出来还来得及看的。

早上起得早,在江宁又受了惊吓,精神不振,但冯冬还是硬撑着干活。戒严后是不能点灯的,他先把黑布窗帘拉上,再打开白炽灯,室内顿时明亮了。

他用放大机调整好焦距,把相纸放在放大机下,曝光之后,再把它们放到显影液里,等待着图像慢慢显现。然后他提起精神,注视着盆里的照片,看效果如何。

“啊——”他睁眼看去,喊叫出声,又赶紧用手捂住嘴巴。

没看错吧?浮在最上面的图片清晰地显示出来:一个光脊背的男人跪着,脑袋悬在肩膀的侧面,两股鲜血喷向空中足有一尺多高,边上还站着凶狠的日本军人,手里的屠刀滴着鲜血……

怎么会是这样的照片?他四处张望,想逃出屋子。可是照片已经显影好了,必须及时定影。他只有闭着眼睛,用两根手指头轻轻夹起照片,像是夹着火红的铁片,迅速放入清水中洗一下,再放到定影液中。

给日本人干活可马虎不得,必须知道每张照片是不是清晰,不看不行呢。

下面的图片更惨不忍睹:一个女人的头颅掉在地上,怒目圆瞪,大张着嘴,似乎在痛苦地呐喊;一个婴儿被日本士兵挑在刺刀上,刺刀从腹部穿过,孩子似乎还在挣扎;一个土坑里,男男女女挣扎着想爬起来,但是边上的日本人却用铁锹铲着土块,纷纷往他们身上抛洒……

尽管都是黑白照片,但仿佛每张都在滴血。如果照片里是自己的家人,如果是自己的妻子,如果是自己的孩子,我将怎样面对?冯冬看不下去了,他想跑,却跑不动;他不敢看,却非看不可;他想放弃,可又没完成工作……

他全身战栗，双腿发软，心脏像是要从胸膛里蹦出来似的。

可恶的日本鬼子，他们屠杀了中国人，还要用这些照片来炫耀他们的成就吗？冯冬狠狠地骂着，真想用一把火烧了它们，可是不能连累老板，不能连累家人……

照片定影还需要30分钟，可等待的时间比30年还漫长，冯冬的头脑里不自觉地想起庄佳万的诉说，眼前飞舞着血淋淋的人头、断肢、残尸……耳边响起一声声惨叫，还有日本军人刺耳的笑声……

不敢再看了，最后，他把每张照片都翻过来，开了自来水，将手上的药水洗净，像个木头人一样，机械地夹起照片挂在绳子上。做完这一切，冯冬已经虚脱，满脸汗水，脊背发凉，双腿发软，瘫倒在地上。

突然，街上传来咔嚓咔嚓的脚步声，是日本兵皮靴的声音！还不止一个人，是一队人，是冲这里来的吗？是来杀我的吗？老婆还在家里等着我呀！冯冬一骨碌从地上爬起来，关掉电灯，拉开房门，拔腿就跑……

他像着了魔一样，从正街往家赶去。他吓坏了，忘了这是宵禁时间，是禁止百姓上街的。

一队荷枪实弹的日本兵正在巡夜，听到匆匆的脚步声，追赶过去，向奔跑的冯冬后呼喝，让他站住。冯冬扭头一看，更像是见了鬼，不但没停，反而怪叫一声，跑得更快。

“八格！”日本兵大骂，朝天放了两枪。见冯冬仍然没有停下来的意思，一个日本兵砰地朝他后心开了一枪。

夜半枪声，湖城百姓谁不惊魂？

“师傅……好了吗？”

当小黄毛出现在病房，江龙又惊又喜地下床迎去：“看你，泥人一样，码头人欺负你了？”

“不能回码头了！工头说，日本人要抓我，要我有多远滚多远。”小黄毛咧嘴一笑，又用手背拭着眼角的泪水，从怀里掏出两个包子递给江龙，“没人送饭，师傅，你一定饿了。”

包子早已冻硬，还带着淡淡的肉香。可是，江龙却板着脸孔问：“哪来的？”

“我……我……”小黄毛双目闪烁，扭过头去。

“偷的吧?”江龙一巴掌把包子打落在地,厉声道,“没骨气的东西!”

小黄毛舔了一下嘴唇,偷偷咽了一口口水,眼珠子跟着包子转,眼睛蒙上了一层雾霾:“师傅,我,我也没吃的了……”

一阵头昏,江龙坐回床边,轻声说:“不能忍两天吗?医生说,明天不发烧,就能出院了。”

“师傅,我听你的,再也不偷东西了……”小黄毛一边哭着,一边去捡地上的包子,“你是病人,不能饿着呀!”

乔子琴早就来了,看在眼里,痛在心里,想了一阵,才走过来告诉他们,教会医院对穷人免费,还提供食宿。小黄毛今晚可以作为詹姆斯的陪床,暂时在这里住一夜,明天自己下了大夜班,就带他到父亲的照相馆去,看能不能找点事做……

师徒二人说不出来的感谢,小黄毛要磕头,被乔医生拦住了。江龙见他还抓着包子,气愤地要他甩掉。小黄毛一边抹眼泪一边说,包子虽然是偷的,但是挨了一顿打,还给老板搬了半天柴火。

“算了,算了,这也算是劳动挣来的了。”乔子琴听得想流泪,告诉他,师傅吃过饭了,冷包子吃了要生病,楼上的病房有暖气,烤热了吃。

多好的医生啊,像仙女一样美丽,像天使一样善良。江龙鼻子酸酸的,充满感激地说:“谢谢乔医生,你真是个好人!你忙,我带他去。”

詹姆斯已经发展成肺炎,依旧躺在床上输液,见两人进来,碎碎念叨:“我的,日记本……我的,胶卷……我的,摄影胶带……”

江龙把两个包子放在暖气片上,一会儿就发出了香味,小黄毛吃得狼吞虎咽,一边问他说的什么。

“我说,酒桶里的,东西……”詹姆斯说。

“酒桶里就这些东西?”小黄毛莫名其妙。

“是的。”他翻过身,垂头丧气地说,“都是,日本人,在南京,杀你们,证据,我能,带到,大使馆,国际法庭……可惜,落到,日本人,手里了……”

詹姆斯一边咳嗽,一边两个字、三个字地说了一通。江龙明白了,小黄毛半懂不懂的,但是他记住了,那些东西很重要,能让中国少死些人,能让师傅不再背黑锅,能让大鼻子外国人高兴,能让仙女一样的乔医生笑一笑……

“日本人那里?”小黄毛叫起来了,“他们司令部,在过去的县长家,我去……

过……”

见师傅望着他，他把“偷”字咽到肚子里去了。

他是个孤儿，就是靠偷窃扒拿才长大的。一天在码头上偷排队上船人的钱包被抓住了，眼看就要被打死，江龙上前说他是自己弟弟，这才把他救下来。江龙要他保证以后再也不偷了，仗着自己身大力不亏，带着他在码头混饭吃。

天刚蒙蒙亮，乔立人就到照相馆来了。发现店门未锁，他不禁一愣：怎么回事？冯冬昨晚住店里的？早起上厕所也应该关门啊。

进门看不见有什么异常。暗室门开着，他眼睛一瞟，放心了，斜拉着的一条绳子上整整齐齐地挂着数十张相片，一律的正面朝里。这说明，冯冬已经回来了，还加班洗好了照片。

他把照片都取下来，拿到前面屋子，打算一张张剪裁。他把照片翻过来，放到切片板上时怔住了，眼前的图像竟是如此恐怖！

黑白相片上，日军屠弑的暴行尽显：血迹未干的尖刀、日本人狰狞的笑、屠刀下赤裸的女尸、无头的孩童，还有一堆堆的残躯断臂……乔立人头皮发麻，如坠冰窟，额头上直冒冷汗。

“这些畜生，简直猪狗不如啊……”乔立人攥着拳头，重重地捶在台案上。

颓坐片刻后，他看着铁盒中的胶卷若有所思，喃喃自语：“不行，我不能就这样把胶卷交出去，要洗一份出来留作罪证！”

乔立人关了店门，把照片收起来，装进牛皮纸袋里，找出一张油纸包好。随后进入暗室，在屋角的地上一阵抠摸。沙沙……灰尘顿时扬起，再一用力，一块青砖被抠起来了。他将照片藏进地砖下面，用砖头盖好，用脚踩平，然后抓两把泥土，将砖缝填上，这才开始重新洗照片。

突然，店外人声嘈杂，有人在喊他。

出什么事了？乔立人立刻停下手中的活计，关上暗室门，走了出来。

店堂大门已被拍得啪啪作响，从门缝里往外瞅，外面人头攒动，他打开门问叫他干什么，看到街坊邻居惊恐的脸，有人带着哭腔告诉他：“乔老板，你家伙计死了！”

“什么？”乔立人以为听错了，顿时头脑嗡嗡作响，一片空白。昨天晚上，冯冬已经把显影液买回来了，照片也洗好了，怎么可能死呢？

“在……在哪?”

大伙往前面一指:“在东正街鞋店门前。”

乔立人扒开人群,跑了过去。鞋店开着门,但铺板没下,一具尸体扑躺在街中,背上血迹已经发黑,身下的一大摊血也凝固了。尸体侧着脸,是冯冬那憨厚的面孔,眼睛瞪得像要突出眼眶,他死不瞑目啊!

“冯冬啊,昨天你不是还好好的吗?”如同千斤大石压在他胸口,脑袋里有什么东西爆裂了、碎断了,乔立人踉跄上前,扑倒在尸体上号啕大哭。

鞋店老板悄悄出来,四周望望,小心翼翼地对乔立人说:“昨晚半夜,听见日本兵一路乱叫,追过来开了枪……吓得一夜都睡不着啊……”

众人义愤填膺,有人说要去找自治会会长,有人说应该通知死者家人。几个街坊帮忙,卸下门板,搁在两条长凳上,把冯冬的尸体抬进照相馆,放在门板上。好端端的照相馆,顷刻变成了停尸房。

乔立人哭个不停,街坊邻居们也跟着唉声叹气。

“让开,让开——”正在这时,人群外一个公鸭嗓子叫了起来。人群散开一个口子,刘福喜拨开众人,大摇大摆地走进照相馆。

看见屋子中间停着一具尸体,刘福喜吐了两口口水,转身对着乔立人嚷嚷道:“乔老板,你他妈的还有时间哭丧?照片洗好了没有?”

乔立人悲伤地说:“工人都让日本人打死了,谁来洗照片?”

“别给我说没用的!”刘福喜把枪往桌子上一拍,“这可是皇军要的东西,死了人也得把它洗出来!”

围观的人愤怒了,纷纷破口大骂,刘福喜掏出腰间的匣子枪,对准人群,小眼睛一眨一眨的,威胁着要开枪。乔立人敢怒不敢言,只得答应,下午洗好了送去。

“好,我们可说好了,到时候见不到东西,可别怪我翻脸不认人!”刘福喜悻悻地走了。

乔立人没办法,只好托人雇了车,把冯冬的尸体运到冯家,让他们先张罗丧事,自己先把日本人的活干完才能去。冲洗照片时,他的耳边似乎回响着冯家一屋老小呼天抢地的哭声。他看着那些惨无人道的照片,眼中流泪,心底流血,手中却不敢有半点马虎。

第三章　宝塔上就义

小黄毛梳洗得干干净净，穿着乔子琴向病人家属要来的衣服，还戴了一顶酱色的鸭舌帽，换了个人似的，忘掉了所有的不幸，以为新生活就要开始了，一路欢跳出了医院门。

他自小被家人遗弃街头，要饭长大，单单为了吃的，就遭了不少打骂，若不是江龙收留，早饿死了。

“乔医生，酒桶里到底是啥东西？”小黄毛边走边好奇地问。詹姆斯昨天说的话，他已经很在意了。

乔子琴紧张地看了看四周，见没有人，这才郑重地提醒小黄毛，进城后千万不要多说话，问都别多问。他吐了下舌头，再也不吭声。

来到父亲照相馆那条街，发现比往日更冷清，半上午了店门还关着，乔子琴很意外。拍了好一阵子门，父亲才打开半边门让女儿进来，见她身后还跟着个少年，还以为女儿知道冯冬死了，带个人来给自己做伴的呢。

乔子琴听父亲一说，眼泪马上叭叭直掉，因为冯冬忠厚、勤快、善良，才娶了媳妇，如今死得不明不白……乔子琴心痛得厉害。

“唉！怎么偏偏这时候来？”乔立人安慰着女儿，不愿在她面前提起照片的事，太残酷，太恐怖，也不想连累她。他让她把孩子带走，过一阵子再说……

小黄毛没听父女两人说话，自觉地拿起扫帚开始扫地。初来乍到，一定要勤快点，这也是昨夜江龙嘱咐他的。小黄毛扫了一阵后，见旁边还有一道门，就推门进去了。

门推开，漆黑一片。小黄毛有些奇怪，怎么这里没窗户、没灯呢？

正跟女儿说话的乔立人听到吱呀一声响，暗房的门开了，大吃一惊，大喝道:“你这孩子,想干吗?”

“我……我……”小黄毛吓得手足无措,跟着就被拽出了房门。

“爸,孩子勤快点好啊,让他打扫吧。”乔子琴看父亲紧张地关上那门,大惑不解。这暗房平时并不乏外人走动,她有时还过来给父亲帮忙,此时如临大敌干什么?

父亲的阻拦反而让她起了疑心,她一把推开门,拉开了门边的灯开关,一脚踏了进去。暗红的光线下,冯冬所看到的一切赫然呈现,她由惊讶变成惶恐,再由惶恐变成了愤怒……

即使她听了詹姆斯诉说的南京大屠杀,不敢相信也不愿相信有那么残酷的事实,真正见到这些照片后,她无法用任何词语来形容自己的悲痛!听父亲讲了照片的来历,瞬间,她把李宇的胶卷与这些恐怖的照片联系到一起,看来,这都是詹姆斯酒桶里的东西啊。

日本人迫不及待地想了解胶卷内容,正义之人千方百计地想保留罪证。如果把这些照片交给日本人,他们定然会在第一时间毁掉它们。她把这两天教会医院发生的事情讲给父亲听了,说自己要拿走这套照片保留起来。

乔立人听着听着脸色就变了,不想让女儿卷进去。可人家一个外国人,本可置身事外,为了还中国人一个公道,都能舍命取证,一个熟读三坟五典、诸子百家,信奉仁义道德的中国人,有什么理由置之度外呢?

他决定把已经洗好的那份照片交给女儿。但当他看到杵在暗房门口的小黄毛时,才突然想起,这么绝密的事情,怎么让一个外来人知道了?顿时满脸惊恐。

看出父亲对小黄毛的担心,乔子琴招手让孩子过来,将他头上的鸭舌帽取下,抹平散乱的头发,再给他把帽子戴好,同时对父亲说,他叫小黄毛,就是他师傅救了美国人,这少年又救了他师傅。

“呀,比很多大人还勇敢呢!”乔立人赞许地点了点头,这才同意收下他。然后他走进暗房,撬起地砖,掏出先前埋好的黄皮袋交给女儿:“这是冯冬昨晚洗好的,我收藏起来,就是为了有一天能够派上用场,你拿去吧。”

“爸,谢谢你!总有一天,中国人民都要谢谢你!”

女儿的话让父亲的脸微微泛红,他当即用报纸又将照片包了一层,又看女儿把照片揣进大衣内兜。

望着女儿离去的背影，乔立人有些忐忑不安。他带着小黄毛，把店里整理了一阵，又买了几个大馍，就着咸菜和小黄毛对付了一餐。

午饭过后，晾晒的照片已经干透了，乔立人重新装袋，放进底片，小心翼翼地揣在棉袍的内袋里，小小的一沓，却有千钧重量，坠得他五脏六腑都疼。

他临出门又折回来，搬出一个精致的纸箱，让小黄毛捧着，说带他去日军司令部送红酒和照片。

纸箱子外面是弯弯扭扭的外国字，画有鲜艳的红酒瓶子和透明的玻璃杯。小黄毛想，这一定是老板说的外国葡萄酒了。这么好的东西，干吗送给日本人喝？他不想去，可是，伙计要听老板的。他也看见，老板偷偷把一沓照片交给乔医生了，一定会转交给那个外国人的。哈，要用师傅的话说，这就叫机智勇敢。

可能老板多洗一套照片耽误了时间，担心日本鬼子找岔子，要巴结他们一下。也可能酒里下了毒，喝不死他们！

以前乔立人曾到黄县长家拍过全家福，对这里熟门熟路。他事先交代好了小黄毛，让他在前面走，自己远远地跟在后面，到大门口再停下来等自己。

一箱酒六瓶，老板捧着有失体统。再说是朝着日军司令部走，不用说，人们都会猜得出来是送给日本人的，早上才打死了你的工人，下午还给他们送酒，怎么能这样无耻？

可是，打落门牙和血吞。昨天就没有给他们干事，早上又得罪了刘福喜，这人刁钻刻薄，若是他故意刁难自己，今日之行定然不顺，于是他想拿这箱酒去打点日本人。

这是准女婿送给自己的，他尽管有点舍不得，但想到有得有失，多洗一份那些照片，也算是不亏本吧。

小黄毛也认得路，两只胳膊搂着一箱子酒，小心翼翼地走在前面。箱子虽然封闭很严，但仍能散发出一阵香甜，一路上，小黄毛想象着酒如何好喝，也像醉了一样，黄巴巴的脸上泛出两片红晕，不知不觉就到了大门前，等着老板来。

日军司令部门前戒备森严，大门两侧堆起半人高的两堆沙袋，上面架着两挺机关枪，黑洞洞的枪口瞄着门外。旁边站着两个日本士兵，荷枪实弹，目光凶狠，行人情愿绕路都不经过这里。

“站住，干什么的？”站岗的日本兵用生硬的中国话吆喝着，明晃晃的刀尖戳在乔立人身前，让他心头一紧。

“我是……来送照片的，就是……就是刘翻译让洗的那些照片……”乔立人紧张异常，赶紧将照片拿出来给卫兵看。

“刘翻译？照片？哦！”啊，上午刘福喜交代过，说下午有人送照片过来，还说那人来后，就让他把照片送到司令部办公室去。

“太君，这是葡萄酒，送给司令的！”乔立人说完，让小黄毛递上纸箱子。

门卫看见箱子上精美的图片，似乎香气弥漫，陶醉地吸了一口，让二人进去了。不过，一个日本兵紧紧跟在他们身后。

来到办公室的走廊上。日本兵进去通报，很快，刘福喜就从办公室出来了，横起眼睛骂骂咧咧道：“他娘的，怎么现在才来？照片呢？”

乔立人赶紧将袋子交给刘福喜，胆战心惊地等候发落。小黄毛看见刘福喜，浑身像长了刺一样，忙把鸭舌帽的帽檐往底下拉了一下，歪着脑袋斜着眼往房间里瞅。

正前方的书桌旁端坐着一个日本人，正是码头上见过的那个九岗中佐。

“什么？”刘福喜这才注意到小黄毛抱着的酒箱。

乔立人忙说：“这是孝敬皇军的，耽误了你们的事，多有得罪，算是赔礼！”

“哼，你倒还懂事……”刘福喜本想去接纸箱子，想了想又缩回了手。他有心结，前两天好不容易弄来的葡萄酒，桶里居然不是酒，这让中佐大为恼火。万一这箱子里面再藏着什么猫腻，日本人岂会放过自己？

于是，刘福喜先行进去，将照片交给九岗中佐，然后再向他汇报说，照相馆老板送来了一箱意大利红葡萄酒，向太君请罪来了。

中佐嗯了一声，吸了吸鼻子，两眼放光，跟着点了点头，意思是让乔立人进去。

刘福喜向门口招手。乔立人扭头对小黄毛使了个眼色，让他一个人进去。

小黄毛糊涂胆大，正想看看日本人办公的地方是什么样子，于是抱着纸箱子，装作很沉的样子，迈着八字步进去了。

他本想把箱子放到办公桌上，但九岗中佐摆了一下脑袋，示意他放在窗边的茶几上。小黄毛走过去，刚放下箱子，却意外发现茶几旁边放着一只大酒桶，十分眼熟。

“这不是詹姆斯丢的那只酒桶吗？”小黄毛差点儿叫出声来。昨天，他还听外国人谈起，说酒桶里有胶卷、日记本、摄影胶带什么的。

一时间，小黄毛愣在了那里。刘福喜见他放下酒箱后却没挪步，不禁有些恼火，上去就是一脚："还不快滚！"

"哎哟！"小黄毛趁势退让几步，后背撞到窗子上，发出哗哗的响声，背脊骨好疼。乔立人听到响动，不敢进来，只是紧张地朝屋里张望。

"刘翻译，不要欺负小孩子！"想必是看在葡萄酒的分上，九岗中佐竟呵斥起翻译。

刘福喜停下来，向九岗中佐连连称是。

面前的照片散了一桌子。九岗中佐一直在看照片，眉头紧蹙，看完了让刘福喜过去。刘福喜冲小黄毛喊了声"快滚"，然后走向办公桌。

小黄毛小眼睛骨碌碌一转，趁九岗中佐和刘福喜不注意，用捂着后背的手轻轻将身后的窗栓拉开，然后溜出了办公室。

日本兵过来，把乔立人和小黄毛押出了大门。没走几步，小黄毛便捂着腹部，说自己肚子疼，蹲在地上不走了。

冯冬的丧事还等着办理，乔立人没时间管这少年，以为他被刘福喜踢伤了，掏出几张票子塞过去："要是不舒服，就去诊所找医生看看，剩下的钱买点东西吃吧，我还有急事要去办。"

见乔立人远去，小黄毛这才站起来咧嘴一笑，也顾不得后背疼痛，绕到司令部后面的小巷子里去了。

谁愿意和日本人比邻而居？有的逃走了，有的回乡下了，一条空荡荡的巷道连狗都看不到一条。

破败的宅子人走屋空，敞着大门，白天也见不到个鬼影子。小黄毛却知道，宅子后院与司令部的后院是相通的，围墙下面有个狗洞，只有身材瘦小的人能钻过去。进了里面，穿过花园假山，就能进入黄府前院的房屋。

办公室在东南角，有一扇窗户插销已经拔起来了……小黄毛一溜烟跑进去，他要做一件让师傅、乔医生，还有那个大鼻子外国人都高兴的事。

"报告司令，自治会会长李宇到！"

听到报告，九岗让士兵带李宇进会议室，然后把照片收进桌子的抽屉里，将房门锁上，这才动身。

日记本上的内容迟迟没有翻译出来，这让九岗中佐很不满。他中午就派人通知李宇过来，李宇却姗姗来迟，中佐很恼火，见到李宇，劈头盖脸就是一顿呵斥。

“阁下！”李宇面露难色，将包着的伤指伸出来，一脸委屈地说道，“您看，若不是手伤了，这点小事，早就为您办好了！”

“嗯？”九岗中佐阴恻恻地说，“不能动笔是吗？那你就现场为我念出来！刘翻译，你来记录，让李会长口述！”

看刘福喜在他对面坐下，已经掏出钢笔、本子了，李宇的额头渗出了细密的汗珠。他想，躲得过初一，躲不了十五，白纸黑字，迟早是瞒不过去的，若是今日说了假话，恐怕自己就要在这世界上消失了。

无可奈何，他拿着日记本念起来：“1937 年 12 月 5 日，我刚从武汉来到南京，此时，中国军队在淞沪会战中失利，上海被日军占领，日军趁势分三路向南京挺进……南京城，经过日军狂轰滥炸后，城中一片萧瑟，民心惶惶……”

“直接念后面！”九岗中佐见过照片后，此刻的心情已经十分糟糕，督促着李宇。

向后又翻了几页，李宇眉头紧皱，发出的声音也更加沉重：“1938 年 12 月 15 日，自从中国军队下达突围撤退的命令后，南京彻底被日军占领，然而……”

念到这里，李宇停顿了下来。

“快念！”中佐失去了耐心，重重地拍了一下桌面。

“然而，已放下武器的中国军警人员，足足 3000 人，被日军押解至汉中门外，用机枪密集扫射，多数人当场遇难，负伤未死者亦与死者尸体同样遭受焚化……”

“别念了，日记本给我！”九岗中佐站起身，伸出手。

李宇心情很复杂，但只能将日记本交出去。

“你，做得很好，皇军不会亏待你的！”接过日记本，中佐拍了拍李宇的肩膀，“辛苦了，你先回去吧！”

“是！”李宇神色凝重，一秒也不想待下去，起身告退。

九岗中佐拿着日记本若有所思，随后快步回到办公室。事关重大，看来需要尽快向上级汇报，看怎样处理这些证物。

九岗中佐坐下来，拉开抽屉，想将相关东西一起拿出来，却愣住了：照片、底片、摄影胶片，竟然都不翼而飞……

“八格!”九岗中佐大惊,他无法想象,这些东西如果流传出去,到了国际社会,那日本该有多被动! 而且,刚才还在的东西,怎会突然消失了?

他声嘶力竭地喊起来:“来人,谁偷走了我的东西? 速速给我查!”

刘福喜吓得魂不附体,心想,日军司令部麻雀也飞不进来,怎么会失窃? 等等,刚才不是有人进入了吗? 照相馆的乔老板应该不会,这老东西只站在门口,根本没进屋,那个小家伙……对,一定是他!

刘福喜将心中的怀疑告诉九岗中佐,说:“我看那个抱酒的小子贼眉鼠眼的,一定是他干的!”

九岗中佐觉得脊梁骨发冷,有一股凉风吹进来,斜眼一看,窗户居然开着,他顿时明白,人一定是翻窗而入的。

“全城戒严,封锁各个路口要道,一定要给我抓住那个家伙!”九岗中佐气急败坏道。

湖城掀起了一层狂澜,大队日本兵荷枪实弹,封锁了各个道路,摩托车在城中来回穿梭,几十个士兵在城中转悠,见到十几岁的少年便直接抓住。仅仅两个小时,他们就抓了 30 多名少年,而且还没有停止……

“你们这群天杀的,抓我的孩子干吗? 快放开他!”一个妇女紧紧抓住自己的孩子不放,被日本鬼子一枪托打倒在地。

一个少年提着篮子到街上卖鸡蛋,人当即被抓,鸡蛋碎了一地。

……

整个湖城鸡飞狗跳,哭声不绝,像是遭了大劫。

乔立人安排好冯冬的丧事,刚刚回店,就见刘福喜领着一队日本兵朝着照相馆跑来。他的心提了起来,难道私藏照片的事情被他们发现了吗? 他迅速转动脑筋,思考着应付的办法。

一进门,刘福喜一抬手,就拿着匣子枪顶在乔立人头上:“你他妈的胆子真大呀,居然带小家伙偷日本人的东西,想找死吗!”

不得了,小黄毛惹祸了,而且惹的还是大祸,女儿啊,你怎么给我找个惹祸精进门啊,这下怎么得了?

“那家伙哪去了?”刘福喜嚷道。

“送酒的孩子? 哎呀,他只是我在路边找的搬运工,一出司令部就走了,我怎么知道他在哪儿?”乔立人搪塞道。

“啊,搬运工!”刘福喜一个机灵想起来了,那身子骨难怪熟悉,只是戴了帽子,不正是码头上的那个小子吗?他恼羞成怒,吩咐把乔老板抓起来。

乔老板刚被带到日军司令部里,李宇来了,见九岗中佐眉头紧蹙,正在审问乔老板。

乔立人冷汗涔涔,忙不迭地解释:

“太君,有人从上海给我带了箱意大利葡萄酒回来,就想趁着送照片的机会,送过来让您尝一尝!但是,店里刚死了伙计,我脚酸手软的,怕把酒打碎了,便在路边找了个半大孩子,让他抱着送来了。出门后,我还付给他钱了,这些,门口站岗的可都看见了……”

九岗中佐让手下人问门卫,都说看到照相馆老板抓一把钱给少年,然后自己走了,一时竟无话可说。李宇此时进了门,目不转睛地盯着翻译官,两眼就像飞刀一般,逼视得刘福喜一脸惶然,只得说:“太君,乔老板没说假话。送酒的确实是个搬运工,码头上的,上次发现酒桶的那个……”

“什么?”九岗中佐勃然大怒,噌地拔出桌上的一把军刀,指向刘福喜,“你,八格!为什么这时才告诉我?该死!”

刘福喜面如土色,扑通一声跪下,裤裆也不争气地湿了。

九岗中佐真想一刀砍下去,但是没有翻译,自己将寸步难行,迟疑了一下后,他一把将刀扔在办公桌上,走上前,啪啪啪,几个响亮的耳光赏给了刘福喜。

李宇上前,对九岗中佐说:“中佐阁下,这事影响不小啊!已经有流血事件发生了,而今民怨沸腾,若不尽快处理好,湖城恐怕会出大事啊!”

九岗问:“李会长,你的,什么意思?”

“中日亲善,需要日本方面实施亲民政策,既然确定了小偷,就应该到码头上去找。”

九岗点点头,底下人马上照办。李宇又指了指乔立人说:“昨天晚上,乔老板的伙计只是上厕所,就被打死在街头,现在又无缘无故地把老板抓起来,商会会员对此不满,正商议着罢市哩……”

“嗯?”

李宇坦然迎接九岗中佐的目光,继续说:“我敢担保,乔老板是良民,死了伙计还给你们干活,却无缘无故被抓,用中国古话说,这叫卸磨杀驴。岂不是寒了大家的心吗?”

九岗才接到电报，南京军方指令，一定要收缴所有对南京屠杀事件不利的证据，不能流传出去。另外，实行安抚政策，一方面可以掩盖罪恶，另一方面可以尽量不激化矛盾……

九岗想了想，朝乔立人挥了挥手，两个日本兵上去，替乔立人解开绳索。李宇向乔立人使了个眼色，乔立人会意，连走带跑地出了日军司令部，直接回家，匆匆收拾好行李，托人给女儿捎了个口信，然后领着家人，跑到乡下躲难去了。

这边，李宇又开始磨叽，和九岗中佐交涉那些被抓小孩的事。

九岗不耐烦地说："李会长，你是我们大日本帝国任命的会长，要为我们办事，不能一天到晚只知道维护中国人。不然，我要你这个会长有何用？"

"现在我做的一切，都是在维护你们的利益。否则，皮之不存，毛将焉附？"李宇装着委屈的模样，但还是据理力争，"也是为了湖城的治安考虑啊！既然锁定偷窃之人，其余孩子就应该放掉才是！"

刘福喜没少在李宇家吃喝，这时也帮腔了，说自己认识小偷，能辨认那些被抓来的孩子中有没有小黄毛。好认得很，那一头黄发，就像秋天的枯草一般……

"快快查看！"

九岗中佐放人，刘福喜马上带着人去抓小黄毛。

从日军司令部把东西偷出来后，小黄毛本想快点交给师傅，却发现日军已经封锁全城，街上正在抓像他这样大的少年，吓得掉头就跑。

他对湖城的路了如指掌，僻街背巷藏个把人容易得很，很快，他就钻进了南门湾破庙里躲藏起来。

终于等到天暗下来了，他走出破庙，四处查看，依然无法出去，只有先把东西藏起来再说。藏到哪里呢？他到处找地方，一直来到古塔下。

湖城又称江城，长江从南向北、青弋江从东向西穿城而过。两江交汇处有一处沙洲，状如浮起的龟背，平常隐藏在水下，只有枯水季节才显露出来，最多也只几米高，不过一个院子大小。

更怪的是，它只是在拂晓时分才慢慢显现，到下午太阳快落山时，又被江水淹没了。仿佛江水是它的大门，傍晚就关闭一样，于是，湖城老百姓称之为"关门洲"。

深秋季节，人们会趁着关门洲白天"开门"的时候，上"龟背"去抓螃蟹、捉小虾。

去年秋天，江龙就带小黄毛来过，抓了十几只螃蟹，烤起来蘸点盐巴，好吃得很，现在想起来还流口水。

呵呵，藏到那个地方，老鬼也找不到！到时候再带着师傅取出来，他一定咧着嘴巴笑。再给我抓螃蟹，啊，烤好多好多……给乔医生吃，给乔老板吃，也给大鼻子吃，他说不定能给我们买葡萄酒喝呢。

这个时候，关门洲关门了，明天起早点，水一退就能过去了。他只能在古塔的楼下对付一晚上，蜷缩在稻草堆中，冷得骨头都痛，想起昨天晚上的病房，大鼻子那里暖烘烘的，像是天堂。

他冷得睡不着，起来几次，跳着取暖，出汗了才睡一会儿，不久又冻醒了。

终于等到东边的窗子亮了，他跑出去看，江水慢慢退去，关门洲一点点露出水面，小黄毛连蹦带跳地上了关门洲。

洲上全是大大小小的石头，去年与师傅坐过的大石块还在。他跳上去，见对面朝阳升起，红霞浮现，高塔正迎着第一缕阳光把阴影投射过来，他正好踩在塔尖的位置，高兴地大喊起来："嗬嗬，我跑到塔尖上了啊——"

太阳、塔尖、倒影、关门洲，哈哈，这才是藏东西的好地方："我好能干哦！"

小黄毛又喊又叫，随后从怀里掏出那个鼓鼓囊囊的小包——外面包裹的油纸、油布及绳索样样齐全。然后，他费了吃奶的劲搬开大石块，在下面刨了个坑，将包裹放进去，填上泥沙，再将石块盖上。

他嘘了口气，回到宝塔根下，想找点东西吃，不争气的肚子咕噜咕噜地叫了。前面巷口飘来浓郁的香味，一家早点铺子已经开门，十几层蒸锅热气腾腾的。

"包子！包子！"极度的饥饿让小黄毛忘了眼前的危险，他一路小跑到了包子铺门前，"老板，给我 10 个包子！"

他摸出几张票子放在桌上，买了 10 个包子，自己吃 4 个，给师傅带 6 个，这回可不是偷的了。他先一手抓一个，顾不得烫嘴，一边吃，一边等老板用纸包其他的包子。

刘福喜揉着布满血丝的双眼，马脸如霜打的茄子，带着几个日本兵走了过来。昨天抓了 30 多个少年，一个个查看，没有黄毛。九岗让他找不到人就别睡觉，这可苦了他，带着人找了一整晚，也没有发现小黄毛。

他身后的日本兵一夜粒米未进，早已饿得前胸贴后背。刘福喜眼尖，看到巷子口有个早点摊，于是招呼日本兵过去。

咦，谁他妈起得这么早，正在买包子呢？细长细长的个子，略显宽大的衣服，鸭舌帽，怎么有几分熟悉？帽子歪了，露出了一绺枯草一样的黄发……真是踏破铁鞋无觅处，得来全不费功夫啊！

刘福喜按捺不住心中的狂喜，像捕蝉的黄雀轻手轻脚走过去。

将热包子揣在怀里，小黄毛全身都暖和了，转身正要走，妈呀，死对头来了，还带来了几个鬼子，他顿时吓出一身冷汗，撒开脚丫子就跑。

几个日本士兵也不是吃素的，立刻分散开来，挡住前面三个方向。

“往哪儿跑！”刘福喜堵在正前方，掏出匣子枪，破口大骂，“你个兔崽子，让大爷我找得好苦啊！”

完了！这下完了！前面的几个方向都被封死，小黄毛想也不想，转身朝来时方向跑去。前面就是青弋江，小黄毛见无处可逃，一咬牙钻进了古塔里。

小黄毛流浪的时候，这里可没少来，夏天到塔顶乘凉，冬天到塔里避风，古塔就像是他的家。只是日军进城后，他就再也没有来过了。

小黄毛进去后，看到塔里四个窗子投进亮光，听到身后急促的脚步声，不敢稍作停留，顺着木质行廊便向上爬去。没爬几步，脚下便咔嚓一声脆响，他来不及多想，顺势向前一跃，整个身体趴在上面的走廊上。

追赶的人大喜，这样可以瓮中捉鳖了；躲藏的人也高兴，楼梯断了，他们上不来了。而后，小黄毛像婴儿一样继续向前爬行。

刘福喜追进了古塔，见小黄毛爬上二层，也忙跟着上去。

“看你往哪儿跑！”刘福喜眼睛还没适应黑暗就顺着行廊往上冲。他穿的是皮鞋，脚步沉重，刚向上踏了几步就遇到断板，一脚踩空，啊的一声，重重摔倒在地，散落的木头纷纷砸在他身上。

摔死这群王八蛋！下面传来的声响让小黄毛开心死了，但他也不敢停留，继续小心翼翼地向上攀爬。

古塔一共有五层，行廊嘎吱作响，小黄毛不顾后果，人家是过河拆桥，他是上楼抽梯子，抽出一块结实的楼板，把下面破烂的楼板全砸断，想象着是砸刘福喜的脑袋，还狠狠骂着：“看你龟儿子怎么上来？”

摔下去的刘福喜总算缓过气来，他的头上和身上有多处被碎木条扎的口子。心一横，忍着痛，一根根将带血的碎木钎子拔下来，每拔下一根，都疼得龇牙咧嘴。

“老子打死你——”刘福喜举起匣子枪，瞄也不瞄，朝着头顶胡乱射起来。几个日本兵一见，也对着古塔开枪。一时间，枪声密集，惊动了城中的老百姓。当他们发现外面的人是冲着古塔去的，都提心吊胆地跑出来看。

刘福喜急着要把小黄毛抓住，但是，塔内通向第二层的楼梯都已经断裂，根本上不去。他一扭头，看见对面房顶上正冒烟的烟囱，心中忽然来了坏主意。

“哼哼，早该这样了！”刘福喜向一个日本兵说了几句日语，那日本兵便快速跑开，不一会，提着一只小桶过来了。

围观的人不知道刘福喜想干什么。直到这家伙打开桶盖，里面飘出一股浓烈的呛鼻味道后，大家才明白：这个汉奸怕是要放火烧塔！

这古塔可是老祖宗留下来的镇江之宝，这个畜生为什么要烧掉它呢？于是，一些不怕事的人走上前，想制止刘福喜的恶行。但是，几个日本兵却将枪口对准了他们，其中一个还朝着空中开了两枪。人们的脚步只好停下来。

“老子让你不出来！老子烧死你——”刘福喜把散落的木头聚在一起，泼上汽油，划了根火柴，扔进柴堆中，火腾地烧了起来，他和日本兵向后退出宝塔。

宝塔下宽上窄，小黄毛已经爬到了最上面一层，紧张地听着下面的动静。一股烟味飘上来，跟着，浓烟喷涌而上，片刻光景，塔顶已经云雾缭绕了。

咳，咳咳……小黄毛被浓烟呛得连连咳嗽，双眼流泪，赶紧爬到小窗口，伸出头，大口大口地喘着粗气。

宝塔底下的人这才发现，还有个少年在上面！人们顿时炸开了锅，义愤填膺地说：“这帮畜生，竟要活生生烧死一个小孩，好毒辣呀！”

一层层楼梯烧上去，宝塔成了烟囱，浓烟滚滚，逼得小黄毛无可逃避，只有从塔尖的窗户爬出来。烟尘也飘漾而至，似乎在紧追他。他再往前伸脑袋，忽然一个踉跄，差点从五层高的塔檐上摔下去了。

小黄毛吓得哇哇大哭，声音凄厉刺耳：“师傅！师傅呀——你在哪里呀？”

只有师傅能够救他，可是宝塔下密密麻麻的人中，没有那个黑脸大个子，怎么办？他还在医院里，说不定躺在床上，正在寻思着到哪里找那些血证呢。他哪里知道东西都在我手里了，我已经藏好了，可是我要死了，他到哪里找去？

黄毛大声嘶喊着、哭叫着，边哭边想，还没有把取回来的东西还给大鼻子洋人，还没给师傅卸下黑锅，还没机会报答乔医生……我不甘心呀！

不知何时，古塔底下来了两个记者，他们拿着相机，不停地拍着塔上的小黄毛和塔下混乱的人群。

塔下的老百姓越聚越多，他们看着浓烟滚滚的古塔，看着声嘶力竭的小黄毛，显得那么瘦小，那么羸弱，那么可怜。有的在流眼泪，有的愤怒地骂，有人想往塔里冲，以便救出小黄毛……隆隆的汽车声传来，九岗中佐来了。

他走下车看到场面这么混乱，眉头紧皱，一摆手，命令士兵们将人群驱散。刘福喜赶紧汇报，说今天早上他发现了小黄毛，这小家伙走投无路，躲进了古塔。

顺着他指的方向，九岗中佐望向古塔，只见高塔最上面一层窗台上蹲着个孩子，于是问刘福喜："他在喊什么？"

刘福喜这才认真听了一下，居然是在喊他的师傅，心中一愣，他师傅不是被他烧了吗？这个小家伙，居然阳奉阴违，敢欺骗老子！怕九岗中佐怪罪自己，他打马虎眼说："我们要的东西一定在他手里。"

"把他弄死了，找谁要去？"九岗中佐生气了，"你让他交出那些东西来，可以饶他不死。"

刘福喜望着头顶的小黄毛，不耐烦地喊道："小东西，太君说了，只要你把东西交出来，老子可以放了你！"

"呸！"小黄毛向塔下吐了一口唾沫，又冒着危险，把墙上的一块青砖抠起来，向刘福喜砸去。

小黄毛本来是很害怕的，现在却突然由害怕变成了愤怒，对着下面大声喊道："狗汉奸，老子才是你的老子，要东西没有，要命有一条。你他妈有种上来呀！"

"娘的，别他妈敬酒不吃吃罚酒！"刘福喜头皮发麻，"不晓得好歹的东西！"

"老子好，你他妈的歹，比豺狼虎豹都歹毒！"身后有滚滚浓烟，下面有日本兵，自己随时可能掉下去，小黄毛豁出去了，对下面破口大骂，"南京你们杀了多少人？湖城你们杀了多少人？你们还要老子烧死我师傅，你们还放狗咬我小伙伴二娃子，肠子流了一地啊——"

"让他住嘴！"九岗中佐早已不耐烦了。

"小兔崽子，到底把东西放到哪里去了？"

小黄毛忽然清醒过来，想起了最重要的东西还没交代，于是冲着下面喊：“小鬼子们，你们的杀人证据都在我手里，老子就放在宝塔尖上，只有我师傅才有资格来取，狗都不吃的东西，有本事就来拿呀！”

九岗中佐失去耐心了，听说东西都在宝塔尖上，心想，即使楼梯烧了，也有办法取到，于是向士兵示意，顿时，几十只乌黑的枪管瞄向小黄毛。

“师傅，我这次可不是偷啊，我是要找回你的东西，还你的清白，报答你的恩情。东西我放在塔尖上了，你记得啊，天亮的时候来取呀……”小黄毛似乎喊破了嗓子，声音都沙哑了。

下面围观的人流下了眼泪，小黄毛吞了几口唾沫，想起怀里还有几个包子，掏出来一边吃一边哭喊：“师傅，这包子不是偷的，来不及送给你了，我吃饱了，不会做个饿死鬼投胎。你一定记得啊，天亮的时候到宝塔尖上取东西，以后到我们烧螃蟹吃的地方，给我烧点儿纸钱，免得我到阴间还饿肚子——”

砰砰砰，一阵枪响过后，小黄毛身体中弹，一头栽下古塔，伴随着沉闷的声音，地面迅速溅起灰尘。

人们发怒了，像火山突然爆发一样，纷纷往前冲，撕扯拉拽起鬼子来。学生、工人、市民……都跟日本兵扭打在一起。刘福喜更是成了众矢之的，被人群淹没。他被日本人从人堆里拉出来时，已经面目全非，浑身都是脚印，头上肿起了几个血包。

九岗中佐恼火极了，一见刘福喜脱离了人群，马上命令士兵开枪。一时间枪声四起，殷红的鲜血染红了古塔前的空地。

第四章　病房里密谋

江龙已经退烧，留在医院做了詹姆斯的护理，每天早上都去给他买报纸。

大大小小的报纸，几乎都是为日本人歌功颂德的，詹姆斯只看报道比较客观的《前锋报》。这天他刚打开报纸，就被一个大大的标题吸引住了：《古塔血案》。他连忙看正文，越看越心紧。

“江，你，看看这个！”

“我不认字，看啥？”江龙见詹姆斯紧张兮兮的样子，还是去接过报纸，翻来翻去也看不出什么名堂。

詹姆斯一把夺过报纸，念道：“本报讯　昨天，早上，我市青弋江，与长江，交汇处的，古塔下，发生，一起，触目惊心的，惨案……”

没等他磕磕巴巴念完，江龙跳了起来，大叫道：“不，不！不会是他！”

不是他是哪个？他不是在乔医生父亲的照相馆吗？他偷什么东西了？报上说，他是为师傅找回原来的东西，是不是说，那就是证据？

江龙让詹姆斯念完，然后蹲在地下，双手捂着脸，泪水就像渗出石头的泉水汩汩流淌。

詹姆斯不知怎么安慰江龙，越急越结巴，越说不出囫囵话来，就让护士去喊乔子琴。

看过报纸后，乔子琴捂住嘴巴，不愿相信，她说：“不可能，他不是在我父亲店里吗？怎么会去古塔？”

江龙眼里满含泪水，腾地站起来，坚决地说：“不行，我要下山，去为小黄毛收尸！”

詹姆斯和乔子琴赶紧阻拦，但哪里阻拦得了。正在这时，护士来喊乔医生，说她亲戚来了。

李宇又来了？乔子琴找到理由，说来人可能会带来具体消息，让江龙等自己回来再说。

过了好一会她才回来，把房门关上，心情沉痛地告诉两个男人：被日本人从古塔上打下来的少年就是小黄毛。

刚才来的是照相馆隔壁的王老板，此人开文具店，素来与她父亲交情不错，特意来告诉乔子琴：她带到照相馆的少年出事了。昨天下午跟乔立人把照片送到日军司令部后，不知从哪地方溜进司令部，大概偷了什么东西，结果被日本人满城追捕。

乔立人受到牵连，被日本人抓去，幸亏李宇搭救才出来，连夜去了山里老家，并托王老板到医院一趟，把有关情况告诉乔子琴。

王老板还说，乔立人把照相馆托付给他照看，如果小黄毛回来，务必带他出城。结果，王老板在照相馆守了一宿，也没见小黄毛。

第二天一早，听说古塔上有个半大孩子被日本人包围了，王老板便赶过去看个究竟。

在古塔下，王老板看见那孩子躲在塔顶层的窗口上，不停地大声喊叫着，正是小黄毛。他是见过一面的，认识，于是仔细记下了他说的话。

小黄毛说的大概意思是：他不是偷了日本人的东西，而是把他师傅的东西取回来了，就放在塔顶，让他师傅天亮的时候去取……还有，小黄毛叫他师傅不要忘记，在一起吃过烤螃蟹的地方给他烧纸……

"这孩子……他是在交代后事啊！"江龙抽泣着说。

"他说的话，肯定跟那些证据有关。"乔子琴沉痛地点了点头，告诉江龙，他想收尸也收不了。据王老板讲，小黄毛死后，愤怒的老百姓跟日本人打了起来。日本人疯狂开枪，打死不少人，那些尸体都被日本人扔进长江里了。

詹姆斯也是泪眼婆娑，一边夸奖黄毛是好样的，一边劝告江龙不要悲伤，说只有找到罪证，才能控告他们。

江龙扯起袖口，擦了眼泪，站起来："小黄毛说，东西在宝塔尖上，我得取回来。"

乔子琴说不能去，日本人肯定在古塔四周安排了人把守，怎么能进得去？小黄毛说天亮的时候去，现在去显然不合适。

詹姆斯断断续续地分析说，小黄毛是个聪明的孩子，既然明明白白说出那些东西藏在塔尖上，那么一定藏在别的地方。

江龙反复地拍打着脑袋，念叨着：塔尖、天亮、烤螃蟹……啊，去年秋天，自己带着小黄毛到关门洲上烤过螃蟹的。他说的东西难道藏在关门洲？只是，为什么要天亮时候去呢？天亮，烧纸钱……看来，为了找罪证他不得不去，不上关门洲不行啊。

那地方就在古塔下面，周围一定有许多鬼子，但对“过江龙”江龙来说不是困难。

乔子琴给他找了些草纸，在草纸上钻了些洞眼——这就是给小黄毛准备的“纸钱”了。詹姆斯给他一个小匣子，说是打火机，手一按就可以起火，免得风把火吹熄。江龙选好路径，从弋矶山下划水过去，潜过几个码头就到了，可以不靠近宝塔，既隐蔽，距离也最近。

第二天天未亮，江龙悄悄摸出医院，从弋矶山后面来到江边，脱下棉衣夹裤，用油布包起来，扎进水里，托起衣服，向关门洲划过去。

他重感冒刚好，再次下冷水，连骨头都疼，但比起小黄毛的死，这算不了什么。上了关门洲，他脱下潮湿的衬衫，光着身子穿上了棉衣。

天色还朦朦胧胧，关门洲开始显露了，“龟背”上到处都是沙砾、瓦片、石子、污泥，没有任何藏东西的标志啊。

他来到烤过螃蟹的大石块边，取出草纸，掏出打火机，将草纸点燃，内心悲痛，喃喃念叨着：小黄毛啊，你死得惨啊！师傅来迟了，给你做什么都来不及了，只能给你烧点纸钱了，但愿你在那个世界不再挨饿，买不起包子买馒头吃吧……

草纸冒出火苗，瞬间化成碎片，就像黑色的飞蛾，在滩涂上打着圈，仿佛带着小黄毛的冤魂久久不愿离去。江龙忍不住号啕大哭：“小黄毛呀，都是师傅给你惹的祸呀！如果不把你用命换来的东西找到，怎么对得起你呀……你能显显灵吗？告诉师傅，那些东西在哪里……”

烧完纸后，灰烬散去，江水哗哗流淌，对面的古塔灰蒙蒙的，四处静悄悄的，阴风阵阵，令人身寒心也寒。

天麻麻亮了，江龙站起来跳跳，双腿不那么冷了。这时，他终于看见太阳升起，给古塔镶上一圈金边，光芒射过来，带着一条长长的影子，从塔下正好拖到滩涂上。

啊，原来，太阳升起的时候，古塔的影子会投射在关门洲上！

江龙一个机灵，顺着倒影向回走。一阵江风吹来，刚才烧过的纸灰又飞扬起来，像是焦黑的蝴蝶，飞向大石块——上面一半光亮一半阴暗，正是古塔尖倒影的地方！

啊？是这里吗？江龙心跳得像是野马奔驰，一脚蹬开大青石，扒开下面的泥沙，掏了几把，一个油布包赫然出现在眼前。

他双手发颤，忐忑不安地将油布包打开。一筒胶卷、一沓照片，上面清清楚楚印着日本人的残暴罪行，还有一个盒子，应该就是詹姆斯说的胶带了。

江龙紧紧攥着这几样东西，看了又看，揣在怀里，跪在地上仰天大喊："小黄毛，不能让你白死，师傅一定要为你报仇——"

江水冲刷着滩涂，发出哗哗的声音。那些灰蝴蝶一样的纸片围绕着他，漫天飞舞，转了一圈后，悠然落下。

"祭拜谁呢？"一个阴恻恻的声音突然在江龙背后响起。

他心中一紧，扭头一看，啊？居然是刘福喜。

"哼，老子就知道有猫腻，狡猾的小黄毛！"刘福喜和日本军人彻夜包围着宝塔，可是没任何人靠近。天亮之后，从那边望过来，关门洲上却有了人影。趁其不备，他悄悄走过来，用枪抵住江龙的脑袋，"把东西给我，快！"

"去死吧——"江龙一直沉浸在悲痛中，没想到背后受敌，想都不想，身子一纵跳起来，一头撞向刘福喜。

刘福喜来不及躲避，竟被撞了个仰八叉。还没等他爬起来，江龙已经扑了上去，用脚踩住他握枪的手，双手掐住了他的脖子。

"狗汉奸，你他妈害死了老子徒弟，今天，我要替他报仇！"江龙大吼着，使出全身的力气，卡住他的脖子。

"噢，噢……"刘福喜双脚乱踢乱蹬，不停挣扎，最后两眼一翻，全身松弛，一动不动了。江龙正要去夺汉奸手里的枪，听到咿里哇啦的乱叫，几个日本兵跑来，可能上头命令他们抓活的，一个也没有开枪，只是步步逼近。

只有一条退路，那就是滔滔的长江水，再下一次"油锅"吧！江龙转身就跑，棉衣都没来得及脱，就从关门洲的浅滩跳进江水中。

等鬼子们赶到江边，只有一江浪涛，波光粼粼，哪里还有人影？

乔子琴正在给詹姆斯量血压，病房门发出咣当的一声重响，江龙快速闪入，浑身水淋淋的，二话不说，却从胸口掏出一个油布包放到床头柜上。

“啊——”詹姆斯叫了一声，摆脱血压仪的束缚，迫不及待地打开一看，正是他视若生命的东西。他翻身跪在床上，眼中热泪长流，右手在胸前画着十字。

乔子琴扯条床单，扔给江龙，让他赶紧脱下湿衣服，把身上擦干，自己出去找干衣服。詹姆斯掀开自己床上的被子，让光着身子的江龙躺下。

除了病号服，找不到合适的外衣。乔子琴到太平间默默祷告几声，求死者谅解，从这个身上脱下袍子，从那个腿上取了裤子，用盖尸布将尸体裹起来，带到病房，这才听江龙讲找到血证的经过。

听完，乔子琴和詹姆斯既高兴又是悲伤。高兴的是，东西找到了；悲伤的是，一个年轻的生命消失了，在生命危难之时，还把埋藏地点聪明地传递出来，他要读几天书，那可是国家栋梁啊！死得真可惜。

更让他们发愁的是，作为罪证，由证人带出更为合适，可是从这里到武汉有1000多里路，敌人已经发现了这件事，他们一定会一路追踪的。日本的间谍神出鬼没，一个外国人在中国的土地上行走十分惹眼，若是有个闪失，更是会引来杀身之祸。

想到这里，詹姆斯愁容不展。如今南京沦陷，美国大使馆撤离到武汉，路途遥远，沿途关卡甚多，出城都不容易，举步维艰啊……

江龙说，码头回不去了，又掐死了翻译官，好些日本鬼子都认识自己，湖城肯定待不下去，干脆送詹姆斯到武汉去吧。

乔子琴知道，日本人进城之后，就对这所教会医院虎视眈眈。随着他们的战线拉长，伤亡惨重，迟早要霸占这所华东最好的医院，她可不想在鬼子手下苟且偷安。未婚夫撤离上海之前，就说要带她走的，她坚持没走。

没想到南京惨败，而且发生了惨绝人寰的大屠杀，现在家人又避难逃离了这座城市，未来的公公背着个汉奸的罪名，让自己抬不起头来，待在这里还有什么意思？可是她没有说出这些。

“乔小姐，求求您，想想，办法……”詹姆斯用蓝色的大眼睛瞪着她，充满了渴求。

我有什么办法？保护不了小黄毛，保护不了父亲，唯一可以指望的只有李宇。可是，前些日子，自己还把他视若仇敌，断绝了往来，还托人带了封绝交书给未婚夫,也不知对方收到没有。

但是,李宇这次送来了日记胶卷之后,乔子琴态度就大为改变了。事关紧要,乔子琴告诉他们,只有求助于李宇这个人,别无他路。詹姆斯和江龙也没有更好的办法,她出去给李宇打了个电话。

电话中并没说缘由,只是问他手指的伤好些了没有?

李宇是何等人物,岂能听不出乔子琴的弦外之音?当即就说疼得要命,还要到医院来看病,看看是不是发炎了?

他挂完电话便匆匆出门。他是看着乔子琴长大的,这姑娘跟自己儿子是青梅竹马,去年已经订婚,可以说是亲女儿亦不为过。如今女儿有事,做父亲的怎能不全力相帮?

但是,如今城中充满了白色恐怖,气氛异常紧张,前一阵子抓半大的孩子,现在又到处通缉一个青年男人,一头乱发,嘴上胡子拉碴的,看四处张贴的画像,好像在医院见过这人。

李宇的车一上街就被围住了,市民纷纷质问他,百姓何辜,为何天天死人?自治会会长做了些什么?

群情激昂的人不时敲打着车玻璃,还有人朝着车子吐唾沫。李宇的司机本想下去理论,却被他叫住。

李宇也是无奈呀!若是国家强盛,又怎会让倭寇欺凌百姓、烧杀抢掠、无恶不作?日本人无非就是让自己做个傀儡,听之任之倒还罢了,若是跟日本人唱对台戏,那自己就活到头了。

看着身边激愤的人群,他不生气反而有些欣慰,只要国民的民族气节还在,国家就有希望!他多想跟大家一起,冲到日军司令部门口去示威游行,甚至拿起武器,把他们杀个精光。但是不行,他不能仅仅为自己而活。

他只有多次举起手指,从车窗里伸给大家看,表示他是去医院的。

好不容易才摆脱了群众的堵截,去医院的关口,日军搜查更为严密。他举起缠绕着白纱布的手指头,用日语对鬼子说是去医院换药的,才为他放行。

或许,自己未来儿媳妇知道些什么……李宇想着,车已经到医院门口,见乔子琴站在大门口等他,当即便知事情不是那么简单。

乔子琴陪同他去外科看病,说是自己亲戚,然后又送他出来。到转角没人处,她使了个眼色,径直往前面走去。李宇四周望望,没人,跟她进入病区的手术电梯，到了最高楼层最僻静角落的一间单人病房。

一个金发碧眼、高大威猛的洋人躺在床上，洋人身旁，还站着一个中国汉子，那模样，跟外面通缉之人的画像差不多。李宇马上就明白了，那个酒桶把他们联系在一起了，而血证，又把自己、未来的儿媳妇与他们联系在一起。

几个身份不同、地位不同、家庭背景与受教育程度都不相同的人——其中还包括一个外国人，已经结成反法西斯同盟了。不用他们说，李宇也明白，叫自己来，就是要保护詹姆斯，让他把罪证带出去。

这个洋人颇懂礼貌，见李宇进来赶紧坐起，深鞠一躬，断断续续，操着一口洋腔怪调的中国话问候他。

李宇连忙回礼，乔子琴微微一叹，搬来凳子，让他坐下，这才将事情娓娓道来。说完这些，她担心李宇不愿帮忙，还讲出一些民族大义、国人气节等等大道理。听得李宇连连苦笑，心想，这儿媳，将我当什么人了？

他对詹姆斯这个国际友人的胆识与智慧敬佩，也对江龙的舍命救人、深明大义感到欣慰，更为小黄毛的死感到惋惜。屋中其他三人此刻都紧张地看着李宇，等着他表态，但见他眉头紧皱、一脸忧色，众人也忧心忡忡。若是他不愿帮忙，恐怕这物证带出湖城都有困难……

见未来的儿媳充满希冀地看着自己，让他更感到责任重大，能为饱受战火的祖国出力，这才是应有的气节与尊严。

“国家有难，匹夫有责，我怎能置身事外？”李宇坚定地说。

李宇毕竟常与日军打交道，所知甚多，便跟众人分析其中利害。若是仅仅将物证带出城的话问题不大，关键是，如何让詹姆斯亲自带到武汉是个难题，若不能解决，那些物证还不如放在这里。

武汉在湖城上游，但是日军步步蚕食，已经开始步步逼近武汉。江上有日军的海军，天上有飞机日夜轰炸，民船也会被搜查，也不知被击沉多少，水路与陆地一样危险。

李宇不敢在医院多待，只是承诺，自己尽量想办法，就匆匆回去了。

第二天一早，祸事来了，机会也来了。日军司令部下通知，让李宇去开会。

九岗中佐接到南京命令，说如今中国军队沿着长江撤退，眼看武汉不保，他们的最后防线必然是重庆，武汉便成了中国最重要的战略要地。为了达到逼迫中国军队投降的目的,攻打武汉迫在眉睫,要求各部队必须尽快在驻地调拨军用物资,火速送往前线。

九岗立即召集湖城商会,摊派军需物资份额。他以为,最难缠的是自治会会长李宇。此人是地方名人,学贯中西,德高望重,自己是派一个小队士兵围困他家,逼着他出来任职的,但始终与自己貌合神离。

现在要逼他就范,不出钱就出命,他只要出了钱,就与我皇军绑在一条绳子上了,大汉奸的帽子是甩都甩不掉的。日军司令用凌厉的眼睛直盯着他,没想到,李宇欣然点头了。

“中佐阁下,我没问题!”李宇下面的话更惊人,“我是会长,理应支持,我是大户,出一半资金,剩余的一半,便由在座几位凑齐如何?”

几人一听,当即连连赞同,纷纷起身,夸赞李宇大方慷慨,表示也要承当。

众人已经表态,九岗中佐极为高兴,便问物资何时凑齐,李宇答应三天。周围几个商家叫苦不迭,暗地里责骂:三天?对日本人,你李宇还真是忠心耿耿啊!悔不该推举你当自治会会长……

不过,这是日军命令,谁敢违抗?李宇拿了大头,若是其他人再有差池,别说破财了,命恐怕都会保不住。

李宇趁此打听日军如何运送这批物资,还说愿意提供汽车运送物资。九岗笑着一摆手,又对他的好意褒奖一番,赞其忠心可嘉,跟着洋洋得意地说,日军节节胜利,攻克沿江城市势如破竹,从湖城往上游走,长江码头几乎完全控制在日本军人手里,水路最为安全。而沿途两岸却很危险,有不少新四军在活动,虽然大都是散兵游勇,不成气候,擅自攻打日军的运输车简直是以卵击石,但是耽误行程,所以还是要走水路。

李宇明白了,听完就要走,借口要马上为日军准备物资,九岗中佐却把他叫住,说有个通知,要他送给各个医院。

老子就是你们的狗腿子?他愤愤不平却不敢作声,接过通知一看,正中下怀,说还需要一份,给那个教会医院送去。

“你想得周到。”九岗又一次赞扬他,而且说,“尽管教会医院还不在我们掌控之中,不过,我国已给美国照会,军部即将把此院作为我们的陆军医院。”

翌日清晨,李宇又来到教会医院,没有先到院长办公室,却直接进了詹姆斯的病房。

詹姆斯正在屋中来回踱步，不时发出空洞的咳嗽声，几分病容，又添愁容。他见来人是李宇，迫不及待地问他，想到什么好主意没有？

乔子琴跟江龙也进了屋子，李宇便将日军准备运送物资的事情道出。詹姆斯十分焦急，若是武汉近日被攻破，大使馆撤离，那么这些物证岂不是无处可送了？

李宇旋即将自己的想法告诉众人，说他有办法让詹姆斯混上日本货船，但是不能保证他的安全。

乔子琴马上就瘪嘴了，在一边咕噜道："如果我们医生说，能把病人的病治好，但是不能保证他们活命，那还有什么意义？"

詹姆斯仿佛没听到她的话，坚毅地看着李宇说："我不怕，危险，请您，为我，安排！"

李宇亲耳听到他的表态，心中更添敬意。这份冒险精神，是许多国人都欠缺的，他都不怕，我还怕什么呢？

"可是就算到了武汉，詹姆斯怎么下船呢？"乔子琴一语点出重点。

"其实，轮船未必到武汉，只是离开湖城，驶往上游而已……"李宇清醒地判断了形势，因为日军还在节节攻打中，至于到哪里停靠，那是他们的绝密计划。

"你水性如何？"李宇问。若是单单送詹姆斯上船，他还是有办法的。但一旦送上了船，也只能听天由命了。

"我能，漂浮的……"詹姆斯一腔热血，口中直嚷嚷，"不要，担心，请您，把我，送上船！"

"不行的话，我也混上去！"江龙一直没说话，此刻突然来了一句。见众人纷纷看向自己，他便说自己水性好，看看他们快要停靠了，夜里将美国人吊下江水中，自己再下水掩护他逃离轮船。

好冒险的主意！但也是唯一可行的办法。

"不不不！"詹姆斯首先不同意。为了这些物证，已经让江龙的徒弟小黄毛死去了，他不能再让江龙有什么闪失。

"你水性有我好吗？你对长江熟悉吗？你身体好了吗？"见对方连连摇头，江龙顺口道，"那说个屁！"

见众人诧异，才知自己爆了粗口，他连忙解释说，自己反正是个孤儿，反正已被鬼子"烧死"了，码头上留不住了，日军还要抓自己，趁机出去逃命也罢。

在江水中遇见了詹先生，这是两人的缘分。送佛送到西天，摆渡摆到江边，好事就要做到底。如果不能把这些东西送出去，小黄毛不是白死了吗？

是的，上船唯一的目的，是离开敌人的眼皮子。而且这是朝上游开的轮船，只会离武汉越来越近，至于怎样到达武汉，何时到达武汉，这恐怕不是一天两天的事。

“爸爸，难道没有别的办法吗？”乔子琴有些担心。“最好的办法是沉船！不让这些物资去帮助日本人打中国人，”李宇严肃地看着江龙，“你们有办法吗？”

江龙无可奈何地摇摇头，詹姆斯蓝色的眼睛亮了一下，又暗淡了，说这要船上的员工配合才行。乔子琴又把话扯回来，说詹姆斯刚刚退烧，还在咳嗽，怎么能在船上隐藏？

詹姆斯正要咳嗽，马上憋住气，脸涨得通红，乔子琴在他背上拍拍，要他放心大胆咳嗽，把肺里的痰咳出来才行。

他咳嗽一阵，冲着乔子琴说：“医生，赶紧，治好我，不要，咳嗽，行不行？”

李宇说，只有三天时间了，他这样子到船上，还真要一个人陪同，江龙熟悉船上的结构，最好想办法把他藏在哪里，搬运上船的时候，千万不能有一点声音……

江龙说，都是船员先上船，没开始上货之前日军也不看守。趁那个时候，从靠江的那一边把人送上船去，然后在底舱的锅炉房里潜伏下来，应该是最安全的。

詹姆斯眼睛一亮，连连点头。李宇问江龙，船上有没有内应？

江龙点点头，说平常有很多工友相处不错，他们多多少少都有些亲朋好友在轮船上工作。前一阵子听大关说，他表哥也是湖城人，在一艘民生公司的小货轮上当轮机长，船在南京被日军劫持了，昨天到关门洲去的时候，看到那条小货轮停在湖城江边。

“你记得船号吗？”李宇问。

江龙憨厚地笑笑：“别的字认不得，停在江边的轮船可都认得的，民江105号。”

“运货的正是这条船！”李宇兴奋地挥手，大拇指触碰到床沿，疼得他龇牙咧嘴的。

李宇皱起眉头，说：“还有个大麻烦，沿江封锁那么紧，即使轮船没上货的时候没人看守，码头上却是有日本人的，江上还有日军的巡逻艇，怎么能让小船靠近货船而且不引人注目呢？”

“运尸船。”乔子琴说，“这两天外科又死了两个人，医院的停尸房尸满为患，正要想办法运出去。”

“正巧，日军司令部也下了命令，要防止即将到来的春季瘟疫。这是一个好时机，如果小琴能够争取……”李宇踌躇着，没把话说完，让一个弱女子执行这任务实在为难，可是别无办法，也想让她出去。

该交代的都交代好了，李宇还要找院长送日军司令部的通知，走出病房时，他回头一望，乔子琴靠着床架子，不知在想什么？

长江风大，春寒料峭，土墙一样矮的江堤，根本挡不了倒春寒。傍晚时分，江边的棚户区已经家家关门闭户。

大关拖着疲惫的身子回到棚屋，点亮油灯，发现床上躺着一个人。这人听到声音坐起，居然是自己的结拜兄弟！他惊喜地叫出声来：“江龙！你没死？”

江龙连忙跳起来捂住他的嘴：“兄弟救我！否则我真要化成灰了。”

大关见他梳着小分头，穿着长袍子，像换了个人似的，高兴地连连拍打他，嘴里不停地喊着“好好好”。

“好什么呀？”江龙急切地说，“满城贴着画像要抓我，大关，帮我逃出去呀！”

工友把胸口拍得砰砰响：“你放心，我俩谁跟谁呀！我表哥不是在民江105当轮机长吗？船被鬼子强占了，后天要往上游开，我把你送上去。”

后天就要开的货轮，正是李宇说的那条船。他那么积极地给日本人筹集物资，就是为了早点把大鼻子外国人送出去啊。他掏钱买了半船的军用物资，还要我们半路上把船沉了，真是一个有勇有谋的人呢！

江龙往日里舍得出力，从来不藏奸使滑，对大家都很友善，码头工人都与他处得来。更何况两人是结拜弟兄，当初以为他死了，大关还哭了一场，现在怎能不为兄弟两肋插刀呢？他让江龙不要着急，烧点饭吃了，晚点出去，鬼子巡逻不到这里了才便于出门。

大关单身住这里，早上的冷饭热了下，两人就着咸菜吃了饭，趁着夜色笼罩，顺墙摸到一条小巷子里。刚刚拍门，一个方头阔腮的汉子打开门，一把将他拉进去说：“正说找你去哩。”

大关又拉了江龙进门，看见他表嫂坐在屋角抹眼泪，问是不是两口子干架了。

“哪里啊!”老铁见后面还有个人,责怪地瞟了表弟一眼,轻描淡写地说,“我要上船了,你嫂子不放心,你帮我把他娘儿俩送乡下去吧……”

“表弟来了?”大关表嫂红着眼圈站起来,“你表哥这回要上船,与往常不一样,要我们到他大山里的老家去住,你说,他是不是一去不回来了?”

“没见有客人吗?说什么呢!”老铁呵斥妻子。

大关赶紧安慰她说:“我哥不就是见你带着孩子艰难嘛,他一定会回来的。你看,我还给他带个铲煤炭的去,要不回来,我敢把人交给他吗?”

他表嫂这才止住哭泣,说去看孩子睡着了没有。

老铁见妻子到后屋去了,也不答话,小心地关上那道门,这才上下打量着江龙,责备的眼光又斜扫了表弟一眼,一肚子不高兴:“船上不缺人手,我也无权带人。”

大关拉了江龙往他身边凑:“表哥,我不是带人来混饭吃的,这是我码头上的好兄弟,就因为感冒了,日本鬼子就要把他烧死……现在,他回不去了……”

“让我把你带出去?”老铁问。

不知他是否会答应,江龙说得有点犹豫:“还要带个外国人——一个美国记者……”

知道江龙有更紧要的事,大关到门口去望风,江龙这才把詹姆斯的背景来历说了。

老铁点点头,说:“人家外国人帮我们,我们不能不帮人家。这样吧,开船头天晚上,只要能靠近船边,我把船长支开,放软梯接你们进底仓,那里又黑又脏又闷,没人去的……”

见他表情严肃,话语低沉,一看就是个靠得住的诚实汉子。江龙却摇摇头:“我倒好办,潜水都能靠近轮船,美国人得了肺炎,还不停咳嗽……”

老铁的浓眉皱起来了。江龙见他为难,就说上船只要有栖身之地,怎么上船,怎么止咳,医院里还有人帮着想办法……

“既然都抗日,明人不说暗话,”大铁严肃地说,“我们根本就不打算把这船物资送给日本人,你们上了船,要与我们共同承担风险的。”

江龙不以为忧反而为喜:“好啊,多个朋友多条路,美国记者不怕冒险,一起想办法。”

第五章　运尸船送行

开春之后,天气一天天转暖。日军司令部对医院下了通令,勒令他们要严防瘟疫发生,尽快处理尸体。

教会医院慈悲为怀,从不拒绝平民看病,再加上江边捞上来的尸体,停尸房里摆不下了,乔子琴向总管汇报,说必须要尽快处理。

总管又向院长汇报,院长已经接到了自治会会长送来的通知,派总管去城里交涉,不想九岗中佐正发脾气,翻译官刘福喜死了,凶手没抓到,一时找不到翻译官,听不懂中国话,也听不懂英语。

院长就让总管和内科的乔医生一起去找自治会会长。

这正中乔子琴下怀。得知江龙已经找了船上的轮机长,只要上了船就可以安顿下来,几个人心里都宽慰几分。但是詹姆斯还生着病,江龙也患上了重感冒,刚刚好点又下冷水受了刺激,病人送病人怕是不保险,要有一个医生随同才行啊!

昨天晚上,全体医护人员开会,院长透露了一个消息,他们这个教会医院是当地最好的医院,医疗设备都是从美国进口来的,日本人已经盯上这里了,坚决要把重伤员往这里送,还要接管办成日本的陆军医院。

听院长这么一说,满院哗然,谁也不愿意伺候日本人。人心思动,乔子琴也想离开这里。敦促她离开湖城还有一个原因,父亲托人带信来,说老家也被日本人占领了,很不安全,千万不能回去。

未婚夫已经到重庆去了,那是自己唯一能够投奔的地方。要到重庆去,可以和他们同行好大一截路哩。正要给李宇汇报,他来电话了,说上海带东西来了,让她去拿。

她正想找个借口请假，院长就派她进城去找自治会会长。就汤下面，她与总管坐小车进城，一直开到自治会门口。

李宇实在不愿意当日本人的帮凶，但是他的家产、房产、田产都在湖城，他留过东洋，也留过西洋，有知识、有文化，有财产、有地位，在湖城德高望重。他本来就是商会会长，日本人占领湖城后，就要找他这样能够服众的头面人物出来当傀儡，于是派兵围着他的住宅，拿枪逼着他干；商人们怕事，想保一方平安，哄着他干；儿子来电话动员他干，一方面为保全家产，另一方面为他收集情报……

整个商会被强行变成了维持会，他不当自治会会长都不行。李宇背负一身骂名，还是想着如何尽量减少日军对百姓的伤害。

自从那个酒桶出现后，九岗中佐发现他们在南京大屠杀的罪证暴露了，千方百计要销毁资料。但好不容易弄到手里，来不及看完就被小黄毛偷走了，那线索就断在中江塔下。似乎翻译官知道点什么，还没给他汇报，人也被掐死了，他当然一头恼火。

可是，物证被盗，盗窃者死了，杀翻译的凶手跑了，携带影像材料的外国人没找到，不用问也能判断，他将携带着这些东西去武汉。

如此重大的事情，九岗中佐不能不向上级汇报。当然，除了得到一阵痛骂，他即将升为大佐的任命也被撤销了。

现在，上面命令他赶紧加强城内搜寻，务必找到物证与人证。同时，上面也严令沿江日军盘查西去人员，同时启动了武汉的日本特务机关，让他们不惜一切代价，尽快弄到这些物证，及时销毁……

怎么送走外国人？怎样保全自己未来的儿媳妇？三十六计，走为上策。

李宇本来要在家里等乔子琴的，维持会却来电话，说医院有急事找他，他只好硬着头皮上班。

没想到，乔子琴作为医院的公派使者到维持会来了，来递交要求运送尸体的报告。

李宇公事公办，很客气地接待了他们，并说要亲自去日军司令部请示，让他们在这里等他回来。他拿着教会医院的报告站起来，眼睛望着乔子琴，示意自己有话要单独和她说。

乔子琴暗暗着急,却还要装着与他非亲非故的模样,眼看他就要出门了,突然灵机一动说:“会长,我家住儒林街,能否搭您的便车,顺便回家去拿点东西?”

好聪明的姑娘,这主意不错。李宇心有灵犀,马上应承:“好啊,到日军司令部正要经过那里,乔医生回家后等着我,我请示了太君再去接你过来。”

总管是个中国通的美国人,也保持着美国人的天真与好奇,马上站起来表示,要跟着一起去拜望她的双亲。乔子琴年轻,一时愣住了,不知如何回答。

生姜还是老的辣,李宇马上哈哈一笑,用英语对总管说了几句话,立即打消了他的行动。

乔子琴听懂了,李宇说的是:“千万不能去,中国人封建,她家左邻右舍爱看热闹,见你们孤男寡女进乔家门,还以为乔医生找了个洋女婿哩。”

总管咧着嘴,也用英语回答:“难道我不配当他们的女婿吗?”

李宇停下,故意端详了一下他,说:“长得挺英俊的,就是岁数大了点。”

两人哈哈大笑,李宇趁机叫商会副会长来,说给医院的洋人总管介绍一下他们这四水归堂的徽式建筑。

那边,乔子琴窘得脸上飞起红霞,趁机走出维持会。车子停在门口,司机拉开车门,她便埋头钻了进去,并且拉上窗帘。

李宇坐到副驾驶的位子上目不斜视,每一句话却都是说给后座的准儿媳妇听的:“子琴,影像资料现身湖城让鬼子慌乱了,千方百计要拿到他们的罪证销毁,怀疑詹姆斯还在湖城。已经盯上教会医院……还有,我已经听说,日方要接管你们医院……”

乔子琴在后面说是,院长也透露这事了。

“你赶紧逃离沦陷区,到重庆与小濛相会吧。就在重庆把婚事办了,哪怕草率一点,也了却我们当父母的心愿。”路上一个坑,汽车颠簸了一下,李宇的声音有些变异。

乔子琴难为情地低下了头,关切地问:“您的手指好些了吗?”

李宇目不斜视,轻轻摇头:“十指连心,怎能不疼?但还不危及生命。你和小濛的安危是头等大事。单身女人出门很危险,但我在贼船上受到监控,你只能单独走。尸体运到城南的乱葬岗后,去找慈善总会范会长,我已经说好了,他找几个逃难的人和你一路走……”

“不如我跟詹姆斯他们一起走吧……”乔子琴脱口而出。

“啊，危险，万万不行。码头工人倒是个可靠之人，水性好，力气大，为人忠厚诚实，但有个醒目的詹姆斯。”李宇怔了下，连连摇头，说，“我打听到了，除了满船军用物资，他们似乎还有非常贵重的东西，所以特别派了10个军人上船，还不知道在哪里停靠，一个女人在鬼子窝里……”

她却想：到时候见机行事吧！乔子琴只能应了一声。

李宇从大衣里掏出个小布袋：“里面装着给你的盘缠，还有小濛的电话……”

乔子琴接过来收好，车已经到儒林街了，李宇让她赶紧收拾一下，等开到通行证后就来接她走。她进了巷子，家门紧锁，只有门前的一块条石不卑不亢竖立着，上面刻着“泰山石敢当”几个大字。她从小就知道，那是镇妖辟邪的。

她突然想到，詹姆斯那个美国记者都敢当，江龙这个普通的码头工人都敢当，自己一个受过高等教育的知识分子，没有体力还有智力，连逃出去的勇气都没有，难道还能任人宰割？

家人已经走了，家里空空荡荡，打开李宇给她的小袋子，里面有几样首饰、几片金叶，还有一些银圆，做盘缠绰绰有余。她赶紧找出自己的衣服从里换到外，把父亲的旧棉衣带上，一顶带着双耳搭子的帽子也拣到包袱里，日用品与常备药品都带上，还盘算着怎么在医院里弄点药出来——为治病救人爱国抗日算不得偷吧——我这个月的工资就能抵药品费了。

门外传来喇叭的鸣叫声，她最后环顾了一下家里，寻思着不知道何时还能回，抹了一把泪，锁了门，临走又在“石敢当”上拍拍，走出巷子上了车。

开出去一截路，李宇才告诉她，日军司令部特许开了一张通行证，让他们用一条民船装运尸体，指令一定派个医生随同消毒，顺着长江往上游走，绕过码头和关门洲，直接运到城南乱坟岗去。

和预想的一样，当然不会让他们用卡车运尸体从城市穿过，当然不能白天走，所以这真是个机会。

李宇让她要争取作为运尸船的消毒医生随行，只是一路上要受些委屈了……

乔子琴十分感激，说当医生的什么尸体没见过，自己做好防护就行了。这样到城南至少是正大光明的，既不引起医院的怀疑，也不会给家里找麻烦……

李宇最后叮嘱道：“另外，日记的胶卷要交给小濛，你们要证明，我李某人皮是黄的,心是红的,不会做对不起列祖列宗的事。一定要他们抗战到底,收回国土,千万别当亡国奴……”

啊,他让我去重庆,还有更多的目的啊！他舍去了半数家产,让江龙与詹姆斯证明他不是汉奸,还要让我去向政府证明他的清白,那有的东西是非带不可了。还是跟着詹姆斯、江龙一起走吧,对大家都有好处。当然,这是她内心的想法,暂时还是别和他说,免得夜长梦多。

回到维持会,副会长已经对医院的总管介绍完了徽派建筑,给他叫的一碗虾子面连汤也没有剩一滴。正在着急,看见他们回来,拿到了通行证,心里的石头放下,赶紧就要回医院。

李宇要总管转告院长,说日军要求,必须要派一个医生随同消毒。

院长不得不同意,赶紧让总管去雇用船只,另外派一个医生随同运尸船到城南。

总管为此头疼:美国人讲究平等自由,但医院这个地方还是论资排辈的。有资历的当然都是外国人,他们有地位、有身份,对日本人没有好感,不愿意干运送尸体的下等活,也不愿低下高贵的头颅过日本人的封锁线。

中国医生不多,寥寥几个,胆小怕事的多,自诩清高的多,又有哪个愿意在鬼子的刀尖上舔血呢！乔子琴大学毕业不久,还是靠着李宇的关系托人找院长,才能进到这个医院的,可以说是资历最浅的。

她善良、勤快、本分、优雅,在战时忙碌的日子,一个人顶几个人使用。没等上面发话,她自告奋勇提出愿意上运尸船,只是向总管另外提个要求,说刚才回家没找着父母,只见到他们留的字条,父母逃难已经回乡下去了,想请假回去看一看他们。

这是说得过去的理由,总管对她中午去见自治会会长的表现也很满意,当然答应了,干脆把这件事情整个交给她。

好不容易找到一只木船,重金租来,此时天已经全黑了,15 具尸体搬上船很费了一番功夫。等搬运上最后一具,乔子琴对船工说,这人还没死透,要靠在船外,万一江风吹着苏醒过来再带回来吧。于是用白被单盖起来,正好每一层五具尸体,一共三层,整个船舱又用大油布盖住。

她戴了两只口罩,把头发全部塞进帽子里,帽边扯低,将眉毛都盖住了,将父亲的老棉袄穿在里面,尽管身材娇小,也将外面的白大褂绷得紧紧的。

绕船沿走了一圈,她在靠江的那边悄悄掀开油布,露出一道刺刀那么宽的口子。然后再走到船头,背起喷雾器,把她认为要喷洒的地方喷洒了一遍。天完全黑下来了,这才吩咐开船。

船上两个船工在一头一尾忙着,两个搬运工正是大关与江龙,和乔子琴站在船头商量着下一步方案。江风猎猎,只有潺潺水流闪动波光,三人的心绪也如波涛翻涌。

离开码头的时候,鬼子捂着鼻子来检查了一遍才放行。船开到墨黑的江面上逆流而行,过了好一阵,看见远方灯火闪烁处,到了市区的第二个码头,也是最主要的码头。

这时,有探照灯打过来了,众人正紧张,在船桨的划水声中,突然出现了轻微的呻吟。

掌舵的船老大惊恐地叫出声来:“不好,诈尸了……”

“嚷什么?”乔子琴把声音放得粗粗的,走过去呵斥,“有个病人还没断气……”

两个船工一边划船一边问:“是不是要把他扶起来?”

“让他躺着吧!到目的地醒来算他命不该绝……”乔子琴说完走过去,掀开油布缝隙,俯身轻轻地说,“你现在躺在死人堆上,一定要憋住气,装死,等我们混过码头检查……”

说完话刚站起来,汽艇破浪声越来越近了,她赶紧回到船头,让船工把船往江心靠过去。汽艇已经到跟前了,三个鬼子咿里哇啦到船前,乔子琴将喷雾器扯到胸前示意,又拿出通行证。

鬼子还不放心,扯起油布,哇地叫了一声,赶紧放下。乔子琴往尸体上又喷了几下药水,刺鼻的药味随风吹去,臭不可闻。日本兵见满满一船尸体,忙掩住口鼻挥挥手,驾驶着巡逻艇一溜烟跑了。

好臭!本来詹姆斯还迷迷糊糊的,听到鬼子来搜查,全身出冷汗,头也不那么昏了。听到马达声远去,他才彻底清醒过来,恶心的味道几乎要将他吞噬。

他的身下是尸体,一边是尸体,一边是硬邦邦的船板,一张油布盖了他大半身子,只露出一条缝隙。最要命的是,身子底下软绵绵的,一具高度腐烂的尸体如同沼泽一般,他就像睡在一摊烂柿子上,沉浸在粪缸里,忍不住要呕吐,恨不得翻到长江里,痛痛快快洗去那些尸体的臭味……

可什么也不能做，只能一动不动。幸亏鬼子掀开油布是木船靠岸的那一边，否则人家的尸体都是包裹起来的，自己只是用白被单盖了一下，非露馅不可。

汽艇的声音渐渐消失，木船避开探照灯往岸边靠，只见一艘艘大小船只朦胧的轮廓，他们就擦着那些船帮行驶了一阵。

船头左边是大关，用压抑的声音说："码头快过完了，倒数第三条船……"

乔子琴走到船尾，又塞给船主一卷钱，吩咐把船轻轻靠近民江 105 号。

一条货轮并不大，船尾有一点火星，不断绕着圈子，这是轮机长老铁的烟斗在暗示平安。江龙和大关走到船的外侧，揭开油布与白布，扶起软弱无力的詹姆斯走到内侧来。

码头上也是前紧后松：翌日凌晨才开船，更深夜静时，日军只防前面趸船和前甲板的入口处是否有人进出，船后的探照灯也是灯下黑。

货轮上面甩下来两条绳索，两个船工一头一尾拉住，木船稳稳地靠在货轮的铁壳边，上面又垂下来一架软梯。

本来想让詹姆斯往上爬的，但是他四肢无力，连绳索也抓不住，江龙与大关只好用软梯裹起他，扣紧，下面举起，上面拉动，总算吊了上去，轮机长马上把他背到锅炉房去了。

等他返身回来，看见爬到轮船上的人个子矮小，不像江龙，轻声喊名字，江龙却在轮船外的木船上答应。

怎么多了个人？他伸出手去，一把扯住攀上来的手，细嫩柔滑，这不是男人，老铁更多了一层狐疑。

江龙上来的时候还背着包袱，小船上，大关已经带着那条装尸体船悄悄地离开了。

一起进了锅炉房，老铁才问怎么多了一个人。江龙说詹姆斯病得厉害，这是照顾他的医生。嗨，够麻烦的！老铁有几分不满了。

他们在起吊詹姆斯的时候，乔子琴已经脱了白大褂，此时穿一件男人的老棉袄，袖子挽了两寸，拦腰扎了根布条子，头上戴一顶两边有耳搭子的棉帽，像一个未成年的少年。

既然上来了，没办法，轮机长只好点点头，跟着对另一个司炉发问："三子，你不是说老婆要生孩子了吗？来了个换班的，你回家吧！"

三子喜出望外，放下手中的柴火就要走，轮机长拉住他，抱着肚子做了个样子，他会意地跑了。

老铁这才转过身来，到刨花堆扒出一个坑，示意两个男人把詹姆斯搀过去，放倒在坑里。乔子琴又从口袋搜出两颗药片塞进他嘴里，把那件白褂子给他罩住盖了脑袋和脸。几个人一起动手，将刨花堆在他身上，看不出异样了，众人才松口气。

船长被日本鬼子叫起来的时候，天才麻麻亮。他对着通话口喊了一声，见轮机长上来，让他做好准备，说是要上货了，准备生火，货物上好了就开船。他又接着埋怨，说昨晚把他酒灌多了。

嘿嘿，不把你灌醉，三个人怎么能上船？轮机长心里想着，但没有说出来。只是讪笑道："到我家门口不请你，不怪我小气吗？"

"你的家乡酒也太厉害，"船长心有余悸，摸着脸颊说，"鬼子喊了两声我没醒，龟儿子大皮靴朝我脸上蹬——"

老铁掏出烟斗冷冷一笑："真当了亡国奴那天，日子更难过哩。"

"所以，这些东西，咱们不能运去。"船长凑近轮机长耳边说，"他们派了10个鬼子押船，一定有更重要的……"

他的话还没有说完，一队日本人就开过来了，他收住了话尾，连忙喊大副："夏勇，他们的房间安排好了吗？"

"好啦，好啦。"一个标致的小伙子跑过来。

船长、轮机长、大副是轮船的三巨头。轮机长负责船舱下面，大副负责上面，船长负责全面。

夏勇是东北人，老铁是安徽人，两人在民生公司是老搭档了。南京政府还没撤退时，余地山由重庆民生公司派上了这条船，顶替了原来的船长，远没有那两个副手之间的关系密切。

本来是到南京接应将要撤离的物资，迟了一步，南京已经沦陷，轮船被劫持，还要开到湖城往上游运送日本人的军事物资，船长一头恼火，不知将来回重庆如何交代。

轮机长老铁说，第二天就要开船了，他应尽地主之谊，请两个外乡同事喝酒。他特别拿出了珍藏的两瓶家乡酒，说是李太白在安徽最喜欢喝的酒。

夏勇先喝了一口，连声呼喊好酒，说想起来了："对对，李白写过一首诗说的一定是这酒：‘纪叟黄泉里，还应酿老春。夜台无李白，沽酒与何人。’”

“酒是不错。”船长喝下一杯，咂咂嘴，“李白都喝不到他的酒了，千多年后的人还能喝到酒吗？”

老铁正色道：“纪叟就是宣城的人，他死了，还有他的子子孙孙，酿酒的技术越来越好，后来成了贡酒呢！乾隆皇帝下江南就专门喝这酒的。”

于是，两个副手都说船长不读书，不了解历史，应当罚酒，就这样把船长灌醉了，江龙他们三个人才趁机上了轮船。

但是，船开了半天，半下午的时候，船长还是到了底舱。

第六章　长江中触礁

“船长来了！”轮机长嘀咕一声，将铲子递给乔子琴。她笨拙地举起，费力地往炉膛里抛煤炭。

哪来个弱不禁风的司炉？船长问：“你这是撒米喂鸡吗？”

轮机长只比船长矮半级，没好气地回答：“小三子阑尾炎犯了，你想叫他死在船上？误不了你行船就是。”

“还行什么船？”船长吩咐，“提前制造设备故障，熄火，准备凿船吧，每人一件救生衣，沉船后，各回各家，各找各妈去。”

乔子琴干不动，江龙就要多干点，他一边铲着一边嘀咕：“这大冷的天往江里跳，又在鬼子的眼皮下，还能活着回家吗？”

“那怎么办？中国人要活出骨气来，死也不能把物资运给鬼子打自己人吧。”

跟在船长后面的大副一边给大家发救生衣，一边说：“其实，我与轮机长的意见都是触礁，只是鬼子不好处理……”

他的话还没说完，柴火堆里突然发出一阵剧烈的咳嗽声。

“有人？”船长几步跨过去，扯出一个人来，大鼻子、蓝眼睛，他惊愕地瞪着大眼睛，扭身朝着轮机长发难，“船上怎么还藏着个外国人？”

“美国记者詹姆斯……”轮机长介绍了他的来龙去脉。

船长竖起大拇指：“见义勇为的反法西斯英雄啊，可惜，我们也不能保全你的生命，只能一起跳江。”

“为什么，要将一船，东西，甩了？”詹姆斯一边咳嗽一边说，“中国，很穷，打日本，用得上……”

船长的脸色阴沉下来，没有想到国军撤离太快，原定计划无法实施，愤愤地吐了口气："我们用不上，也不能，让别人用——"

"打鬼子，分什么，你我，他人？"詹姆斯连连摇头，然后咳得上气不接下气。乔子琴见旁边有水瓶，赶紧给他倒了一杯开水。

大副与他握手："詹姆斯先生，英雄啊。"

詹姆斯缓过气来，朝江龙指指："没有，江龙，我早，死在，长江里了。他才是，英雄。"

"我就是个大老粗，人家大医院的大夫，要给外国人治病，娇小姐一个，也跟着跑出来吃苦，不都是为抗日嘛。"江龙大大咧咧，一不留神，就把乔子琴出卖了。

船长诧异地望着小个子司炉，才发现，鼓鼓囊囊的棉衣也掩盖不了娇小的身材，炉火映照着她清秀的面庞，原来他们早就串通好了，一下子带了三个人上船，就瞒着我一个人，把我这一船之长放哪了？他于是大发雷霆，骂了一通，最后嚷嚷道："管你们是谁！上船来就生死由命，沉船后一律跳江——"

老铁现在才说话："美国记者冒着生命危险带出来的血证，是为了向全世界揭露日军残暴罪行的，怎能让它再一次落入长江中？"

大副说得更直接："日本人丧心病狂，就想销毁暴露他们罪恶的影像资料。丢失了血证，我们就是助纣为虐，就是干下了亲者痛仇者快的事，就是鬼子的帮凶！"

这个东北海运学院毕业的大学生一针见血，让船长无地自容，他环顾四周，都是反对他的目光，连忙为自己辩解道："只有沉船，才能让船上鬼子全部淹死……"

"就是没救生衣，我们会划水，他们不会吗？"江龙不担心自己，只担心外国人和女医生。这下把船长问住了，岛国来的士兵一定比他们水性好。

詹姆斯说他们有武器，还是要智取，这赢得更多人的赞成。

只有船长说，前方的码头都在鬼子手里，就是把他们控制住，也没法上岸。一直沉默的轮机长这才说："到小孤山触礁，便于撤退。"

大副就给其余人介绍，说小孤山是屹立在长江中间的一座山，如果轮船走北边，触礁也很合理。

风闻小孤山上有游击队，这轮机长莫非是共产党的人？平时深藏不露啊！

船长才上这条船不久，与船员们交情不深，看来他们已经谋划好了，自己孤掌难鸣，只有拿鬼子作借口：“触礁后，日本人还是可以来取走货物的。再说，敌人有武器，我们怎么对付？”

这才是问题的重点，大家纷纷出主意，乔子琴说自己带了些镇咳的麻醉剂，但恐怕剂量不够……

大副想得更简单，说要能把他们麻倒，直接往江里扔就行了，实在不够，也能降低他们的战斗力。他说完接过麻药，就上厨房去了。

几个人在锅炉房商量大事，轮船突然慢下来，日军头目四处找船长，正逢大副从伙房出来，说自己去看饭好了没有，请太君吃饭。

东北人大多会说几句日本话，夏勇的日语更流畅，与日本人交流很容易。军曹摇头说不忙吃饭，只问他船为什么开慢了？夏勇说，船上的煤不行，火力不旺。

军曹要下底舱查看，夏勇的心提到喉咙口了，下决心先拿他开刀。于是他跟在军曹后面，刚走到梯子中间，大副猛然一推，军曹掉到底层。听到两个人的脚步声下楼梯，大家已经心生警惕了，见一个日军掉下来，轮机长大步过来，一铁铲把他脑袋拍碎了……

船长趁机上去看动静，其余人七手八脚把鬼子的衣服和皮带皮靴都剥下，丢进熊熊燃烧的火炉里，顺手把三八大盖插进煤堆，把尸体拖到角落的煤炭下掩埋了。

刚把煤堆起来，一阵杂乱的皮靴声沿梯子传下来，听那声音肯定不止一个人。詹姆斯赶紧又躺到刨花柴中去了。

夏勇一眼看去，地下的鲜血、雪白脑浆子与煤灰混在一起，赶紧铲几铲煤铺在上面，两个端着枪的日本兵就到了近前，走在前面的鬼子一端枪指着夏勇：“你，大副的干活？”

夏勇拿着铁锹，抹抹脸上的汗赔笑说：“那个大太君，刚才问我船为什么慢了，这不，我就下来看看。煤果然不好，炉火不旺，我就在这里……帮着多铲几铲煤，不敢耽误皇军的事。”

小鬼子又问他：“问你的，太君？哪里哪里的去了？”

夏勇明白他在找军曹哩，指指楼梯，指指上面。鬼子让他上去指挥开船。他进了驾驶室，驾驶室里只有个副手在掌舵，悄悄告诉他，日本人说他们头子不见了,把船长带去搜查船舱去了。夏勇这才发觉浑身已经汗透,仅仅 10 多分钟,他从鬼门关绕了一圈又回来了。

先是士兵去吃了饭,喝了汤,走到甲板上,迷迷糊糊地站不稳了,其他士兵找不到头目,又要抢救那几个快要昏迷的士兵,乱成了一锅粥……

鬼子感觉到此行诡异,怎么几个人突然昏迷,连军曹也失踪了?

一等兵小野次郎没有吃饭,赶紧用电台请示了九岗中佐。得到命令,他被任命临时代理军曹的领队职责,首要任务便是彻查这条船上有没有藏匿多余的人,保证船上物资顺利送达。

虽然,他觉得大副行为反常,但现在根本没时间审问,语言不通,难以交流。剩下的人被分作两队,一队到处搜查,自己带领一名下等兵机动巡逻,剩下的那名被派去驾驶室负责监视。

集合之时,他还强调,要与船上的人保持一米以上距离,子弹上膛,发现问题格杀勿论!

夏勇刚接过方向舵,就看见一个小鬼子端着枪跑过来,站在门口,两眼死死盯着他和副手。他心里暗叫糟糕,看来小鬼子加强戒备了。又是一阵脚步声,小野次郎出现在驾驶室里。

“你的听话,快快开船,太君大大有赏,狡猾的不要!”

夏勇弯弯腰赔笑:“是是是,快快开船,太君的高兴。”他手上拉动加速阀,心里则骂,快你妈个头,快点带你去见阎王去!知道小孤山快到了,他将加速阀一拉到底,也不管鬼子能不能听懂,还故意高喊了声:“一路平安——”

小火轮喷着浓烟,在江面上飞快向上游行驶,雪亮的探照灯下,船只荡起的两条水线远远地被甩在身后,像无人驾驭的野马,发疯一样向着山峰方向奔驰。

小孤山位于安徽和江西交界处,在此处触礁,无论是湖城还是安庆的日军都不可能及时救援,况且天色已经晚了,所谓“月黑风高夜,杀人放火天”,鬼子叫鬼都不灵。

小野交代完毕出去了,生怕再出什么岔子,逼着船长交出人来。船长装着不懂他们要干什么,用他的四川话叽里呱啦胡说八道,日本人更听不懂了。

两个士兵押着他在船上搜查,半天也没发现有什么异样。军曹好像凭空蒸发了一样,就是扔到水里,也有一声响啊,怎么一点痕迹都没发现?小野有心把所有船员抓起来拷问,可是没有会说中文的,他也只能勉强听懂一点。

轮船正在向上游驶去，如果没人控制，不进则退，翻船了更不是小事……现在他不想节外生枝，等到了目的地再收拾这些人吧。他心里暗暗着急，军曹真要是死了，其余人的性命可都交到自己手上了。

就在此时，他感觉到船身剧烈地抖动着加速了，紧接着小火轮鸣响了汽笛，尖锐的汽笛声在漆黑的江面分外刺耳，他站立不稳，差点摔倒。

“八格——”小野马上就感觉到出事了，他扶着船舷支撑稳了身体，端起枪来，冲着黑夜放了一枪，嚷了一句日本话。

就在此时，守在船舱顶部的鬼子大叫了一声。小野驻足看去，只见旋转的探照灯光照射到前方不足百米的江面上，突兀出现一座山峰，他大叫了一声：“不好——”

霎时间，小野的喉咙里发出一声怪号，他赶紧向驾驶室狂奔而去。没等到他跑到驾驶室门口，轰隆一声震耳欲聋的声音响起，随即，小火轮一阵阵剧烈的震颤，顷刻间，船上所有人都重重地摔倒在甲板上。

小火轮突然加速，让监视他们的鬼子始料未及。待站起身子正要有所动作，船体下面已经撞击到小孤山水中的石岩上，两个小鬼子身体横飞过来，其中一人，撞破舷窗玻璃跌倒在舱前甲板，脑袋撞在船栏上，当即毙命。

小火轮怒吼着冒出滚滚浓烟，终于突突几声哑火了。从加速到撞击，不过是须臾之间的事。甲板上巡查的另外两名鬼子在甲板上翻滚，左舷的鬼子撞在船尾系缆绳的粗大铁桩上，立刻头破血流，不省人事。右舷的鬼子就没那么幸运了，身体磕在船栏上，翻了个跟头摔下江中。

小野的身体撞在舱壁上，瘫软着倒下了。小火轮上一片混乱，船长被小野软禁在货物舱里，此时也摔倒在地，滑落的口袋将他掩埋，所幸那些口袋里装的全是较轻的衣服。

夏勇也跌倒在地上，幸好他早有防备，才不至于摔伤。他理论知识丰富，计算着轮船底部被小孤山水下部分撞击了多大的洞，还有多长时间会沉船。

船长从下面爬出来，摸到舱门口，用脚使劲踹门，可是日本人从外面锁上大铁栓，踹了几下纹丝不动。他叫骂了几声，只好缩身藏匿起来，寻思着如果鬼子来开门怎么动手。

清醒着的人这个时候才看到，长江宽阔的江面上，一座小山伫立在黑夜里，孤零零的，尽显奇、险、独、孤。黑暗中，小山如同一头雄踞着的怪兽，龇着獠牙，准备择机吞噬眼前搁浅的小轮船。

其实,山上风景绝佳,树木葱茏,奇石兀立,还有唐朝筑建的启秀寺,经历朝拓建,民国年间已颇具规模。山寺、古庙矗立江中,四面环水,江景、白帆一览无余,当真是江中仙境,人间福地。

可是,自从日本兵封江后,迤逦东流的长江已不复有点点白帆、百舸争流的盛景了,中华大地狼烟四起、盗匪横行、百姓遭殃。

砍柴的樵夫、打鱼的渔夫、游山玩水的读书人再也不来登山,连山上寺庙里的僧人也纷纷撤逃,只留下一座空山。现在这里被陈明领导的游击队一支小分队占领,一则作为根据地,二则当成观察点。

因为敌人加紧对九江地区的进攻,陈明接到新四军首长的指令,要带大家撤离到岸上去。正说第二天动身,当晚就有一条轮船驶来,怎么主航道不走,偏偏朝小孤山偏航?船顶上飘扬着的膏药旗确定是鬼子船无疑,他们是想来端掉游击队据点吗?

陈明马上布置应敌,还没交火,轮船就撞了上来。

他大喜过望:天上掉馅饼了,他们这是自寻绝路啊!金王八撞怀,船上绝对不会空载,该着我要捡落地桃子了。于是他举起风灯晃了三晃,示意山上各处的游击队员跟他下山。

轮船触礁,鬼子正莫名惊慌,灯火刚一露头,一起拥过来胡乱打枪。

根据火力点,见船上才几个小鬼子,陈明端起枪来瞄准,砰地放了一枪,旁边的弟兄也对着小鬼子砰砰放枪。探照灯没人扶着,转了方向,把船上照得很清楚,小鬼子却看不清前方火力,当即被乱枪打死了一个,其他日本鬼子赶紧卧倒以船舷为掩体还击。

此时,小野次郎也清醒过来,见对面有人开枪,虽然不知道有多少人,但从划过黑夜的子弹亮光来看人并不算多,号叫了一声,倚着板壁向山上射击。

一时枪声大起,船舱顶部的日本兵也苏醒过来,迅速调整探照灯方向朝山上照,同时将机关枪调整好,哒哒哒地扫射过去。子弹打在山崖上,迸溅出让人心惊肉跳的火花。

本来游击队弹药不多,现在被敌人的火力压住,根本就抬不起头来。陈明暗叫倒霉,心里正着急,忽然突突吼叫的机关枪哑火了,只有几声步枪的零星射击。

陈明奇怪了，船上似乎不对劲呀，好像起了内讧，有人打枪，却不是朝山上，而是在船上相互射击。

原来，在夏勇加速之时，躲藏在刨花柴火中的詹姆斯马上钻出来，整只船剧烈地颤动了一下，他立马就明白已经动手了。他找到军曹的枪支，轮机长老铁也从煤堆里掏出手枪别在腰间，说："你去解决后面，我负责把机关枪手干掉。"

二人马上分开，詹姆斯端着枪向驾驶舱摸去。吗啡的麻药作用已经过时，再加上紧张与兴奋，等他走上甲板，已经控制不住咽喉瘙痒，他端起臂膀，挡住嘴巴，依然发出沉闷的咳嗽声音……

小野次郎严阵以待，忽听身后有响动，赶紧贴身靠着船舱，在九十度转角处，轻轻抬手就是一枪。

詹姆斯还没见人，就觉得左臂像被毒蛇狠咬了一口，端枪的手使不上劲，右手一扣扳机，一枪射偏，再想拉枪栓已经来不及了，小野端着刺刀就冲上来。

老外危险！夏勇刚捡起一个死亡日军的步枪过来，来不及拉枪栓，举起枪托朝小野狠狠砸去。小野吃痛，身体向后一仰，倒摔下船去，扑通一声落入江水之中。

陈明知道船上有了变故，但看不清船上到底发生了什么事，还在纳闷，一个兄弟就来报告，说船上来人送信了，跟着一个水淋淋的汉子气喘吁吁地跑上山来，他就是江龙。

就在船触礁的时候，老铁已经看到，其实只是船底与山坡水下的礁石接触，船体离山还有一点距离，就问江龙是否能泅水去山上送信。

江龙没武器，又不会打枪，正无事可做，接过一个蜡团，塞进防水衣里，立即跳进江中。那种彻骨的酷寒几乎将他的血液都冻住了，但此时他全身像着了火似的，反而不冷了，只觉得头晕目眩，天翻地覆，浑身发软，四肢完全不听使唤。幸亏有救生衣，避免让他沉入江底，他硬是强力控制着方向爬上了山。

一见老铁的信，知道触礁的是满满一船的军用物资，这是给他雪中送炭啊，陈明喜不自禁。看了看缴获来的一只闹钟，晚上 10 点过 5 分，离天亮只有七八个小时了，靠山上的 30 来个游击队员，就是把货物搬下船都够呛，更何况，即使在黎明前把船凿沉，日军也会前来搜查，小孤山的据点必须尽快撤离。

他一边让江龙赶紧烤火换衣服，一边了解了一下船上的人员，与自己的队伍全部加起来40个人不到，再加上能够找得到的小木船不多，只有尽快把货物搬到岸上。于是，他马上派人火速去找新四军，这边召集人马全部下山运货。

战斗结束了，乔子琴看到詹姆斯的枪伤直抽凉气。她只能简单处理了一下，连绷带都没有，撕了一条床单捆扎起来，再把他胳膊吊到脖子上。

夏勇脱下船上御寒的灰棉大衣给詹姆斯，自己套上一件死去鬼子的土黄大衣。想到自己日本话说得很溜，到时候可以冒充他们蒙混过关，还有点小得意。

等船上货物都运送上岸了，他们几人上了条小船，划到岸边，才发现在搬运货物、穿土布制服的大约是新四军战士，像庄稼汉一样打扮的大概是游击队员。搬运货物的人有条不紊，火把灯笼像是一条明亮的龙，向黑黝黝的远方延伸。

他们到哪里去了？正在猜测中，江龙领着一个五短身材的汉子走过来。汉子身穿开襟的黑布棉衣，腰间扎着一条白布带子，里面却插着驳壳枪，络腮胡子，小眼睛射出精明的光亮来，一看就与众不同。

江龙先向来人介绍夏勇："这是轮船大副，就是他开船触的礁。"

"我是这一带的游击队长陈明。"汉子自我介绍后，伸出双手紧紧握住夏勇，打趣地说，"这么标致的小伙子，难怪活干得这么漂亮。"

夏勇第一次接触到共产党方面的人，没想到他们如此幽默，自己像姑娘般羞红了脸："我可不敢贪天之功为己有，都是老铁策划指挥的。咦，他人呢？"

只有詹姆斯知道他去哪里了。就在他手臂受伤后，去找乔医生，路过一个敞开着的房间，看到架在桌子上的一个墨绿色铁盒子，扭头对老铁说："这是，电台，你们，有用……"

老铁二话不说，动手拆下来，正好边上有个背包，打开来，找到一把瑞士军刀和日军军票。里面有个速写本，上面画着湖城的一些景物，落款：小野。

詹姆斯忍住疼又翻抽屉，发现个小本子，里面全是数字，知道这就是日本人的电码本，一起给老铁。老铁接过来，找到一大块油布缠上，统统塞进鬼子的背包，背在身上，然后说这些东西都是绝密的，绝对不能让别人看到，自己要先走一步，让詹姆斯赶紧下船舱去包扎。

詹姆斯冲着老铁咧嘴笑："你，厉害，不像，烧，锅炉的。"

"你也是条汉子，保重。"老铁面无表情地说，把自己的手枪递给詹姆斯，"换一个，缴获来的，你路上好用。"

“好枪啊。”詹姆斯喜不自禁地欣赏着，再抬起头来，看见老铁头也不回，下了一条来接货的小木船，很快被黑暗吞噬。

“他有，急事，先走了。”

“别找了，他与你们不是一路人。”陈明听到外国人的中国话洋腔洋调的，板着的面孔柔和了几分，顺手就朝他肩膀上拍一巴掌，“你这个老外，真英雄啊！”

“啊——”詹姆斯大叫一声，缩了身子。

乔子琴上前一步伸开双臂，像母鸡护卫小鸡一样拦在他前面，没好气地责怪眼前汉子：“你这人怎么这样莽撞？他受了枪伤，子弹卡在骨头缝里了。”

江龙举着火把过来，照着詹姆斯挂在胸前的手，马上扭过头去：“老铁呢？我下船前再三要他照顾好詹姆斯的，怎么让他受伤了……”

“呀——”陈明眉头打起疙瘩，“本来要带你们去据点休息一下的，看来不行，詹姆斯要尽快去武汉动手术，跟我走吧！”

其余三人几乎异口同声：“跟你走？”

陈明板着脸说：“到武汉一路艰险，领导派我护送詹姆斯，人交给我吧！”

乔子琴与江龙望了一眼，又是一起问：“我们呢？”

陈明不理他们，招呼几个游击队战士过来，用命令的口气对夏勇说：“大副，我再给你几个人，必须在天亮前把船斫沉，从船外侧那边凿洞，让它翻倒在江里。”

“啊，船长还被锁着，先要把他弄出来。”夏勇说着就带着几个游击队战士回船上去了。

江龙已经换了一身干衣服，现在扯着陈明的衣袖说：“外国记者可是我从长江里救上来的，凭什么要把他交给你？”

“他又不是你的私人财产，我奉上级命令执行任务，要将他送到美国大使馆。”火把下，大胡子的眼睛熠熠生辉。

“就因为这个老外，湖城的日军要抓我，我也回不去了，最起码，也要和你一起护送他。”从他浮水上山，看到那么多人悄无声息地搬走了物资，他亲眼看见了新四军、游击队的严明纪律，还有那雷厉风行的作风也震撼着他，知道“命令”“任务”的分量，这才提出要求。

陈明却拍拍他的肩膀说：“你太辛苦了，赶紧与我们部队一起去休息一阵。”

“我身体好，没事，我答应李会长，一定把詹姆斯送到武汉的……”其实，他知道女医生要与他们一起去武汉，江龙就莫名高兴。与仙女一般的女人同行，心里就是舒服，生疮害病也不愁了，于是暗暗下决心，一路上要保护她。

他从来没接触过这么漂亮又温柔的女人，给自己治过病，还没报答她呢。他们一起从运尸船翻上轮船，托起她的时候，那么柔软的身子，那么好闻的气息，让他忘掉了一切恐怖，即使路上有再多的艰难，也是一件很快乐的事情。

他听过《千里送京娘》的故事，说的是赵匡胤见义勇为，救了一个弱不禁风的女子赵京娘，真诚地伸出援助之手，迢迢千里相送。一路兄妹相待，日夜兼程，起居饮食坐怀不乱，凭一身正气和高强武艺，安全地把京娘从山西送到湖北的家中……

听书的时候，江龙就佩服，认为赵匡胤真是一个仗义的好汉，也可能正因有这样的侠义精神，最后才能当了开国皇帝。

现在不但有个美女，还有一个大胡子洋人，爱国的正义之气涌上心头，又想起小黄毛，他的声音哽咽了："为了他，我徒弟都死了，我不能做个半吊子。把外国记者送到了，我就跟你回来，打鬼子，给我徒弟报仇。"

见江龙几乎要哭了，詹姆斯也结结巴巴为他说情，说他身体好，水性好，力气大，路上没他不行。

"好吧！只要不倒下，我就带着你走，事办完了，我们再一起打鬼子。"陈明对江龙点头后，便对乔子琴说，"一听声音，就知你是女人，你回吧！"

乔子琴还没说话，詹姆斯比刚才陈明拍到他伤口还痛苦，耸耸肩膀摊开手，连声说："不，不，不，我肺炎，我枪伤，她是，我医生，没她，我活不了，她要，不去，我也不走……"

这三个人干吗非要绑在一起？陈明眉头打结，无可奈何，接受了上级的指示，总要完成任务，也学外国人耸耸肩膀，问道："东西带了吗？"

小黄毛拿到的东西少了日记本，但是，李宇已经照了相，胶卷由乔子琴保管着，詹姆斯已经知足了。

其余东西路上带着也不安全呀。父亲开照相馆，乔子琴也学了不少本事，意外发现李宇给的日记胶卷是洗过的，与父亲给的照片放在一起，缝在自己肚兜里。

小黄毛弄来的胶卷也是父亲冲洗过的，用油纸包裹好，再用层层叠叠的纱布缠到詹姆斯的腰间，里面涂满膏药，外面抹了红药水，活像是剖腹产开刀后还没有拆线。

詹姆斯跟着就要解开大衣给他看,陈明忙不迭摇头:“看什么? 我又不是你们大使馆的,你收好就得了。快走,快走! 离这里越远越好。”

“不是有船吗?”江龙不识时务地问。

“上水船慢,”陈明接过火把,回头盯着他,“能跑得过日本的巡逻舰吗?”

第七章　湖岸边获救

哪里路难走，陈明选哪条路。乔子琴的包被江龙驮着，还是累得气喘吁吁，她怀疑领路人存心给她下马威，逼她向后转，可自己已经没有退路了。

天蒙蒙亮，下了一个山坡，来到一片林子里，陈明给他们几个面饼，指点他们往西走，说一会来追他们。一个女人、一个伤员，江龙虽然年富力强，但此时脑袋痛得像要炸开一样。现在无人监管了，他们都坐下来喘气，谁也吃不下东西，一个个歪倒在地上。

天已经大亮了，陈明才回来，提着个包袱，一身烂泥，手上还划破了几个口子，看他们居然在地上睡觉，大发雷霆，把他们臭骂了一顿。

见三个人都不吱声，这才拿出几张通行证，让他们拿着以防万一，还警告他们要主动跟上他，他是不等人的。如果走散，就到武昌武珞路宝通禅寺找知客僧慈航，在寺庙的寮房住下来，等待和其他人会合……

江龙浑身一点劲都没有，但被他骂清醒了，打起精神说，他去武汉玩的时候去过，好大一座庙，过去是皇家寺庙。

“哪那么多废话?”陈明打断他的讲述，说，“大家要统一口径，就说乔医生是读书的少爷，詹姆斯是‘他’的外国老师。南京大屠杀逃出来，乔家老爷先逃到武汉去了，我与江龙是家丁，护送你们两人去武汉会合。”

几个人风马牛不相及，这样扯在一起好像才说得通，几个人都说记住了。听江龙喊他老大，陈明咧嘴一笑，说自己叫陈明，平时就喊他大烟袋吧。他想想不放心，让他们把各自的假设身份说一番，联络地点说两次。

“不对，不对，糊弄鬼哩。”正要起身，陈明瞅了瞅乔子琴，摇摇头，从腰间抽出一把匕首，递给詹姆斯，嘴一努：“把乔医生的头发割了。”

“抗议!”詹姆斯后退一步,瞪圆了蓝眼睛,“你,这是,侵犯,人权——”

乔子琴听到“人权”两个字才明白过来,捂着棉帽子的两个耳搭子,尖叫着跑开了。

游击队长抄着手冷笑:“七九六十三,行人把衣单,半上午就热起来,谁还戴棉帽子走路?不割头发,就恢复你女人装,说你是乔小姐,美国人是你丈夫。”

“我不……”乔子琴难为情地羞红了脸,坚决否认。

“不什么?我们完全不是一路人,八竿子也打不着,怎么走到一起来了?不这样说怎么说?”陈明很不客气地呵斥道,“服从命令听指挥,换衣服去!”

一辈子没遇过这样凶狠的人,乔子琴想想没办法,饱含眼泪,从江龙那里拿过包袱,走到林子深处去了。陈明又打开他带来的包袱,拿出长衫、礼帽、墨镜、围巾,将詹姆斯打扮成个绅士,外面再披上大衣。

江龙像被抽了筋一样浑身无力,没精打采地说:“我们现在有良民证,能不能找车或是坐船走?”

“别抱侥幸心理,美国人这样子,也就瞒得过路人。”陈明横了他一眼,“怕苦怕累就回去!”

众人不敢再说话,默默无言随着他赶路。但是,走了一阵子,要过渡了,陈明想想,要乔子琴还是装成男人。

平天湖口东岸站满了要渡江的百姓,日本兵夹道检查,一个日本兵牵着狼狗站在渡口处。乔子琴头上戴着帽子,身上穿着棉袄,脸已经涂黑了,江龙却满脸通红,詹姆斯下巴已经开始滴汗。这三人的样子都怪怪的,与将要过渡的男女都不一样。

陈明抓耳挠腮看了詹姆斯一眼,把枪插进怀里,心一横,做了最坏的打算。还没走过去,一阵汽车马达声由远及近。他把詹姆斯一把拉进树林里,迅速趴在草丛中,看见卡车上全是日本兵,一个个跳下来把守着口岸,咕噜了声:“冲我们来的!这边的鬼子晓得船被劫了。”

他刚说完,狼狗朝着这边狂吠起来,后面只听见日本兵喝叫着,紧接着便是几声尖锐的枪响。

陈明当即说了声:“快撤!”几人猫在草丛里,迅速向后跑去。一口气跑出十多里,乔子琴实在跑不动了,江龙拉着她,连拖带拽才勉强跟上。

到了山里,已经半下午。江龙看着乔子琴嘿嘿直乐。汗水把她脸上的泥垢冲成一道道的痕迹,她又用手在脸上抹了一把,跟唱戏的大花脸似的。

她瘫软在地上瞪他一眼:“还有心思笑!”

詹姆斯从口袋里拿出一块手帕递给她:“乔,擦擦。”

陈明看了看詹姆斯,心想,外国人到底不同。詹姆斯知道他眼神的含义,解释说:“这是夏勇的。”

这回可算是遇到难题了,如果不能渡湖,他们困在这里,越拖延越危险。陈明领着他们绕着湖边走,看能不能找到过去的办法。

来到一片长满芦苇的河滩,几个人钻出去,看见一条弯弯的小路,包围着一泓碧水,湖边除了芦苇就是荒草,唯一一棵歪脖子大柳树比较醒目。

陈明说,这里应该有打鱼的人家,可能借得到船。让江龙往右边走,自己往左边走,看看能否找到一条小船。其余两人等在这里,天黑前一定在这里聚集。

天空阴沉沉的,江龙满眼迷茫,脚步飘浮,正要往左边走,听到詹姆斯噢地轻叫了一声,回头一看,乔子琴解开詹姆斯衣服,像是为他清洗换药。詹姆斯不知道说了句什么,阳光下,两人笑起来像是两朵花,一朵是黄花,一朵是白花。

看着他们亲昵的样子,江龙心里有种说不出来的难过,头更疼了。他甚至想,自己的肩膀上也来那么一枪多好,也能让乔子琴这么待他。

乔子琴救了老外,救了自己,可自己却没有帮她做点什么。男子汉要女人照顾,总觉得有点理亏。现在自己要是找到小船,就是为她做点什么了,赴汤蹈火也要去做。

我们三人走到一起,怪怪的。乔子琴为什么要吃这么大的苦,冒这么大的风险,跟着我俩跑出来?她是为我吗?不对不对,我们两个才不是一路人哩。为詹姆斯吗?可她是有未婚夫的呀。运尸船还是她未来老公公办的通行证,他怎么会让没有过门的儿媳妇跟我们走?一个是下苦力的,一个是没根没底的外国记者。

啊,听人说,教会的人都是上帝的孩子,一律平等,给人看病都不要钱,她出来是照顾我们两个的。她对我不也很周到吗?连小黄毛都不嫌弃,把他打扮得人五人六的,可惜死得亏呀……

江龙心头杂念丛生,就像这江滩上已经飘过芦花,只剩乱糟糟的芦苇秆子一样。他浑身发热,嘴里像要冒烟,俯身喝了几口湖水,站起来,突然发现芦苇里面藏着一条小船,虽不大,但四五个人还是坐得下的。他眼睛一亮,人也有了精神。

船在这里，主人应该不远。再往滩涂里面走几步，果然看见一间茅屋，门前晒着一张渔网。他正要走过去，一个女人走出来了，红格子头巾包着脑袋，收了渔网，就要进屋。

江龙像是见了救星一样，但是不敢唐突，叫了声“大姐”，就说要口热水喝。

女人十分吃惊，瞪大了眼睛，问他是一个人吗，从哪来的，怎么走到这里来了。

他想起乔医生说，要有点盐开水洗洗老外的伤口就好了，马上就说，身后芦苇丛那边还有两人，都要热水。

“都是逃难的人吧，快把他们叫来呀，”女人很热心，“我烧热水去。”

江龙已经全身发软，扶住门框，有气无力地说：“能不能，请你当家的，去找他们？我、我……”

“我男人，带孩子去卖鱼，被鬼子打死了，就剩我一个人了……呜呜呜……”女人的哭声悠远又空洞，后戛然而止，接着一声惊叫，因为她看见那男人已经倒在门边了。

她四顾茫然，想想，还是朝他指着的方向跑过去。

临近傍晚了，陈明和江龙还没回来，詹姆斯和乔子琴正着急，一个女人跑来，对他们说：“你们、你们是不是有个大兄弟脸通红的？”

乔子琴马上从地下爬起来问怎么了。天有点凉，她套着大棉袄，戴着棉帽子，像个半大男孩，可是一开口就暴露了性别，女人反而放心了：“他倒在我家门口了。”

詹姆斯有几分警惕：“你是，什么人？”

“打鱼的，人家叫我应姐，不管是不是你们的人，都帮个忙吧。”总算还有大个子男人，尽管声音有点怪，但能够出把力了。

女人赶紧说：“我到渔村去，找个郎中来，看看能不能帮他治病？”

“不要，”詹姆斯说，“我们，能救他，快，带我们去。”

“你们，还有人？”女人四顾望望。

“有的，一会就来，一定，能找到，你家的。”

见詹姆斯迈着大长腿朝女人来的方向走，乔子琴也跟着追过去。应姐把他们带到家门口，果然见江龙倒在地上昏迷不醒。

乔子琴奔过去,扶不动,叫应姐帮忙。女人努努嘴,说:“有男人,干吗要女人出力?”

知道她看出自己是女人了,乔子琴只有说这是自己的大学老师,肩膀受了伤,逃难到这里,要一些热开水。

屋里漆黑的,应姐点着了油灯,这才出来搭把手,把江龙扶进前屋的床上。乔子琴让他平躺着,要了一条毛巾用冷水打湿,敷在他额头上,又走到詹姆斯身边。

进屋后应姐摘取了头巾,模样清秀,30岁还不到的样子,头发像已婚妇女那样,在后脑勺挽了一个发髻,粗布蓝大襟上缀着几个补丁,手脚麻利地到后面烧开水。

乔子琴放心了,拆除了詹姆斯肩膀上的绷带,见伤口周围已经红肿,眉毛打了疙瘩,连忙解开自己的包袱。

女人盛了碗开水来,见男人衣服脱了一半,肩膀褪出来,周围一片红肿,十分吃惊。乔子琴让她把碗放在桌子上,取出两颗消炎片,丢进去化开,用一小团棉花蘸水,轻轻地为他擦洗着。

然后又请应姐又去端了一碗开水,乔子琴拿出两片阿司匹林,融化在另一只碗里,让应姐喂江龙喝。

江龙嘴唇已经开裂,有滋润的热水,尽管昏迷着,也贪婪地一口口喝了下去,呼吸这才平稳了一些。

应姐这才问他们要去哪里,乔子琴就把陈明给他们编的谎言说了一遍,问她家是不是有船。

女人只是说:“外面很乱,你们一个伤员、一个病人、一个女人,再说你们的人没到齐,怎么走啊?在我家将息几天再说吧。”

“不行,”乔子琴说,“要尽快把我老师送武汉去医治,我父母也着急呀,等着我们哩。”

“不是老师,是未婚夫吧?”打鱼的妇女毕竟比农妇有见识,拿他们打趣,“哪有外国老师带着学生跑的?”

总算有个落脚的地方了,詹姆斯心情好起来,决定添点作料:“乔小姐,学外文,我教她,爱她,保护她……”

逃难的人也这么有意思,女人捂着嘴笑了:“哦,原来你们是一对……”

“不是的，不是的……”乔子琴急了，涨红了脸，嗔怪地瞪着詹姆斯。

“老丈人，要同意，才算数……”詹姆斯穿上衣服，站起来，一本正经地说，“让我，早点，定亲，把小船，卖给我……”听着洋腔洋调的话，连乔子琴也笑了。

“我家靠这条小船打鱼，给你们了，以后怎么生活？”

乔子琴在贴身的口袋里掏一阵，掏出一只金戒指递给她：“这个给你，可以换不少粮食吧？”

女人接过来，两眼放光：“哟，这是未婚夫给的吧？外国女婿就没有别的东西？逃难最少要带只箱子啊！”

詹姆斯说：“还有人，走散了，拿着东西，一会要找来……”

“啊，我去做饭给你们吃。”应姐又到后面忙碌起来。

白天只是为了保命，没感觉到饿，现在才发觉，肚子扁了，前胸贴后背，两人坐在破桌子前，毫不客气地等着吃饭。

过了一阵，詹姆斯警惕地走到门口，四周望望，前不巴村后不巴店的，回来用英文对乔子琴说，这地方不能久留。

乔子琴却认为一个渔妇不必警惕，她担心陈明，不知他到哪去了，能不能找过来，说：“就在这里等他吧，人一到我们马上走。”

“我这里贫寒，留不住客……只有些剩饭咸菜。”应姐端着饭菜出来了。

肚子饿了，也说不得好歹，三人胡乱吃了。江龙还没有醒来，女人收拾了碗筷，突然爽快起来：“我说，你们也别等了，住一晚上，明天，我划船送你们过湖，再跟你们一道去汉口。”

“武汉有亲戚吗？”乔子琴关切地问。

“有个堂哥，在汉口珞珈路上的利民医院，正打算去奔投他。和你们结伴走，也能带你们治病去。”

本来，女人夹在两个男人中间就不方便，多个女人多个伴，乔子琴高兴地说：“一道走吧，相逢是缘分，一路上也能相互照应。”

三个人都高兴，两人因为有船了，一人因为有伴了，都松弛下来。应姐带着乔医生洗脸洗脚，还到厨房后面上了厕所，然后让詹姆斯与江龙睡，她与乔医生在里面床上睡。

詹姆斯虽然很疼、很困，还是有几分不放心，说要回歪脖子树下去，担心陈明找不到这里。应姐说，四周就自家一处地方，有灯，人来了，只要往这边走就看得见。

乔子琴也觉得，既然说好在柳树下等，现在处理了伤口，吃了饭，安顿了江龙，还是得回去。

应姐说："你们人生地不熟的，还是我去吧，你们能睡就睡一会，照看着这个大哥。"

两人累得够呛，没有再坚持。应姐提出一盏马灯，头上又扎上了那条红格子头巾，见乔子琴望着她，解释道："月子里受了寒，出门要避风。"

折腾了几天，终于有个歇脚处，等她出去，乔子琴就进里屋躺下了。詹姆斯想，毕竟在野外，开着门不好，等女人回来自己再去开就是了，于是就去插门。

刚关上门还没闩，一股强力袭来，门被推开，粗犷的低声在门边响起："老詹，快走！"

"大烟袋？"这是他们在路上约好的称呼，詹姆斯惊喜地问，"这么快，应姐找到你了？"

"快走。"陈明在外面不耐烦地跺脚。

詹姆斯下床就朝里间走："我喊乔小姐去。"

他急了，吭吭又咳起来。乔子琴被他的咳嗽惊醒，一边穿衣一边出来："怎么了？"

"大烟袋来了，让我们走。"

乔子琴二话不说，返身进屋提起包，跟着就喊江龙，怎么也喊不醒。

詹姆斯已经出了门，问："江龙怎么办？"

"留这里养病。快走！"

陈明脚步如风朝前走了，詹姆斯返身回屋，扯起乔子琴就走："你要不走，他就走了……"

乔子琴提起来包袱，跌跌撞撞出门，被詹姆斯拉着跑，终于追上了陈明，不满地嘀咕："应姐说，和我们一起去武汉，还说借船给我们的，不能这样不仁不义……"

"你要讲仁义，就留下来陪伴江龙吧！"

陈明斩钉截铁地堵住了乔子琴的话，詹姆斯也不敢再说了。

月光如银，湖水泛着银波，天地间明晃晃的。陈明领着他们来到芦苇丛中停船的地方，把船推出来，三人上船，他划动船桨。小船离岸了他才说："仁至义尽？带上不相干的人，万一有意外，不是害了人家吗？”

“江龙……也不是不相干的人……”乔子琴依然嘀咕。

“你能背他走？”陈明冲她说。

詹姆斯问：“借的，船吗？应姐，堂哥，在利民，医院……”

陈明并不正面回答他，只是说：“我说你怎么像小孩？一个……打鱼的女人的堂哥……最多是帮工的，肯定是小医院，能解决你的大问题？乔医生不同，有同学在武汉大医院上班，要不然，我也不带她走。”

这人太无情，还公开把话说出来，乔子琴有受利用的屈辱。她想想又不服气，人家江龙发高烧，是给你们送信下江水的，就这样扔下他，太无情无义了。应姐是去找你的，到底见面没有？于是问了他一声。

“没见人。”

陈明冷冷的回答让乔子琴更不满了：“我们受惠于人，却把人家的船开跑了，不厚道吧。”

“抗战卫国，多少人命都丢了，以后把船还给她。”陈明才说完，突然把船往边上靠，低声警示，“都弯下腰！鬼子巡逻舰来了——好快呀！”

突突的马达激起满湖波涛，小船像是一片树叶在水中漂浮，好在进了芦苇丛中，既避免了浪打船翻，也没有暴露目标。

詹姆斯想，这么惊险，幸亏江龙没来，养好病就回去吧！

乔子琴也想，应姐，你还是在自家中安稳些……

江龙昏昏沉沉，睡了多少时间也不知道，当有意识的时候，只觉有人给他喂鱼汤，睁开眼睛，是那个收渔网的女人。他模模糊糊想起，自己倒在她家门口了。他跟着就爬起来，说要去找同伴。女人将他按住，说他们昨天晚上就走了，还把自家打鱼的小船也偷跑了。

“啊？不会，他们不是这样的人。”江龙分辩道，“你一定弄错了。”

“不会错的，一个大个子的男人，肩膀受了伤，手吊着；一个像是小男孩，其实是女的。他们在大柳树下等你，我去把他们叫来，抬你上床，女的还给你吃了药……”

“还有一个，叼着大烟袋的大胡子……”

“天黑了，吃了饭，换了药，他们说，那人应该到柳树下了，我去找，没找着，回来后就没人了,船也没有了……”

“我找他们去!”江龙说着下床来,才发现自己穿着短裤,“这,这不是我的……”

女人捂着嘴笑:“我给你喂了中药,你的裤子尿湿了,这是我,男人的……”

天哪,素不相识的女人给我换裤子?江龙真想把脑袋缩到裤裆里:“我……等把事干完,我来报答你!”

“怎么报答?”女人羞羞答答地说,自己丈夫也死了,一个人过得艰难,要不嫌弃就一起拉扯着过,日后不打仗,真要回老家去,再去和老婆孩子团聚也不拦着……

哪有这样的好事?江龙赌咒发誓,说自己就一个单身汉,给乔老爷当家丁,那家人先到武汉去了,派他和大烟袋接小姐……

女人听他嘀咕着,也不答话,把洗好晒干的裤子拿过来,又烧饭菜,等他起床,像夫妻一样面对面坐着吃饭。江龙有做梦的感觉,问女人说的话是不是真心的。

应姐夹了一条鱼给他,这才说:“你要我说真话,你得说真话才是。”

“我说的都是真话,骗你是小狗……”望着女人亮晶晶的眼睛,江龙的心怦怦直跳。如果说乔医生是天上的仙女,那么这个女人就是织女下凡;那一个是可望而不可即的,这一个近在眼前,这么温柔善良,伸手就能抓得着……

他想着想着,竟有点发愣,碗里饭没有了,他还用筷子往嘴里扒。

女人微微一笑,说给他盛饭,就去拿他的碗。江龙的一只手还捏着筷子,另一只手就去抓住女人拿碗的手,红着脸低声说:“你、你要不嫌弃,我、我就……”

“你以为这里还能住人?”应姐收回手来,把他的碗放下,“再说了,你不护送你们乔小姐了吗?”

“她,还有……”江龙突然没了底气。在码头上打单的时候,做梦都想有个家,有个女人给他烧饭,再生个娃,一个当爹一个当妈……

可是,乔医生怎么办?老詹怎么办?前方在打仗,大烟袋一个人顾得过来吗?自己说了要送他们去武汉的,男子汉大丈夫,说话不能算狗屁。

想到这里,他马上放了筷子,拔腿就往外走:“谢谢你收留了我,救了我,等我把事办完,一定来报答你,做牛做马都行。”

“你到底要办什么事啊?”女人拉住他。

“不是说了吗？”江龙的舌头有点不听使唤，但还是按照陈明的吩咐说，“我要送小姐，还有她那个老师，到武汉找到乔老爷，可以领一大笔赏金，可以，可以给你买船打鱼！”

“他们走了那么长的时间，你还追得上？”

不知道是乔医生的西药管用，还是这个女人的中药管用，江龙退烧了，浑身有劲了，他挥挥胳膊，说：“追得上的，一个伤员、一个女人，走不快。”

女人一边收拾碗筷一边问，他说的大烟袋是干什么的？

“他是……”江龙差点要把他底细说出来，打个饱嗝，把话咽下去了，转而说，“跟我一样，家丁，有武艺，是保镖。”

“要走，带我一起走。”

“你到哪去？”

昨天说的话，应姐又说一次，江龙精神一振，觉得病全好了，赶紧说好，两个人一起走也有个伴。

女人就絮絮叨叨说，城里喝水都要钱，没房子到哪住去？还问东家给不给他钱。

能不能拿到钱？这是江龙从来没考虑过的事。但是美国记者路子广，好歹能给他找个吃饭的地方吧，他马上拍着胸口说：“一路上我没有功劳也有苦劳，东家好歹都要给几个！”

他催着要走，女人就说时间不早了，没有船也不能过湖，他身体没有完全恢复，又给他端了一碗中药来，让他喝下去，还给他烧了一锅热水，让他洗洗擦擦。这架势，真把他当男人侍候了。

然后，女人端了一盆热水进自己房间，把门闩上了，半天没有出来。江龙去推门，应姐问他要干什么，让江龙羞红了脸，两只脚在门口来回蹭，把地下蹭出了两个坑，却半天说不出话来。

他又拍门，这回想到理由了，说是不是睡前还要喝药。女人说明天早上喝。他鼓足勇气，说要帮她倒洗脚水，女人说明天早上倒。

没话可说了，他憋红了脸，憋出了一身汗，终于憋出了一句话：“你不说我们一起过日子吗？”

“到武汉再说吧，现在我不舒服。”里面灯灭了。

不用说让他上床了，连门也不让进。江龙自讨没趣，江龙甩了自己两个耳光，怏怏地到床上躺下，不知道什么时候才睡着的。

再醒过来，天已经亮了，饭也烧好了，连洗脸的热水都烧好了。女人笑吟吟地望着他，像昨晚什么事都没发生一样，只是叫他洗脸吃饭。

倒是江龙讪讪的，叫她一起吃。女人说先吃过了，让他赶紧，饭后还要赶路呢。

要出门了，女人拿出梳子，把他的小分头梳整齐了，还抹了点香油，把丈夫的良民证给他，说他以后这一路都要冒名顶替了。

女人自己已经收拾好了，穿一件紫色碎花棉袄，扎上了那条红方格围巾，十分顺眼。江龙心一动，但是接过那张纸片，又呆住了，顺过来倒过去地看半天，傻傻地问："我叫什么名字啊？"

"你不识字？"应姐像看一个怪物。

江龙诧异地问："你还认字？"

"男人教的，要不然，怎么卖鱼？"她很自然地说。

然后，应姐再三叫他记住，他姓王，叫国仁。他念了几次，突然把良民证扔掉了："这个名字不好，亡国人，我干吗要当亡国的人呀？"

"名字就是个号，叫什么都一样。"应姐捡起来塞进他的长衫衣兜里，说千万丢不得，否则在敌占区寸步难行。然后，他们每人背一个包袱，就像回娘家的小夫妻。

果然，湖口过渡的堤坝上就有关卡，鬼子一个个检查，还有人拿着一张图，对每个男人仔细打量着。他偷偷伸头一看，乱蓬蓬的头发、乱糟糟的胡子，还有圆鼓鼓的眼睛，不是在湖城通缉自己时的画像吗？大关撕了一张给他看过的。

幸亏他穿了长衫，梳了小分头，又耷拉着眼皮，与那个画像相差甚远。但跳板旁有一条蹲坐的狼狗，见他过来突然站起，冲着江龙龇着獠牙狂吠。

守关卡的是戴着白手套的日本军官，狐疑地扫了他们一眼，手一松，狼狗直接拖着绳子扑过来了。

应姐像是保护他，一步跨过去，那狼狗蹿到离她不到一丈的位置，汪汪叫了两声，倒退了两步，好像害怕似的扭头往回走，这才让他们过渡。

第八章　行路时遇险

通往九江的道路很难走，连沿途小镇路口都架了铁丝网，都有日本人把守。日军不仅从下江源源不断地运来人马，从南昌方向过来的日军也很多。

离开小山村非常匆忙，陈明他们并没有一直沿着大路往西走。他们三人，即使做了伪装，也难通过敌人的封锁线。

越走越热，棉帽子戴不住了，老棉袄也穿不住了，乔子琴又换了女装。背的那个小布包太显眼，她就斜挎在衣服里，脸上抹了一层灰，但娇小的身材、独特的气质，还是像个稚气未脱的学生娃。

乔子琴原来还指望江龙能护送她到重庆，半路上他又生病了，匆匆忙忙不辞而别，只能跟着这个黑炭头。

这家伙，要论本事，自然比江龙强多了，但是他对自己那么戒备，又凶又狠，即使能带自己到汉口，也不可能把自己送到重庆的。

还是江龙忠厚可靠，又是家乡人，身体也好，在倒春寒的江水中进进出出那么多回，铁人也扛不住，他能坚持到现在才倒下，也多亏身体棒……那里没医药，他的病能好吗？就这么把他甩了，真对不起人！留下江龙，不免让她心生浓郁的惆怅，甚至怪陈明不近人情。

现在，只有詹姆斯这个黄头发白皮肤的老外使人亲近，伤势那么重，对她还是温柔体贴、彬彬有礼。逃难路上，自己蓬头垢面，他依然把自己当仙女一样，这使她的虚荣心获得极大的满足，为胆战心惊、惶恐不安的逃亡之路带来了一丝安慰。

这一路走的全是人迹罕至的山林，十分辛苦，到了傍晚时分，他们看见了公路。三人趴在草丛中，陈明观察了一会儿才叮嘱他们："这是必经之路，过去的时候，能跑多快就跑多快，千万不能停下……”

暮色之下，远远的北边关卡隐隐有亮光，不用说，肯定就是日军的据点。日军不傻，这么重要的通道居然没巡逻队？正疑惑间，忽听远处传来一阵整齐划一的脚步声，日本人也没打开手电，也不说话，只是机械地赶路。

陈明嘱咐他们拼命跑过去，不论发生什么事都不要回头。三人就像子弹一样射出，詹姆斯冲在最前面，陈明稍慢一步，听到身后有脚踩在石子上的哗哗啦啦的声响，心里暗叫坏了！

果然，乔子琴跑过去的时候踩在石子上打滑，扑通一下摔倒了。

“哈丁克塞闹！”鬼子怪叫一声，便发出两声枪响，接着一束雪亮的灯光照射过来。陈明向前扑去，把腿向后一伸：“抱住我的腿！”

乔子琴还没反应过来，一只穿着布鞋的腿就踹在她胳膊上。也顾不上疼了，她赶紧抱住那只臭脚，被拖着迅速向对面爬过去。

从公路滚落在乱草丛里，乔子琴摔得稀里糊涂，又被陈明一把拖起：“快跑！”

两人钻进芦苇丛里，猫下腰一路狂奔。她实在跑不动了，又被那双钢钳一样的手死死掐在腰上，几乎是半抱半拖着走。

詹姆斯最先跑进芦苇荡中，辨别不了方向，一个劲地狂奔，也不知跑了多少路。没见陈明和乔子琴两人追上来，蹚到一汪子水，趁机洗了手脸后才稍稍平静下来。

他找一个干净的地方坐下，歇了好一阵子，久久不见陈明和乔子琴到来，于是焦躁不安地站起来，趁着月光，往东边张望，又小声呼喊：“陈、乔，在哪里——”

回答他的，只有一阵阵风声，一阵阵芦苇响动，将他的声音消弭于无形之中。只剩下我一个人了？他越想越紧张，日本人会不会把他们两个打死了？不然，这么长时间了，他们也应该追上来了啊。

这下真是全完蛋了，没有了陈明和江龙的保护，没有乔子琴天天给他换药，他还能支撑下去吗？还能越过日本人的重重包围到达汉口吗？

正在绝望的时候，隐隐听见东边发出窸窸窣窣的声音，詹姆斯赶紧一骨碌趴在草丛里，仔细朝响声望去，不是他们是谁？

正要喊话，就听乔医生的声音，那是压抑的尖细的叫喊：“你这个流氓！”

詹姆斯怀疑听错了,但跟又着传来一声叫喊,他情不自禁地重复了一声:“流氓?”

他顿时跑出去:“陈,你在,干什么?”

与想象中的场面差不多,陈明站着,手叉着腰。乔子琴坐在地上,呼呼地喘气。

詹姆斯冲过去拦在两人面前,像老鹰护雏一样,把乔医生保护在身后:“欺负,女人的,不可以——”

陈明气得双脚直跳:“我欺负她?她为什么要来?为什么跟着我们?为什么要来吃这么大的苦?是不是为了出卖我们?”

“哪个说我出卖了你们啊?”乔子琴在他身后放大了声音。

“还没有?那么警告你,当心!赶快!不能发出一点声音……你呢?踩得公路上的石子乱响,居然摔在地上,存心给鬼子报信是不是?”

听陈明这么一说,詹姆斯放心了,伸出大巴掌,搭在陈明肩膀上:“不,不,不,乔,不是,这样的人,我保证。”

“保证个屁!”陈明身子一扭甩开他,“我只保证你的安全,没有保护这个女人的义务——她就是我们的拖累,跟着来就是别有用心!”

詹姆斯也疑惑了,她也真是的,医院那样好的条件,在城市养尊处优,为什么要出来受苦呢?

“我没有别的用心,绝对没有!”乔子琴也顾不得地上的污泥了,一屁股坐下,哇哇大哭。

难怪陈明对自己这么粗暴,原来是怀疑我,真是冤枉啊——贪图詹姆斯的钱?他是个一名不文的穷光蛋;贪图他的人?我是有未婚夫的,要贪图他身上的那些证据,在湖城早就把他出卖了…… 是的,从陈明的身份来说,他怀疑我理所当然。这也是我最忌讳的事。对外面都说李潒在上海做生意,其实不是,他在为国民党做事,还是机密的事,是与共产党为敌的。如果他知道我的身份,一定会将我半路扔下的。

詹姆斯听到她低沉的哭泣声,就像小爪子挠心一样,隐隐作痛。尽管,詹姆斯对乔子琴的跟随有些不解,但这么好的女人,男人都应该珍惜啊。大烟袋是个大老粗,用中国话说,一点不会怜香惜玉。

想到这里,他为这个娇小的女人辩护:“大烟袋,你的,不知道,她公公,为护送我，花费，许多钱，买物资，让我，上船，才能逃脱……”

陈明冷冷地问：“干什么的？”

“自治会，会长。”詹姆斯老老实实地回答。

“哼哼，自治会会长，大汉奸，是什么好人？他舍得花那么些钱，为的什么？为他的主子效劳，拿中国人的物资援助日军打中国人，那就是帮凶——你还当他是好东西？”陈明更生气了。

“物资，不都是，给你们了吗？”詹姆斯说。

陈明说：“那是船员有觉悟。”

“不，在湖城，他就，让我们，沉船的。”詹姆斯说，“船长，要炸掉，是我，说，留下，抗战的，让江龙，给你们，送信……”

“也不是狗会长的本意！”陈明固执己见，犟着脖子说。

“他，不为日军，翻译，日记本，罪证，还把手指头，削掉半个……”詹姆斯还要找证据。

“苦肉计！骗你们的——”陈明更生气了，拔出枪来，指着地上的乔子琴，“说我是流氓？怎么流氓了？我还说你是特务呢，能回答那几个为什么吗？”

詹姆斯见他拔枪对着自己心爱的女人，怒上心头，也拔出手枪对着他：“不管她为什么，她是，我的恩人，我要，为她，决斗——”

两个男人疯了！陈明还可以理解，是为了完成他的任务，詹姆斯却是为我……没被鬼子抓住，自己人却打起来了，这还了得！

情急之中，乔子琴一下子从地上爬起来，冲到两个男人中间，月光下，她的眼睛幽幽闪亮，声音沉闷，然而字字清晰：“开枪吧，让子弹从我身上穿过去！”

詹姆斯把她拉开，陈明怒吼一声：“滚——”

“你们不能死，你们不要死！”乔子琴用尽全身力气喊，“别忘了你们要办的那些事——”

声音在芦苇丛中回荡，渐渐消散，两个男人都将枪口朝下了。

“那，你们跟我说清楚，”陈明越过乔医生的肩膀，指着詹姆斯问，“洋鬼子，你！你为什么？”

詹姆斯耸耸肩膀，两手一摊：“这还，用说？日本人，大屠杀，罪恶……我，愤恨，取证，感召，正义，呼唤，和平——”

“你，为什么？”陈明又指着乔医生。

“我……被他做的事，打动了……”面对这两个充满正义感的男人，乔子琴自惭形秽，既不能说出事实真相，也没办法为自己辩解。

她缓缓走过去，偎依到詹姆斯身边，靠着他坚实的胸腹，突然加快了语速：“我欣赏他。他在日本人的魔窟中，搜集了那么多罪证，受了伤，还要长途跋涉，还要坚持反日，他是美国英雄，也是世界反法西斯统一战线中的杰出战士，我，追随他——”

“乔——我的爱——”詹姆斯本来将信将疑的，现在听她当众表白，欣喜若狂，放下枪就抱住她亲吻。

“啧啧啧，真肉麻，也不害羞——”陈明转过身去，插上枪。听了乔子琴的话，他也清醒了，想起詹姆斯的伟大之处，想起自己护送他的任务，为刚才的鲁莽后悔。

他余恨未消，一只手在空中挥了两挥，最后一甩：“你们……你们这个，这个，抱着就啃，真不要脸，这才是流氓哩。有本事，自己走吧，自己去西天送经！”

詹姆斯正为乔子琴的公开表白而高兴，没想到陈明要弃他们而去，忙上拉住：“陈的，不要走。”

乔子琴被詹姆斯抱住亲吻，羞愧难当，恨不得找个地洞钻进去。她接着赶紧表态：“陈队长，我真不是故意的，很少走这么远的路，双脚已经打泡了，又紧张又害怕，摔了一跤，差点酿成大祸，对不起……”

陈明心软了，叹了一口气，说：“你以为你是谁啊?！日本鬼子是什么，你知道吗？就是畜生！你知道他们对女人……”他实在说不下去了，一跺脚，也蹲在地上呼呼直喘。

乔子琴和詹姆斯无话可说，一个见过照片，一个亲自拍了照片，那一幕幕惨绝人寰的景象还历历在目，三个人都不再说话了。

狂风一阵阵袭来，天上乌云升腾，雷电霍霍，旁边湖泊波浪声声，芦苇丛也如千军万马仿佛要揭竿而起。狂风暴雨终于倾泻而下，茫然四顾，无处可躲，陈明被冷雨一淋，头脑冷静下来，霍然站起身：“别说废话了，走吧！”

过渡的时候，听到的不是凄惨压抑的哭声，就是痛苦的呻吟。有的人良民证皱了，看不清楚，日本人就说他是假证件，当场捅了一刺刀；一个老头不愿意鞠躬敬礼，鬼子就放狗咬他……

应姐拽着江龙的胳膊不撒手，拉扯着他弯腰低头，递上两人的良民证，江龙低声骂着："老子还真当了'亡国人'了吗？"

鬼子听不懂他的咕噜，应姐却听得懂，暗中掐了他一把，才止住反抗的声音。然后，江龙说情愿多绕一点路，也要选择僻静的地方走。

应姐着急，说那三人提前走了，只有抄近路才能赶上他们。路上，江龙坚决要帮女人背包袱，抖抖沉甸甸的，知道里面得有钱，他十分关切地说："雇一辆车吧。"

女人连连摇头说不行，车道和人道不一样，不是舍不得钱，错过就找不到他们了。江龙就笑她，说皇帝不急太监急。

"为你们小姐着急啊！那么娇滴滴的模样，说不定正等着你背呢！"

江龙想想是有道理，身边这个女人不一样，看起来很精干，是吃过苦的。乔小姐不同，詹姆斯不能背她，陈明是矮矬矬的个头儿，不会背她，还是自己背最合适。他想着背她的感觉，情不自禁笑起来。女人就问笑什么？

他拉住她胳膊："猪八戒背媳妇。我来背你吧！"

应姐突然把他甩开，正色道："谁是你媳妇？"

"你不是说，我们要在一起吗？"

"野合非礼。"女人突然说了句文绉绉的话，跟着就解释，"最起码，你也得有间房子啊！到武汉再说吧！"

江龙又高看这女人一眼，她包袱里有钱，肚子里有墨水，人也不丑，我怎能配得上她？于是他打消了非分之想，笑自己真是千里送京娘呢！

到底是在码头上混过的，江龙大方爽朗，偶尔遇到过路的、砍柴的，他都上前打听，是不是看到有外国人过去？

开头人家不明白，还说日本人就是外国人，已经打过来了。江龙摇头，说是美国人，大个子、蓝眼睛、黄头发，被问的人都摇摇头。

等人过去了，应姐对他说，大烟袋是保镖，一定是见过世面的。外国人太显眼，要么晚上赶路，要么已经化妆。这样是问不出来的。

这女人有见识，江龙觉得自己又矮了一分。再问对面来的人，就问他们是不是遇见三个人，一个大高个子，一个大胡子，一个小个子。果然就有人说遇到过，从相隔一天到相隔半天，渐渐拉近了距离，两人也加快了步伐。

眼看渐渐追上了，哪知突然出了岔子。

算起来,第二天就能跟上他们的。赶急了,他们中午坐在竹林里歇息。江龙爱惜女人,掏出干粮给她啃了几口,喝了点水,拢了些竹叶铺起来,让她躺一会儿,他坐到一边,卷些干竹叶当烟抽。

突然响起惊恐的尖叫,跟着女人号啕大哭:“蛇、蛇、蛇——”

竹叶沙沙响,一条青绿色的蛇从她的腿下倏忽钻过——竹叶青!

这可是头等剧毒的蛇!她的袜子和裤脚接口处敞开着,一截象牙色的脚踝上方冒出一个小口,眼看着口子的四周开始肿胀,颜色很快变深变紫……

不得了,中毒了!他一屁股坐下来,将她的脚放自己大腿上,俯下身子,立即对着伤口吮吸。他吸一口吐一口,再吸一口吐一口……

应姐看呆了,哭声顿止,醒悟过来更恐慌,连连捶打着他的背:“傻东西,不要命啦!”

江龙没时间说话,任她捶打,一直吮吸。最后,他吐出来都是鲜红的血了,再看应姐小腿变色的地方,已经基本恢复原状。还不放心,他又用双手挤压,挤出了许多鲜血,又拿出葫芦,倒水帮她擦洗,最后撕了一件衣服,用布条扎紧伤口的上方。

“管管你自己吧!”女人急了,让江龙张开嘴,摘下一根小竹丝在他喉咙挠。江龙禁不住呕吐了,一直到才吃下的饭团子化成了酸水,喷溅到女人身上。

他憨憨地笑道:“臭哩,脱下来,我给你洗洗。”

女人摇摇头:“衣服不要紧,命重要。”

江龙又喝水吐了几次,这才松了一口气站起来:“他妈的,老子真想放把火,把这片竹林都烧了!”

应姐站起来,疼得直吸冷气,还是说:“这里不能停留,快走吧!”

“来,这下,你要我背了!”江龙背过身蹲下,女人还是不干,说自己能走。

“放心吧,我不会一直背着你,背一阵,你得下来走一阵,不然把你背到汉口,我先累死了。”

“累死你,我还舍不得呢。”应姐趴到江龙背上,双手抱住他的肩头柔声说,“你也走慢点,累了就说一声,让我下来走。”

江龙背起女人就走。比起码头上的货物,一个女人算是轻的,江龙也没觉得多费劲,反而有几分甜蜜。

两人沿着荒山野岭赶路,一口气走了七八里地,翻过小山包,下面是条公路。公路上架着篱障，拉起铁丝网，出入通道竖立着两个简易瞭望岗楼，上面站着日军。

路边，还搭建了几间简易木头房子，旁边停着军车，一队日本兵守在关卡处，几十个百姓依次排队检查过关，真是戒备森严。这前不着村后不着店的地方，怎么会设关卡？

江龙想绕过去，可看那拉着铁丝网的远处也有日本兵站岗，而应姐完全像变了个人，从他背上跳下来，敏捷地向西奔跑。江龙赶紧跟过去。两人一口气跑上山顶，向下面眺望，山下湖泊沟汊密布，村镇、丘陵已经在极远的地方。

江龙抹把汗水，一屁股坐在石头上："歇会吧，反正现在也赶不上他们了。"

"都怪我。"应姐也坐石头上，撩起裤脚，伤口虽然颜色已经恢复平常，但是肉崩开来，像一朵血色的小花，疼得咬牙切齿的，却还在自责。

"你是有伤的人呢！怎么还跑那么快！"江龙心疼，赶紧把包袱里面的葫芦拿出来，冲洗了血，然后又把她的伤口包扎起来，让她躺着歇歇。

应姐就说不要紧，流血流得多，倒是把毒都排出来了，只是不敢再躺下，生怕有蛇。

"靠着我，我保护你。"江龙用胳膊搂着她，嘴里咀嚼着甜甜的茅草根，"应姐，咱们卷铺盖住在一起算了。"

"家都没有，怎么住一起？到了汉口，叫我堂哥帮我们找个住处，找点事干……"应姐羞涩地娇嗔道。

江龙怀疑不是真的堂哥，两人是不是还有别的特殊关系。

"看你说的，人家……不是，答应你了吗……"应姐推了他一把，跟着神情有几分凄然，"堂哥的一家人都死了，怎么死的要告诉他……"

"你告诉他，我们多生几个孩子，让他们长大了杀鬼子去，为他一家人报仇。"江龙沉痛地说。

问起来，其实应姐年纪并不大，模样也还算俊俏，用红格子头巾扎住头发，看起来就像出嫁不久的小媳妇。背着他，江龙心里甜滋滋的，想起了民间传说猪八戒背媳妇，觉得这趟出来不亏。

一直走到夕阳西下，山风阵阵，女人在他背上朝远处看，说山脚下有个院落，到那里歇歇脚吧。

两人走去，看见院门房门都大开着，从里到外没有一个人影。桌子上的一碗咸菜已经生蛆，三个饭碗里都有没吃完的饭，生霉了，筷子撒了一地。看来，三个人是正在吃饭的时候被抓走的。

卧室里有一张大床，被褥还算整齐，江龙把应姐放到床上，把屋里收拾干净，好在有米有柴，坛子里还有咸菜，灶台上有灯、火柴。江龙烧好饭，端进屋子里，两人坐在床沿上把晚饭吃了。他又烧了一锅开水，化了盐水给应姐洗伤口、洗脚，然后自己出去洗了个澡。看着江龙忙得像陀螺一样团团转，女人的眼睛也骨碌碌地跟着他转，然后眼眶就湿润了。

走了这么多天，第一次有吃有喝有住的地方，就像老天给他们安排好的一样。江龙把油灯放她床头，让她早点睡，说自己到堂屋用几根长凳子拼起来对付一夜。

“别走，”油灯下，女人的眼睛像两口井，幽幽的，语气也是幽幽的，“你……也睡床上吧……”

江龙的腿像是拴了铁块一样迈不动了：“你……腿疼……”

“你睡外面，我睡里面，碰不到的。”应姐先躺下了，留下半边枕头。

江龙就像做贼一样，悄无声息地爬到床上，在另一头和衣而眠。

那边发出窸窸窣窣的响动，江龙连忙爬起来：“你要撒尿？我去找便盆……”

应姐坐起来了，拉了他一把：“不是叫你跟我睡一头吗？”

“不不不，你不是说，家都没有……”江龙身子软绵绵的，一下就被拉过去了。

“这就是我们临时的家。”女人一边说一边给他解衣服，“你不休息好，明天怎么背得动我啊！”

女人的举动把他吓了一跳：“这，男女……”

“还不知道明天是死是活，你不想……尝尝味道吗？”

轻言细语，如在他耳边吹起温柔的暖风，让他的血流加速，全身像要爆炸一样难受。

在湖边的小屋里，她就说过要在一起过，可是他连卧室门都没有踏进。现在没等到武汉，就要在一起过了，他做梦都想着这样呀。

他扑过去，两人躺到了一头。女人将他的头抱在怀里，温暖绵软的身子贴得紧紧的，在波峰浪谷上一样云天雾地，他忘记了疲惫，忘记了伤痛，忘记了战争……

不知过了多久,江龙才从欲死欲仙中清醒过来。他胳膊上枕着女人的脑袋,头还是晕晕乎乎的,轻声问:“你,怎么对我这么好?”

女人好闻的气息随着轻言絮语送到他耳边:“你是好人,好男人。”

想到还在逃难的路上,他又从山峰落到山谷:“好什么呀!又没钱,又没房子,我看,这里倒还不错……”

“你是说,我们就把这里当家不走了吗?”

他嗯了一声,想,只要有个安身立命的地方,凭自己一身力气,养家糊口不成问题。

女人突然欠起身子说:“你那边是大事啊!”

这句突然提醒了他:自己是出来找女人的吗?这里能安稳一辈子吗?这可是人家的房子啊,这一家人说不定被鬼子抓去打死了,我们睡在这里算什么?再说了,我对陈明说要参加他们游击队的,他答应了,难道我说的话是放屁吗?难道我就为一个女人,把打鬼子的事丢到脑袋后面去了?

江龙醒悟过来了,路要一步步走,饭要一口口吃,赶紧到武汉。到了武汉先找她堂哥,然后到武昌武珞路宝通禅寺找知客僧慈航,打听詹姆斯的下落。等詹姆斯的事情结束就去打鬼子,把鬼子打跑了,再和这女人安家……

想到这里,他赶紧说:“啊,这里是敌占区,不安全,我们明天赶紧走吧!”

女人搂着他脖子,温润的气息似乎要将他融化:“我这一耽搁,就要拉开几天的距离,假如他们先到武汉,到哪去找他们呢?”

两个人都睡在一条被窝里,应该没什么秘密了。江龙正要告诉她,女人又问了一句:“那个外国人,是不是有什么重要东西让你护送啊?”

江龙一惊,幸亏没说,这是个秘密啊!他赶紧顺着女人话说:“那个老外啊,最重要的东西就是乔医生了。”

“你是不是也把她当宝贝呀?”

女人的话有股酸味儿,江龙反而很高兴:“人家是大小姐,又是当医生的,还有个有钱的洋人追着,我是癞蛤蟆想吃天鹅肉,不能把脖子伸到天上去吧!”

“有他们两个人护送还不够啊?半路上已经把你甩下了,你怎么还追着不放?”

这件事,江龙一想起来就不自在,江湖上混的人,抛弃朋友可是背信弃义呀。但一想到他们要干的是大事儿,又原谅了他们,他故意找别的理由:“人为财死,鸟为食亡,不就是为了钱吗?我也送了一段路,没有功劳还有苦劳哩!眼看快到武汉了,不找到他们,功劳不都被大烟袋抢去了吗?”

“是啊是啊,多少也要给你些钱,说不定我们能买间房子呢!”这女人果然财迷心窍,马上喜笑颜开,跟着就问,“不晓得你们乔老爷住哪里?在武昌还是汉口啊?离我堂哥那利民医院近一点就好了……”

他本来想说在宝通禅寺,就在武昌武珞路,后来一想,老爷怎么会住到寺庙里去呢?说不通的,而且那地方也是万万说不得的。他只有含含糊糊地说,只要找到大烟袋,他什么都知道。

第九章　山神庙藏身

在雨中疾走了30多里路，半夜时分，三人才来到一座颓败的山神庙。

陈明显然过惯了这种居无定所的日子，找到干柴火点着了，枯树枝毕毕剥剥燃烧，火焰升腾，驱散了寒意。

詹姆斯靠着墙，疼痛难忍，鼻息粗重，咬牙哼哧，身子紧紧蜷缩，跟秋风里的落叶一样抖成一团。他的伤口肯定发炎了，又淋了雨，发烧了。

乔医生支撑起酸痛的身子，扯下两块悬挂着的幛幔抖落干净，帮詹姆斯脱下衣服，将幛幔裹在他身上，对着火光查看伤口，果然红肿糜烂了。

陈明总是有办法，不知从哪里抱来一堆干稻草来，铺在地上，又把幛幔铺好："老詹，躺着吧，医生帮你清洗，我去弄点草药来。"

"你还懂草药?"乔子琴一半疑问，一半好奇。

"我什么都晓得一点儿，都是半吊子!"他走到门口又回过头来，"神像后面给你支了个地方，换衣服去吧。"

陈明冲进风雨交加的暮色中，乔子琴到神像后面一看，果然有块用帷幕围成的小地方，地上还铺着厚厚一层干草。她怔怔地愣了下，心头一热，没想到这么粗犷的男人，居然想得这么周到。

她把詹姆斯的伤口清洗干净，这才拿出包袱里湿透的衣服在火堆上烤干。再去那角落换上烘干的衣服走出来，只见陈明已经盘腿坐在火堆前，正低头捣着草药。

她想感谢他，又不知怎么开口。她默默无言地走到火堆边坐下，双手举着换下来的潮湿衣服烘烤着，陈明开口说道："你到后殿去，找几根树枝架在火堆旁，就不用这么手举着烤，太累。"

陈明教她用草把三根树枝扎在一起，支在地上，又扎了一个架子，两个架子中间搭上一根长点的树枝，把衣服晾在上面。

他一边手脚麻利地干活，一边说："你不是有男人吗？嫌弃将来的老公公是汉奸是不是？"

"他不是汉奸！"乔子琴斩钉截铁地说。

"那你干吗跟这个老外跑？不知道现在世道有多乱吗？"

乔子琴忙着给詹姆斯上药，不再理他。陈明这时，就着跳跃的火焰，把烟袋锅子伸到火堆上，歪着脑袋瓜子，吧嗒吧嗒抽了两口，又在地上把烟灰磕掉，再灌烟丝的时候，竟然唱起了小曲儿：

日落西山满天霞，
对面山上来了一个俏冤家，
眉毛弯弯眼儿大，
头上插了一朵小茶花。
哪一个山上没有树，
哪一个田里没有瓜？
哪一个男子汉心里没有情？
要打鬼子——可就顾不了她！

曲调悠扬婉转，他唱起来字正腔圆，句句深情，黝黑壮实的身影在火光的照射下忽闪忽现、明明暗暗。他的眉毛拧成了疙瘩，脸上棱角分明，兜腮胡子杂草一般，眼睛却清澈透明，看起来岁数并不大，额头上的抬头纹却很深。

以前，她以为新四军就是游击队，接触了陈明才知道，新四军是正规军，游击队是非正规的武装组织，爬山钻林神出鬼没，和老百姓有着千丝万缕的联系。经历这几天惊心动魄的逃亡，乔子琴才明白，大概除了陈明，谁都没本事能把詹姆斯平安带到汉口。因为在这个人身上，有霸气，有正气，干这样的大事，正需要这样的乱世英雄。

江龙耿直木讷，脑子没陈明这么机灵，地理环境也没他这么熟悉。自己呢？简直就是累赘！现在这样仔细端详这个陈明，才发觉他满脸的刚毅，眼角却流露出丝丝柔情。他心里的那个她，一定是个很娇弱的女人，有他的保护，一定非常幸福……

陈明一抬头，发现乔子琴正打量着自己，为自己流露出的温情感到有点不好意思，侧过脸去。乔子琴才发现，他那黑黝黝的右半张耳垂到腮帮下，赫然有一道鲜血淋漓的伤口，不由得惊呼：“你受伤了？”

“没事，一个流氓，挂彩算什么？”

他这话，多少还带点戏谑的意味。乔子琴没理会他的语气，走到他跟前蹲下：“让我看看！”

乔子琴生硬的语气里带着愠怒。陈明默默地转过脸来，她掏出湿纱布，慢慢帮他擦拭伤口，那颗子弹再稍稍往下一些，打破颈动脉，他就不会活蹦乱跳地骂人了，他们更不可能平安地坐在火堆旁了。

“要是疼，你就叫出来……”乔子琴按控制住颤抖的手，轻柔地擦去他脸上的血。火光之下，那道深沟里露出森森的骨头，她的眼泪扑簌簌地落下来。

他竟然嘿嘿怪笑起来：“我嘛，本来就丑，再丑一点也没什么。”

乔子琴怒斥道：“别动！”她拿过药碗，把草药敷在伤口上，又用布条缠绕起来。做完这一切，她默默走到后面，侧身躺下。干草铺得软软的，她的心也柔软了，怎么都睡不着。

庙外电闪雷鸣，风雨交加，其中还听到陈明的声音：“老詹，醒醒，把这碗药喝了。”

乔子琴翻身起来，走出来，看詹姆斯迷迷糊糊地睁开眼睛，下意识地张开嘴，喝了一口就说苦，脑袋偏到一边。陈大烟袋不依不饶，左手勾住他的脖子，捏住他的鼻子，端着碗给他硬灌，呛得他连连咳嗽，一个劲地往外吐：“苦！”

“不想死，你就喝下去！”他掐着詹姆斯的脖子还是灌下去了。然后，他往草堆上一倒，不一会儿鼾声如雷。

次日清醒时，乔子琴一翻身爬起来，走到大殿上，见大烟袋睡觉的干草堆上空无一人。庙外仍然风雨阵阵，乔子琴添了几根树枝，坐在火堆旁。看詹姆斯脸色恢复正常，陈明的药确实有效果，她放下心来了。

这个家伙真厉害，像是深山之狼，禀性孤独，对一切都充满了警惕之心；为人说话粗俗无礼，但遇到危险，却会拼命保护你。难道这就是共产党与国民党的不同吗？她对游击队产生了新认识。

以前，她因爱屋及乌，一直倾向国民党，认为国军才是栋梁之材。可是现在,国军节节败退,日军乘虚而入,脚跟脚地赶过来,国都都丧失了,大多数老百姓不是受奴役,就是在逃难,何时是尽头啊！能够到武汉吗?

詹姆斯睡得并不安稳,抑制不住的咳嗽在空荡荡的大殿里格外响亮。

他的咳嗽传到寺庙外,被几个过路的土匪听见了,猫着腰朝破庙看。见一个小个子坐在火堆边,头发乱七八糟的,脸庞却很秀气。这是个女人呀!

一个横肉胖子慢慢走进来了:"哟哟,哪来的呀？怎么占了老子的地盘?"

乔子琴见到陌生人进来,赶紧站起,向寺庙里倒退几步,厉声喝问:"什么人?"

横肉胖子见这女人细皮嫩肉,俊俏清秀,还是个美人儿啊,禁不住浮浪地笑答道:"什么人？肉人!"

胖子色迷心窍,眼里只有美人,完全没想到还会有人躲藏在神像后面,他刚想抢步上前,就听到一句呵斥:"再上前,打死你!"

听到这怪声怪调的说话,横肉胖子猛然扭头,发现一个古怪的男人,正端着驳壳枪对着他。这人头发乱七八糟,大半个脸都被包扎起来了,露出的眼睛是蓝色的,瞳仁泛黄,如果不是胖子见过世面,还以为见到鬼了。

这个外国佬手里拿的居然——居然是一把漆黑锃亮的德国造盒子炮。那枪口距他不过一丈多,横肉胖子就是想跑也难了,也只有举起手赔笑道:"误会误会,马上走……"

他退出来后,一边向旁边几人使眼色,一边大声说:"好好好,惹不起还躲得起,下山去啊——"

说着,他们咚咚一路跑得山响,声音渐渐远去。乔子琴惊魂未定,万一落到土匪手里,那真是生不如死啊……想到这里,她蹲在地上,嘤嘤哭起来了。

"乔,别怕,别哭,有我哩……"詹姆斯弯下腰,一手提着枪,一手抚摸着她瘦削的肩胛,轻声安慰。

陈明悄悄走了,是不是也像他们甩掉江龙与应姐那样,再也不管他们了呢?如果是那样,就剩下自己与詹姆斯了,就是混在难民之中也逃不出去呀。她越想越怕,双手捂脸,浑身哆嗦,哭得越发悲痛。

"乔,亲爱的!"詹姆斯忘情地将她搂在怀里,"你都是,为了,我——"

"啊,我找柴去!"男人的搂抱让她警醒,她一翻身爬起来到后殿去了。

詹姆斯也有几分难为情,干脆出去看看地里有没有可吃的东西。他端着驳壳枪出了门，探头探脑向庙外左右看去——等他听到动静已经迟了，草丛簌簌作响，左边站起一个人，他把枪口调过去，右边有声音，正要转过身去，整个身体被后面的来人抱住，眼前黑影一闪，胸口挨了一拳，身子重重摔倒在地，手里的驳壳枪瞬间走火，砰的一声在山林上空炸响。

他身后是胖子，身大力不亏，摔倒他后，飞起一脚就把枪踢开了，一脚踏在詹姆斯身上，命令喽啰："给我绑起来！"

几个土匪一拥而上，一个解下腰带，把詹姆斯绑了个结结实实。胖子捡起手枪，发现是二十响的正宗德国镜面盒子炮，利欲熏心，也色欲熏心，骂了声："妈的，还有个小娘们在庙里呢。"

胖子提起枪，拔腿冲进山神庙，几个土匪也跟着跑进去，把小小的山神庙犄角旮旯都找遍了也没看见人，去哪里了？

胖子气得跺脚，让喽啰们去找。来到外面，他撕去了詹姆斯头上包裹的绷带，发现他脑袋根本没伤，只是为了掩盖他的黄头发、大鼻子，气得大骂，然后动手搜身。

胖子摸到詹姆斯肚子上有硬邦邦的东西，大喜："你个狗日的，我说怎么走深山野岭呢，原来你拐了人家媳妇，抢了人家金子啊。今天算让老子碰上了，怎么着，也不能便宜了你这外国佬！"

说罢，他伸手猛撕詹姆斯衣服。詹姆斯又气又急，拼命挣扎，嘴里大骂。

胖子一时无法得手，气得攥起拳头，照着詹姆斯的脸上、头上一顿猛捶。可是他撕破詹姆斯的衣服，却发现一小截一小截的木片箍在其肚子上，脏兮兮的，外面的纱布更脏，上面有黄色的脓、绛紫色的血，还有绿不绿黑不黑的说不清道不明的玩意儿，散发出一股又臭又酸又腥的味道。

胖子用巴掌扇了他一下，赶紧后退："他妈的，你肚子烂了吗？臭成这样？"

感谢上帝，也要感谢乔医生，是她，把那些机密用油布包裹起来，再用纱布缠绕，上面涂满了乱七八糟的东西。尽管每天恶心得想吐，但一路上他从来没解开过，终于在关键时刻产生了作用。

詹姆斯本来就疼得要死，现在疼的不是肚子而是心啊！眼看秘密将要暴露，他干脆在地下打滚，嘴里用洋腔怪调的话喊着："哎哟——妈妈呀！疼啦——疼死了啊！我的肠子——快要，流出，来了啊——"

绑着小木片，是中医治疗的办法。胖子少年时淘气，从树上跌下来，跌断了手臂，中医就是在伤口上放一些什么中草药，外面用小木片固定以后就好了的。

见外国人的肚子散发出那么浓郁的臭味，疼得在地下打滚，脸都变色了，还真以为他的肠子流出来了。外国佬一定有钱，可能藏在哪里的，真要死了就鸡飞蛋打了，于是就喊喽啰们来抬詹姆斯。

正在这时，两个土匪跑来报告，说几个日本人上来了。胖子猛地一拍圆脑袋："他妈的，刚才，这狗日的放枪了，快跑！"

几个人扭头就往山里跑，胖子跑了两步，返身又回来拖詹姆斯。

砰的一声，一颗子弹擦着他头皮飞过去，吓得他往草丛中一扑，腿上像被毒蛇咬了一口，啊，狼狗来了——

有人叫了一声，那狗停下，日本人上前来，伸手缴了驳壳枪，押着詹姆斯与胖子几人往山下走。

"我是，美国公民，我要，抗议！……"詹姆斯话还没说完，就挨了一枪托，砸得他一个马趴倒在地上。他慢慢吞吞地挣扎一会儿，装出双腿打晃的样子，站起来又歪倒了……

看来，这些日本人还不知道他的底细，一旦认出他是劫了物资船的美国记者，身上还带有他们千方百计想要毁掉的东西，恐怕上帝来了也没办法。两个土匪见状，比画着跟鬼子说这外国人好像伤挺重的。

带队的小鬼子看了看天色，命令他俩背着老外走。土匪个子小，背起又高又大的詹姆斯不得劲儿，只能让他两条腿顺着地上拖着走。

詹姆斯存心拖延，两条腿拖在地上也不老实，时时绊块石头、绊条野藤什么的，日本人见走得实在太慢了，只好让他们抬着老外走。

那条狼狗特别警觉，突然冲着左前方的树丛狂吠起来，日本人马上警惕起来，端枪瞄准那个地方。

正在这时，山下传来声声尖锐的枪响，不止一个人在射击，难道陈明找到当地游击队了？

带队鬼子站起身怪叫，林子里火光一闪，砰的一声，鬼子应声栽倒。

剩下的四个鬼子慌了，马上卧倒，朝着林中放枪。詹姆斯被土匪摔下，也顾不上胳膊受伤，身子顺着山坡骨碌碌滚下去，一直滚了十多米远，才被一棵树挡住。听到上面一声紧似一声的枪响，詹姆斯爬起来便猫着腰朝南边跑。

跑了一段路后，觉得身后的枪声有些不对劲：日本人的步兵常规制式的武器是三八式步枪，射程远、枪声响，而这步枪声长一声短一声，当中夹杂着汤姆逊微冲枪的声音。美国支援过国民党军队这种武器，难道是国军来救我了？想到此，他倒不急着走了，躲藏在树丛中等待着。

他刚藏好，就觉得右肩膀被人抓住。原来胖子并没跑远，看见老外滚下山坡，他也悄悄地随后来了。

詹姆斯正想怎么对付，只听砰的一声闷响，胖子被谁敲了一闷棍。那一棍子不轻，胖子被打得晕头转向，但还没有晕过去，他摸着脑袋转过身去，凶神恶煞地问："哪个吃了豹子胆，胆敢打老子？"

詹姆斯趁机站起来。两个男人发现那个"凶手"身材瘦小，娇喘吁吁，举着棍子，正想要再来一下，胖子气急败坏，转身扑过去："他妈的，你个臭娘们，跑不了了吧！"

"乔，快跑——"詹姆斯赶紧喊着，还没站稳就去抓胖子。

"詹，快跑——"乔子琴着急了，举起棍子想与胖子决一死战。

她哪是土匪的对手？棍子被对手一把抓住，顺手一扯，就将她拉到跟前。她放了棍子，攥起双拳，就朝那个圆滚滚的脑袋打去。

胖子扔下树棍，伸出双手来掐她脖子，嘴里还一个劲儿地嚷嚷："你他妈的，终于落到老子手里了……"

他的话还没说完，只听见砰的一声，就像个大面粉袋一样倒下去，不是闪得快，乔子琴差点被他压在身下。

原来，乔子琴到寺庙后面找柴火，刚刚捡到一根树棍，就听到前面枪响，跟着就是土匪的叫骂。她知道大事不好，抓起树棍当武器先躲起来，然后悄悄跟着，这才在紧急情况下救了詹姆斯。

两人还没迈开步子，一束手电光照射过来了，有人喝道："谁？出来！不出来，开枪了！"

詹姆斯一听是中国人的声音，忙举起手："别开枪，自己人！"

对面有人惊喜地叫了声："詹姆斯？老外！"

詹姆斯一听，声音好耳熟啊，疑惑问："你是——船长？"

果然是船长，他哈哈大笑走过来，立即给詹姆斯一个熊抱："我听见树后怪声怪气的中国话，猜测可能是你。哎呀，你让我们好找啊，快快，快跟我们走！"

"半山腰有座山神庙，能够遮风避雨。"乔子琴走上前来说，"我带你们去。"

詹姆斯介绍说:“她, 乔医生,一路,照顾我的……”

有人拿着手电筒对着乔子琴上下照着。

“照什么照!”乔子琴扭身避光,马上又冲着船长说,“船长大人,他们不认识我,你也不认识吗? 贵人头上多忘事,装聋作哑干吗?”

“呵呵,乔小姐,还在我船上干过小司炉啊……”船长反应过来,喜出望外,跟在她后面边走边说。

乔子琴知道,船长是主张沉船的,根本不想把物资给游击队。后来他突然失踪,下船的时候也没看见他。

他怎么会钻到这深山老林来呢? 这一见面,他的身份大变样了,精气神都出来了。和日本人交火,证明他不是汉奸,但是他衣着打扮和武器装备都是上乘的,也绝对不是新四军和游击队,这样,他的身份便一目了然。

她有几分亲切,也有几分抱怨,仿佛看见自家人,说话更坦率了:“没有船长先生神通广大呀,眼睛一眨,如今鸟枪换炮,目中无人了。”

“你们扶着詹姆斯慢慢走。”船长大声对后面的人发话,随后压低了声音,“乔小姐,言谈注意,别透露轮船上物资的去向。”

“我哪知道什么物资? 船长多虑了。”疼的地方是伤口,乔子琴明白他忌讳什么了。

来到山神庙,船长让乔子琴打开詹姆斯的绷带,才知道子弹卡在肩膀骨头缝里,赶紧说他们有一些基本药物。

跟着有人递给她一个医药包,像是一条子弹袋,上面有很多小口袋,口袋里装着很多药品和器具。带出来的药物都用完了,乔子琴突然看见这么些救急的药物,就像战士发现了好武器,开心极了,动作麻利地解开缠在詹姆斯胳膊上的布条,清理了伤口,敷上创伤药。

包扎完,詹姆斯打了个喷嚏,乔子琴用手拭了拭詹姆斯的额头,又让他服下阿司匹林,这才对船长说:“创面已经溃烂发炎,得赶快把他送去做手术。”

第十章　土匪洞逃生

船长沉默了。

他是军统的人。船在长江被劫持后，本来是想把那船货物带给国军的，但沿江国军节节败退，无法联系。加之船上的轮机长、大副都一条心，杀死了军曹，鬼子问他要人，还把他关起来。大副与轮机长乘机制造了触礁，还通知游击队接收了物资。

等大副把他放出来，满船的物资已被转移，带有日军在南京大屠杀的罪证的外国记者也被游击队长带走了。现在才知道，那游击队长就是长江南岸鼎鼎有名的陈大烟袋。

大副对他说了实话，他可无法向上级说实话。轮船上的军需物品没有运到后方，而是被新四军和游击队接走了，要是被上面晓得了，说他私通共产党，那还了得？

路上，他把大副甩了，赶回去向上级汇报，只说轮船沉在江底，有机会再去打捞。詹姆斯和其携带的有关影像资料的情报极其重要，引起上面高度重视，让他统领 12 个人的行动队，务必找到美国记者和携带的证据，说那是对抗战极其有利的人证和物证。还让他找一名姓乔的女医生，说是受一个官员所托，要一并安全带到重庆。

所以这次他不是赶巧碰上的，而是一路找过来的。

国军虽然一步步向西南撤退，但沿江留下了不少军统的眼线，所以他们一路向东迅速赶来，进入敌占区以后昼伏夜行，刚到这里就听到枪声。他们躲藏在暗处观察，发觉是几个日军押着几个中国人下山。听到詹姆斯洋腔怪调的中国话，这才现身出来，果然找到这个美国记者和与其一起的乔医生。

大家稍稍休整一下，船长说还需要马上转移，让大家赶紧做担架。特工身手不凡，找来两根树棍，几人脱下雨衣，扣上扣子，把两根树棍从衣袖里穿过，担心不结实，一连用了六件雨衣，为让詹姆斯躺着舒服点，还放了些干稻草在上面。

看他们有条不紊忙碌的样子，詹姆斯感动得热泪盈眶，竖起大拇指，连声喊好。

正赞扬他们，船长在他身边蹲下来，摊开巴掌，直言不讳："詹姆斯先生，为了你的安全，为了我们共同的事业，把东西交给我吧！"

詹姆斯本来躺在地上的，见他伸手来要东西，立即用右手肘支起身子，迷惑地问："什么，东西？"

船长的脸色立刻晴转多云："记者先生，别装蒜了，当然是对你我都十分重要的日军罪证。"

詹姆斯很坚决地说："不，我要，亲自交到，美国，大使馆。"

船长俯身劝说："到目的地，我当然会让你自己去交的。现在路上太不安全了，你目标明显，又负了伤，放我身上更安全！"

詹姆斯摇头，双臂紧抱，怕冷似的缩在一起："不行，我的，东西，我保管，共存亡……"

眼看他们的担架要做好了，船长不耐烦地变了脸，没好气地说："你怎么这样固执呢？鬼子马上就要来搜山了，赶快交给我，别敬酒不吃吃罚酒！"

说完，他站起来，朝左右两边使了个眼色，那两个特工立即过来，一个拉住他一只胳膊，另一人走去解他的衣服。

詹姆斯发出"不，不，不"的怒吼，双脚乱蹬。

"别这样，他是伤员！"一个尖厉的声音响起，一个纤弱的身影扑过来，正是乔子琴。

原来，船长是为这东西来的啊，抬詹姆斯是假，他拿到了东西，还会管我们死活吗？詹姆斯如果失去了证据，就是找到美国大使馆，价值也要打折扣。这帮人说是国军，万一不是呢？假如是日军派出的汉奸呢？

乔子琴一边喊着，一边扑倒在詹姆斯的怀里，用身子盖住他的肚子："干什么？难道你们和鬼子一样野蛮吗？"

时间紧急，船长见她压在詹姆斯的身上，也来不及多想，走到她身后，就要拦腰抱她。

乔子琴哪里肯放，死死地箍住詹姆斯的腰，见船长亲自来撕扯，不顾斯文，被刀砍一样“啊——啊——”地狂叫，声音凄厉绵长。

她的叫声分贝极高，尖利刺耳，穿透力又强，跟着就听见警戒特工的声音从外面传来：“什么人？站住！”

外面有情况！船长赶紧后退一步，几脚踩灭篝火，电筒光也灭了，其他几个特工也离开詹姆斯他们，向寺庙门口悄然移动。

来人的声音粗犷有力，带着浓郁的土音，却又有几分戏谑：“怎么既有老外的怒吼，也有女人的尖叫？鬼子进庙了吗？是谁？难道也要干猪狗不如的事？”

船长已经听出了一些端倪，但是还不敢肯定，问：“来的是谁？难道不怕里面的家伙吗？”

“以为只有你有家伙是不是？”那人一边质问，一边向寺庙走来，被警卫特工拦住往后推，里面人听见他对山坡下面吼了一声，“弟兄们，给我包围起来，一个都别放走！”

在船长的指使下，有两个特工出门，见来人一副农民的打扮，满脸兜腮胡子，以为是土匪头子，心想强龙不斗地头蛇，放缓了语气问：“请问是哪一路的？有何贵干？”

男人哈哈一笑：“有贵干也要找你们头子说，我倒要看看，是哪个满口仁义道德，一肚子男盗女娼……”

听他说得不像话，船长不得不出来，往外一看，一片草木在簌簌抖动，像是来人不少，连忙客气地说：“哪路朋友？进寺庙歇歇吧！”

詹姆斯和乔子琴早听出是陈明的声音了，乔子琴为扑在一个男人身上难为情，赶紧站起来去拉詹姆斯。他俩像是见到救星一样，异口同声地叫起来：“陈大烟袋，你来了——”

船长猜出是谁了，哈哈大笑：“我说是谁这么大胆子敢闯土匪窝？原来是威震长江的陈队长。久仰久仰。”

陈明进门一看，一副担架已经做好了，尽管简陋，但也结实，他微微点头道：“呵呵！你是谁呀？猴子下山摘桃子啊！招呼都不打一个，就打算把人带走吗？太不仗义了吧！”

船长收起笑容，冷冷地说：“陈先生什么意思？难道你想绑架美国友人吗？”

詹姆斯双手抄起，抱在肚子上，陈明什么都明白了，一脚踩在担架上："看看，是你们在绑担——架哟，我可是千里走单骑，一路上也没对人家搜身咯。"

船长有点尴尬，跟着炫耀武力："误会，误会。我十二个兄弟都是身怀绝技、久经沙场，能够有效保护鬼子的罪证，他们二位，有点不放心……"

"莫说他们，我更不放心呢！人家詹姆斯用生命弄来的东西，你可不能横刀夺爱啊。"

"陈队长也这么幽默！"船长冷冷一笑，"之前辛苦你，你的任务已经完成了，现在，接力棒传到我手里。鄙人保证，一定能把他们安全送到……应该去的地方。"

"怎么了？国共在合作，你要排斥我？"陈明说，"我们已经合作过一次了，不是已经把船……"

"你是说，詹姆斯身上的东西，我们联合护送？"船长生怕他说出货轮上军需品的事，连忙岔开话题。

陈明抽出大烟袋不点火，只是叼在嘴上。他知道了，痛的地方就是要害之处，把物资送给新四军，没办法向他的头子交代，这把柄抓在我的手里，灭不了口，就一定敬畏……

陈明于是说："先生说得对，对詹姆斯先生和他带的东西，难得你们这么重视，专门派精干的小分队来。这样，我们的保护就更有效了。"

"我们？"船长充满阴霾的眼睛扫了他一眼："你要跟我们走？"

"怎么是跟你们走呢？你话说反了，是你们跟着我们走。"陈明用烟袋指指对方，然后插到后腰，又踢了一下担架，示意詹姆斯躺上去，接着弯腰抓起担架杆，"哪位兄弟搭把手？"

看你一个人怎么抬？船长正想看笑话，乔子琴过去抓另一头，被陈明喝住："这里男人都死了？"

话很难听，船长装着没听见，还想阻挠陈明："日军一边攻打九江、庐山，一边对武汉进行大轰炸。陈先生，你的地盘是在乡野之间，何必要往炮火堆里钻呢？"

"杀猪只要杀得死，各有各的刀法。你们是边打边逃跑，我们可是战斗在敌人心脏啊！"看时间不早了，陈明又将他一军，"那些物资不说，那轮船……"

可真是哪壶不开他提哪壶。船长四处扫了一眼，见手下的兄弟正等他吩咐，赶紧把手挥挥：“时间紧，赶快转移呀！你们来抬担架！”

两个特工走过来抬了，詹姆斯求助似的望望陈明：“陈，我……”

“乔医生，你和詹先生一起走吧。”陈明喊了乔子琴，也挥挥手，“马上转移，我和船长在后面保护你们。”

听说他要跟着，乔子琴放心了，扶着担架一起出了门。

两人走在后面，船长显然对这位陈大烟袋有些头疼，轻声叮嘱：“我是说船无法开回，于是沉江了。”

陈明锐利的目光扫了他一眼，说：“你没有谎报军情，轮船是沉江了，但这责任不能让你承担。”

“时过境迁，此事已经了结，陈先生不要节外生枝。”

陈明轻声地说：“我不会透露物资的去向，你也没私通我党。再说，贵公司总经理卢作孚先生是爱国者，也是我们十分尊敬的实业家，为抗日做出了巨大的贡献。民生轮船公司被日寇炸毁了多只轮船，遭受了那么惨重的损失，这只船沉掉，总要对他有个交代吧……”

船长尴尬地咳嗽一声：“卢先生并不知道我的秘密任务，我已经从他那里辞职……”

原来他是打入民生公司的特务啊，是否也有监视卢作孚的任务呢？

陈明咳嗽了一声，表示理解：“这样啊，那我到武汉就不麻烦你引荐了。只有一点特别要向他说明的，就是情况紧急，你们来不及斫沉船，请了一些当地人帮助，他们是共产党组织的，这是事实吧？现在是国共合作时期，在抗日的共同目标上，我们一致对外……”

陈明的一番大道理，说得船长哑口无言，原来以为他是个土包子，没想到这么有理论水平，小看他了。听见周围的树林子里一阵响动，不知道有多少游击队员，他有几分心虚，只得应允：“既然如此，陈先生如果不嫌麻烦，一同护送詹姆斯先生也好……怎么说，咱们也是一致对外，抗战一心吧。”

陈明见目的已经达到了，停住脚步，对树丛大声说：“兄弟们，暂且撤了吧，按照计划行事。”

不知他们的计划是什么，如何行事，船长琢磨不透，不由得一阵苦笑。他心想，先脱离险境再说吧。遂上前赶队伍，简短命令众人加快步伐。

日本军机从九江机场出发，每日飞临庐山上空狂轰滥炸。山上尚滞留着大量外国侨民，他们的国家联合向日本施压，才得到限日撤离的允许。

船长在营救詹姆斯之后，就要去庐山负责撤离侨民，重任在肩，万分紧急。所幸已经接到詹姆斯与乔小姐了，只要安全护送到国统区，他便可脱身……

没想到，陈大烟袋居然带着游击队来了。不如趁机除掉，定能受到上级嘉奖。

一念至此，心思也如天气一般暗黑。船长冷冷睃了一眼，见陈明离自己五六步距离，嘴角漾起一阵冷笑。

乔子琴感受到了詹姆斯的紧张情绪，也理解他的复杂心情，而她又何尝不是惴惴不安呢？陈明和船长代表两个阵营，一路走来时，陈明竭力掩护他们，人虽然简单粗鲁，但此时觉得，他才是可以护送他们去汉口的可靠之人。

虽然船长也有能力护送他们，但山神庙里他突然变脸，逼着要罪证，与陈明的无私无畏形成鲜明对比。特工队十几个人，而陈明却是单枪匹马，虽然有几个游击队员分布在暗处，可仍然处于绝对劣势。乔子琴不禁隐隐替陈大烟袋担心。

突然，身后有人低声惊呼，接着扑通一声，乔子琴猛地扭过脸去，一闪而灭的电光同时亮起，只见陈明后面的一个特工趴在地上，陈明的身子向一边侧过去，一旁的船长好像要去扶他，两人身体瞬间接近又迅疾分开，陈明并没有倒下，一弹身又站正了。

又一道闪电划过天空，乔子琴看见船长脸上的狰狞，她赶紧扭头，紧走几步跟上担架，强按住扑扑狂跳的心……他们不知不觉就到了胖子的老巢——老虎洞。

特工各司其职，詹姆斯恢复了体力，他捡起几根燃烧的柴火，带着乔子琴到山洞深处，找到土匪的两件干衣服，身子挡在拐角处，让她在偏僻角落换上干衣服。

回来时，见陈明盘坐在篝火旁抽烟，另一边是船长，其他特工默默地在一旁烤衣服，准备吃食。

詹姆斯在两人中间盘坐下来，冲着陈明一伸手："给我，抽两口。"

他接过大烟袋，学着陈明的样子，吧嗒吧嗒有滋有味地抽几口，抽完后在石头上轻轻敲打，将烟锅里的烟灰倒出来，说："船长，大烟袋，我觉得，你们，我们，应该，谈一谈了。"

乔子琴忧心忡忡地瞟了陈明一眼。

“两位,不合作,打日本人,会很惨……”詹姆斯努力想把中国话说得字正腔圆。

船长冷冷地看看他:“詹姆斯先生,你不了解中国的国情……中国有句古话,叫亲兄弟明算账……”

詹姆斯摇头:“不对!日本人,已经,打到眼前,失败,你们,将,没有家,兄弟,在野外,算账?”

船长清了清嗓子:“实际上,我们尊敬的蒋公是主张抗战的。不然,国军也不会损失那么多。”

陈明嘿嘿笑了两声,反讥道:“船长先生是说,我们新四军、游击队不抗日?”

船长眉眼一抖,眼里凶光一闪,刚要说话,詹姆斯连忙道:“日本,可怕的民族,侵略中国……如果,成功,会拥有,更多的东西……你们,必须合作……明白?仇恩?”

乔子琴纠正道:“一笑泯恩仇!”

“美国,决定,禁止出口,钢材,给日本……他们,会失败。胜利,属于中国!”詹姆斯不管不顾,站起身,伸展开双臂,情绪激昂。

把詹姆斯、乔子琴安顿在山神庙后,陈明就下山找当地的组织去了。但只找到四个经验丰富的老队员,形势并不乐观,此时心情十分沉重,却依然冲着詹姆斯笑笑。

特工已经煮好饭菜招呼大家吃,虽然简单,可居然还有肉罐头,三个人大快朵颐。

船长一边吃一边斜着眼睛问:“陈队长,你就这么放心吃饭?”

陈明头也没抬地说:“你们杀了我,除了帮日本人一个小忙,对你们并没有任何好处。况且,还有国际记者在这里。我相信,如果国军兄弟一心抗日,也不会当面喊哥哥,背后摸家伙吧!”

这时,警戒的特工跑进来报告说东北方向有战斗。几个人跑出山洞,站在山顶上观望,陈明若有所思地说:“日军偷袭马当要塞了。”

船长说:“事不宜迟,赶紧下山,去找二十三军给詹姆斯做手术吧。”

乔子琴与詹姆斯不得不听他的,跟着往回走。

刚到洞口,船长闻到异味,猛地拔出枪来,带几个特工同时冲进洞里。一个特工摁亮手电筒，照着倒在火边的另一个特工，那身子朝前趴在地下，半个身子被人从后面砍开，血腥味浓郁地弥漫在四周。乔子琴没见过被砍成这样的死人，惊恐地叫了一声。

船长猛然转过身来，用枪指着陈明怒吼："你他妈干的好事！"

"特派员，枪口对错人了吧。"黑洞洞的枪口几乎抵着他脑门了，陈明依然镇静，往洞里扫了一眼，拨开船长的枪口，转身往里走，就听见砰的一声枪响，带着回音，格外响亮。

乔子琴回头一看，詹姆斯那只有力的右手，把持着船长拿枪的手，刚才船长放的那一枪偏了，打到石壁上了。

"我们都在外面，凭什么说陈大烟袋杀了你的人？"乔子琴也返身过来质问。

"不是他，也是他的手下，他的游击队！"船长又将手枪朝洞里瞄。

陈明听到枪响，立即趴倒在地上，跟着滚到一旁，暗中与洞里的石头融为一体。跟着，就听见他粗犷的喊声："你们这些白痴——拿亮来——"

一个特工拿起手电筒首先跑进洞里，跟在后面的是船长，陈明站了起来，手里拿着一圈绳子："一个土匪磨断了绳子，再割断了其余两人的，从里面悄悄出来，杀了你们的人，然后逃跑了。"

特工们看见无不吃惊，钟乳石上捆绑着的三个土匪不见了，地下散落着绳子。

七号和三号端起枪说："他们跑不远，追去？"

船长警醒了："这帮山贼比我们熟悉环境，追急了，我们会吃亏……马上转移！"

"不！"陈明竖起巴掌，"谁知道他们会在哪个拐角等我们？"

船长考虑了下说："那，还是等到天亮再下山吧。"

无意间，陈明成为这群人的领导。在他的安排下，所有人围着火堆坐着，脸朝外面，便于观察，同时轮流值班。

陈明问船长："我们一个朝洞里坐，一个朝洞门口坐，你选择吧！"

船长想，外面既然有陈明的游击队员，还有自己的暗哨，可能更安全一点，就要坐洞口。但是，外面人万一打瞌睡，土匪端着机关枪来一梭子，我就首当其冲了。如果面朝里，洞里冲出来几个人，我不也首先遇难吗？

他说要守灵，就坐到了那具尸体边。那是洞的侧面，有一块大石头可以遮挡，免去轮流值班，抽时间还可以打个盹……

詹姆斯考虑到乔子琴是女人，要单独弄点草让她睡在洞里。

陈明说："别忙活了，洞里不安全，靠近火堆好。"

乔子琴也说不离开众人，詹姆斯这才作罢，安安稳稳地坐下来。见乔子琴还站着，就说让她靠自己的肩膀睡个好觉，有他保卫，什么也不用怕。

她放低声音，用英语说自己想方便一下。詹姆斯起来，向船长要自己的枪，说保护乔子琴出去上厕所。船长并不答话。

陈明的到来，让乔子琴有了主心骨，对船长说："不要装傻充愣好不好？你拿了他的手枪，那是很贵的手枪，不要不认账！"

"我有理由收缴他的武器。"船长阴森森地说，也不看他们。

"你没有理由。"陈明过来了，"詹姆斯是我们的盟友，不是敌人，你为什么要拿他的枪？"

船长心里打鼓了，却懒洋洋地说詹姆斯要保护罪证，带枪不安全。

"放你妈的狗屁！"陈明爆粗口了，"手里有枪，心头不慌！正因为他要保护罪证，更需要枪不离手。"

船长无可奈何，从后腰抽出枪来，看见陈明面向洞里坐了，才低声与詹姆斯商量说："我俩换一把如何？"

詹姆斯一边摇头，一边坚决地夺过手枪。然后，他领头，向洞的深处走去，乔子琴跟在他后面走。但是，猛然蹦起的陈明抢先一步，端着手枪，借助前洞微弱的火光，看到一个岔洞，丢了块石头进去，马上就有回声，声音不大，这才摆了一下头，让詹姆斯进去，轻声对乔子琴说了一句："见机行事！"

乔子琴跟着詹姆斯进去了，陈明站在小洞的门口脸朝外面，站得直直的。

詹姆斯也学他的办法，往里扔了颗石子，没有动静，就站在洞的中央，让乔子琴进去。这时候，他们已经绕过一块巨大的钟乳石，听不见前面的动静了，乔子琴也向詹姆斯转达了这几个字："见机行事。"

黑暗中，詹姆斯的眼珠发亮："我，相信，陈的，你呢？"

"越来越相信了。"乔子琴轻声问，"东西没事吧？"

两个男人为她站岗，乔子琴心里暖暖的。

几个特工窃窃私语，很有些不屑。船长盯了他们一眼，低声说道："让那两个人完好到重庆，这是我们的任务，有土八路照看，我们不就省心了吗？"

于是,几个人便放心大胆睡觉了。等船长睁开眼睛,山洞里却只有自己人,靠在洞口的人全在打瞌睡,踢醒他们问三人到哪去了,都说没看见人出来。

这山洞还有别的出口?船长赶紧叫人点着火把,打着电筒,进入洞里。他心里暗暗叫苦,像是老树有无数枝丫,山洞里有许多通道,深不可测,根本不知哪里有出口,他情不自禁地大叫:“他们跑了——”

第十一章　军营夜杀敌

从贵池过来，就看见日本人挨家挨户抓壮丁修路。为了赶进度，他们根本不顾及中国人的死活，在路边搭个草棚，围上铁丝网，不让他们出来，日夜干活。生病或者体力不支的，直接杀了扔进乱草地里，连挖坑的工夫都省了。

一看到这种惨景，江龙身上的血就涌上了头顶，浑身发疟子似的。应姐费了好大的劲，才把他拖进芦苇丛里。

正是中午时分，鬼子到湖里洗澡，最后一个在水中多泡了一阵。见其他几个人走了，江龙悄悄潜入，拖住了鬼子的双腿拉到水的最深处，无声无息地将那小鬼子闷死在水里。回到岸边，缴获来一支长枪，不顾应姐的反对，他坚决要带着。

这天傍晚，路过一个哨卡，两人趴在路边，等待没人的时候过马路。一辆辆汽车驶过去，然后又是接连不断的摩托车。他推应姐让她先走，自己迅速蹲下身子，拉动枪栓，瞄准开摩托车的鬼子放了枪。

摩托车一声轰鸣，直直地撞断电线杆之后冲向路边，翻了几个滚倒在草丛中，车轮子还在呼呼飞转。多亏他小时候打弹弓叉鱼，练就了好身手，但第一次打枪，只是练练手，也没想到会一枪命中。江龙还没来得及惊喜，后面的鬼子已经赶上来，他忙隐身在齐人高的草丛里向西狂奔。

江龙一口气跑出两里多地，听不见动静了才停下来辨别方向。应姐也不知道跑哪儿去了，他一边轻声喊着，一边左右瞎转悠。

不好，一个硬邦邦的东西顶住了他的头，跟着听见厉声呵斥："别动，动一动打死你！"

见那人一手来夺枪，江龙身子一矮，猛一抡胳膊肘，打在那人肚子上，再哗啦拉开枪栓，顶在那人胸口上："操你妈，你敢抢老子的枪，老子跟你拼了！"

那人疼得弯下腰。几个黑影从树林子里钻出来，一个熟悉的声音略带讥讽地笑道："哎呀，一个特工竟让司炉工一招制服了，是我们的人太㞞，还是司炉太厉害了？"

这不是船长的声音吗？江龙惊奇了："船长？你怎么在这里？"

"江龙——"应姐竟然被他们钳制住了。

他赶紧一把扯过来："这是我老婆，谁欺负她都不行……"

那天，陈明带着另外两人开溜了，船长正要带人追赶，鬼子来了。遭遇战中，手下伤亡惨重。他第一次升任组长就损失了这么多人，回去怎么交差？现在突然来了个补充队员，刚才见他身手不凡，正是用人之际，不能让他跑了。

船长身后的两个黑衣人跳起来，一人拽住江龙的一条胳膊，将他拖进一间屋里。江龙望去，女人被带进了里面的房间，自己的宝贝步枪被收缴，靠在门边的墙上。

现在他突然理解了，为什么陈大烟袋把自己甩了，路上险恶啊！要沉船的船长是坏人，那三个是不是也被他们抓住了？他全身发冷，就像被兜头一瓢冷水浇个透心凉。

"我操你妈，老子才从日本人那里逃出来，今天还要被你们抓起来？你们是中国人吗？"江龙破口大骂，一声怒吼，两臂使劲一甩，那两名特工顿时倒退数步。他顺手端起自己那把三八步枪，拉动保险，瞄准船长，整个过程一气呵成，屋里所有人都惊得目瞪口呆。

"应姐，出来！"江龙一脸都是血，两眼通红，显得分外恐怖，"老子不信，会死在你们这帮杂碎手里！给我放人！"

船长脸上的肌肉僵硬地直抽抽，赔笑说："放人，放人！江龙兄弟，都是自己人，你可千万别开枪，有话好说，有话好说，嘿嘿。"

江龙啐了一口血水："自己人，就拿枪顶着吗？"

"可能，确实是我们之间有误会，但并没有打算杀你……"船长站起身，情绪激动地抖着手。

里屋门一响，应姐跌跌撞撞地走出来，抱住江龙："别开枪，我相信他的话，肯定有误会。"

江龙见应姐身上的粗布衣衫沾着血迹，怒火中烧，咬牙切齿地嘿嘿冷笑："误会？误会下手会这么狠？你他妈的，是不是让我也误会一回？"

见他又抬起枪瞄准自己，船长连忙轻声说："别开枪，开枪会把敌人引来的！"

他手里的步枪依然端着，一步步后退，示意应姐："走，咱们自己走，没有他们，照样可以打鬼子。"

陈明三人从军统特工眼皮底下侥幸逃脱，向西一路狂奔，一口气跑了五六里地，终于上了小船。

陈明划船，乔子琴举着小白旗向对岸划去。一队荷枪实弹如临大敌的国军迎上来，陈明被押上岸边的房间，大大咧咧地自己坐下："这位兄弟，我是皖南地区游击队长陈明，外号叫陈大烟袋。我是来给你们送情报的，请你赶紧通知第三战区司令长官薛岳，我要见他！"

少尉听说这人是皖南游击队长，心里一瞬间绕了好几个念头，逮还是不逮？当他听说这个大烟袋要见薛长官，不由得嘿嘿冷笑："癞蛤蟆打哈欠，好大的口气！你敢闯国军防线，我要以间谍罪把你枪毙了，来人！"

门外冲进一队士兵要绑陈明。

"放肆！"陈明一拍桌子站起来，把少尉和那些国军吓了一跳。

陈明怒视着少尉："你好大的胆子！你有几条狗命？！国难当头，大战在即，你竟敢公然阻挠我们护送用命换来的情报！你知不知道，这里马上就会成为一片火海？"

少尉被他骂傻了，冷汗流下来，当他听说这里会成为火海时才惊醒过来："我马上打电话通知团长，就说十万火急，马上到谭家村堡垒来，有重大敌情。"

陈明是真急了，偷袭蔡镇时，就感觉日本人在加快修路。以这样日夜不停的速度，也就是十多天，日军完全可以到达都昌县。攻克湖口的日军，无疑会对九江周边地区实施火力打击。星子岩是位于九江和庐山以东极其重要的要塞，无疑会第一个遭受日军的致命打击。

团长来了，上下打量着陈明："你是说，日本人会攻打星子岩？"

"是，日军有重大行动，还请你赶紧把我们送到第三战区，我要亲自向薛司令汇报。"

对方忙赔笑道："陈队长果然很清楚，外面车已经准备好了，还请三位即刻动身。"

司机像个疯子一样，把车开得都要飞起来了。但石子公路像遭了炮击一样，坑坑洼洼十分难行。刚刚离开县城不久，就听到空中传来飞机马达的隆隆声响，没等他们反应过来，星子岩如同装在火药桶上，爆炸声此起彼伏。

陈明一惊，大叫："快停车！"

吉普车刚停下，一架飞机突然冒出浓浓黑烟，尖啸着俯冲下来。

"快下车，卧倒——"詹姆斯动作敏捷，跳下车往山下跑，陈明像拖小猪一样把乔子琴拖下车，向后奔跑了几步，猛地扑倒在地。

轰隆一声巨响，飞机就在他们前面 30 米处爆炸，强大气流将泥土、石块扬起，铺天盖地向他们身上砸过来。

一阵烟尘吹过，浓烈的汽油和烧灼钢铁的气味弥漫开来，吉普车被炸得稀烂，司机还来不及出车就遇难了，他们三人倒毫发无损。陈明吆喝了一声："赶紧走吧，这才是第一拨，保不齐再来第二拨。"

等着过关卡的人很多，都是逃难的民众，衣冠不整、蓬头垢面、饥寒交迫地等待着往前赶路。太阳老高了，关卡的栏杆偏偏还不打开。

芦苇席子包裹着行李，行李里裹着枪，捆成了一个大包裹。江龙将它垫在地下，让应姐坐着休息。他往前面走去，悄悄地问那些排队的人："看见一个大胡子带着一个大高个子和一个矮个子没有？"

前面有个戴眼镜的人回了一句："大个子脸很白，戴着墨镜，头戴礼帽，还围着条围巾，怪怪的，是不是？"

"是的，是的。"江龙连连点头，"那人寒湿症，见不得风，他们到哪去了？"

戴眼镜的回答："前天晚上还一起住店的，昨天早上起来就不见了。"

江龙喜不自禁，连忙跑到后面喜滋滋地说："快要找到他们了，可能提前过了关卡，我们赶紧追他们去。"

应姐不高兴地嘟着嘴："怎么追？关卡都过不去。"

就在这个时候，一辆大卡车来了，在地下蹲的、坐的难民全部站起来，拍打着身上的灰，高兴地说，换岗哨的终于来了。

正要一拥而上，驾驶室里钻出了个军官，也不下车，把着车门，大喝一声："都给我老老实实站着！"

他这一声吼，等着过关的人都像被使了定身法。就看见车厢后面的士兵先后跳下来，荷枪实弹，排成纵列，与排队过卡的人对峙着。

难民们张皇失措，不知这些士兵拿枪对着他们干吗？还没清醒过来，就听着车门口的军官大吼了一声：“给我抓——”

这些士兵早已看准了目标，一人揪一个扯出队伍，跟着就用绳子绑起来。对应着江龙的是一个魁梧的大个子，江龙发现情况不好，推开对方伸来的手，拔腿就跑。

这士兵端枪对着他，阴森森地说：“敢跑，你要跑，老子把你腿打断了！”

在一片大哭小叫中，传来应姐的尖叫声：“我们说理，你不要跑哇——”

江龙这才站定，犟着脖子说：“我们都是小老百姓，又不是汉奸土匪，为什么要抓我们？”

“抓壮丁，你龟儿子不晓得？为啥子？老子们为抗日！”把着车门的军官跳下来，拔出手枪，冲着江龙说。

被抓的都是逃难的青壮年，有几个，不服气地说：“我们都拥护抗日，也不是汉奸。”

“抗日要得。”军官操着一口四川话说，“老子们抗日下长江东进，你们他妈的咋一个两个往西边跑？”

等待过卡的难民中，大多是他们的亲眷，哭哭啼啼拉住不放。这些壮丁一个个哀号连天：“长官啊，饶命吧！我们上有老下有小，把我们抓去了，他们怎么活啊？”

长官不理，继续训话：“哪个上没老下没小？一个个都是石头缝里蹦出来的？南京死了几十万人，不把日本鬼子打走，你们哪个能活得下去？”

“是这个道理！”江龙从田埂跳上来，“我就是去抗日的。”

“你？”拿枪的士兵一起望着他，长官走过去，“哟，要得，还真有人心甘情愿当壮丁啊。”

“抗日也要自觉，抓去抗日的人，他们身在曹营心在汉不行的。”江龙打量了一下队伍中的人，见一个面目黝黑的年轻人捂着脸哭，一边是扯着他袖子的白发老太太，一边是抱着他大腿哭的小孩子，就朝那边指了一下，“把这个小伙子放了吧！我跟你们走。”

“你他妈癞蛤蟆打哈欠——口气不小。你以为你是我们团长？我干啥子要听你的？”军官手枪一挥，“全部给我带走。”

一片哭天抢地之中，被抓的壮丁全部被押到车上去了。江龙挣扎着，迫不得已的时候才说：“你们把我老婆也带上！”

“带女人干啥？我们不收女兵，要么她来劳军……”车上的士兵都哄笑起来，粗话脏话不绝于耳。

江龙一想，心冷了半截，自己倒是脱得了身的，可两个人一走散了，到哪里再见得到面？不要说现在她已经算是我老婆了，就是我没跟她睡过觉，我命是她救的，带着她出来，却把她丢在这将要开战的地方，生命都有危险，不是害了她吗？我死也要和她在一起才心甘呢！舍不得孩子打不到狼，舍不得枪，就要丢老婆，他于是说：“只要把她带着，我就贡献一杆枪。”

“要得啊！”军官走到应姐跟前，“枪在哪里？”

江龙把老婆扶起来，打开芦席包的行李卷，抽出三八大盖递过去。

讲川话的长官皮笑肉不笑：“你瓜娃子倒行得很呢！还敢携带武器闯关卡？！”

江龙勉强龇了龇牙：“长官，带我去见团长，我们是来报信的，鬼子已经打下红石崖了。”

长官点头：“这倒是真的，我看你可不像普通百姓。”

“好吧，”江龙也豁出去了，“长官，我是游击队的。”

“游击队的？”长官疑惑地看了江龙一眼，“哪个支队？”

“这是机密，我要见了团长再说。”

“你个龟儿子，不见兔子不撒鹰啊！”这个军官骂骂咧咧，但还是把两人带到他们团长那去了。

这里的团长叫赵铁头，瞪着鼓鼓的眼睛，干脆利落地问：“我是团长，你干啥的？”

“我是皖南三支队的，队长叫陈明，外号陈大烟袋！”江龙回答得毫不含糊，“在湖口失散……一路走过来，看到日本人已经把红石崖占领了，炸得跟翻地一样。从车印上看，日本人是朝着南边来的，估摸着要不了多久就会到这里……”

听他说出一路的见闻，团长的眉头越拧越紧，最后一拳头擂在桌子上，哐啷一声，震得桌子上的茶杯、笔架乱蹦。他咬着后槽牙怒骂了一句：“狗日的，敢骗老子！”

江龙目瞪口呆，自己说的可都是实话啊！

“不是说你。”团长挥挥手臂，“逮到两个可疑的家伙，跟我说是逃难躲避鬼子的，现在我晓得了，他们就是前来打探的汉奸！红石崖失守我们也知道了，但是在前面的九江县驻点没有示警，不知道是怎么回事？”

“这一点我不晓得！”江龙说，“白鹿洞有一队日本兵已经开往温泉，我们走的是马头镇，鬼子有坦克和汽车……”

团长拍了拍江龙肩膀，大笑：“呵呵，你们陈队长已经报告了，我们也做好了准备，只是红石崖这边还没摸清到底是什么情况，所以你报信报得很及时啊。”

“陈大烟袋？”江龙一阵激动，“他在哪儿？”

“哎，别这么着急嘛，他们过去了……你们先吃饭休息一下，情况紧急，我先审审那两个特务。”团长对门外大声喊，“警卫员，带这两位过去！”

一个年轻士兵带着两人往后面的营房住下，饭菜送到房间，一个红烧鱼、一个青菜汤、一盆米饭。乍一看到这么清爽的饭菜，江龙的嗓子眼好像有个小爪子要伸出来一样，连吃五碗才意犹未尽地放下碗筷。然后他倒在干干净净的木板床上，一闭上眼睛就打起了呼噜。

半夜时分，突然山谷中一声枪响，江龙一个翻滚爬起身来，在床上乱摸了半天才想起，进关卡的时候枪被没收了。他跳下床站在窗前向北边望去，只见北方的天空绽放出一朵炫目的火花，接着又是三发信号弹冲向天空，将那边照耀得如同白昼。

他刚收回目光，就看到西风洞的山坡上亮光一闪，跟着就听见有人说：“长官，您的枪！”

原来警卫员送枪来了，他大喜过望，赶紧接过来。别看江龙几个月前还只是个码头工人，一路过来，倒学了不少东西，知道什么样的武器能打多远，一般会有几个人掌控。

照这个距离，闪光的地方最有可能是机关枪，山坡那么陡峭绝不可能是山炮，拖不上去的。见路旁有棵一人腰粗的大树，他就对小警卫员说：“你躲在正面，千万别露头，我爬上去，如果有鬼子过来，你就往回撤。”

江龙扎起褂子，把子弹盒装在衣服里，背起三八大盖，像只敏捷的猴子，噌噌几下爬到枝丫上。目测差不多了，取下枪压上子弹，端起步枪瞄准。

小警卫员趴在草丛里等了半天，久久听不见树上枪响，有些纳闷儿。又等了一会，他还是没听见枪响，心里正奇怪，就在此时，树上砰的一声爆响。接下来就听到一阵嗒嗒的机关枪声，暴风雨一般刮在树上，打得细枝和树叶簌簌直往下掉，他的心又揪了起来。

机关枪响了一阵，稍稍停歇，就在这个当口，头顶又是一声爆响。这次机关枪哑了好一会儿，接着又重新吼叫起来。但是，没等树上开第四枪，机关枪声戛然而止，好像正打鸣的公鸡哑巴了，突然被人掐住了脖子一样。

江龙头天晚上立了大功，第二天没见到团长，下边士兵也不放他们走，只有留下来打下手，帮着抬伤员、清洗伤口。一直忙碌到后半夜，两人才疲惫地靠在墙边歇一会儿。

小警卫员喊他们吃饭，江龙却问什么时候才能见到团长。小家伙眼泪扑簌簌落下来："团长受了重伤，胳膊没了……"

两人跟着小警卫员来到赵团长所在的病号房，赵铁头躺在床上，马上爬起来，喊警卫员给他们两个银圆，说是奖励他们的，跟着问道："你俩是夫妻？"

见应姐红着脸，赵铁头哈哈大笑："呵呵，还是未婚夫妻？战争年代嘛，能走到一起的就是同志。明天，我来给你们办个热闹的婚礼，正好又打了个胜仗，大伙儿一起乐一乐。"

不等他们回答，小警卫员送茶水进来，团长又吩咐道："小张，你去叫警卫班准备一间房，我要给江龙兄弟举办婚礼！"

小张看了看江龙两人，嘻嘻一笑，立正敬礼跑出去了。应姐不好意思，就说去救伤员。

见女人走了，赵铁头看江龙的脾气、秉性十分喜欢，大有"臭味"相投之感："江龙，我听张娃说，你昨夜跑到外面去打鬼子了？"

江龙点头："我看到山上有发信号的，就知道可能是日本人做了埋伏，也不知道有没有打中。"

"当兵这么多年，能在黑夜里开枪打中敌人的可不多，你算是神枪手了。"

江龙嘿嘿傻笑："不瞒赵团长，我摸枪才一个多月，这杆三八大盖，还是从鬼子那里捞来的。"

赵铁头张大了嘴巴："好家伙，怎么这么厉害？快说说，我以后让手下也这么练。"

江龙轻轻摇头："我打小在江边长大的，用弹弓打鸟，用小石子砸鱼。后来在铁匠那里打了个铁叉,绑在棍子上投掷,一叉一个准……后来,见远的地方鱼叉不到,就用粗线绑了飞镖,见到有鱼甩过去。呵呵,练眼睛也练瞄准……"

赵铁头一拍大腿站起来:"好,江龙,请你做我们教官,好好帮我训练训练士兵,怎么样?"

江龙愣了愣,没有作声。赵铁头不无扫兴地悻悻道:"是不是嫌我庙小?还是怕我不给钱?"

江龙搔着头皮,一脸苦笑:"赵团长,蒙你看得起我——我有更重要的任务,一定要去找陈队长。我本来打算跟你说一声就走的,哪知道你们去打鬼子了。"

"既然如此,我也不强求你。不过,你要是找不到陈明,尽管来找我。我铁头别的不敢承诺,绝对让你有一展身手的地方。"

次日,一阵砰砰的鞭炮声把江龙从睡梦中惊醒,女人也慌乱起来,娇羞地嗔怪:"怎么搞的?难道真要给我们举办婚礼?"

江龙刚一骨碌爬起身来,门就被人推开,冲进来几个大汉,拖住江龙就走:"快走快走,给你刮胡子、洗澡。"

出了门,江龙看到外面用树枝搭着彩棚,有学生模样的人忙前忙后,上面写了几个大字,江龙除了看明白"抗日"两个字,其他一概不认识。让人耳目一新的是,操场上多了很多朝气蓬勃的身影,有身穿青裤白褂的男学生,也有青衫白裙的女学生,一个个跟小蜜蜂一样飞来飞去。

有个军汉解释道:"咱们打了胜仗,学生娃来慰问演出呢。江大哥,你的婚礼太热闹了。"

警卫班这帮汉子一拥而上,簇拥着江龙来到树下。树下摆了好几个摊子,赵铁头正一脸肥皂泡等着刮胡子,看见江龙过来笑道:"大喜的日子,咱们也得好好打理打理,等下看娃娃们演戏吧。"

江龙坐下,任身后的汉子给他剃头、刮胡子。汉子说:"江大哥,一会请你上台说话呢。"

"啊?"江龙看舞台下一列列整齐的官兵有些胆怯,"我又不是你们团的人,我不去!"

赵铁头的胡子刮好了,大会也开始了,他走上舞台,粗犷的声音响起:"各位兄弟,我老赵再有能耐,一人能拧几颗钉?没有驰援,这一仗也很难打。所以说,团结就是力量,全中国人都团结起来一致抗日,我们就能把小日本打回老家去！”

学生们给几位长官分别戴上大红花，又是一阵热烈的掌声。

赵铁头的粗声大嗓再次响起：“孙中山先生说过，革命尚未成功，同志仍需努力！在这样大喜的日子里，我们活的人，还得感谢为抗日而牺牲的同伴，他们用鲜血和生命换来我们之荣耀，我们永远不能忘却他们！”说到这里，他脑袋瓜子一偏，定在了江龙这边，“这里，我要给大伙儿介绍一位真正的英雄，他的枪是从日本人的手里抢来的，他摸枪才一个多月，但在昨夜的战斗中，他打死了对面山坡上埋伏的两名机枪手。大伙儿欢迎他上台讲话！”

江龙是被警卫班的汉子架上舞台的，一时不知道如何开口，扭捏了半天，想起路上的遭遇，他的心沉重了，说：“别的不说，我就说，说我经过红石崖看到的惨状吧。”仿佛又回到那一刻，江龙的声音开始有点慌张，后慢慢沉稳下来，“……整个红石崖，就像被犁了一遍又一遍，我不敢下脚，因为每走一步，脚下就有兄弟残破的尸体……其中还有个孩子，他的枪管已经被炸弯，却有一朵小花插在枪口上，就那么死去了……”

江龙再也说不下去了，他已经泪流满面。台下也早已唏嘘一片，有人泣不成声，有人号啕大哭，那些学生娃更是哭得惊天动地。

一名学生领队带头喊起了口号：“为了抗日，我们此生不死，此志不懈——”

口号文绉绉的，呼声也不整齐，铁头站在台口，干脆四个字一句一句地喊出来：“有敌无我，有我无敌——”

“我不杀敌，敌必杀我——”

台底下的拳头像森林一般，喊声把树叶都震得纷纷下落。

不知道是谁，更直接地喊了一嗓子：“打倒小日本！小鬼子滚回老家去！”马上群情激奋，呐喊声响彻云霄。

江龙下台来的时候，应妲已经擦干眼泪站起身了：“江龙，我们不能结婚。”

“为什么？你不是说，要和我一起过日子的吗？”

女人紧咬嘴唇：“你别再问，求求你，你别问了，问了我也不说的。”

舞台上正在表演节目，台上台下气氛热烈，没有人注意到江龙和应妲悄悄攀过墙头走了。

明媚的阳光之下，身后是喧嚣的庆功大会，两人渐行渐远。在荒草丛生的山野里，那两个背影显得越来越小，单薄而孤独。

第十二章　客栈中治病

木镇的夜晚静悄悄。

吉祥旅社没有住满人,因为地理位置不好。谁叫它在最东边呢?都说鬼子快打来了,能够往西边多走半步路都是好的。

掌柜早早关了门。夜半时分,突然前面院子传来喊叫声:“住店喽——”声音粗犷,还有几分凶狠。

这么晚了来投宿,也算胆子大的。伙计去开了院子门,暗淡的冬瓜灯笼下,站着三个人,还有一辆骡车。

领头的是个精干的男人,用比较靠近这一带的土话问了一声是不是还有房间。这模样像是赶路的人,伙计连连点头:“有有有,客官请——”

伙计帮他们把车子搞进来,见他们是两个男人一个女人,领头的男人个子不高,但很壮实,装束很奇怪,官不官兵不兵匪不匪的样子。他后面站着一个大高个子男人,包裹得紧紧的,女人却是村妇打扮,不知道什么来路。

伙计把他们往后院子里领,说:“西边楼下还有两间,你们来得巧,好位置,今天客人才走的。”

来客都愿意住楼下,更愿意住西边,因为这是战乱时期,有什么风吹草动便于跑。领头的却说,他们要住楼上,要最靠近东边的两个房间。

伙计为难了,最东边的房间还真没人住,但是倒数第二个房间已经住下人了。

“请他们换到下面房间来。”汉子用不容置疑的口吻说,“我们可以多给点房钱。”

口气那么硬,伙计不得不去。

掌柜是个老头子，趿着鞋、扣着衣服走过来，给这三个人拱手：“客官，实在对不起！你们要的那间房已经住两人了，不是女人哭泣，就是孩子哼哼，这才让他们靠边睡的，搬下来，影响别的客人睡觉啊！”

“既然有病人，为什么不送医院？”后面的女人说话了，说的是官话，语气轻柔，与她土里土气的装束完全不相称。

他们不是别人，正是陈明一行三人。还没进镇，乔子琴就听见陈明和一位老表拉话，才知道日本人的主力战队还没有到达这里，但是海军小股部队已经在这一带骚扰了。加上日机日夜轰炸，天一擦黑，家家都不敢开灯亮火。

掌柜的对他们另眼相看了，声音也放低了：“到处是难民，还有受伤的国军，不但把医院塞满了，连附近诊所、草药铺子都住不下了，药都没处买，哪里有人给孩子老人看病啊……”

“让她搬下来！”领头的依然坚持。

乔子琴径直上楼去：“我去看看吧。”

那房间门没有关，点了根蜡烛，一个清丽的女人坐在床沿哭。乔子琴一问情况，才知她丈夫死了，带骨灰回重庆，路上儿子生病，高烧两天没有醒过来。

乔子琴说自己是医生，给孩子看了病，掏出从船长那里弄来的药，用水融化了，让女人掰开孩子的嘴，将药水灌了进去。

然后，她拿起毛巾蘸着凉水打湿了，拧得半干，搭盖在孩子的脑门上。她吩咐女人，过一会儿再把毛巾用凉水打湿，多换几次，多喂几次开水，又留下几片药，说她就在隔壁，有事就叫她。

女人千恩万谢，主动提出来要搬到楼下去住，乔子琴摇摇头：“等孩子明天好点再说吧。”

“房间还有个空床，要不嫌弃，你将就住一晚吧。”

有个床铺睡觉就行了，乔子琴答应了，心想，晚上也便于看看孩子的动静。

第二天早上醒过来，看见女人坐在儿子床边，见她醒了就眉开眼笑地说：“孩子终于醒过来了，还要吃的呢！”

只见床上坐起的孩子十四五岁的模样，清清秀秀的，朗朗地喊了一声：“谢谢阿姨。”

“太太，你儿子长得好俊哦。”乔子琴由衷赞叹，又对孩子说，“是你命大福大造化大，幸好没转成肺炎，要不然也不会这么快好的。”

女人就问能不能吃东西，乔子琴说，先给他买点稀饭吃吧！

乔医生来到隔壁，陈明已经买来早点，说出去查看下情况，嘱咐乔子琴和詹姆斯待在客店，小心匿迹。

詹姆斯让陈明给他买笔记本和铅笔。总算到了国统区，记者的天职促使他想写纪实新闻报道了。陈明转身出去，半袋烟的工夫带回来一个巴掌大的本子、两支黄色的铅笔。等陈明走了，詹姆斯才发现铅笔需要小刀削。

乔子琴认为自己打扮得像农家妇女，出去没事的，就在小镇上转了一圈，好不容易买到一把削铅笔的铁片刀带回来。刚进院子，她就看见一个年轻人背个老汉走来，老人支棱着的左腿滴滴答答地往下滴血。

掌柜出来，一看这样子就说没房间，住不下了。

年轻人说："我父亲被流弹打伤了腿，没地方住，这可是要送命的呀——"

"生病人说不得了，你这血糊糊的，房间不被你们弄脏了？"掌柜连连摆手，"快走快走。"

乔子琴同情心大发，折回来轻声说："让他们坐下吧，我来给他包扎，血流多了，真是很危险。"

这女人像是个有身份的人，说话有礼有节，掌柜的不再言语。

老人坐下来，儿子把父亲带血的裤腿卷起。乔子琴见子弹从老人的小腿肚子穿过去，但没有伤着骨头，就让年轻人到药房里去买外用的药、绷带、药棉、消毒药水等等。

掌柜的摇摇头，说这是小地方，她说的这些都是战时控制的东西，买不到的。乔子琴想起陈明给詹姆斯用的草药，后来还问过叫什么名字，就让他照样买。还让他买两尺白布来做绷带。

小伙子买到东西回来，乔子琴先用盐水清洗了创面，上了药，用布带包扎起来，说最好躺着，把腿架高，只要不感染，过些日子就会好的……

父子两个千恩万谢，掌柜的也没话可说，给了他们一个房间。

乔子琴这才上楼，正削铅笔，就听到楼下有喧哗声，有人喊着："小姐医生——医生小姐——"

又有伤员吗？乔子琴出门，从栏杆边往下面看。旅社院子里拥进好些人，见她现身，都在下面仰望着她，七言八语的，她听出个大概来了。

原来，钟太太出去买稀饭与人说起，小伙子买药的时候也与人说起，客栈里来来往往住宿的人也纷纷说起,都说旅店里来了个女医生,内科外科都拿手,人长得漂亮,态度也好。

难民们长途跋涉,忍饥耐寒,不是内病就是外伤,有几个身体健康的?正愁没地方治病,就一起过来找女医生。掌柜的把所有伙计都叫出来,将拥来要看病的人堵在门外。

正乱成一团,陈明赶回来了,看到这情况,也赶快帮着伙计关上客店大门,跟着冲上楼来,对着乔子琴发脾气:“大小姐,你是医生,你要给人治病,你留这里吧!我带詹姆斯走——”

见他收拾行李,詹姆斯不乐意了:“乔,尽天职,治病,善良,没错,我陪她……”

“不去武汉了?不找大使馆了?不交血证上去了?”

在陈明的逼问下,詹姆斯搔搔脑袋,低下了头。

“那么些伤病员,你都看得过来吗?他们中间万一混有汉奸、特务怎么办?”

面对陈明的质问,乔子琴涨红了脸,又是气愤,又是委屈。她觉得大烟袋说得有道理,但是自己做得也没错。

陈明感觉此地已经不安全了,他们三人套上骡车,赶紧从后门溜走。

日本特务果然发现了他们的踪迹,可是在国统区要抢人只能采取偷袭的办法。日本特务一边派人回去搬兵,一面迅速接近陈明三人。

“大夫,求你给我们看病!”

“小姐医生,你不能见死不救啊!”

几个人从四面包围过来,他们跑得比兔子还快,哪里是伤病员?

一个日本特务拦在了车前面,陈明察觉不对,扬起鞭子,狠命地抽了一下骡子,车子撞去,那个人倒在地上,一个驴打滚逃过了车压。

日本特务来了不少,子弹嗖嗖打来,但都是朝着地面开枪,想要将车轮打爆。利用这个机会,两个人朝后面开枪,只是骡车颠簸太厉害,不能有效射击。

陈明已经找到驻军司令部,想要摆脱敌人尽快赶去。

可是,还是有子弹射中了车轮,车胎扑哧一声瘪了,骡子再也拉不动,站在那里惊叫。正在此时,斜地里出现一队人,虽然只有十几个,但兵分两路,五个人朝他们跑来,还有几个朝后面的日本特务开枪。

乔子琴高兴地喊:“救星来了!”

“狗屁！是军统的人。”虽然其中不见船长，也没有熟悉的人，但陈明看得清楚，他们的衣着打扮很特殊，“快，往驻军地跑！”

原来，军统特务已经得到消息：两男一女，其中一个是外国人，发现此三人立即逮捕，不得伤害。他们没想到竟然有人先动手了，显然这些人是日本汉奸。如果打死了他们要抓捕的人，那可不好交差，于是他们放弃追赶詹姆斯，果断向后包抄，和日本特务对打。

一时枪声乱响，惊动了驻守的国军，马上派出一队士兵前来查看。

此时，军统特工的包围圈也如同绳子套一样慢慢收紧，击毙了几个日本特务。国军也赶到了，一阵乱枪，日本特务腹背受敌，眼看劫持无望就要逃跑。这队国军训练有素，迅速包围过来，将军统特工和日本特务全部捉住，押往军营。

特工头子竭力摆脱捆绑，亮出派司，低声吼道：“不得无礼，我是军统的人。”

审问他的王参谋没好气地说：“你们军统人吃饱了撑的？竟然跑到我们地盘上打架来了……”

那人也很强硬：“我要见司令长官，我们是来执行紧急任务的。”

“什么任务？竟敢不通过我们直接行动？把我们驻军当空气呀。”王参谋更气了。

“任务绝密，我要见薛将军。”

王参谋瞟了他一眼，瘪瘪嘴：“不错啊，你还认识我们薛长官，怎么早没想起来请示他？”

特工头儿只好不作声。

到了军部，詹姆斯解了围巾，取下眼镜，让他们大吃一惊：哪里跑来个老外？还拐了个漂亮的中国女人，这是干啥的？

詹姆斯却朝陈明指着：“我要，跟他，在一起，他是，我们的头儿……”

看上去，眼前这个汉子年纪在30岁左右，精干而不彪悍，耳下有伤疤，有掩盖不住的沧桑，有些兜腮胡子，却不是很浓密，一双眼睛虽然不大，但是炯炯有神，睁开时射出两道精光……

王参谋哪里把一个土包子放在眼里，问他是干啥的。陈明十分镇静地说：“我是游击队长，我要见薛岳。”

他的声音不大，还带些地方的口音，可他那么神态自若地对薛岳直呼其名，让听见的人全都震撼了。

抓住共产党头子了！要在两年前，王参谋可是大喜过望，那时他们还是死对头。可现在是国共合作时期，这人大言不惭地要找薛岳，难道和司令有什么瓜葛？

先把这两拨人甩到一边去，再把第三拨人带过来，不用审问就能看得出，这是大家共同的敌人。每到一个地方，日本人都要收买没骨气的中国人充当他们的爪牙。

断了脊梁的狗，是怎么也站不直的。那些狗汉奸马上匍匐在地，一个个都哭诉着自己是被迫的，上有老母下有儿女，等等，祈求饶恕他们一回，他们以后一定洗心革面、重新做人。

几天没有刮脸，王参谋的兜腮胡子密密丛丛的，遮挡住了咧嘴的暗笑，他扯着大嗓门儿说："汉奸比鬼子还可恶，给我拉出去通通毙了！"

这几个家伙磕头如捣蒜："求长官饶命，求长官饶命，中国人不杀中国人。"

"那他们三个人都是中国人，你们干吗要追杀呢？"

一个家伙说，不是杀他们，上面交代任务，宁愿牺牲一个支队也要把美国人逮住，把东西抢到手……

这事儿倒也蹊跷，既让日本人恨之入骨，又不愿杀了他，居然牵涉到三国四方，不同政治派别的人都聚到这里来了，有的舍命保护，有的玩命争夺，到底是什么东西？

王参谋拍着脑袋也想不出来，看起来这不是小事，干脆一股脑儿押往司令部。

江龙、应姐也到了木镇。离武汉不远了，又在国军的控制中，两人松懈下来，也敢于公开打听三人的去处了。

可是没问个结果，却发现了在大街上演讲的夏勇。他是轮船上的大副啊，怎么和一群学生混在一起了？那一口悦耳动听的东北话，让听演讲的人群情激奋，跟着一起喊口号，然后举着旗子一齐向东走过去，吸引了许多百姓跟后面。

江龙惊喜地对应姐说："这是熟人，叫夏勇，是大副啊！"

"你还认识大副？"女人睁大了眼睛，直愣愣地望着他。

遇到船长后，女人问起多次都没有说，怎么现在无意中暴露了自己底细？江龙真想给自己两个耳光。但是后来一想，都已经到国统区，非常安全了，就像赌博要开宝了,还有什么不能说的? 但是,他留了个心眼,还是没全说,就说他是自己坐的那一条船上的大副,后来轮船出了事故,大家就分散了。

应姐也没有追问,只是要他当心点,说船长不是好人,大副能靠得住吗? 小心点为好。江龙想,多一事不如少一事,还是加紧与大烟袋他们会合吧,吃了中饭就赶路。

走着走着,应姐突然说自己头巾掉了,好难过的样子。江龙一摸口袋还有两个光洋,是团长奖励的。一路上都是花女人的钱,这下要充个好汉,就说给她买一条头巾。

进了一家杂货店,有好几种颜色的头巾女人都不要,说没原来的那个颜色,戴着也不舒服,还是红格子的漂亮。再说天热了,也不需要戴了! 他又打算给女人买一身新衣,应姐死活不干,却要给他买双鞋子。

江龙看应姐的鞋子也快烂了,也要给她买一双。她说买一双青布鞋就行了,江龙不答应,哪怕多花点钱也要买一双更好的,说没有成亲就住到一起了,连个聘礼都没有,买一双好点的布鞋,好歹也是个意思。

听他这么一说,女人的眼眶湿润了,于是选了一双暗红丝绒的布鞋。江龙看她换鞋子,有心帮她提一把,一弯腰,从两腿之间看见几个穿黑衫的人朝这边跑来。不像好人! 他一把拉起应姐就跑。

两人刚到街口,就见一队游行队伍呼喊着口号迎面来,走在最前面的正是夏勇。一照面,江龙就说:“我们给特务盯上了!”

夏勇用眼睛示意了一下,学生队伍让开一条道,待他们通过又合拢起来。同时后面的学生跑到前面,把街道堵得死死的,继续呼喊着口号向前进发。

特务跑到街口,被这一大队学生堵住,满眼都是横幅、标语和小旗,等到他们终于挤过人群,哪里还有江龙两人的影子?

两人一口气跑出镇子,又听见后面有人吆喝着要放枪了,正着急,冷不丁从大路边的树后出来个人说:“跟我走——”

这人走得很快,根本不容江龙有问话的机会。他们拐来拐去翻越一个土坡,又钻进了树丛,来到一处废弃的砖窑外停下。摘了草帽,江龙才看清楚,这是个十八九岁的学生。

年轻人笑着说:“我叫何广生,夏老师让我来接应你们的。”

江龙放下心来,一边打量着这里的环境,一边跟着他往砖窑走。

砖窑已经塌了半边，雨水浸泡的地面尽是烂泥浆，才走到门口就差点滑一跤，一只手伸出来拉他进去。江龙抬头一看，喊了一声：“原来，你就是夏老师啊！”

夏勇笑嘻嘻的，朝他后面的女人说：“里面稀烂，何必陷两脚泥？”

应姐马上明白，这是拒绝她进入，就在窑洞外找个背阴的地方坐着。

“她是谁？”待江龙进去了，夏勇迫不及待地问他。

“啊，一起赶路去武汉的人……”

破旧的窑洞射进一缕阳光，照着江龙有点泛红的黑脸。夏勇马上明白了，事情远远没这么简单，于是又追问了一句：“在哪认识的？”

江龙有许多问题要问他，却被他怀疑自己身边的女人，一肚子不高兴，马上问道：“你怎么到这里来了？”

夏勇大学毕业后从东北流落到内地，在船上工作了几年，走南闯北，见多识广，察言观色更不在话下，赶紧把自己的情况对他说了。

原来，夏勇救出了船长，带着陈明给他的人凿沉了船，就和船长结伴，说好一起去武汉，到民生公司分公司找总经理汇报。

不知怎么搞的，一天早上起床后发现船长不见了，他只有一个人赶路。刚过鄱阳湖就被日军阻住，他穿着日本军大衣，又会几句日语，终于穿过了封锁线。一路上见到大批逃亡难民，又有学生组织抗日团体义演，便帮着救助百姓，救治战场伤员。

因为夏勇参加过工作，年纪又比学生大几岁，因此被推举为学生领袖，大家都叫他夏老师。说到这里，他特别强调了一句：“船长是军统的人，如果见到，要提防一点。”

江龙知道他是亲近共字号的人，立即有了几分亲切感：“我知道，遇见了，差点没死在他手里……”

“缘分啊！我们又走到一起来了。”夏勇是真心高兴，“詹姆斯、乔医生、老陈他们怎么样？”

“反正没淹死，我们一起走了一段路，后来我生病……”老陈他们把自己丢下了，真有点不厚道，江龙不便说出口，“可能，正在往武汉赶，或者已经到武汉了……”

“那就好，我有些担心，乔医生不会水，詹姆斯又受了伤……”

这时，江龙才觉得，该为应姐表表功了，嘴朝砖窑外面努努：“这个女人，是湖边的打鱼人，丈夫和孩子都死了，我去借船，发高烧，晕倒在她家……她接了乔医生和詹姆斯，给他们烧水吃饭，还想留他们住几天的，结果，陈明带那两个人悄悄走了……”

“啊？”夏勇觉得这里面有些蹊跷。

见他将信将疑，江龙赶紧分辩：“真的，乔医生还给我吃药的，他们两人的相貌这些都说得不差，她只是没见着陈明……”

夏勇有几分明白了，可能陈明想摆脱这个女人，这才甩了江龙的吧！江龙也承认，一路上危机四伏，有几回都差点送命，不知他们三个人怎么样了？

夏勇少年老成，告诉江龙，自己人多，也叫同学们留意，却一直没发现他们的踪迹。可能陈队长经验丰富，知道目标明显，没有从人多的地方经过，说不定已经到武汉了。

“那么大座城市，你怎么找他们？”夏勇像是顺口问。

“应姐是个孤身女人，要到武汉投亲，我送她到堂哥那里，到一座寺庙……就能联系上他们。”江龙想想只说了一半，跟着邀请他，“我们一起走吧！”

“我当然要到武汉，还要找轮船公司汇报。但是，木镇已经危险了，这一批学生我也要把他们带走，所以走不快，你们赶快离开这里吧。”

两人走出砖窑，夏勇看见应姐靠着砖窑外墙站着，冲她笑笑。砖窑顶放哨的何广生下来，夏勇让他和江龙换了衣服，如此这般吩咐了一阵。见何广生走了，夏勇才叫上江龙两人朝来路走去。

走到大路边上的树林子不久，何广生带着学生的大部队来了，还带来了一套女学生的服装。应姐解散了发髻，披下头发，塞进衣领里，远远看去也像个女学生了。他们两个夹在学生队伍里，一直走送出木镇。

第十三章　司令部放行

初夏，根据蒋介石颁布的武汉卫戍区战斗序列，薛岳任该卫戍区第一兵团总司令，保卫大武汉的千斤重担压在他身上。日军小部队来骚扰或者城市外的争斗，比起大规模陆海空的日军进犯，那都是小巫见大巫的事。

对日本汉奸特务的处置只有两个字——“枪毙”，但中统特工的求见却稀奇，不说明原因，只说是奉上级的命令，要带走美国人。而美国人坚决不跟他走，说要跟那个叫陈明的游击队长走，而且还要带上那个叫乔子琴的女医生。

薛岳本来很恼火，这帮人一进镇子就闹得天翻地覆，日本人跟疯子一样要抢这三人，承担巨大损失贸然突袭国军，肯定有重要的原因。

陈明也着急，快要到武汉了，终于冲出了敌军的封锁线，进入国军的司令部所在地，以为应该很安全了，没想到还这么复杂。真是越接近胜利，越不能有丝毫的马虎啊。

被带去见司令的时候，在走廊里，陈明与那几个特工遭遇了。

那几张面孔并不熟悉，虽然也是军统的，但分明不是船长带的人。那个时候尽管有些不愉快，但还是并肩战斗过，他们可能大部分牺牲了，少数几个也许被船长带到庐山撤离侨民了。九江被日军占领之后，能不能安全脱身可能还是个问号。

薛岳问了押解他们来的王参谋，知道事情的大致过程，然后将陈明三人带到办公室外间问话。

王参谋对走在前面的陈明点点头，从心底涌起一股敬佩之情。到了木镇，还在国军的地盘上都如此惊险，他们一路上的遭遇可想而知。

走进司令部的套间，陈明终于见到了此地的国军最高司令，这个被称为“抗日战将”的薛岳，当年可是“反共”老手，在红军的屡次战斗中立下了赫赫“功勋”。

看上去，此人身材单薄，举止文雅，还有几分书卷气，但不威自严，官话里还带着一点广东味儿：“你是何人，为什么要见我？”

“我的身份，想必王参谋已经禀报过了。但我来见司令的目的，”陈明不卑不亢地说，扭头望了一下站在身边的其他两个人，“除了我们三人，就是走廊上的特工们知道了，他们没有向司令禀报吧？”

这人外表像个土八路，说话却如此条理清楚，有礼有节，让司令刮目相看，更为那几个军统特务故弄玄虚的隐瞒恼火——给本司令都不说实话，在我的地盘上撒野，这不是目中无人吗？

他压抑住心中的怒火，反唇相讥：“你怎么知道他们没向我禀报？”

“不会禀报的，因为他们有私心，说不定这里面有阴谋。”

“什么阴谋？”司令先挑重要的词汇询问。

陈明担心司令抓捕自己，欲加之罪何患无辞？所以，他先放出话来，杜绝了他的念头：“因为，我是共产党，军统特工们连你们党国的精英都怀疑，哪怕在国共合作时期，头脑一热，说不定也会给哪个长官扣上通共的帽子……”

“他们，没有，汇报，就是因为，对司令，不信任……”詹姆斯肩膀一耸、双手一摊，突然插上这句话，让司令脸上挂不住了。

如果是游击队长说出这样的话，薛岳一定要严加驳斥，说他身为共产党人，是来这里挑拨离间的。可是蒋委员长正在向美国求援，国际友人得罪不起。何况他说得有几分道理：军统特工们拿着鸡毛当令箭，居然凌驾到一个大军区司令头上，岂有此理！

薛岳本来还想问他们，到底带着什么秘密？可这么一问，不就明显暴露自己不知情了吗？之所以不知情，是特工没有汇报。他们之所以不汇报，就是因为怀疑自己？

真是笑话！我是蒋委员长亲自委任的卫戍区第一兵团总司令，几个军统小子胆大妄为，在我的地盘上大动干戈不说，还不实情禀报，真想把他们一个个都抓起来。

一直在旁边站着的女人说话了：“司令，我们之所以不愿意跟他们走，因为一路上已经遭遇过，也完全领教过他们的手段了。”

对这个女人，他的确很好奇。可以用八个字来形容："粗服乱头，不掩国色"。她静静地站在那里，如同一尊雕像，但风韵天成，不卑不亢，还有一种"腹有诗书气自华的"的优雅。说出话来，含而不露，语音优美，娓娓动听，肯定受过高等教育。

她是什么人？这三个人是什么关系？

一个最土的，一个最洋的，一个不土不洋的女人，这三人是怎么走到一起来的？对他来说真是一个谜。

本来他不便问，趁此机会，他斜着眼睛问了一句："请问，你是谁？"

看出他的轻慢与怀疑，乔子琴挺直了腰板，直视着对方："我是美国教会医院的医生，我姓乔，也是这个美国记者的治疗大夫。"

"他受伤了吗？"

"何止是受伤，他差点死了：日军飞机炸翻了他乘坐的船，落入水中差点淹死，因此得了肺炎；他悄悄上了日军的货船，船上的爱国人士制造了触礁事件，打斗中他中了敌人的子弹，子弹嵌入肩膀骨头里，至今没有取出来，水泡雨浸，早已经化脓……"说起詹姆斯的病情，她又是着急，又是担心，又是怜悯。

"啊？伤在哪里？"薛司令问。对国际友人，哪怕是装模作样，也要关心一下的。

乔子琴绕过陈明，走到詹姆斯身边，解开他衣服的扣子，露出左臂，果然上端缠着绷带，外面还有脓血。

薛岳不仅要证实外国人受伤的事情，还要看看这女人的职业素养。而今看在眼里，他多了几分尊重："仅从你们阻止了日军轮船的物资运输来说，已经是为抗日出力了，劳苦功高啊，请坐沙发吧。"

一个共产党的游击队长，一个美国新闻记者，再加上一个基督教会医院的医生，好奇怪的组合！他拐弯抹角地问："乔医生，刚才您说那话是什么意思？你们与特工打过交道？凭什么指责他们有私心？"

乔子琴坐在沙发最靠近薛岳的一边，干脆挑明了说："我救治的外国人叫詹姆斯，是美国派驻中国的新闻记者。他手上有重要的影像资料，如果有人拿去向日方邀功的话，一定会获得丰厚的回报。就是不出卖给日本人，在国际社会上也有重大的经济价值和政治价值……"

薛岳打断了她的话："对我军的人，乔医生只是无端猜测吧。"

“但愿他们不是出卖机密的人,但他们送给上司,也是升官发财往上爬的资本……”

女人之见！薛岳冷冷一笑,问他们怎么遇见的。

乔子琴回到正题上来:“在路上,我们遭遇土匪的时候他们出现了,想把我们三人带走。可是,看到是游击队队长护送我们,就想除掉他,趁此机会破坏国共合作,然后再嫁祸于人。”

基督教会医院的医生,毕竟是党国之外的人,如此抨击我们的情报机关人员,有损我方声誉呀。可话从这样年轻美丽的女子口中说出来,哪怕没有根据,他也不忍心斥责。

司令只是委婉地说:“军统特工都是训练有素的精英,有他们护送,你们更安全啊。”

“不!”乔子琴否认了,“因为日本鬼子一路追踪,我们与外貌体征十分明显的外国人赶路,没办法乘坐任何交通工具,只有昼伏夜行。不仅要躲避敌人的明枪暗炮,还要战胜毒蛇猛兽,护送我们,没有比游击队长更合适的人选了。”

陈明第一次听乔子琴侃侃而谈,不仅细密周到,而且声情并茂。给自己涂金,是为了保证我的安全啊！他心生感激,却不露声色。

同时,他心中暗笑这几个军统特工太愚蠢了,没有供出我们带的什么东西,大约是执行船长的命令——对谁都不能说,却犯了一个幼稚的错误,无意中冒犯到这里的最高长官。他正好趁此机会给薛岳加一根钉子,用自己的坦诚换取他的信任。

“薛司令,明人不说暗话。詹姆斯先生是南京大屠杀的见证人,他身上带着日军的屠城血证,有日记,有照片,还有电影胶卷,他又是个人证,必须亲自送往大使馆。不是我们要向谁邀功请赏,只是日军千方百计要毁灭证据,我们只有走常人不走的路,一路上除了遭遇豺狼虎豹,还要与土匪强盗过招,我仅仅是个带路的……”

薛岳这才明白了真相:原来,詹姆斯身上带着日本屠城的证据。特工只是要求我将三人交给他们押走,并没有说出原因。我们自己的人还没有我们的对手坦诚,这里面肯定有猫腻,有可能是为了一己私利……

但他也看得出来,这千里跋涉的过程中,游击队长已经将那两个人完全征服了。这东西既然如此重要,就不能再让共产党的人继续参与护送了……

他从主位上站起来，走到沙发边去。沙发上的三个人不知他要干什么，也齐刷刷地站起来。

陈明问："司令有什么指示？"

薛岳向他伸出手："陈队长，我代表党国谢谢你。"

话中有话，陈明心中一凛，为表明自己的态度，也伸出手与他相握："司令见外了，我们的目标是一致对外。我奉命执行任务，一直要将国际友人安全送到武汉，请您放心。"

"这已经在武汉的范围了，你已经完成任务了，可以回去向你们领导交差了。"薛岳握住他的手不放，"放心，接力棒就交给我吧，一定将詹姆斯先生送到大使馆。"

詹姆斯明白了，过去也听说过，国民党过河拆桥的事没少干，他马上伸出自己的一只手，去拉薛岳的另一只手，蓝色的大眼睛眨个不停："司令，我，亲眼，见证了，南京，大屠杀，我是不是，证明？"

司令只好放了陈明的手，反过来盖在詹姆斯的大巴掌上："当然是哦，你是最重要的人证。"

"可是，你们的人，只想夺取，物证，甚至，还想杀我，司马昭，之心，路人，皆知，狼子野心，昭然若揭……"

这个老外，真是个中国通！除了说话不利索，连《三国演义》都了解，可见这个人物不简单，他所掌握的证据更不简单。

薛岳拍拍他的手背："记者先生也请放心啊，您是中国人民最忠实的朋友，您为我们的抗战在出力，我派吉普车和最得力的人，一定将你安全送到！"

"司令，派车，最好，"詹姆斯一着急，说话更不连贯，"但是，我要，陈送我，到，到目的地……"

"为什么？你不信任我吗？"

"今天，我们，才见面，可是，与他，"詹姆斯甩开了薛岳的手，指着陈明说，"一路，走来，他，至今，没看，我带的证据，我更信任，他——"

乔子琴也说："我也坚信陈队长的责任心。"

你不过一个护理人员，这里有你说话的余地吗？薛岳不悦地斜视着她："乔医生，你能保证，这些重要资料都能送到大使馆吗？"

听出他的话音，乔子琴离开沙发，走到一边："薛司令，您能给我一个单独说话的机会吗?”

陈明诧异地望着她,这个女人要搞什么鬼?该说的话都说了,到底怎么决定就看薛岳的了。他即使不要我送,也不至于把我杀了吧,毕竟是有记者见证的。只要能把血证送到大使馆,个人受点委屈算什么?千万不要画蛇添足啊!

像是解除他的疑虑,乔子琴对司令眨眨眼睛,话却是说给另外两个男人听的:“我要借您的电话用一下,联系武汉最好的医院、最好的医生……”

琐事太多了,战况太紧了,薛岳实在没时间听她说,尽管拒绝这么优雅的女人说不出口。乔子琴看出他的不耐烦,补充一句:“我只占用司令三分钟。”

薛岳大吼一声:“王参谋!”

王参谋进来,问司令有什么指示。薛岳让他领两个男人去吃中饭,说他们一路辛苦了,要犒劳一下,等会再来接乔医生。

那个参谋脚跟一碰,敬个军礼,就带他们出去了,回身还把门关上了。司令看了一下手表,那意思就是说,计时从现在开始。

乔子赶紧说:“司令,除了把他送到大使馆,还要找最好的医生给他做手术……”

薛岳知道,武汉的党政机关全部在撤离,大使馆是不是搬迁了,现在还不敢说,于是提醒她:“万一,他找不到大使馆怎么办?”

“所以,我想借您的电话用一下……”

“可以到市电话局打。”这是在暗示对方,这里是军用电话。

“大概,只有您的电话能直达侍卫室。”

见这个女人神色严峻,不像是开玩笑的,就问她要找谁。

“李濞。让他准备接应,一定要把血证交到大使馆……”

“哈,乔小姐有通天的路啊!”薛岳惊叹了,她报出名字的那人年轻有为,是蒋委员长身边的红人。他二话不说,转身进了里屋,立即给她拨通电话。

她跟着进去,接过话筒,有几分娇憨又有几分迫切地叫了一声:“李濞,我在武汉卫戍司令部给你打电话,薛司令很忙,只能长话短说……”

“不不不,乔小姐,你有话慢慢说……”听到那边亲切而惊喜的回应,薛岳做出要走的姿势,笑嘻嘻地说。

乔子琴做了一个让他停步的手势:“父亲让我到重庆找你,一路很难走,冬天走到春天,才到了木镇……”

对方的口气迫不及待:“琴,我来武汉接你……”

“不,不需要你来,我们也居无定所。到了武汉,我再给你打电话,就这样。”

“别忙,请薛司令接电话。”

双方的对话都听得清清楚楚,薛岳知道他俩关系不一般,于是接过话筒,打了一个哈哈:“李公子,不知道您的……人要来,差点闹了误会。有什么吩咐请讲,若是私房话,我回避。”

接电话的是李漂,很客气地感谢他:“她是我未婚妻,给薛司令添麻烦了,不好意思,请多关照,余情后感。”

那边说得很简单,薛岳放下电话,态度发生 180 度大转弯,甚至有几分恭敬:“乔小姐,失敬失敬,我马上派一支部队直接送你们到武汉。”

本来,他要打个电话叫人查一下,美国大使馆是不是搬迁了。可听她这么一说,似乎没这必要,她可以直接把材料上交蒋委员长啊。到什么美国大使馆?可能只是糊弄老外的,难怪要一路同行,这个小女子可不简单呢!

乔子琴要争取司令的帮助,也不愿意让另外两个人知道自己的真实情况,这才要和司令单独说话,也只有到这里,才能直接找到未婚夫李漂。

见薛岳突然热情起来,乔子琴道了一声谢,但是接着说,他们已经引起日本特务的追捕了,再大张声势,即使地面上没有围追堵截,天上却防范不住,还是让他们三个静悄悄地走好。

他们三个,当然包括那个游击队长在里面。薛岳有点不甘心,说在自己辖区,送他们到武汉是万无一失的。

乔子琴摇摇头:“司令搭救了我们,已经感谢不尽,没必要再给您添麻烦。何况一路过来,新四军已经派出他们最得力的人,不能辜负了他们的一片好心。关键时刻走马换将,是出兵之大忌,也影响双方的关系……”

战争真是锻炼人!说不定这个游击队长,也是她献给蒋委员长的礼物,生怕别人抢了她的头功似的。看不出来,这小女子真有心计呀。薛岳马上答应,说给他们配一辆车,专程派人送他们!

薛司令想,武汉是我的地盘,找得力的人送过去,还是送到我的人手里。只要他们一出发,就给武汉那边打电话,让他们做好接应就是。

两人走出里间,王参谋已经在前厅了。这事儿,当然知道的人越少越好,干脆就由王参谋护送。于是司令吩咐,吃过午饭以后,由王参谋带一辆吉普车送三个人到武汉去。

这三个人都是王参谋感兴趣的人物,正想多接触接触他们,多了解了解他们,派车送他们,求之不得呀。王参谋高高兴兴带他们到了小食堂里,军官食堂的伙夫一口气烧了八个菜,鸡鱼肉蛋样样有,摆了满满一桌子,四人一人坐一方。

座中有美人、有英雄,还有稀罕的外国人,王参谋兴致勃勃,一个个给他们敬酒。首先当然是乔小姐,祝她:“走遍天下,貌美如花。”

他再敬酒给詹姆斯:“感谢你呀,国际友人,爱我中华。”

最后给陈明敬酒的时候,他站起来了,这次他不说顺口溜了,真心实意地赞叹:“老陈,英雄啊!”

詹姆斯吃得两嘴冒油,嚷嚷:“我也是,英雄——”

王参谋将他肩膀一拍:“你是英雄,还要别人当国宝一样护送?”

詹姆斯哎哟一声惨叫,乔子琴扯了他一把:“人家是伤员!”

自己太鲁莽了,王参谋碰到人家伤口,实在对不起人,他又是作揖又是敬礼,再三请求原谅。

乔子琴问他:“为什么说老陈是英雄?”

王参谋说:“敢对我们大司令直呼其名的,目前为止我只知道这一个;千里送京娘,秋毫无犯,这是其二;第三嘛,你们不说我也想得到,从枪林弹雨里走过来,一个是女人,一个是病人,他容易吗?”

“说容易也容易,说不容易也不容易。”陈明也站起来举杯,“有国军帮助,我们就容易了。送佛送到西天,摆渡摆到江边啊。”

听懂他话里的意思,王参谋拍着胸脯保证:“你们放心吧!我保证把你们平安送到武汉,你们掉了一根毫毛,我提着脑袋见司令去。”

他这么一说,三个人一起站起来向他敬酒,喜上眉梢,把杯中酒一口喝干,然后亮出杯底,绕了一圈,连声说“谢谢!”

詹姆斯甩开腮帮子大吃大嚼,说从南京开始,这是一路上吃得最好的一次:“谢谢薛司令,谢谢王参谋!”

陈明夸酒好,说从来没喝过这么好的酒。

乔子琴瞟了陈明一眼,第一次说了大话:“这酒好什么?等把日本鬼子全部赶出中国的时候,我请你喝更好的酒,茅台呀,五粮液呀,随便你挑。”

“那时候，说不定我已经死了——”陈明说得很平静，轻描淡写，像是在说不相干的人。

“胡说八道！怎么说这么丧气的话？”乔子琴真生气了。

酒桌上的气氛顿时沉闷下来。乔子琴不喝酒了，埋头喝着鸡汤。

“死不了，死不了！”王参谋站起来一拍胸脯，“我不是早让你们放心吗？我不仅陪你们吃午饭，接下来的任务，就是把你们送到武汉去。”

陈明扫了他一眼：“陪着甩腿吗？”

“司令派了一辆吉普车送你们呀。”

乔子琴有些喝多了，兴奋地抓住他左手：“是你开车送我们？那太好了。”

他反手抓住乔子琴，喜笑颜开：“乔小姐高兴我就高兴。但是，你说错了一点，我只说送你们，没说我开车！我堂堂王参谋，又不是个车夫。”

司令果然守信，此行路上，终于有专车送了。乔子琴知道，是自己打到重庆的电话起了作用，另外也是自己的一番要求，可以让陈明继续随同——谁也没有他机智勇敢可靠。最后连乔子琴也撑得肚子圆了，陈明还慢吞吞地喝酒。

乔子琴有点着急，也只能冲着詹姆斯说：“不能吃快点吗？我们好赶路啊。”

詹姆斯把一个大肉圆子包在嘴里，撑得一边的腮帮子鼓起来，连声说：“好了，好了。”

陈明平时雷厉风行，现在却慢悠悠的，斯文地又抿了一口酒：“忙什么呢！太阳还没下山呢！”

“我才夸你是英雄，怎么就变成狗熊了？我的地盘我做主，马上动身！”王参谋不容置疑地说。

“地盘是你们的，天上不是你们的，你不怕敌人飞机？”陈明说。

“晚上就没飞机了？路况不好，这么黑的天，总要开灯走路吧，目标更明显。我们有高射炮呢！”看见詹姆斯和乔治琴也跃跃欲试，王参谋催促道，“你要不走我们走了，车已经到了，还磨蹭什么？”

端人家的碗受人家管，既然要蹭车子坐，只有随着车主时间。

但陈明还是坚持要带着干粮，王参谋只好到伙房去搜罗了一点锅巴、咸鸭蛋、熟鸡蛋什么的。磨磨唧唧搞了半天，陈明还把桌子上剩余的腊肉、香肠也放在食物包里。

乔子琴有点恨铁不成钢，一路上都大义凛然的，怎么到这里这么小家子气？

不是被你的对手看笑话吗？本来要笑话他几句的，可是，她的头脑昏昏沉沉的，什么也不想说了，一个踉跄，还是被王参谋拉了一把，才坐进了车子。

汽车发动了，太阳还没有下山，夏日的夕阳明晃晃的，再加上几个人都喝了酒，每个人都有几分困意。幸亏路况极差，汽车就像风口浪尖上的小船，跳着走，他们的脑袋时不时撞到车顶上，要不然就东倒西歪。几个人在车上颠簸着，即使睡着的人也没睡沉。

渐渐，木镇已经甩出去很远。阳光依然灿烂，快成熟的玉米叶子已经失去大部分水分，风一吹，哗啦啦发出松涛声。詹姆斯早已经在车上睡着了，而陈明看起来喝酒很馋的样子，其实喝得并不多，王参谋上车后只顾向乔小姐献殷勤。

陈明睡觉时也睁着一只眼睛，何况现在根本就没有睡意，支棱着耳朵，注意着周围的动向。

吉普车开着窗子，马达声音很大。乔子琴昏昏欲睡，参谋千方百计地找话和她说，她出于礼貌，有一句没一句地应付着。

忽然，一阵尖利的呼啸声音由远及近，从后面传来。

“敌机来了——”陈明大叫一声，与此同时，一把扯了坐在当中的詹姆斯，拉开车门，和他一起滚下车去。

王参谋并没有醉，听见陈明叫喊的同时，也听到飞机的呼啸声，第一反应就是后转身，拉开乔子琴边上的车门，一把将她推下去，这才回转身命令驾驶员：“加大马力，向前开——”

等他打开自己身边这扇门的时候已经晚了，日军飞机临头，一个俯冲，炸弹丢在车后，然后是震耳欲聋的爆炸声。

泥土在空中纷飞，沙石砸在车门上，车门变形了，打不开了。王参谋拍了司机一巴掌：“你给老子……”

他的话音没落，又是剧烈的一声响，炸弹在他的头上炸开。跟着，溅落的黑灰以及其中夹杂着的夺目的鲜红血浆冲天而起，他并没有感到疼痛，眼前一黑，成了肉渣……

陈明和詹姆斯滚下车之后，跟着滚下路基，耳边传来了炮弹震破耳膜的爆炸声。

“乔医生，乔小姐——”詹姆斯大喊，挣扎着站起来，向炸弹爆炸的地方跑去。

“住嘴!”陈明猛拉回他,扯着他向玉米地狂奔。

炸毁了吉普车,敌机依然不甘心,朝着四周一阵扫射,机枪嘎嘎鸣叫,子弹横飞如雨,最后放了燃烧弹……玉米地起了火,烧得满天通红,敌机这才转身回返,向东飞去了。

两个男人已经跑到地垄边,身后火光冲天,他们跳进水沟里躲避烟火。终于,一大片玉米地烧成焦土后,陈明拉着詹姆斯要出来,他却坐在水沟里哭得呜呜响:“我的,乔呀,我的,乔小姐呀,我的,乔医生啊……你死得,惨啊——”

公路上,那辆吉普车还在燃烧,飘散出人肉烧焦后令人窒息的味道。陈明望着那未尽的烟火,如同火烧着心肺:相伴走了这么几月,她给自己包扎过伤口,护理过病体,尽管有过冲突,但还是那么坚强、那么勇敢、那么善良,这么一个年轻美丽的女子,就这样在敌机的轰炸下化为灰烬了?

那王参谋尽管多嘴多舌的,可算是个好人,也亏他周旋,三人才能够从司令部里出来,还一同坐了这么长时间的汽车,估计跑了一半路了吧?只可惜,好人命不长啊!还有那圆脸的小司机,都是因为护送我们才死的呀……想到这里,坚硬如铁的游击队长内心也沉甸甸的,怔怔地望着公路上燃烧的汽车,什么话也说不出来。

詹姆斯只是冲着他嚷嚷:“为什么?你不,拉她下车?你怕死,你自私,只顾,自己逃命……为什么?见死不救?”

陈明突然发火,暴跳如雷:“你以为我三头六臂啊?把你救出来就不错了!”

“既然,能救我,就能,救她……”詹姆斯跳得比他更高。

两人斗鸡一般,跳了一阵,叫了一阵,骂了一阵,陈明最先冷静下来,心中有几分悲凉:这外国人也犟得很,还知书识礼,还走南闯北,还见多识广,怎么这么不明事理呢?

陈明于是蹲下来,耐心地对他说:“情况太危急,我们也是九死一生,你们两个谁最重要?”

“生命,都是,平等的,都重要……”詹姆斯振振有词。

“你要有本事,你把她救出来,我去牺牲好吗?”见对方不说话了,陈明又补上一句,“如果你们两个当中,我只能救一个,我肯定要救你。”

“如果,我们,两个中,要死,一个,你说,死谁?”

陈明平静地说:“死我,因为,你比我们都重要,你带着证据,证据最重要。”

詹姆斯无话可说，这才慢吞吞地站起来："早知道，我们，应该听，你的话，天黑，动身的……"

"没用，我们逃不过这一劫的。"陈明回望已经暗淡的东边，"日军就是冲着我们来的，只要你安全，我们就胜利了……"

"可是，代价，太大了，乔，不该死……"詹姆斯依然抽泣着。

"王参谋该死吗？小驾驶员该死吗？南京大屠杀几十万人，有谁是该死的？"陈明一边说着，一边往前走。

旷野里，只有他们两人，四周静悄悄的。一阵爆炸声后，又是一场大火，四周一片焦煳，难以忍受的气味弥漫在旷野里，弥漫着日军的又一桩罪行。

他们横穿过玉米地，来到公路上。往前面看去，吉普车还在燃烧，居然离他们有一里多路。幸亏他们下车快，可是，汽车怎么往前面开那么多路呢？陈明不明白。他还是往前走，一定要到近前去祭奠他们一下，詹姆斯紧紧跟在他后面，两人不再说话。

往前走去，不远是一个土坑。不止一个坑，是一个坑连着一个坑。敌机丢的不只是一颗炸弹，而是一连串的炸弹。他妈的，在公路上挖坑种树吗？

头一个深坑边，溅起的土堆在土坑外围了一圈，像是巨大的、肿起的疽痈。

前面的火光依然还有残留的火苗，明明灭灭，像是鬼火一般。走到一个巨大的深坑边，坑外有环形山一样的土堆圈，一块地方特别高，两人想绕过去，陈明被绊住了——明显是人的脚——土下趴着人！人被埋住了大半，露出的肩膀只有鞋底宽，穿的是老蓝布衣服。

俯身一看，陈明惊喜交加，一边扒泥土一边大声喊着："乔医生——乔医生——"

"她不在，车上？"詹姆斯也跑过来了，蹲下身子，也帮着扒开泥土。是女人，是乔医生！只有泥土，没有鲜血，他赶紧在胸口画个十字，大喊一声："上帝保佑！"

两个人将她翻过来，听她呼吸均匀，双目紧闭，看起来只是被震昏了。

陈明二话不说，背起她，跑下公路，跑进田野，一直跑到玉米地的尽头，在水沟边停下来，将她放在地上。两人迫不及待地喊："乔子琴，乔医生，乔小姐——"

喊了半天还不醒，莫非内脏震坏了吗？詹姆斯急了，捧起水洒在她脸上，不停地摇晃着她，然后捧着水，将她脸上的尘土洗干净。

终于，乔子琴哼哼两声，像是从梦中醒来，慢慢坐起："飞机走了吗？"

"上帝保佑，你没事！"詹姆斯摇着她，拉她站起来，牵着走两圈，"有没有，疼痛，障碍……"

陈明问："你也跳车了吗？"

满天星光，璀璨明亮，比有月亮的晚上显得深邃，更衬托地下的空荡与寂寞。

一张娇小的面孔苍白如纸，一双秀丽的眼睛不断眨动，她看见他们嘴唇翕动，却听不见任何声音。她茫然四顾，读出了詹姆斯眼中的惆怅，读出了陈明眼中的惊吓。她使劲地甩甩脑袋，伸出小指头掏掏耳朵，掏出一些沙土，摇摇头："什么？你们说什么？"

两个男人心里一沉：坏了，她的耳朵被震聋了……

乔子琴还有些懵懂，小巧的鼻子嗅了一阵，复杂而强烈的焦臭让她想起刚才发生的灾难。

军用吉普车在路上颠簸的时候，中午喝多了，她在打瞌睡，头脑不是很清楚。王参谋侧过身子，叽里咕噜地大声说话，汽车的发动声也很大，她根本没听见飞机的轰鸣声和陈明的叫喊声。王参谋突然转过身子面向她，一只胳膊伸过来，她才突然惊醒，车门开了，她被推下去，当时就听见一阵巨响，扬起漫天沙土，然后什么意识也没有了。

远远的公路上，不知道是什么东西在燃烧着，她想起发生的事情惊恐万状，号啕大哭："王参谋呢？把我推下车了，他呢？"

詹姆斯扯了她一把，摇摇头，双手一摊，两个大巴掌又往上一扬。她突然明白了，尖叫着，哭喊着，声音因自己听不见而格外尖利。

两个男人知道，炸弹翻起的尘土将她掩埋，她才能幸免于难。

陈明怕她难受，对詹姆斯摇摇头摆摆手，然后大吼一声："别哭了，赶路！"

乔子琴听不见他的声音，隐约看见他严峻的神态，她用手捂住了自己的嘴，只留下呜呜的低鸣。

陈明在玉米地里找到几枚没烧焦的玉米，已经烤熟了，每人两个，自己先啃起来，还叽里咕噜地说："可惜，那么多好吃的，也被他妈的鬼子炸了。"

他一边说，一边在田野里往前走，方向正西，与公路平行。两人跟在他的后面，詹姆斯垂头丧气，乔子琴哭哭啼啼……

江龙与应姐刚刚出镇，就见飞机呼啸而过，身后枪声乱响，紧接着就看到日军的坦克步兵一齐穿过小镇往西而来。一时间，山岗、田垄、树林里冒出无数条火蛇，日军中虽然不断有人倒下，但同时迅速摆出阵式卧倒还击。

在他们身边不远处有枪声，随着日军的迫击炮在身边响起，枪声哑了。江龙让应姐在壕沟里藏身，跑去一看，只见一名战士倒在血泊之中，旁边还躺着三个奄奄一息的国军兄弟。

江龙想救人，但那士兵只说了句“打鬼子”就死了。断腿的国军兄弟挣扎着爬起来要继续战斗，又一声炮响，再也听不见动静。

江龙两眼通红，端起机关枪，伏在地上开始射击，哒哒哒一阵连响，对面炮手脑袋开了花。敌人的迫击炮哑了，周围山坡上的枪声扬眉吐气了，子弹像雨点一样密集地射击过来，很快就把日军压在地上抬不起头来。

这一回，日军居然在太岁头上动土，打到司令部门口来了。薛岳义愤填膺，亲自命令号兵吹起冲锋号。在国军强烈的反攻下，日军败走了。

赵铁头跑过来，看见这边战壕里的几个兄弟全部死了，只有一个机枪手还在埋头放枪，枪管都打红了，大喊一声：“鬼子都跑了，还打什么？”

江龙这才抬起头来：“什么？没鬼子了？打死几个？”

“江龙啊！”团长高兴了，“你呀！你打死一个抵一百个。”

一个精干的汉子站在战壕边上，居高临下地俯视着战壕里：“你是谁？怎么拿着我们的机枪？”

“报告司令，”赵团长用一只胳膊把江龙从战壕里拉出来，“他是皖南游击队员，神枪手，就是他把鬼子的迫击炮手打死了。”

“啊？这么厉害？”司令有几分怀疑。

“还不止这些呢！”赵团长介绍，“鬼子打下红石崖，是他给我们报的信；洪岭的日军据点被我军端了，也是他告诉我们的；在樟树林战役中，他深夜猫在树上，用三八大盖打瞎了鬼子的机枪……”

薛司令笑了：“壮士无畏呀！干脆，你在我这儿干算了。”

“司令，我早就有这个意思，可是他要去找他们的头儿，那个陈大烟袋。”赵团长说了江龙到他们团的情况，又要江龙放心，说司令亲自批准，专门派一辆吉普车，由王参谋亲自护送。现在也应该到武汉了，根本不需要去，不如就在这个地方当兵，打鬼子算了。

“对，就跟着赵铁头吧，他现在正要扩编队伍。”薛岳点头。

江龙不干：“谢谢司令！谢谢团长！我一定要去追赶陈明。君子一言，驷马难追。护送完了，我就可以回来打鬼子了。再说了，我还要把我老婆安顿好。哦，我的老婆呢？”

赵团长叫警卫员去把女人找来，拍了他一巴掌：“我要为你举行婚礼的，你们两个家伙爬起来跑掉了，还甘愿做野鸳鸯啊！”

在场的人一齐大笑。薛岳最先止住笑声，正色道：“我薛某人绝不强人所难，受人之托，肝脑涂地，是为大义之士。”

“谢谢司令成全。”江龙不伦不类地敬了一个礼。

薛岳当即解下自己的佩枪赠给江龙，然后伸出手：“来，用我的小枪换你的大枪，把机关枪给我。”

江龙接过手枪，喜不自禁，把机关枪递过去：“首长，谢谢您的手枪。这机关枪本来就是你们的，我只是用了一下。”

“你小子又说错了，我们不作兴喊首长，我们都叫长官。”赵铁头说。

“管他喊什么呢！”薛司令望着江龙壮实的背影，颔首道，“武汉也是我的地盘，孙悟空还能逃得了如来佛的手心吗？赵铁头，过几天你就到武汉去征兵。这家伙，别弄掉了。”

“是！”铁头用独臂敬了个军礼，“迟早都是一家人，我带他到军营喝一杯庆功酒去。”

刚到司令部门口，江龙就发现了船长带两个人等在大门口。他想打招呼，又不知道怎么称呼，也弄不清他到底是朋友还是敌人？

船长一眼就看见了江龙，居然跟在司令的马后面，到了他跟前，还把脖子扭过去，像头犟驴一样。他也当作没看见一般，上前对司令敬了个礼：“报告司令，请拨冗接见属下。”

“嗯，你是什么人？”薛岳已经猜出他是什么人了，但因为对他不满，故意装作不知道。

“司令，卑职是军情处的，奉委员长命令，到庐山撤侨回来，有重要情况要向司令汇报。”

薛岳不作声，下马之后，背着手进了办公室。

强龙斗不过地头蛇，何况在大军区司令面前，自己只是一条小爬虫。船长像是担心踩着蚂蚁一般，小心翼翼地跟他走进去。见他坐在沙发上了，自己便垂手立在一边。

“说吧！”

司令语气缓和了，船长弯腰致歉，说：“卑职管理不严，手下冒犯了司令，还请将他们放回，让属下带回去好好管教。”

“你就是他们的头儿，管教？大词小用了，”薛司令跷着二郎腿，满不在乎地说，“你们都是党国精英，有本事自己解决问题啊！到我这里来抢人算啥？打不过日本人还逞强，若不是我手下人去救，你就等着来收尸吧！”

“谢谢司令出手，我们担心……也是迫不得已啊！”

“是啊，你们有纪律，都是保密局培养出来的，厉害呀！但是，又要我们出力，又不说个清楚明白，还对我保密，叫我工作怎么做？”

“这个，这……因为牵涉到国际争端，没及时向司令汇报，这是我们的不是。卑职就是来具体说明的……”

“可惜，我已经把他们放走了……”

见薛岳说得那么轻飘飘的，把我的人扣押起来，把游击队长带的人放跑了。船长气得七窍生烟，可又不敢当面发火，只得放低了声音说：“司令有所不知，因为这件事有共产党参与，而且领头的就是个游击队长，只怕他们别有阴谋……”

“我若不知，你们就早点对我说啊，为什么要把我蒙在鼓里头？”薛岳生气地站起来，两手一背，在房间里踱步，地板被他踩得咚咚响，“现在我倒是知道了，人也放跑了，你说怎么办？”

“现在还有一个办法……”船长还以为薛岳真不知道陈明是共产党，还以为薛岳真向他讨教办法，他上进一步，拦在司令的前面，说，“卑职知道，他们还有一个同伙，现在就在司令部里，就是跟在司令后面的那个汉子，他叫江龙。只要把他交给我，我就能顺藤摸瓜，找到他们那一伙人，拿到证据，呈给委员长，说不定，可以作为对日谈判的一个砝码……”

“哈哈哈……”薛岳一阵狂笑，“靠你，能送到委员长手里？靠这些东西，能与日本人谈判？到我的地盘大动干戈，却为这么幼稚的目的……”

船长听到司令反复强调“我的地盘”，才知道冒犯了长官的威严，才明白手下的那些家伙做错了什么。

相反，江龙那样的土包子居然受到上宾的待遇，他感到委屈，慌不择言：“司令，您不知道，这江龙，就是给共产党卖力的，您不该……”

“我不该什么？你有资格指责我吗？你认为我对他客气了，是吗？你怎么没看到他为抗日卖力呢？樟树林战役，他黑夜打死了敌人的机关枪手；在刚才的战斗中，他又打死了敌人的迫击炮手……”司令被他指责不该，大为光火，“你也打几个给我看看？让我见识见识你们的本事！免得说我厚此薄彼。”

“可是，他的确有通共的嫌疑。”

船长并不是军统直接培训出来的干部。他从南京回来之后谎报军情，说他带领人凿穿了鬼子的货轮，军统上面正在缺人之际，看在他对抗日有功的分上，让他临危受命。他文化不高，对国民党官场上那些弯弯绕理不清，一不留神就犯错。

“你是不是怀疑我也有通共嫌疑呀？”薛岳将桌子一拍，大发雷霆，“你把老子送到委员长那里请功好了——”

听司令大动肝火，门砰的一声被推开，四个卫兵站在大门口，枪口一致对准了船长。

见这个阵势不妙，船长腿肚子打闪，连连摆手：“司令，别误会，我什么也没说。刚才说的话，全当我放屁好不好？”

薛岳轻轻一笑，对卫兵们摆摆手：“没事，出去吧！”

警卫兵退出去，关上门，他才说：“你别想要走江龙，这个人我要了。要么，你留在这里，也感受下我们前线士兵的艰苦；要么，带着你的人开路……”

他的话还没有说完，电话铃响了。薛司令不再理他，拿起电话嗯了两声，一张长脸拉得更长，蹙着眉头，听完电话，啪地一下把电话挂了，更没好气地指着船长说：“你，给我走，带着你的人，越快越好，赶紧离开木镇。”

司令为什么突然发这么大的脾气？一定是电话来得不善。船长鞋跟一碰，转身出门，却故意放慢脚步，就听到薛司令发了两个命令，一个是让军情处的人全部离开木镇，另一个是赶紧叫赵铁头来！

船长的人还没有离开司令部，赵铁头已经进了司令办公室的大门，见薛岳脸色很难看，就问司令有什么指示。

“江龙饭吃好了吗？给我喊过来。”

赵铁头说:“那家伙,忠心耿耿呢！听说陈明他们下午动身了,就说赶去说不定还来得及,要了一匹马,带些干粮,饭也不吃,酒也不喝,带着那女人赶路去了。”

薛司令苦笑了:“他,赶去送葬吧!”

“怎么?”赵团长吸了一口冷气,感觉有些不妙。

司令叹了一口气:“刚才电话报告,离武汉 60 公里处,路上有连续一串炸弹坑,吉普车连带车上的人全被炸得稀烂……”

悲哀呀！赵团长沉默一阵才问:“那就是说,王参谋也……以身殉国了?”

“是啊,可惜那个……游击队长,他还真是条汉子!”

赵铁头骂了一阵日本人和日本飞机,再请示司令,是不是要把江龙追回来?

薛岳摇摇头,说就让江龙去空跑一趟吧,他们都是死硬派,不到黄河心不死。武汉将有一场恶战,实在兵力不够,可以到学生里面抓壮丁。

说实话,司令也痛惜他的参谋,可是遭遇了日本飞机的重磅炸弹连环轰炸,覆巢之下,焉有完卵?可能连全尸都没有留下。他亲自打电话给武汉那边,让他们带口大棺材去就地掩埋!

“唉！瓦罐不离井上破,哪块黄土不埋人?”赵团长出门仰天长啸。

第十四章　山洞里驻扎

渐渐地，灯火越来越稠密，远远看去，一片灯光的海洋，就像是一片繁星洒在遥远的天际。大战在即，居然还没有灯火管制，给远途跋涉来的人一片光明的慰藉。

“武汉快到了！”乔子琴兴奋地喊道。

“亲爱的，武汉，我来喽！”詹姆斯像孩子一样蹦起来。

连陈明也松了一口气，但是他知道，望山跑死马，还要甩腿走很多路呢！

三人都加快了脚步。已经深更半夜了，白生生的路往前延伸，看不到终点，扔颗炮弹都炸不到人。但终于可以在公路上走了，脚下平坦坦的，他们加快了步伐，渐渐缩短了与城市的距离。

走着走着，陈明突然下令，让他们两个躲开。跟着詹姆斯听出来了，身后遥远的地方隐约有汽车的马达，怪自己太高兴了，没听出来。乔子琴耳朵聋了，不可能听到。詹姆斯扯了乔子琴，立即跳下路边的壕沟。

陈明没有躲藏，站着听了一会儿，却突然转身过去，冲到路中间，双臂展开，大声叫道：“停车——停车——”

这两人趴在沟沿上看过去，居然是一辆载乘人的客车，都兴奋起来：长途汽车——一定是开往武汉的！到底是国统区，到底是大城市，在战乱时期还有长途汽车。

他们早已筋疲力尽，就像是将要溺水的时候来了一条船。陈明一招手，两个人从沟里爬出来，三个人一起冲到公路中间，一起挥臂高喊。

汽车一点也没有降速的意思，加大马力，反而朝着他们冲过来了。

陈明举起枪，砰的一声，汽车颤抖了一下，一个急刹车，停住了。

“信不信？下一枪把车胎打爆，谁也走不成！”陈明大声喊着。

司机战战兢兢下了车，连连作揖：“老总，都是逃难的人，白天不敢走，只有晚上开车，放过我们吧——”

陈明说：“你以为我们是劫道的？我们要坐车！”

“老总，车子里实在是像沙丁鱼罐头一样，一个也装不下了……”

“装不下也要装，就我们三个，开门——”

司机无可奈何，只好打开车门，果然，座位上满满的，地上坐的都是人，连一只脚也插不下。见还要上人，车内一片喧哗，有叫的，有骂的。

“闭嘴！谁要吱声，老子把他扯下来——”陈明举着枪走上去，冲里喊了一声，车里立即鸦雀无声了，他站在车口说，“每个人都把脚缩一下，身子紧一紧……”

听到他粗大的嗓门，还有明晃晃的手枪，车上乘客一个个噤若寒蝉。

他也不为难大家，只是叫坐在过道的人往里面挤挤，然后他把着车门，让詹姆斯上车坐在右边的车梯边，让乔子琴坐在左边的车梯边，把上车的台阶当作座椅。再让司机关上门，他背靠着车门站着。

三个人安顿下来，他才让司机开车。

“汽车超载了，真是发动不了……”

见司机磨磨蹭蹭、嘀嘀咕咕，陈明掏出一个大洋，扔到驾驶台上：“给我老实点，我们也付车钱，你是有办法的……”

以为他们是吃霸王餐的，没想到主动交钱，司机赶紧摸起大洋塞到口袋里，一踩油门，汽车发动了。

千里之行，第一次坐上规规矩矩的交通工具。而且一路西行，道路比沿途过来的所有道路都好，越走越亮堂，终于在黎明时分，前面灯光消失，曙光渐起。

从车窗望出去，汽车已经进入街市，但看起来只是城市边缘。两边房屋很简陋，都是平房，都很陈旧，各家各户都开了门，有男人出门刷牙，有女人出来倒马桶……还有早起的卖菜人，拉车赶路的人……

看起来这里就像和平安宁的盛世，市民人人安居乐业。然而在街道的背角处，在宽敞一点的屋檐下，还睡着不少逃难的人，像是风餐露宿多日了，好不容易有个安稳的地方，一个个睡得正酣。

“武汉，我……”詹姆斯情绪激动，正要站起来，陈明伸手捂住他的嘴巴，然后叫司机停车。

车门一开，他不由分说，拉着两人下了车。尽管背对着车上，还是有人看出来了——一个魁梧的庄稼汉子，一个洋腔怪调的外国人，一个纤弱的女人，无不大惊小怪：这三人是怎么走到一起来的？

乔子琴还抱怨着："干吗不多坐一会儿？总算歇了下脚，前面还不知道什么情况……"

两个男人都没理她。陈明带着他们穿过一条小巷子，走到街市后面，进了个小院子。

出来一个穿长衫的男子，让两人在堂屋坐下，亲热地示意陈明到后面去。詹姆斯掏出笔记本，翻开空白页，用铅笔写了："乔，他们认识。"

乔子琴点点头，跟着陈明，她一百个放心。

一个中年妇女笑笑，领他们到后面院子里去，有自来水让他们洗漱，有厕所让他们方便，他们清爽了许多。再走到前面的堂屋，坐在看不清颜色的方桌边，女人给他们送来了早餐：稀饭、玉米馒头、咸菜。

一路走来，这是最正规的一次早饭了，尽管普通，他们吃得很香。

吃完饭，坐着休息了一会儿，陈明才从后面进来。他提着个大包袱，告诉他们，这是大城市，尽可能把自己弄得清爽一点儿，但也不要太引人注目。

然后，他打开手里的包袱，取出一件阴丹士林的棉布旗袍。那个中年妇女始终没说一句话，像哑巴似的，只是带乔子琴进了卧室，指指那些衣服，然后出去，还关上了门。

屋子里陈设很简单，就是一张床，但有个半高的柜子，柜子上居然有镜子。她真的太久没有对镜梳妆了。

她的头发已经打结，乱得像稻草一般，对着镜子梳了半天，终于梳理整齐。再走出来，两个男人眼前一亮：朴素的长旗袍将她的身材勾勒得凹凸有致，清水挂面的头发梳理得整整齐齐，看起来就像一个年轻的大学生。

陈明剃掉了大胡子，似乎脸也显得白净了一些，又换上一件白布衬衫，没加腰带，和武汉的市民模样没区别了。

詹姆斯大变模样，戴个大白口罩，连胡子都藏在口罩里，一副墨镜遮住了他蔚蓝的眼睛，头上还戴上顶黑礼帽，黄头发一根也没露在外面，穿一身玄色的长褂子。不是近前仔细打量，谁也看不出他是个外国人。

就这样,陈明还再三叮嘱:“老老实实,别说话,没人把你当哑巴卖了。”

老外乐不可支:“这样子,进大使馆,他们,也会,把我当,中国人。”

陈明说:“我们先到宝通禅寺去,探听明白了再去大使馆。”

“不,不,不!”詹姆斯举起拳头,一本正经地强烈抗议,“一路上,都听你的,现在,该,听我一回了。不要你,我也能,找得到的。”

陈明扁扁嘴:“好,你找得到,你能干,你去吧!”

乔子琴不知两人为什么生气,用询问的目光望着詹姆斯。

他掏出本子和铅笔,写上:“寺庙? 大使馆?”

那字写得就像鬼打架,她认了半天才认出来,立即仗义执言:“老陈,陈队长,你要理解他的心情。他吃了多少苦,受了多少罪,忍了多少痛? 到底是为了什么? 他到了大使馆,千里之行,就有个结果了。我们把他交到大使馆,也算完成任务了。怕什么呢? 我们已经乔装打扮,这里又不是敌占区,又不在敌人眼皮子下,还那么紧张干吗?”

一个娇滴滴的女子,这么多路都走过来了,那么多苦都吃过来了,一步步坚强了,对自己的语气也这么强硬了,有进步啊! 从来没听她一口气说这么多话,简直有点喋喋不休。

陈明心里有几分不快,虽然不是过河拆桥,但刚刚到目的地就这么不听指挥,他无可奈何地叹了一口气。

好像也没什么理由可反驳的,他只能对詹姆斯说:“你实在要去,我陪你走一趟,让她在这里等着吧! 你的事情有个结果了,再来接她好不好?”

“不,不,不!”詹姆斯拉着乔子琴,“我们,同进同出,一定,要一起。”

虽然听不见,乔子琴也明白他的意思,生怕把她一个人甩在这里,也紧紧拉住他的手。

对于乔子琴来说,武汉只是中转站,重庆才是目的地。可是江龙至今没有赶过来,希望他护送自己的计划可能要泡汤。如果找到大使馆,迟早他们也是要撤退重庆的,跟他们一起走,那才最安全。

如果自己的耳朵没聋,可以再给重庆打个电话,可现在人站在面前说话也听不见,何况电话呢? 让重庆来人接没有必要,现在应该找一个可靠的地方住下来。只有大使馆最合适,也便于与重庆联系。

而且,詹姆斯上交了材料之后,当务之急是住院治疗,一定要找武汉最好的医院,自己也治疗一下耳朵。但是时局这么混乱,她不敢保证老同学能不能找得到。

寺庙是陈明的联络点,就像这个不起眼的小院子也是他的联络点一样。寺庙是百姓朝拜的地方,什么人都可以进,一定也住了不少难民,哪有大使馆安全？所以,乔子琴也是竭力主张赶紧完成最重要的事。

她担心刚才说得不周全,更担心陈明把自己甩下,于是甩掉詹姆斯的手,说:“我们就像唐僧取经一样,历经九九八十一难,终于到了西天,赶紧完成我们的大事,还要治疗他的枪伤与我的耳朵啊。”

“你以为,到武汉就万事大吉了吗?”陈明心想,说出来她也听不见,又怕增加老外的负担,干脆不说。

“当初,我公公冒着砍头的危险,舍弃了半个家当,把他送出来,我的任务也是要看着他把血证交到大使馆。一路上,我没有功劳也有苦劳,怎么到关键时刻就把我抛在一边？我回去也没办法交代呀!”

两个人都那么坚持,陈明只有点头。

乔子琴兴奋地笑了:“二比一,少数服从多数！只要把詹姆斯交到大使馆,我去找同学,你也不必为他找医院,你可以办你的事去了。”

詹姆斯听她那么一说,又拉起她的手,对陈明说:“乔小姐,陪着我,我还要,做手术,她,给我信心,给我力量……”

一高兴,老外的中国话说得也溜多了,终于能把几个字连成句子了。乔子琴听不清他说的什么,但猜得出他的意思,含蓄地点点头,几分矜持,几分骄傲:“我答应你,到了大使馆,我就给你打听哪一家医院最好,陪你把手术做了。反正,我也要进医院医治耳朵的,我们也算是患难与共吧!”

“呵呵！花轿抬进房,媒人甩过墙。你们就不管我了?”一路过来,眼看任务快要完成了,陈明也跟他们混熟了,以为他们两个真的好上了。看詹姆斯为她要死要活的,心想,有个熟悉的医生照料也不错,小年轻的,随他们去吧！他忘记了,自己的年龄还没上30呢。

詹姆斯说:“你不是要去找轮船公司吗?”

“是的,我们共产党人说话算数。沉船以后,应该对民生公司有个交代,即使无法赔偿,也要开个收据,写张欠条,做到仁至义尽。”

“佩服,佩服!”詹姆斯学中国人的做派,双手抱拳,朝他拱拱手。

进城以后，不如城郊宁静，只有一个字可以形容：乱。人们来去匆匆，提箱子的、背包的，都朝着火车站、汽车站、轮船码头的方向匆匆而去。

街上到处是标语，大面积的墙壁上画着招贴画，最醒目的一条标语从一栋房屋的侧面竖排着写下来："一寸山河一寸血，流尽热血保家国"！

血红的字有箩筐大，每个字墨汁淋漓，像是滴着血一样，看得人触目惊心。

一个是外国口音，一个听不见别人说话，只有陈明问路。

但由于大使馆是迁来不久的外国机构，问了几个人，居然都不知道。

有的人见他像个大老粗，找什么美国大使馆？有的人忙自己的事，不理不睬，行色匆匆的；有的人问他要干什么？这事怎么能说呢？当然别人也不告诉他。

总算碰上个警察，见他问路，诧异地打量着眼前的粗壮汉子，犹豫了一阵，指了一个方向："你到那边几条街看看……"

自己带着的两个人都醒目，甩着腿走也不方便，陈明叫了两辆人力车，让大个子车夫拉詹姆斯，让小个子车夫拉乔子琴。问两个车夫知道不知道美国大使馆，两人都摇头，也只有让他们顺着警察指引的方向往前走。

陈明让詹姆斯看左边，自己看右边，手揣在怀里，警惕地打量着四周，一步不落地跟着两辆人力车跑。

按道理说，这些车夫就是活地图，自然不必问路，但是，新来的单位，又是大家都不去的地方，跑了好几条街也没见影子。

干脆，陈明就叫车夫问路，他们是当地人，说话自然方便些。大个子车夫碰着一个警察，他正好是管理这片街区的，果断地为他们指了方向。

詹姆斯去心似箭，双脚直跺，车夫本来人高马大，再加上顾客使劲催促，跑得像风一样快。陈明有心跟上去，又担心后面的女人，慢了几步。

拐过一个街口，詹姆斯那车空车回来了，车夫拦着陈明要车钱。问他车上人呢，他说进大使馆去了。问他大使馆在哪里，车夫指着左前方一栋洋里洋气的楼房。

陈明抬头一看，门前没有挂招牌，所有的窗子都紧闭着，心里咯噔了一下——不好！

他赶紧抓几张纸币给大个子，又一把拉住乔子琴车上的车把，然后说："走错了，到宝通禅寺，在放生池边等我。"

说完他才想起来,对方根本听不见。小个子车夫拉着人就要跑,陈明又上前拉住他,忽然拽住乔子琴的手。她虽然听不见,一路的艰险也让她学到了不少东西,马上伸出手来,陈明就在她手心里画了几个字,然后再以询问的目光望着她。

她明白了,轻轻说:“宝通禅寺,放生池。”

陈明这才将小个子的人力车推了一把,自己加快步伐,朝那栋洋房走去。

刚到门口,就见几个男人夹着詹姆斯出来了。詹姆斯的左右胳膊都被两边人挽着,身子向前,脚步滞后,拼命地挣扎着。他依然戴着那顶礼帽,却压得很低,盖着他眼睛,嘴里像塞有东西,发出呜噜呜噜的声音。后面的人对他推推搡搡,前面的人遮挡着他,分明是被绑架了。

“青天白日的,你们要干什么?”陈明大吼一声,冲过去,一把揪住右边的男人甩开,又一脚踢倒了左边的男人,拉住詹姆斯用力往后一靠,又将他后面的男人撞得倒退了几步……

詹姆斯知道陈明来了,空出手来,掏出嘴里的手绢,掀开帽子,也对那四人拳打脚踢,一边大吼:“日本汉奸——”

这是汉口租界,警察配置比较多。陈明一边对着那四个人施展拳脚,一边大声呼喊:“日本汉奸绑架国际友人了——”

那四个人猝不及防,被突如其来的汉子袭击,听他这么一叫,更慌了,其中一人故意装疯卖傻:“汉奸?哪里有汉奸?”

那人这么一说,其余三人听他的指挥,四面围攻,向两人包抄过来。陈明训练有素,一面应付四人,一面继续高喊:“你们就是汉奸!你们在大使馆绑架美国记者——”

街上人虽然不多,但听到“汉奸”两个字,都一起冲过来,就像是看见过街老鼠一样。

陈明不敢耽误时间,继续大声喊着。警笛吹响,巡逻的警察来了,那几个人一溜烟跑了,马上有两个警察去追。

一个头目过来,问发生了什么事,陈明冲着詹姆斯点点头。

詹姆斯明白,该自己粉墨登场了。

原来,他没听陈明的话,迫不及待地赶在前面,跳下车,大摇大摆进了大使馆。

从明亮的地方进入,还没有适应楼道的暗黑,脚下踩了什么东西,身子一个踉跄,还没站稳,四只胳膊就伸过来,一边两只,把他的左肩膀扯得生疼。他正要叫喊,一张手绢堵住了他的嘴巴。第三个人拉下他的帽子,盖住他眼睛。顿时,他就变成了哑巴和盲人,被绑架了。

这时候他才后悔莫及,想不到进了国统区还这么险恶。看来大使馆已经撤了,日本特务就待在这里,等着瓮中捉鳖呢。他只有拖延时间,盼望陈明赶紧来。

陈明真是上帝派来的使者呀,果然及时赶到,居然一个人打败四个人,还叫来了警察。现在到自己申诉的时候了。他先用外语叽里咕噜说了一顿,然后再用洋泾浜的中文说,他是美国大使馆的新闻记者,采访刚回来,大使馆怎么就没有人了呢?

“你是下乡采访的吧?”围观的人问。

詹姆斯连连点头:“是的是的,出去,一周了……”

警察对他说:“难怪哩,大使馆紧急撤离,到重庆去了……”

“什么时候的事?”陈明担心他问不清楚,插言道。

见警察诧异地看了他一眼,詹姆斯解释:“这是,老陈,我的,中国跟班。”

“啊啊,”警察依然对老外说,“昨天上午开始撤离的,中午就搬空了,还没来得及封门。”

这家伙还真不笨,我就充当他一回跟班吧。陈明恭敬地对他说:“詹姆斯先生,我们得赶紧去重庆。”

詹姆斯也假戏真做:“我的行李,还没拿。”

警察说:“可能,他们已经把东西给你带走了。”

“是啊,詹姆斯先生,警察先生早就说,大使馆已经搬空了,什么都没有了。你的行李,他们也带走了,我们赶紧去重庆吧。”

“重庆不是说走就能走的,船票至少在一周前就要预定,没定你们的吗?”

警察这么一问,陈明也不知怎么回答,詹姆斯接话了:“我在乡下,受了伤,没拿到票,他们怎么,就走了……”

“他受伤了,赶紧到医院吧。”警察十分同情。

“好,我赶紧送詹姆斯先生去医院,再打听他们的消息……”陈明说着,又向警察鞠躬道谢,扶着他就要走。

警察有帮助的责任,可现在事情正多,大使馆又撤离了,多一事不如少一事,但是对侨民总要客气些,于是帮他们叫了一辆脚踏三轮车过来。

陈明趁机把他扶上车,自己也上车与他坐在一起,又一次回身谢谢警察。上车之后,他把棚子拉起来,这才对车夫说:“武昌区武珞路549号。”

脚踏车快多了,很快就到了目的地。

放下车棚,挡住了两边的视线,詹姆斯从车夫背后侧面望出去,才发现这是一条热闹的大街,用中国的一句诗可以概括:“车如流水马如龙,花月正春风。”不对不对,现在夏天都到了,哪来的春风?

刚想到这里,车停下来,这才看见,之前所说的寺庙在靠山的一边,是一栋明黄色的建筑。牌坊式的山门上,“宝通禅寺”四个镏金大字亮闪闪的。两旁屏墙高耸,布瓦铺脊,门前有石狮一对侍立两旁,形体高大,生动威严。明黄的墙上写着“庄严国土,利乐有情”四个大字。

陈明付了车费,见詹姆斯还在打量着门楣,当自己是观光的客人呢?陈明拉他一把,赶紧进去。

“乔呢?”他进去了又回头问。

陈明也不说话,只是往里走,一直走到放生池。

栏杆边,倚着一个俏丽佳人,阴丹士林的蓝旗袍,包裹着她玲珑的身材,清汤挂面的头发乌黑发亮,白皙的双手托着下巴,靠在栏杆上,正望着池中的荷花。

一路坎坷,第一次见到她幽静娴雅的姿态,两个男人都有惊艳的感觉。

她并没有听见声音,只是凭着第六感观,突然直起腰来,见他们来了,十分惊喜,跟着跑了过来。

詹姆斯大喊一声:“乔——”

陈明扯扯他,摇摇头,示意他不要说话,领着他们往里面走。两人不敢再作声,跟着他,穿过接引殿,进入一道边门。然后让他们两个人等着,他去找联络人。

一棵粗壮的菩提树在院子中间的高台上耸立着,一个人也抱不过来,一块照影壁挡住了月亮门,那边是熙熙攘攘烧香拜佛的人,这边院落里只有他们两个。乔子琴这才问詹姆斯情况如何。

詹姆斯一脸沮丧,耸耸肩膀,摊开双手,跟着掏出笔记本与铅笔,在上面歪歪扭扭地写下："使馆撤，汉奸抓，陈明救。"

乔子琴倒抽了一口凉气，问："现在怎么办？"

他跟着写道："继续追，到重庆。"

"不行，不行，你得赶紧治伤。我们一路走来还是平原丘陵，都这么艰难，那一去山高水远，还不知哪一天才能到达，先把你的伤医好再说。"

乔子琴听说他没找到大使馆，为他着急，但也有点欣然，心想，这下好了，到重庆有个伴了。只是，武汉的局势也十分紧张，东边逃难的百姓一路拥过来，武汉的百姓又往西逃，那一路也不太平哩。

"不急，不急！安顿下来再说。"知道她听不见，詹姆斯自己安慰自己。

陈明来了，领来个僧人，一张棱角分明的脸，身子瘦骨嶙峋，僧衣在身上打飘。乔子琴一看就觉得他营养不良。

僧人双手合十，念诵道："阿弥陀佛，施主，请随我来。"

陈明在后面给他们介绍："这是武汉佛教救国协会的秘书长，宝通禅寺的迎客僧慈航，也是抗日联络站站长。我们先在这里安顿下来，再找一个可靠的医院治病。"

詹姆斯想起他们在江西的约定，问江龙他们到了没有。

陈明摇摇头。这里一个病人、一个女人，如果江龙在这里就好了。可他身边如果跟着那个陌生女人，还不如不来哩。

慈航在前面走，领着他们穿越层层大殿的侧廊，一边给他们介绍：圣僧桥、接引殿、大雄宝殿、祖师殿、铁佛殿、法界宫、华严亭、宝通塔……

整个寺庙随山势而建，隐现自然，层叠有致。三个人依次看过去，都没想到，这座宝通禅寺有这么大的规模。

慈航看出大家的惊讶，不无得意地说："这是武汉现存最古老的寺院，在武昌洪山南麓，是中南地区城市中最大的寺院，历来是皇家寺院。"

詹姆斯的嘴几乎合不拢了，连连点头："风格，和，北京故宫，非常，类似……"

乔子琴赞叹不已："真是的，我们走进来，几乎忘记寺庙外面就是车水马龙的喧闹城市，仿佛穿越到了另一个世界。这里与嘈杂喧嚣的市井大街隔绝，真成了一个名副其实的佛门清净之地，确实让人感觉安宁了……"

众人感叹着，已经走出最高一层大殿的后门，来到一座山上。穿过一片茂密的竹林,有一堆耸立的乱石,石头后有个门洞。

打开门,前面是一间小屋,小屋的后面开着门,通向一个山洞。站在前面的小屋里,开了电灯,能看得见里面山洞中的情形。说白了,这里就是在山洞前面造了一间小屋而已。小屋里有两张床、一张小桌子、两条小凳子,像是宿舍一般。

慈航十分抱歉地说:“战乱时期,逃难人多,寮房都住满了。汉奸特务也很多,而且经常有敌机轰炸,住在华严洞里,每餐有人送饭,你们更安全一点。”

在繁华的都市里也住山洞,詹姆斯与乔子琴相视一笑,一人坐在一张床上,詹姆斯干脆躺下来。

陈明合掌称谢,又提醒对方:“如果有一个高大的男人来找我们,就带过来。如果他带着人来,就说没看见我们。”

“出家人不打诳语——”慈航合十闭目说。

陈明突然问:“你们佛教救国协会打算如何抗日?”

“大家意见也不统一,有人主张成立一支僧军,奔赴抗日战场,直接同日本鬼子拼杀;方丈不同意,认为杀生犯了佛门戒律。大家为此争执不休。”慈航有几分犹豫,问陈明,“你们认为,我们应该怎么办?”

陈明说:“专门组织队伍上前线也未必需要,最好的办法就是树立‘上马杀贼,下马学佛’的信念,为抗日做力所能及的事情。”

慈航沉吟了一会儿,问道:“小僧斗胆请教,‘杀贼’与‘学佛’联系在一起,于教义是否相符?”

陈明坦然地说:“我听首长说过,阿罗汉的意思是‘杀贼’。不杀除烦恼之贼,就成不了阿罗汉。‘杀贼’不是‘杀人’,‘贼’就是佛教中不能容忍的歹徒,你说是不是?”

“是的。”慈航点头道。

“现在,日本军人正在残忍地杀我同胞,不把这些杀人的贼杀掉,怎么能普度众生? 所以说,杀贼就是为了爱国,也是为佛门清静。你们出家人只出家没有出国吧? 保家卫国就要抗战,抗战怎么能不杀贼呢?”

詹姆斯听呆了,躺在床上对陈明竖起大拇指:“陈,说得好!”

知客僧也佩服得五体投地:“施主此言有理,既把‘杀贼’与‘学佛’紧紧联系起来,又把两者关系分别开来,还将‘杀贼’提高到‘普度众生’的‘善举’这样佛家的最高教义上来……”

陈明连连摆手:“我只是套用领导的话,领导说,他是听更高首长说的……”

“大首长,大学问。”詹姆斯干脆坐起来赞扬。

慈航由衷佩服:“共产党的干部也博学呀,居然还精于教义,通晓佛理。我明白了,杀贼体现了佛教醒世、悟世、度世之大法力。只有上马杀贼,才能下马学佛。”

“好的宗教,一定是,善恶分明,一心向善……”詹姆斯忘记了自己的伤痛,趁机告诉他们,南京大屠杀期间,为了保护难民和中国军人的生命安全,栖霞寺僧人自发组织起来,以寂然法师为首,慈悲为怀,创办佛教难民收容所,一边援助伤病难民,一边设法保护抗日军人,最终保全了千年古寺,保护了两万多名难民的安全……

他自己,就是受他们掩护安全过江的,又冒着生命危险,把记录着日军南京大屠杀的罪证送出南京。他虽然说得结结巴巴的,大家也听明白了。

“他们是我们的榜样,”知客僧钦佩地望着他,“你也是。我有责任保护你们。”

陈明趁机告诉他:“请您保护好这个美国记者,不能说的就不要说,江龙带着人来,也不要说。”

“为什么?江,好人!”詹姆斯大声疾呼,“为何,不让他来?”

别人是秀才遇到兵,有理讲不清;自己是兵,遇见和尚,遇见老外,有理也说不清。陈明虽然还想争取一个同盟者,可乔子琴听不见。

他义愤填膺的样子,被乔子琴看在眼里,问:“你们吵什么?”

跟一个耳朵聋的人说什么呢?陈明只有先跟两个男人解释:“我们遇上了大麻烦,就算唐僧取经到了西天取到了假经书,也没有比我们这更麻烦。武汉这么复杂,多一个人知道我们情况,没好处。”

“可是,他就是,为我来的,不该,丢下他……”詹姆斯还在争辩。

“情况太危急了,不得不丢下他。没有他,你不是也到了武汉吗?”陈明似乎有预感,企图说服他。

“当初救我,送信,找血证,护送,出了大力,我们,不能过河,拆桥……”詹姆斯一着急,说话更结巴了。

慈航看到两人争吵不停,急得直搓手。陈明知道他有很多事,对他说:“慈航师父，拜托了。江龙是我们的人，其余的人与我们一点关系都没有，你只要不说便罢了。”

“这个山洞，是我们闭关所用的，”慈航也不想过问太多，说，“一日三餐，我只让人把饭食送到门口，山洞里有水，你们再把碗送出来就行了。”

陈明送他出去，说顺便把中午的饭菜带回来，知道寺庙里开支大，他们三个人的伙食费还是要交的。慈航说不收钱，陈明就说是善款捐赠，他才收了两个银圆。

见他们出去，乔子琴静下心来，想给自己铺一个窝。打量一下，发现山洞十分隐蔽，前面乱石林立，洞口藤萝密布，门外竹林丛生，简直不像个住人的地方。

可是小屋粉刷得雪洞一般，两张小床上铺陈一新，还挂着雪白的帐子。外面酷热难当，小屋内十分清凉。宝通禅寺算是闹中取静了，这里依山而建，别有洞天。如果詹姆斯能够取出子弹，这倒是个最好的修养地方。

原来以为，到了武汉可以过一种新生活，不做日寇的顺民，不再担惊受怕，谁知道快到目的地，自己的耳朵聋了。大使馆的撤离又给了詹姆斯一个下马威，看他坐在床铺上埋着头，用还活动灵便的手指不停地揪头发，知道他十分烦躁，乔子琴走过去拍拍他的肩膀。

只剩下两个人了，詹姆斯才流露了真感情，抬起头来，泪汪汪的蓝眼睛无助地望着她：“乔，我怎么，这样，倒霉？事情，这么不顺？用你们，中国话说，放屁，都砸，脚后跟……”

乔子琴若是听见，一定笑喷了，还会问他，这些俗气的土话从哪里听来的？可是她听不见，只知道他难过。她解开行李，取出毛巾去擦他的眼泪：“不要像个孩子一样，你们大使馆不是还在吗？也没有被日本飞机炸掉。你比薛岳好多了，他死了两个人，毁了一辆吉普车，那可是赔了夫人又折兵的……”

“跟着你，又学了一句，中国话——赔了夫人，又折兵……”詹姆斯突然不哭了，突然抓起乔子琴的手，啄了一口，“乔，我不难过，我高兴，我没折兵，我没，赔夫人，有你陪我，山洞就是天堂……”

他叽里咕噜说一大串，乔子琴一个字也听不清，只是被他亲吻不好意思，推开他，走到洞里去，大声嚷嚷：“哎呀，臭死了，洞里有水，过来洗洗吧！”

陈明提着一篮子饭菜敲门，詹姆斯走过去打开门。陈明进来感觉他太变样，脱了长衫，连里面白色的短衫也脱去了，赤裸着上半身，挺着个大肚子，左臂裹着的绷带已经解开,露出了发炎的伤口,臭烘烘的。

见了陈明,他笑嘻嘻地说:“乔小姐,给我,洗绷带。肚子,上的,绷带,也要给我洗……”

陈明这才看见,这个外国佬下腹有一圈又一圈的绷带,已经看不出什么颜色,上面又是污秽又是脓血,散发着浓郁的臭味,只有当医生的才不嫌弃。

“肚子上也有伤吗?”陈明放下篮子,关切地问。

“血证,不都是,在我的,肚子上吗?”这家伙,怎么一点儿不关心我带的东西啊?詹姆斯觉得奇怪,扫了他一眼,解开肚子上的绷带,里面是一层层的油布,包着一个扁扁的盒子……

“这些,就是血证?”陈明有点失望。

奇怪,他居然一点不知道是些什么东西,就这样出生入死地送自己,是多大的信任啊!

詹姆斯鼻子酸了,打开盒子,指给他看:“上面的,照片、胶卷,冲洗过,叠起来,可以,和摄影胶带,放一起……”

这些玩意儿没地方放,老外这一路裹在身上,就像揣着定时炸弹一样,不定有多难受哩。陈明笑起来:“我还以为,你们外国人天生是大肚子,就像女人怀胎一样……”

“怀胎?没到,预产期,现在,剖腹,取出来……”詹姆斯把东西捧在手里,像母亲端详着新生儿。他又不无遗憾地告诉陈明,还有一个日记本,是英国记者记录的,托他带出来的。可惜原件在日本人手里,乔子琴的公公偷偷拍了照片,胶卷在她手里,这些证据都齐全了。如果要在武汉做手术的话,不能带到医院里去,他要托付给陈明保管。

陈明从他的手上拿起那个扁盒子,左看右看,怀疑地问:“摄影机器?”

詹姆斯摇摇头,说这只是摄影胶带,很长,盘起来了,可以放电影。现场拍下的南京大屠杀的真实影像,是动态影像资料,就是照片上的人会动,日本人怎么杀人的,看得清清楚楚,是最真实、最具体、最形象的图影血证,是揭露日军暴行的铁证。

听他解释半天,陈明点点头,把盒子又交给他,表示明白了。他出门看了看,再关上门,对詹姆斯说,这个地方最隐秘,藏在山洞的石头缝里吧,三个人一起保管。

于是，他们一起穿过房间的小门，进了山洞，里面也有电灯，把山洞的前半部分照得清清楚楚，右边石壁旁流下潺潺的水，乔医生在水潭边洗绷带。

詹姆斯走在前面，依然用油纸包裹起那东西，还用带子捆扎得紧紧的，一手捧着，一手提着脏兮兮的绷带，比腐烂的鱼肠子还臭。他侧着脸，尽量与手里提着的东西拉开距离，嘴里嚷着："乔，这个东西，臭死了，扔到，哪里去？"

乔子琴听不见，却闻见了臭味，回过头来，一把扯过去，放进水里，一边洗一边说："还没找到医院，还没有手术，说不定还用得着，洗一洗，晒干了再用。"

陈明这时才接过盒子，一直往里走。山洞里很宽敞，四周怪石嶙峋，走到最深处，只有朦胧的亮光了。他叫詹姆斯把乔子琴拉过来，指着最隐秘处的一个凹进去的深坑，搬开一块大石头，将用油布裹起来的东西塞进石头缝里，再用石头堵起来。

三人走出来，陈明直指他们两个，摆摆手，又对自己胸口指指，轻声说："藏这个地方，就我们三人知道，离开武汉的时候再取出来，对谁也不要说啊。"

尽管听不见，乔子琴也明白了，庄严地点点头。

"啊，我真是，无债，一身轻——"詹姆斯赤膊舞动两下，跳了起来，忘记他刚才还哭着。

陈明指指小桌子上的饭菜，让他们吃中饭，说自己要出去找一家安全的医院，赶紧给詹姆斯把子弹取出来。詹姆斯光着膀子，恭恭敬敬地向他鞠了一躬："陈，辛苦了。"

陈明什么也不说，摆摆手就要走。乔子琴见他要走，自己听不见，说话声音就格外响："我跟你一起去。"

两个男人都奇怪，异口同声问她出去干什么。

她猜得出来他们在询问自己，就说："我在南京读医科大学的时候，有个最要好的女同学，叫莫莉，父亲是武汉医院的专家，她毕业了也分在武汉医院。找到她，我们就能住进最好的医院，找到最好的医生，我们两个治疗都不成问题了。"

见她指指自己，又指了指詹姆斯，两个男人连连点头说好。

只听过她说有同学在武汉，没想到在最好的医院里工作，父亲还是最有名的医生，熟人熟路方便多了。

糙米饭、水煮大白菜，乔子琴没一点胃口，就说不饿，赶紧找医生去吧！两人要出山洞门了,詹姆斯想起来了,把自己的小本子和一支铅笔塞给陈明,说:“乔,听不见的,你要,写给她看……”

陈明为难地抓抓自己的光头,叫他拿笔,那可比拿枪沉重多了。但他还是接过来,放在衣兜里,再三叮嘱詹姆斯不要出去。

他们刚刚从乱石里绕出去,迎面就碰见了慈航。他拿一床毯子来,说山洞里晚上冷,给他们体弱的盖。见他们要出去,对陈明说,还是第二天早上再出门。因为找医院看病很耽误时间,非常时期,戒严很早,堵在哪里回不来就麻烦了。

两人只好回到山洞,搬了一张小床到洞里给乔子琴睡,毯子也给她了。反正也没事,寺庙里面都是吃两餐,过午不食,只能休息,几个月来,他们第一次睡了个好觉。

第二天一大早,门口的脚步声将他们惊醒。陈明开门来一看,稀饭、大馍、咸菜装在一个篮子里,上面还盖着一块白毛巾,已经放在门口的石头上了。三人吃完,陈明与乔子琴赶早去找医院。

第十五章　防空洞走失

让江龙赶紧走是应姐的主意,说贪杯误事,赶路要紧。

应姐见他还不为所动,又补充一句:“看看,我们跟他们也就前后脚的距离,只是,现在他们坐的汽车,跑得更快,说不定已经到武汉了,赶紧找到他们会合才是。”

后面的话把他说动了,他对赵团长说:“有你请我喝酒吃菜的钱,不如送我一匹马,我们也可以快点到武汉。”

赵铁头不忍拒绝,就说只能借匹马,到武汉还。江龙说那么大的地方,到时候不一定找得到他。

团长说:“我要到武汉招兵买马,插着大旗子,拉着大横幅,上面写着‘樟树林大捷赵团长招兵’。我振臂一呼,一定是应者云集,小子,你就跟我干吧!”

江龙嘿嘿一笑:“哈,见到你的时候,还你的马就是。”

一男一女骑在马上,省了脚力,可速度并不快。

大批难民继续向西拥去,公路被塞得水泄不通。出了木镇几十里路,天色渐晚,逃难的人稀少了,这才能够纵马奔驰。直到马儿跑累了,放慢了脚步,他们肚子也饿了,两人才歇下来。

就着满天星光,让马儿在路边啃草,两人坐在路边上喝点水,吃些干粮。应姐又一次老话重提,问他到了武汉,先到哪里去?

他脱口就说,当然是先找詹姆斯。女人问他,为什么不是找乔小姐?江龙想起一路坚持的谎话,脑筋一拐弯,马上说:“找到詹姆斯不就找到乔小姐了?”

“怪事,你不找你们家老爷?”

“他们才晓得老爷在哪里,我哪里晓得?”

应姐嘻嘻一笑:“你到现在都没给我说实话吧?”

江龙无赖地说:“到了武汉,先把你送到你堂哥家里,然后我再去找他们,这是实话吧?”

看他憨厚的笑容,女人没脾气了。又说了一阵闲话,两人居然打瞌睡了。应姐先醒,站起来催促他赶路。

再往前走,道路坎坷了。可能是木镇和武汉的中间地带,处在几不管的路段,公路中间尽是大坑。幸好他们骑的是马,陈明他们的小车也不知道怎么走的,莫非把吉普车抬过去的?

再跑一阵,马停下来了,前面有个更大的坑,本来不宽的公路像是被截断了似的,坐在马前面的应姐回过头来说:“这是炸弹炸的……”

她不说,江龙也明白:“炸弹坑一个接一个,狗日的日本鬼子,像是要在马路中间种参天大树啊,还要种一排?没法走了,下马走庄稼地吧。”

两人下了马,牵着马,从边上的庄稼地里绕过去。哪里还有庄稼呀?一片焦土,像是烧荒以后的田野。但地还是很平整的,草木灰也不多,像是烧掉了玉米地。

渐渐地,在庄稼的焦煳味道中,还掺杂着橡胶、汽油……啊,还有尸骨被烧焦的臭味!

江龙突然惊恐极了:鬼子顺着公路扔炸弹,一定是要炸公路上面的什么。炸什么?对难民,他们是机枪扫射,扔炸弹,是有大目标的,什么目标?想到这里,他跳上马,缰绳一拉,边跑边喊:“到公路上去——”

女人跟在马后跑起来,哇的一声大哭起来:“不好了,不好了,詹姆斯他们,乔医生他们,他们是坐车的呀!”

上了公路,江龙的心像是被什么抓住了,捏紧了,捏得滴血,紧张得喘不过气来。大坑小坑接连不断,他翻身下马,沿着炸弹坑跳着、跑着,最后扑倒在一堆钢铁残骸前,还没有彻底冷却的杂物飘散出各种味道,混杂在一起,令人窒息……

女人跟着来了,站在一旁大哭大喊,说些什么江龙听不见,即使听见了也听不懂。江龙的脑袋一片嗡嗡的响声,什么事情都想不起来了,眼前金星乱冒。不知过了多久,女人的哭喊让他慢慢恢复了记忆。

他趴在地上,大声哭喊道:“詹姆斯,你个坏东西!搞什么酒桶害得老子上当，你要死就死在江里啊，干吗要我救你？害我丢了饭碗，害小黄毛死得好惨……搞他妈的几个月，你什么事情都没办成，还让我们流落在外，你他妈的不是找事情做吗？”

他骂了半天外国人，应姐的哭叫声小了，听了半天，喃喃自语：“到现在才说实话呀……”

“陈大烟袋，你不是能干得很吗？你不是什么都会吗？你他妈真不厚道，以为把老子甩了，你们三个人就能快点到武汉了？怎么样啊？人在江湖漂，哪能不挨刀？还是没逃过去吧……你死得好风光啊！连具全尸都没有了……”江龙不理女人，也不管她说什么，哭喊得更厉害了。

应姐依然在一边念叨着：“这是何苦呢？都是好人，都没好命啊！”

想到乔子琴在这里粉身碎骨，江龙锥心地痛，自己心中的天使却落得这样的下场：都是我惹的祸事呀，如果我不救詹姆斯，她也不会陪我出来的……

想到身边还有一个女人，他渐渐地降低了哭声，心中默默地哀叹：“乔子琴，你是菩萨，怎么也没好命？我对不起你呀——给我找个饭碗我弄丢了，给我小徒弟找个安身之处，小徒弟死了。你有那么好的事情做，你家里开有店铺，你是大小姐，干吗要出来奔波流浪，最后还死在这荒郊野外……你就像一朵花儿一样，刚刚才开就送了命，老天怎么这么不公平啊……”

江龙把三个人的好处都数落了一遍，最后不哭了，站起来，推了女人一把：“光哭有什么用？把他们埋了。”

星光下，女人扬起那张苍白的脸，问：“怎么埋？”

“他们都是我的朋友，像是我亲人一样，一起逃出来，死得这么惨，就让他们的遗骨扔在外面吗？”

“正因为这样，我们更不能草草安葬他们，”女人突然坚定地说，“赶快走，赶紧到武汉，我们要找人来给他们收尸，用最好的棺材收敛他们，埋葬他们，他们是英雄。”

是啊！她说得有道理，这女人有主张，听她的没错。江龙抹了眼泪，牵着马，绕过炸弹坑继续往西去。

接下来的路，都是一马平川，好走多了。

到达武汉，已经是第二天中午。房屋越来越稠密，人越来越多，一辆军车与他们反向驶来，因为逆着人群，速度很慢。

两人骑的马几乎与军车擦身而过，江龙突然看见，卡车里面居然有一具棺材。棺材很大，黑漆在阳光下反光。棺材两边坐着几个士兵，车厢四周也站着一些士兵，都拿着铁锹，如此兴师动众，一定是去收尸的。

他勒住了马缰："我们和他们一起去。"

应姐没好气地说："这里人多，汽车慢，等没人了，你的马跑得过汽车吗？"

"死几个人，怎么只带一具棺材？"

"一个个炸得粉身碎骨了，只有混装在一起了……"

江龙勒着马缰绳，还是要往回走，说他们人都死了，还去武汉干啥？朋友一场，他要去送葬。

"屁朋友！你生病的时候都不顾你死活，甩下你跑掉了。你还感念他们，给我编造谎话，送什么鬼小姐！分明就是送那个外国人完成什么任务，还当我是傻瓜吗？"

我怎么这么傻？在公路上的哭诉，把自己和他人都出卖了呀——唉！应姐真心实意对我，我却骗了她一路。人家吃苦都为了我，我怎么这样对不起人？

他心生愧疚，不知说什么好 。应姐见他没声音了，继续说："知道有人安葬他们，你应该放心才对。你答应把我送到堂哥家的，再去晚一点，万一他从武汉走了呢？你要真不想陪我，你去吧，我自己走……"

见她要下马，江龙用左手搂紧了她的腰，那柔弱无骨的小腰，软化了他的意志。

"起来，太阳晒屁股了。"

屁股上一阵疼痛，是一只脚尖踢的。江龙睁开眼睛，看见一个陌生的女人站在眼前，鹅蛋脸，细眉毛，额前的头发打着卷儿，穿一件碎花短袖旗袍，像是美丽牌香烟张贴画上的美人。

"你、你是哪个？"昨晚热，江龙睡在地板上，现在跳起来，捂住自己的私处。

"没见过似的，都不认识了？"女人捂住嘴笑，又要踢他一脚。

江龙接住那脚，暗红色的平绒布鞋软绵绵的，正是自己买的那双，他有几分惊奇："应姐，你怎么变成这样了？"

"我本来就是这样啊！进城了，还能像乡下婆子那样打扮吗？走大街上还不被人笑死了！”

“真是的，眼睛一眨，老母鸡变鸭……”江龙咕噜了一声，就起来找衣服，没找到。

“你也该换换行头了。”女人甩给他一套短衫，白色的丝绸褂子，黑色的丝绸裤子，还有一双白纱袜子。

衣服摸在手里，很柔软，很光滑，像是摸着女人的皮肤，他笑了：“穿这么好干什么？去相亲吗？”

“不是相亲，是新女婿回门。第一次见我娘家人，不把你收拾得利落一点，还说我是懒婆娘呢。”说着，应姐举着不知从哪里搞来的剃刀，“你也该把你的胡子刮一刮了，二十几岁的人，搞得像四十几岁一样。”

跟着，她打来了热水，拿来了镜子，把他收拾得清清爽爽的。

出门前，应姐为他把衣服又扯了扯：“看看，一个挺英俊的男人嘛！人靠衣服马靠鞍，这样我们两个才般配哩。”

听她提到马，他这才想起来：“我们的马呢？”

女人轻飘飘地说卖掉了，三文不当二文的，卖给店家了，这样坐公交车进城，方便。

江龙叹了一口气，想起听说书人说过的《秦琼卖马》的故事，突然有英雄末路的感觉。

走到大街上，太阳明晃晃的，大汽车小汽车来来往往，行人像蚂蚁那么多，匆匆忙忙的。店铺门还开着，伙计们照样吆喝。饭店就像马蜂窝，里面人挤得满满当当的，酒香菜香肉香从窗户里飘散出来，诱得人喉咙里伸出爪子来。

擦皮鞋的孩子、拉人力车的汉子、撑着小阳伞的摩登女人，都是自己在小城不多见的。上了汽车，再看应姐，打扮虽不出众，但模样一点儿都不差，让他的心情舒畅了几分。这里还是和平时期嘛，战争似乎离得很远。

下了公交车，江龙一抬头，一片艳红刺目：那是一幅宣传画，单纯的土红粗线条，画着一个戴钢盔的国军端着刺刀，两个鬼子跪在地下举手投降，下面写着的大字，只有“我”与“强”字他认识。

那意思，他猜也能猜出来，没有兴奋，反而泄气——不是越战越强，是越跑越快。现在他一点儿都没信心，日本人的凶残他太了解了，国军的抵抗太无力了，赵团长那么彪悍的人也被打断了一只胳膊。就是他重新拉起队伍，也只是送更多的青年当炮灰吧？

那三个人都死了，老家回不去了，跟陈明打鬼子没影了……现在，真是走投无路啊！看应姐带新女婿上门的架势，不是送她去堂哥家那么简单，难道说，我变成投靠大舅子的倒插门？

武汉医院很大，大厅里一片人头，赶集似的。谢天谢地，医院照常营业，只是人满为患。排了半天队，进入五官科的门诊室里。

陈明将病历递过去，问当班的中年女医生："请问莫医生在哪个科上班？"

中年女人摆弄她的仪器没作声。

乔子琴上前一步，迫不及待地问："莫莉在哪里？"

陈明补充道："我们小姐跟莫莉医生是同学，特地从安徽赶来找她的。"

"哎呀，你可来迟了，莫莉跟她父亲一起走了，转移到重庆去了。"一直板着面孔的女人这才有点热度。

其实说那么多也没用，乔子琴听不见。陈明只好学着詹姆斯的样子摇摇头，把手一摊，让乔子琴明白找不到人，这才转而对医生说："我们小姐耳朵聋了，听不见，请大夫给她治治。"

女医生这才抬起下巴，让她坐下，调整了头镜，对她耳朵看了一阵，跟着就问了一句："是被炸弹震聋的吧？"

看来，这样的病人不少，陈明点点头："炸弹在她身边炸开，炸出的泥土把人都埋起来了。"

"可真是万幸啊，看看，耳朵里还有沙土呢！"女医生拿出棉签药水，给她洗了一阵，两侧都看一看，然后说，"非常遗憾，中耳穿孔，耳膜破损……"

"能不能治好？"

"如果医院没有搬迁，设备齐全，还可以做耳膜修补……现在不行，就看她能不能自己恢复了，那也不是一天两天的事……"然后，女医生就叮嘱陈明，叫乔子琴保护中耳，不能淋雨，不能让外界的细菌、异物等进耳朵里去。她一边说一边写在病历上，开了一点药水，最后签上"韩梅"两个字。

看见医生写的诊断，乔子琴明白了，泪水涌出眼眶，谢了一声，转身就往外走。

陈明拿着处方单，用手比画着，意思是还要拿药。乔子琴接过来，扫了一眼，撕得粉碎，跟着就向外冲去。

见这个柔弱的女子如此激动，陈明也有几分难过，追上去，和她并排走着，边走边安慰她："不要难过，医生说了，有设备的时候，可以治疗，医院都搬到重庆去了，到那里肯定能想到办法……"

话没说完，突然响起防空警报，顿时，熙熙攘攘的大街炸了锅，一个个慌乱地跑起来，却又没个固定方向。还有人惊奇地站定了，朝着声音来源的方向看过去……

陈明心想，医院在蛇山下，那地方应该有防空洞的。果然，朝那个方向跑的人格外多。他转过身来，顺着人群，拉着乔子琴使劲奔跑。

武昌沸腾了，大街上几千人疾走着、奔跑着、叫喊着，潮水一样把马路堵起来了。

原来烈日笼罩，红火一片，很快乌云密布，太阳被那些长着钢铁翅膀的怪鸟遮住了光。跟着，那些怪鸟就下了一个个怪蛋，尖头向下，越来越大，落到房舍街道与人群里，发出一声声巨响，山崩地裂，火光冲天，尘土飞溅……

房屋冒出了火焰，楼房倒塌了，街道被炸裂了，人们倒下了。在轰隆隆的爆炸声中，哭声、喊声、汽笛声、飞机的呼啸声、机枪的扫射声交织成一片……

防空洞到了，很多人堵在门口，陈明使劲把乔子琴往里推。渐渐人松动了一些，一个老女人挤进来，他生怕将她撞倒，不忍心往前面挤了，稍微迟疑了一下，乔子琴就不见了。

反正她已经进来了，他也只能顺着潮流走进去，才能让后面的人得以进洞。

防空洞向里、向下延伸，缓缓的坡道像是人流的输送带，从后面看，只见黑压压的人头。男的、女的，老的、少的，有钱的老板、没钱的乞丐，漂亮的女人、丑陋的男人……全部挤在一个空间。

站稳了，才发觉气味难闻，汗臭脚臭、孩子的屎尿臭，还有伤病员的浓血臭、人们的口臭……几乎令人窒息，可没人顾及这些，性命比什么都重要。

不知过了多久，前面响起了喊话的声音，说是解除空袭的警报响了，可以出去了。人们蜂拥而出，灼热的阳光让人感到亲切，酷暑高温也十分畅快，大家都出了一口气。

陈明在洞门口等着，见一波波的人拥出来，密密麻麻全是人头，其中也有不少青年女子，可是看来看去，就是看不见乔子琴。

所有的人出来完了，也不见她的影子，陈明只有再往山洞里走一趟。那里面衣服、草帽、鞋子到处都是，可就是没有人影子。

她可能早就随着大队人马走出来了，会到哪里去呢？现在没有公交车呀！怎么找得到回去的路？

到处都是烟雾、火光及乱七八杂的响声：一排排的房屋在焚烧中噼啪作响，砖石瓦片乱飞，轰轰的声音连续不断，一栋栋房屋不断倒塌。

在燃烧的房屋中，有一道道人墙，有的是军人，有的是难民，有的是消防队员，甚至有学生和孩子。有的用消防水枪向火焰喷射，有的拿着水桶泼水，有的端着脸盆倒水，甚至有的孩子用瓶子、用罐子装水往冒火的地方泼，都想早一点扑灭大火，让人们能够从房子里抢出一些东西。

还有人在救助伤员：被炮弹击中的人被救护车送到医院去了，被砖瓦砸中的人，多数躺在马路上，有人蹲在地上帮他们上药包扎……

每当经过这些地方，陈明都要仔细看一看。按照乔子琴的习惯，救死扶伤是她的本分，说不定，她就在路边治疗伤员呢。

不对，在木镇，她已经被自己训斥过一回，也晓得惹了多大的麻烦，大使馆发生的事情刚刚过去，她应该不会犯过去的错误了。毕竟是在城市里长大的，也经过这么长时间的战火考验，会不会自己先回去了呢？她听不见可是能够认得路牌呀！我不是干着急吗？嘿嘿，又不是小孩……

陈明想，他们住在寺庙里安全，一日三餐也不愁，还有佛教救国协会的人帮忙照顾着，只要给他们报个信，就可以一门心思办自己的事了。

既然找不到乔医生的同学，武汉又随时笼罩在轰炸的阴影里，还是先去重庆吧。如果有轮船，能够直接把詹姆斯送到重庆，几天即可到达目的地，到那里为他医治疗养才是安全之举。

就在这时候，他听到几声鹧鸪叫，大轰炸后怎么会有鸟叫？他心头一喜，撮起嘴回了两声，又传来鸟叫。他寻声过去，就看见大梧桐后面站着个粗壮的汉子，那满脸的兜腮胡子，跟他往日还真有几分相似。

成天东奔西跑的游击队员哪有地方理发？长发、大胡子是最省事的。哈，来得好！陈明心里暖烘烘的，战友一路跟来，还能保持联系真不容易啊！是见自己着急才现身的吧，陈明有几分感动。

像是知道他的心思，大胡子靠近他。陈明撩起衣襟，漫不经心地扇风，一面压低声音说:“宝通禅寺,找慈航,给他们说,我去搞船票。”

大胡子什么话也不说,会意地点点头,向武珞路走去。他还没有进寺庙,发现有人盯梢,转身就走,走了几条街才甩掉尾巴。

再到寺庙门口,他警惕地朝四周望望,没有动静,正要跨步进去,一声沉闷的声响,一颗子弹从后面射来。直接爆头,他扑面倒下,死在普度众生的寺庙门口。

第十六章　藏匿处来人

陈明根本不知道，此时有人代替他被枪杀了。他找到汉口鄱阳街7号，这里是民生轮船公司汉口分公司的办公处，拥挤的人把整条街道都堵住了。

他费了好大的劲才挤进轮船公司，到处是排队的人、争吵的人、交涉的人、责骂的人，然而，所有卖票的窗口都关闭着。

“妈的——给老子让开——”一个阔嘴军官看见挤不进来，在门外放了一枪，大厅里顿时像炸了马蜂窝，里面的人大呼小叫，拼命往外挤。陈明靠墙站着，才没有被挤出门去。

提着手枪的军官大步走进来，售票大厅里空荡荡的，只有陈明叉着腿站在里面，像是没听见枪响一样。军官直愣愣地问：“你怎么不出去？”

陈明冷冷一笑：“我要出去，你不就找不着人了吗？”

“轮船公司的？给老子派条船！”阔嘴军官叉着腰吼道，“老子们要战略转移！”

透过大门，陈明看见几个男女老幼站在门口，地下摆着一大堆行李。他顿时明白了，依然笑着说：“好啊！请给我两样东西，薛岳司令调防的命令和交通部卢作孚次长调船的命令。”

对两个大人物居然直呼姓名，那军官些心虚，但依然色厉内荏地说：“龟儿子你狗胆不小，竟敢直呼我们司令的名字？”

果然，他正是薛司令的部下。陈明心定下来了，说：“是你找上门来问我们要船的，我们要是到老总部队去要人，无凭无据，你能随便给我们吗？”

那军官被问住了，用川音压低了声说：“兄弟帮个忙，家属要回四川，我以双倍价格买几张船票行吗？”

陈明正色道:“更不行,长江沿岸都在向后方撤退,有比你家属重要得多的人,有比你家行李重要得多的物资。凡事都有个先来后到,怎么能让你插进来先走?”

男人勃然大怒:“你他妈的敢教训我?老子是为抗日立过功的,关键时候,不能保证家人的安全,凭什么为你们流血?”

“保家卫国,匹夫有责!流血流汗是军人的本职,凭什么到这里耍威风?”陈明也不示弱。

军官更生气了,将进门就下垂的手枪抬起来,抵着他的脑门,一口川音似乎也喷着烟火:“老子懒得和你说,你他妈的,拿船票来!”

他的眼珠子都要鼓出来了,手指头扣着扳机,以为能吓住对方。可恍惚间身子一晃,他的手腕就被强有力的铁钳子夹住了,跟着枪口朝上,动也不能动,耳边传来对方的声音:“武汉大撤退势在必行,总有个先后次序,你的家属是人,武汉几十万人不是人?我们的千军万马不是人?你要在这里撒野,就把你带到薛司令那里去!”

妈的,轮船公司的人真不简单啊,说出话来掷地有声,动起手来更是有两把刷子,我们司令像是他小舅子一样被直乎其名,手腕也被他捏得生疼。火并一下倒不怕,可是上有老下有小,不能让他们受到惊吓,军官愤愤地说:“你给老子放手!”

对方却捏得更紧,声音带有几分威胁:“不要以为只有你有家伙,你的老婆孩子父母还在外面,赶紧带他们离开,否则叫你吃不了兜着走!”

说完之后,陈明松手了,就势一推,那军官一个踉跄,后退几步,满脸通红。

“后会有期。”遇到更厉害的了,军官有阴沟里翻船的羞耻,悻悻地又退了几步,低声威胁一句,带着家属走了。

大厅里发生的一切,办公室的人都听见了,一个自称科长的人,走出来对陈明拱拱手:“义士英勇啊!为我们解难了,请到办公室坐坐吧!不过,要轮船票还是没有。”

本来想说这事,还没开口就被他堵住了。陈明跟他进了办公室,这才说:“我要找卢总经理。不是为船票的事,是为一艘轮船的大事。”

那职员倒了一杯水,请他坐在茶几另一边,这才告诉他,因为长江三峡运输困难,政府无力解决,便让卢总经理主持航运,担任交通部次长。现在卢总经理忙得很,不过有什么事可以转告。

原来,早在上海打响之前,长江沿岸就开始了从东到西的撤离,人员物资都屯集在武汉。可是蜀道之难难于上青天,铁路只能到陕西,公路艰难狭窄,运输距离非常长。唯一可行的方法就是先通过铁路、水运、公路输送到交通枢纽城市武汉。

日军占领安庆之后,武汉的民众和工厂、物资也开始向四川做大规模的搬迁。先转移到三峡门户宜昌,从那里入川。其实在不换船的情况下,上水四天,下水两天,来回不到一周。但是三峡航道狭窄、弯曲复杂、滩多浪急、险象环生,只有大马力小船,才能继续溯江进川。

科长对他说了这些情况,最后告诉他:“看在您给我们解围的分上,我才说这么多……”

“我也是,看在卢总经理为抗日做贡献的分上,才代表另一支抗日部队,为贵公司的一艘轮船做个交代。”陈明说着,掏出一张信函给他看。

科长见对方突然严肃起来,探头望去,信函上的印鉴让他肃然起敬,马上说:“等等,我去请示一下……”

科长再出现的时候,告诉他,连到宜昌的船票都没办法弄到,只有委屈他当个码头工人,看能不能混到去宜昌的船上。还给他个牌子,告诉他在宜昌找卢总经理的方法。

江龙像是被抽了筋似的,打不起精神,不知该做什么好。

应姐说,她堂哥因为有文化,工作勤勉努力,已经是后勤总管了,所以有办法给他们找个小房间,里面家具样样齐全。他每天到食堂吃饭,还有应姐陪着,地主也没过这么舒心的日子。比起在外面流浪,他现在就是在天堂里生活了。

应姐的堂哥还告诉他,先休息一阵子,过几天再给他找事情做做,就算在武汉安家了。

这天又睡到日上三竿,还没起来,应姐已经给他把早饭端来了。虽然只是稀饭大馍,可是不冷不热正可口,一碟子咸菜边还有几片卤牛肉。

“吃饭不吃饭都一样的,活着与死了都一样的。”江龙嘀咕着就是不起床。

“你有病！到门诊去。”女人笑着说,“前面什么医生都有,什么病都能治得好。”

“唉!”他长吁了一口气,“我没病躺在医院里,这算哪一出啊?詹姆斯有病找不到医生,找不到医院……现在,他在天堂能找到医院做手术了吧?”

女人坐到床边,俯身看着男人,眼睛满含笑意:“他才没有在天堂哩。现在,他在武汉,正到处找医院呢!”

他马上坐起来,双手伸出去,摇着女人的肩膀:“真的?”

应姐告诉他,在食堂买早饭的时候,听到一个女医生问一个男医生,说有个外国人找她丈夫做手术,因为子弹卡在肩膀骨头里了。但她丈夫是武汉医院的,医院已经把设备都运走了,没办法给人做手术,问这家医院能不能把子弹取出来。

江龙的大眼睛突然冒出两朵火花,可是跟着又渐渐熄灭了:“也不见得就是那个美国记者呀。”

看他又要躺倒,女人拉住他的胳膊又扯他起来:“跟着我就去问女医生,那外国人叫什么名字。我说,我丈夫正在找他一个外国朋友,不知道是不是他。女医生热情得很,就去办公室打电话问她丈夫。她丈夫说,病历上面写的名字叫詹姆斯。而且还说,那个外国人很有意思,说话两三个字就要停顿一下。”

“哎呀!不是他是谁啊!我说嘛,那陈大烟袋何等机灵,怎么能轻易让詹姆斯死呢!他们总算到武汉了,我要去找他们。”江龙翻身就要下床。

女人扯了他一把:“你这么急干什么?想见乔小姐吗?”

江龙甩开她,脱口而出:“你怎么这么小心眼儿啊!我只是问老外找到大使馆没有。”

“他要找什么大使馆啊?他不是只要找到老丈人就行了吗?你不也是,只要找到老爷子就行了吗?你只是打算去领赏钱吧!”女人讥讽地说。

“什么都瞒不过你,你晓得了,还说啥?”他无奈地摇摇头,“我只是陪同他来送东西的。”

“东西?什么东西?在哪里?”

江龙一边穿鞋子一边说,也就是照片什么的,一直放在詹姆斯身上带着,到武汉交到大使馆以后,他就要到医院做手术。作为一路走来的朋友,好歹也要去看一看。

应姐就说,美国大使馆搬到重庆去了。江龙大惊,鞋子没穿好,就急着往外走,说更需要马上去帮帮他。

“怎么帮他？帮他把美国大使馆搬回来？”

江龙站在门口，转身盯着她，这个女人变得越来越陌生了，他缓缓地说：“陈大烟袋是乡巴佬，好歹我还是城里的工人！”

应姐扫了他一眼：“你才是乡巴佬！真是的，骑马找马，那个外国人可以到这里来看病啊，别看医院不大，可是外国人办的，医生都是专家学者。”

他又担心了：“哟，在这里手术要不少钱吧！老婆，我们两个的钱都给他们行不行？”

“那也不够啊！”女人扬起脸望着他，“如果他是打鬼子负的伤，如果他有特殊的任务，我让堂哥给医院讲，看能不能减免治疗费？”

“有这样的好事？他就是打鬼子负伤的。而且，还有特别重要的大事，抗日的大事。”江龙毫不犹豫地把事情经过全部说出来了。

“江龙啊！你还真不简单，不但水性好，而且心肠好，很有正义感，这才是我愿意嫁你的原因……”

应姐满怀深情地说完，就去找她堂哥了。知道詹姆斯他们没死，而且马上能和他们见面，江龙有说不出来的高兴，赶紧吃了早饭，还主动把饭碗洗了。

这个时候应姐回来了，说堂哥费尽口舌给詹姆斯请功，医院认为他是抗日英雄，愿意免除所有费用，找最好的医生给他做手术，现在要赶紧去把他接来。

“老婆，你真是我的好老婆！”江龙搂着她就亲了一口，拉着她就要一起去。应姐却让他换一身干净的衣服，说男人邋遢，女人没面子，好歹在武汉也是有家的人了！

江龙按捺不住心跳，任由女人摆布，然后带着她就往宝通禅寺赶去。

宝通禅寺是他心中的西天圣地，就像唐僧取经一样，历经九九八十一难，终于就要到达目的地了。马上就要见到詹姆斯了，乔子琴一定也在，还有那个自己虽然讨厌，但实在太英勇、太精明的陈大烟袋。当初你们以为我派不上用场是吗？现在我就要帮你们解决大问题了！

到了门口，他擦擦汗，整整衣服，进了寺庙，到处找知客僧。原来以为是一个人的名字，问了一下才知道，知客僧是禅刹中负责接待宾客的和尚，他还专门有办公室呢，那就是知客寮。

慈航见到这男人方头大耳，身边跟着一个都市女人，既不像穿短衣的人那么粗俗，也不像穿长衫的人那么迂腐，像是有几分见识的模样，于是十分客气，照例先是合十念佛，问施主是否要求见方丈，跟着就要给他倒茶。

江龙大大咧咧地一摆手："师傅不要客气，我是来找人的，请问詹姆斯先生住在这里吗？"

慈航心里嘀咕，陈明交代只有一个人来才告诉实话的，如果要有人一起来，千万不能说。

可是，他依然信奉出家人不打诳语的信条，既然不能说谎话，只能匆匆回答了一句："阿弥陀佛，你还是找别人问吧！"然后他推说有事，匆匆走了。

他们不住这里？知客僧也不知道他们？可是，当初陈明说的联络方式就是这里呀，他们到哪里去了？难道，陈明说的是假话？

应姐笑吟吟地说："先把你骗了，再把你甩了，分明是不信任你呀。"

江龙脸上有几分挂不住了，说："这和尚奇怪，也没说他们不住在这里，意思就是叫我自己找呗！女人不方便，你在荷花池那里等着，我去找。"

应姐知趣地走到荷花池边，靠在白玉石的栏杆上，目不转睛地打量着进出的人。

突然，一个穿阴丹士林蓝布旗袍的女子走过来，提着蓝花布袋，神色沮丧，却依然娉娉婷婷，十分惹眼。

"乔医生——乔小姐——"她一看喜出望外，连忙喊。

女子没理她，径直往寺庙里走。

难道我认错了？应姐跑到她的前面，与她面对面了，一看果然不错，一把抓住她胳膊："乔小姐，是我啊！"

正是乔子琴，她从防空洞出来找不到陈明，只好顺着路牌找公交车站，然后跟着路线跑回来，跑得小脸儿绯红。她见应姐抓住自己，虽然高兴，又有几分羞愧。说起来，真对不起人，把一个病人丢在人家家里了，还把人家的小船划走了，说不定，人家是来讨债的吧。

但是，见她那么热情，似乎既往不咎的样子，就不说那难为情的事儿吧。乔子琴伸手拉住她，急忙问："你们什么时候到武汉的？现在住在哪里？江龙病好了吗？"

还没等对方回答，才想起来自己耳朵聋了，赶紧解释道："我们坐车到武汉来的时候遇到敌机轰炸，吉普车炸毁了……我下车快了一步，但是炸弹就在身边爆炸，把耳朵炸聋了……医院不能治疗，陈明又不见了，詹姆斯要做手术，我又听不见……哎呀，急死了——”

见她说得眼泪汪汪的，应姐在她手背上拍拍，安慰道：“别着急，别难过，我们不来了吗？江龙也来了，正在找你。”

“你来得正好，你堂哥不是在医院里吗？给我找个医生，赶紧看好我的耳朵行不行？”乔子琴迫不及待，也不管对方说什么，一口气把自己的事情说出来。

应姐也着急了，江龙不知道要找到什么时候，不等他了。这正是个好机会，她本来还打算问几句的，想想乔子琴也听不见，指指乔子琴的耳朵，又往前面指指，伸出自己的三根手指，搭在乔子琴的手腕上。

乔子琴懂了，她比画的意思是带自己去找医生看病，拉着她就跑。

这是家私人医院，收费很贵，老百姓一般花不起钱来这里看病。这里尚未遭受到战火的侵袭，也不像武汉大医院那样人声鼎沸，但在战乱时期，看病的人还是增加了不少。可是既然收费贵，一定专家很多，服务也周到，最主要环境好，这是她求之不得的。至于钱嘛，不在话下，李濛父亲给她的钱足够。

应姐带她进了医院大门，穿过栋栋大楼，来到医院住院处后面，那里有一堵高高的墙，墙前种了许多夹竹桃。墙边开了一道门，进了门有两栋房子，最后面是一个独立的小院，铁门开着，院子里有一个花圃、一棵大树，一溜三间平房。

女人上了几步台阶，推开最西边的一间小门带她进去了。

应姐拉她到屋里坐下，从水瓶里倒些热水到脸盆里，拧了一把毛巾给她擦脸。

乔子琴仔细看向应姐，她的皮肤白皙了，一件紫色碎花短旗袍裹在身上线条分明，头上的发髻比往常梳得高些，几绺刘海下垂，衬托得鹅蛋脸十分圆润。不是应姐拉住她，在大街上把鼻子碰肿也认不出来。

看得出来，这个女人在城市里生活不是一天两天的，动作比在湖边还娴熟些。应姐把乔子琴安顿好，就往门外指了指，跟着出去了。乔子琴顺从地坐到一张长条桌子边上，拿出梳子梳理好头发，再打量这个房间。

墙壁粉刷得雪白，一块淡绿色布帘子挡住窗外的景色，几棵翠竹的影子投到帘子上，显得很雅致。地面是水泥的，一张方桌、一张书桌、一个双开门的柜子、一个洗脸架子，靠墙壁的大床是圆柱车木的，橙黄色，古色古香，床上有米色的草席、粉红棉布被单，还有两只草席枕头。

她到武汉又结婚了吗？丈夫是干什么的？

既然有书桌，就应该有纸张笔墨，她想找出来好写字，等会儿就能跟人交流了。自己首先就要问她江龙到哪去了。

她一个抽屉一个抽屉拉开，没找到纸和笔，只看见一些日用品。最底下一层有些沉重，打开来，居然有一把手枪，里面还有子弹。

她抽了一口冷气，这个女人不简单，要不然，是她丈夫不简单。一个穷乡僻壤的渔妇，到了武汉混得如鱼得水，不但模样大变样，连住的地方都不是一般的环境。即便是嫁人，也未必能这样快改变身份吧？

天啊，我在这里是不是有危险？一路上的惊险遭遇让乔子琴成熟多了。她拿起手枪，抓起自己手袋，站起身来想开门出去，可是拉不开，门被锁上了。她紧盯着房门，思忖着怎么摆脱困境。

忽然，看见门在动，她赶紧身子一闪，提枪躲到柜子侧面。她听不到锁打开的声音，但是，看到门被推开了。

呀，竟然是一张十分熟悉的面孔，方脸宽腮大额头，正是江龙，手里还拿着钥匙。

这是他的家吗？他与应姐住一起？结婚了？嘿嘿，战乱时期，有什么不可能？你别说，两人如果结婚，还真称得上是患难夫妻呢！

在江龙昏迷不醒的时候，我们悄悄把他扔下，只留下应姐照顾他。孤男寡女一起走，日久生情，这是难免的。

这样一想就明白了，江龙本来就勇敢，路上缴获了鬼子的枪那是有可能的。应姐堂哥本来就在这医院，既然找不到我们，他们两人就在医院里找点事做，找房子住下来，安安稳稳过日子，这也是顺理成章的事。

大白天的，在人家翻抽屉不成了小偷了吗？乔子琴心虚，见江龙脱了外衣，脱了鞋子往床上一倒，看着天花板发呆。她顺手就把枪塞进花布手袋里，这才笑吟吟地走出来："江龙啊，没想到在这里遇见了你。"

她觉得自己声音并不大，却把对方吓得一哆嗦。

江龙像见了鬼似的，赤脚从床上跳到地下，两只眼睛鼓起来像两只铜铃："乔医生，你真没死吗？怎么到这里来了？怎么被锁在屋里？他们在哪里？"

他一连串问几个问题，乔子琴又是摇手，又是点头："我听不见你说什么，炸弹把我耳朵炸聋了。我们一直挺想念你……"

“想念”这个词显得好亲热，让江龙脸红心跳。听她说耳朵聋了，江龙又是着急又是难过，光着脚丫就走过去，凑到跟前，对着她大声叫喊：“我也很想念你——”

“在自己家里想念别的女人？”

江龙回头一看，是老婆呀！这下麻烦了，他后退一步，不知该如何解释。

乔子琴见她进来脸色不好，也有几分生气：“应姐，怎么把我锁在你家？你不是要带我去看病吗……”

“你急什么呀！有江龙陪着……”

江龙听出来老婆在吃醋，抱怨地说：“人家耳朵听不见，你说难听话也没用，也不该把她锁在家里啊！”

“你没有找到的人，我帮你找到了，你不感谢我，还要埋怨我？”应姐朝着江龙翻白眼，“我出去，就是给她找医生去了，一个聋子，跑丢了到哪去找？”

话没落音，门外又走进来一个男人，戴着一副金边眼镜，雪白的短袖衬衫掖在长裤子里，一副斯文的模样。他对屋子里的人点点头：“大家好！我问了医生，很难尽快把她治疗好，借了一个助听器来，戴上可以增加听力。”

见他拿个盒子，乔子琴明白是助听器，马上接过来：“赶紧给我，我要听，我要听啊——”

应姐给她戴上连线的耳塞，三个人几乎同时发问：“你们住在哪里？”

乔子琴眼睛望着进门来那个眼镜男人：“你们问我住在哪里？”

“这是我堂哥，他是这家医院里的总管。”应姐指指她身边的男人。

“应总管，谢谢你了！”乔子琴赶紧点头。

江龙高兴地咧开大嘴：“哎呀，你听见了，我还以为你们都被炸弹炸死了呢！”

乔子琴能够听见别人说话了，高兴得忘乎所以，赶紧把一路上的情况大致说了出来。

一直到听完这个女人喋喋不休的叙述，应总管才问，是不是有个伤员子弹卡在肩膀的骨头里了，而且早已经感染，需要尽快做手术。他已经找了最著名的骨科医生，最好赶紧接过来治疗。

“哎呀，太好了，我找同学没找到，他们医院的好医生和设备都搬走了，我看这里环境不错，手术以后也便于康复。”乔子琴兴奋地说着，语速像机关枪似的。

应姐让她放心,说堂哥是这里总管,办什么事都方便。安排他们住这里,就是准备接收伤员,手术以后住在一个小院子里,也方便照顾。

这里条件可比山洞里好多了,应姐想得真周到。自己也是外国人开办的医院出来的,都有慈悲心怀啊!乔子琴将心比心,满怀欣喜,反而催促他们赶紧去接詹姆斯。

兄妹两个相视看了一眼,男人就对江龙说:“你和乔医生去吧!堂妹,你把中间这间收拾出来,我去开车,停到寺庙对面,很快就能把人接过来的。”

见他们两个出去,乔子琴由衷地感叹:“江龙,你真是走桃花运了,找个这么好的女人。他们又这么热心,詹姆斯有救了。”

江龙搔搔自己的光头,有几分得意:“嘿嘿,她是对我怪好的……”

乔子琴又说大使馆没有找到,詹姆斯还要到重庆去。手术之后,只要拆线就能行动了,自己也要陪同一起去。江龙马上自告奋勇,说愿意送他们去。

乔子琴喜出望外:“真的?应姐会同意吗?”

“放心吧,她是个好人。还是她告诉我,有人看见詹姆斯到医院看病的,说你们没死,让我去找你们的……”

詹姆斯没到医院看过病啊,乔子琴有几分疑惑,还没来得及仔细盘问,应总管来叫他们了,还给他们每个人带了两个包子,说吃饭可能来不及了,车子已经备好,他亲自开车去接。

“啊,那手术需要多少费用?”乔子琴想起来了。

男人很斯文,脸上没有任何表情,口齿清楚地说:“乔小姐不必担心,美国记者是我们的客人,为抗日出过力的,我已经请示了院长,为他免去所有费用。”

乔子琴放心了,接过包子,一看是肉的,就想着带给詹姆斯吃,手术病人需要加强营养。看坐在车里的江龙吃得狼吞虎咽,她不好意思说带回去,用手绢包起来,说有热开水才能吃得下。放进手袋里的时候,她陡然一惊——把江龙的手枪带出来了。可是,应姐的堂哥在开车,江龙又大大咧咧的,说出来了不好。以后再还吧,她反而把手袋捏得更紧。

陈明与乔子琴一早就出去了,吃过中饭也没有回来,詹姆斯一个人在山洞里坐立不安。半年多的时间了,他从来没有独处在如此安静的环境中,担心他们两个人却又无能为力。想着一路上,他们为自己做得太多太多,自己至今还一事无成。

他翻来覆去地想,还可以做点什么呢?写下一路的见闻,也可以揭露日本军的入侵啊!啊,本子和铅笔给陈明拿走了,还有一支铅笔,没有纸张怎么办?呵呵,雪白的被单可以利用起来。他坐在地下,把被单铺在小桌子上,就从最边上开始写起。他最熟练的还是母语,铅笔在布面上轻轻划过,英文书写起来十分流利……

已经写了半张被单了,洞门被拍响。上帝保佑,他们总算回来了。他马上把正在写回忆录的被单往床上一甩,开门一看,首先看见乔子琴俏丽的身影。她却不忙着进来,故意挡在门口:"詹姆斯,你猜我给你带谁来了?"

"陈明呗。我说,你也,听不见……"

乔子琴背着光,但山洞里有电灯,能看见她笑眯眯的模样,她十分高兴地说:"不是陈明,是你最早认识的人,比认识我还早……"

她居然能听见自己说话了?詹姆斯诧异地打量着,见她耳朵里拖了一根线出来,通向她手里提着的沉甸甸的布袋中。他立刻明白了,她已经用上了助听器,他一步跨过去就要拥抱她:"太好了,乔,你可以,听见了……"

乔子琴当即退了两步:"你看后面是谁?"

她的身后闪出来一个魁梧的身影,几乎堵死了洞里的天光,嗓门也大得出奇:"好你个家伙,只看女人,不认朋友了?"

"江龙?"詹姆斯张开双臂,一下子抱住了进洞的男人,"江,我们,又见面了,难兄难弟,永不分离。"

"轻一点好不好?你的肩膀还是带伤的……"江龙一把抱起他,又像对待一件珍贵瓷器花瓶一样,轻轻地推他坐在床上。

"哎呀,我可是,想你的!"詹姆斯动情地说。

江龙也激动地拉着他的手说:"我是孙悟空,你是唐僧,我要保护你去西天,即使你把我甩下了,我也要赶过来的。"

还在为丢下他生气呢!乔子琴赶紧打圆场:"你看我有助听器了,你猜是谁给的?是江龙的大舅子给的。"

对于中国七姑八姨的亲属关系詹姆斯并不了解,江龙只好亲自给他解释,说是自己老婆的哥哥弄来的。

老婆?詹姆斯马上就明白了,问他是不是应姐,见他点头,又为自己伤心:

“好啊,你小子,赶路、找女人,一样,没耽误……”

乔子琴打断他的话:“我带江龙来,不是来和你叙旧的,他为你找了专家,马上给你动手术。”

“啊,那就,太好了,我早就,盼望着,这一天……”乔子琴话音刚落,詹姆斯迫不及待就要穿衣服出门,“万恶的,子弹,像是魔鬼,缠住我,今天,要把它,赶跑——”

乔子琴拉住他:“你穿这衣服不行,我们要化装。”

说完,她把带来的包袱打开,把进城的那一套衣服给他穿戴起来。这个时候,江龙打量着山洞,他和应姐住过山洞,但与他们没一起住过。这里多好啊!前面一间小屋子,后面是山洞,山洞里有流水,冬暖夏凉。他们几个在一起,单单把自己撇下了,虽然自己比他们吃得好住得好,但总缺了点什么……

趁着詹姆斯在穿衣的时候,江龙转了一圈,咂咂嘴,说:“你们三个人住在一起真好,不像我,一个人在外面急死了……”

“急什么?好吃好喝好住,还有一个好老婆,你都快活死了。”乔子琴一边给詹姆斯扣好长衫的扣子,一边催他们走。乔子琴至今还为王参谋惋惜,不愿意提起往事,推了詹姆斯一把。

两个男人出了门,走了几步又回头,一起等乔子琴出门。可是,乔子琴倚门望着他们不动身。两人一起催她,她却说:“又不是我动手术,我去干什么?”

“啊,不行的!”詹姆斯说,“你说过,陪我开刀……”

江龙也说:“你不是早就盼望着他能做手术吗?治好了,我们一起去重庆啊。”

詹姆斯右手抱着江龙的肩膀:“江,好兄弟,我们,都一起,乔,你也一起。”

乔子琴摇摇头:“大家都走了,谁看门?”

江龙大大咧咧地说:“还有金银财宝吗?山洞也在这庙里头,偷不走的。”

“我们千辛万苦带出来的东西,都放在这山洞里,如果掉了,那可是功亏一篑的。”

江龙马上知道她说的是什么了,点点头:“是的,是的,那些东西不能带到开刀的地方去,还是绑到我身上来吧!”

“不行的,你上床,和老婆,睡觉,不方便的。”詹姆斯笑起来了,“没关系,山洞里,保险。”

乔子琴说还要等陈明，说不知他什么时候回来。

江龙担心应姐堂哥在外面等得急，拉着詹姆斯赶紧走。乔子琴由收藏的东西想到人，觉得还是山洞保险，于是交代他们，手术以后就把詹姆斯带回来，针药也带回来，自己护理他。

“乔，天使。做手术的，时候，不能，没有你啊！”詹姆斯被江龙拖着，脚不沾地地下山去了，还回头叮嘱了一句，“你快点，来吧——”

隔了几个月不见，江龙比过去活络多了。他办事，乔子琴还是放心的，她只担心詹姆斯任性。

桌子上还留有饭菜，她想起那两个包子。但是，手术前的病人不能吃东西，自己吃吧，比寺庙的东西好吃。她掏出来包子，又拿出来手枪，边吃边看。

好熟悉的手枪呀，在薛司令办公室打电话的时候，摆在那办公桌上的就是这支手枪，难道是薛司令送给江龙的？

刚才，她有心想还给江龙的，但是詹姆斯在跟前，知道我“偷”人家的东西，这个西方文明国度出来的人，不是会小看我这个东方女子吗？

山洞里静得可怕，一个人待在这么静的地方，她还没有这样的经历哩。洞里会突然跑出来什么野兽吗？她开了电灯还是提心吊胆的，又去把后面的门关起来。她又这样就与山洞隔开了，把前面的门也关起来，就像坐牢一样。

想起詹姆斯那双蔚蓝的眼睛，临走前巴巴望着自己，多想在他跟前照顾他啊。可是自己没有分身法，他看作比生命还重要的东西，我能不为他守护吗？

江龙是个可靠的人，就是缺少点文化，手术情况他会告诉我的。如果我没去，手术过后即使不带他回来，那就让江龙在山洞里看守，换我去照看詹姆斯。陈明回来就好了。可能，他去买船票去了，只要上了船，就可以直达重庆……

她睡不着，坐不稳，不知道干什么才好。詹姆斯脾气很倔强，会不会配合手术呢？按道理说，伤口感染，是不适合做手术的，骨科专家有办法吗？乔子琴突然有几分后悔，要是在跟前看着就好了，还能把他的病情介绍一下。

这么大个山洞，东西已经收藏好了，平时也是没人来的。干脆去看看吧，只需要对慈航告知一下就行了。

正在这时，就听到拍门的声音。幸亏自己戴上了助听器，要不然，陈明回来我还听不见哩。但毕竟是一个人住在这里，她多了一个心眼，隔门问了一句：“是谁呀？”

外面应答的是女人的声音，她凑到门边才听清楚，吃惊地问："应姐，是你？你怎么来了？"

第一个念头就是——她怎么知道我在这里？哦，江龙告诉她的。她来干什么？难道，詹姆斯手术出现了什么问题？她有心开门，又迟疑了一下，问她有什么事。

那女人让她开门，说有的话在外面不好说。

乔子琴说："这山上没人，你和江龙是一家，我要喊你嫂子才对，有什么话你就说吧！"

外面的语音有点嗔怪："对嫂子你还不放心？"

这么一说，她没理由拒绝了，把门打开了。

应姐进门来，四处打量了一下，把后门打开看看："哟，这地方好安静哦……你们三个人怎么睡哦？"

乔子琴开了后门，在门边上打开电灯，指着里面的一张床告诉她，自己睡里面，两个男人睡外面。

"呀，黑洞洞的，湿冷得很呢，山洞里面钻来野兽怎么办？你还是住到我那里去吧！"

"那边不通外面，没关系。"乔子琴为她的关心感动了，赶紧问她詹姆斯手术了没有。

应姐这才显出焦急的样子，说医生应该知道，外科手术很麻烦的，要洗澡，要换衣服，要清理皮肤……詹姆斯先生不干了，坚决不做手术。

怎么回事啊？一路上历尽艰难，千方百计赶过来，就是希望他赶快把枪伤治好哇，这马上要手术了，他怎么又不干了？

女人就把大腿一拍，说："那外国人老想着你呢！他说你是他未婚妻，又是医生，在他身边才心安……"

这家伙，有时候还真像个大孩子一样，想得出他不停耸肩、摊手、摇头的样子，乔子琴抿嘴笑了，说不定他真犟着不愿意做手术呢！

"笑什么？我们赶快去呀，医生等得急呢。"

乔子琴本来有些动摇的，可是真要走又放心不下，说还有个人，来了找不到他们会着急的。女人就说，可以跟寺庙的人交代一下，着急也就急一个下午吧，手术做完了她可以先回来呀。

乔子琴这下把她彻底说动了,提起自己手袋就要走,应姐却又提醒她:“你们带来的东西那么重要,一起带走啊。”

“什么东西?”乔子琴还要装糊涂。

“胶卷、摄影带、照片……江龙都告诉我了,就是他让我来的,”女人正色道,“最安全的地方还是我的小院子,把东西藏在天花板上,埋在地底下,都比你这里可靠。詹姆斯在我那里养伤,我还可以给他烧点好吃的,加强营养,让他好得快一些。过几天拆线之后,江龙就送你们到重庆去。”

“真的呀?”乔子琴就想让江龙送自己呢!现在他们主动提出来,一路安全就有保证了。

“当然是真的哦,要不然,我怎么知道得这么清楚?要让詹姆斯赶紧治好伤,当然,保护好这些东西也是头等大事啊!”

乔子琴突然想通了:“是的,是的,还是放在你那里好,我去把东西取出来。”

见她站起身就要到后面去,女人咕噜了几句什么。乔子琴没有听清楚,返身问她说的什么,应姐张大了嘴,像是很费力的样子,又说几句,乔子琴摇摇头。

应姐秀丽的眉毛皱起来了,走到乔子琴跟前,大声问:“为什么刚才不回答?”乔子琴说听不清她说些什么呀。应姐让她进去拿东西,说自己来把门。

乔子琴一点也不怀疑:“不用,大门一关没人进得来。”

“木板门管什么用?坏人来了脚一踹,门就坏了。那可是性命攸关的东西呀!”女人危言耸听地说,“万一有情况,你在后面,我喊你听不见怎么办?医院的医生说,这个助听器有个地方要调整一下,声音能够放得更大,你给我看看。”

乔子琴信以为真,就从衣兜里取出那小盒子递给她。女人接在手里摆弄摆弄,然后说好了,还给她,也不说话,朝山洞里指了一下,自己往门口走去。

她重新戴上助听器,往山洞里走的时候还扭头望了一下。应姐把住前面大门,只留下背影,从门缝往外看。她于是放心了,到床上拿起了花布包,沉甸甸的,里面放着手枪。一方面,东西拿出来了以后,直接放在包里不惹眼;另一方面,手枪在自己身边,万一真要闯进人来,这可是防身的有力武器。

她有几分难为情,他们夫妻两个尽那么大的力帮助我们,我却偷了他们的东西,这不是恩将仇报吗?呵呵,还是到她家的时候,悄悄放回原处吧,这样,双方都不伤面子。

尽管里面开着灯,但越往里面走越暗。走到山洞的顶端了,她靠着回忆摸索好一阵,终于找到凹下去的地方,摸着那块蛤蟆一样的石头,搬开来,伸进手去,摸出了一包东西。

她正要把东西放进身边的手提包里,就闻到一股甜甜的带有刺激性的特殊味道,正是她最熟悉不过的乙醚的味道。这地方怎么会有这种气味?她还没来得及回头,就被一团潮湿的毛巾捂住了嘴鼻,她立即昏昏沉沉倒下了。

第十七章　病床前毁证

江龙一直守候在詹姆斯身边，手术结束之后，天已经完全黑了，担架床被直接推到后院。当中的小房间已经布置好了，有两张病床、两张床头柜、两张凳子，都是雪白的。应姐已经等候在里面了。

医生、护士查看之后，告诉他们照顾的方法，护士还特别在瓶子上画了一道痕，说药水到这个地方的时候，就要到前面去叫她过来换药水。

等他们走了，应姐才叫江龙到隔壁屋里去吃饭。江龙说："医生、护士都吩咐过了，病人不能离开人照顾，你把饭菜拿过来吃吧！"

应姐告诉他，空着的那张床就是给陪护用的，你晚上要累了就躺躺吧。江龙坐在床上，应姐坐在板凳上，床头柜上摆着两碗干饭、一碗鱼、一碗西红柿鸡蛋汤、一碗辣椒炒肉丝。

这么多天来，江龙这顿饭吃得最顺心，一大碗干饭吃完了，他还要吃，应姐就说要到食堂买去。她站起身来，不小心带倒板凳，倒下来发出咚的一声响。

江龙斥责道："声音不能小点吗？"

应姐笑他是乡巴佬，说麻醉以后的手术病人处于昏迷状态，最快也要四五个小时才能醒来。现在，你拿斧头劈开他脑袋也醒不了。说着她径直走过去，啪地一下就在詹姆斯脑门上拍了一巴掌，打得江龙心惊肉跳，眉毛也竖起来了："欺负他呀？"

"我只是给你看看，他真的是人事不知。否则，还敢在这里说话吗？"她嘻嘻一笑，说完，把刚才的碗筷收拾了，又转身出去，到食堂里买了一大碗饭回来。看江龙吃完饭，她把碗筷拿去洗了，然后走过来，叫他回房间去，说有话跟他说。

江龙说："有什么话就在这里说。刚才还说手术后病人最少也要四五个小时才能醒来,现在这外国人就跟个死人一样,什么话不能说?”

女人关上门,这才坐在空床上,有几分羞涩地说:“我刚才,洗碗的时候……又吐了……”

江龙点点头:“嗯,你半夜醒来也干呕了一阵……是不是生病了?”

“你傻呀!”应姐在他肩膀上拍了一掌,“告诉你,我有了……有孩子了。”

“啊?你怀上孩子了?是我的?”

“还能是老鬼的?我们这一路过来……在路上,就怀上了,最近才发觉……”

江龙的眼睛笑成了两道缝,把女人抱起来转了一个圈,再轻轻放下:“那你赶紧去歇歇吧,这里我来照顾。”

女人不好意思地掠了下散乱的头发,又走过去凑到詹姆斯前面,看他一点儿动静都没有,然后说:“他还昏迷着,我们俩说说话……我早知道你说的都是假话,有事瞒着我的,你是有重要任务的,现在,这任务不也完成了吗?”

江龙犯愁了:“哪完成了?日本人的罪证还没有交出去,不去重庆不行!”

女人换了下位置,睡到另外一头,说:“你去重庆,我怎么办?哼哼,现在,你们中国没有一个安稳的地方。”

“我们中国?不是你的?”江龙腾地站起来,问她是哪里人。

“不是,”女人很坦然,掠了一下刘海,用手指着自己胸口,“我,不是中国人。我是日本人。”

“妈拉巴子!”江龙的脸马上黑了,扑过去给她一个耳光,气急败坏地追问,“你?你、你、你——是日本奸细?”

像是早就预料到有这一天,女人用手背抹去嘴角的血丝,慢慢地说:“用你们的话来说——也算是吧!”

“你、你他妈的,居然是个奸细?老子瞎了眼了,娶个老婆居然是奸细——”江龙一蹦三尺高,后退几步,退到对面床边,背靠着床架子呼呼地喘气,“你他妈的用美人计,让老子,上了你的当……”

女人的语速这才急促了,说:“你吃亏了吗?一个码头扛包的大老粗,一个穷光蛋,一个笨蛋,我配不上你?”

“我笨,我笨,我就是许仙,你就是白蛇——你他妈是一条大白蛇,你他妈是妖精,你他妈是害人精……”江龙一边拍着自己的脑袋,一边愤愤地斥责对方说。

“白蛇并不想谋害许仙啊！给他吃这么好，穿这么好，住这么好。其实，总管不是我堂哥，是我的亲哥。”应姐的笑有几分诡谲，“你很配合，不是把我带到山洞去了吗？不是把詹姆斯带到我这里来了吗？”

江龙突然觉得，背后的病床架子晃了一下，是自己太愤怒，把伤员惊动了吧？他离开了床架子，回头望望床上的人，依然像个死人一样纹丝不动。可是自己站不稳了，觉得全身发软，身子发飘，声音也有气无力：“我没带你到山洞去！詹姆斯，也是你要我把他带来的，那，也是你们要给他动手术的……你们要把他怎样？”

他不放心地回头望望，仿佛看见詹姆斯的眼睫毛在动。他怀疑看错了，定睛一看，没有，是自己心虚吧？

“没要把他怎样啊！我们给他治疗，给他取出子弹，让他在这里养伤，对得起你们了……”

“不对，不对，你一定有目的，对了，你们想拿到证据！”说到这里，江龙心定了，“可是，你们拿不到，以为给他手术，那些东西他还带在身上，白日做梦吧！”

“你怎么知道……”女人话没说完，突然尖叫一声，“血——”

随着她的尖叫，江龙回过头来，看见白色架子上面挂着的玻璃瓶子空空的，一点药水都没有了，连着詹姆斯右手背上的那根软管，原来是透明的，现在变成一条粗大的红色蚯蚓，血液顺着管子爬，血水一点一点往上升。

“不好，药水没了！”女人闪身跑出去。

望着她消失的背影，江龙像个被人欺负了的小孩，双手捂着脸，突然哭起来。

“江，哭啥？”是外国人怪里怪气的声音。他吓了一跳，回过头来，见詹姆斯在床上睁大了眼睛，“赶快给我把皮管捏住，捏紧了，血就不回流了。”

“醒了？”江龙的眼泪簌簌地掉在詹姆斯手背上，“我怎么这么缺心眼？怎么娶了一个日本奸细当老婆啊？”

“我听见了，她是美女蛇，我们，都上当了！”一着急，詹姆斯的话突然流畅些了。

“怎么办？”江龙要去拉他，“快起来，我们逃出去！”

“麻药没过，跑不动，先应付他们……他们无非是为了那证据，你可以痛苦，可以哭泣，但是要装成，舍不得孩子、舍不得妻子的样子……”

江龙突然跪倒在詹姆斯的病床前：“老詹啊，我不是装啊，我心里头，心里头真的是……是舍不得、舍不得这女人，舍不得孩子呀……”

詹姆斯的右手插着输液的针管，左手捆得死死的，还是忍着疼痛，抽出右手要推开他：“那你就不要，不要捏着皮管！”

江龙听他的话，手马上放掉了，可是血液直线上升，居然倒流起来，橡皮胶管都变成红色的了。他吓得叫了一声，赶紧又捏住。

“放手，让我死吧！”詹姆斯低声地怒吼，“证据和你老婆，你只能要一个……”

“不要，不要死，吃那么多苦，受那么多罪，就是要保护证据……”江龙用大巴掌抹了眼泪，坚决地说，“不要日本老婆！我要你，要乔医生，要证据，要把你送到美国大使馆。”

“既然如此，你就混进去，表面上，听她的话，实际上，帮我们，”詹姆斯抬起插着吊针的手，手心往下一推，低声说，“潜水，潜伏——”

有匆匆脚步跑来，声音由远而近，詹姆斯停止讲话，江龙来不及站起，只是死死地捏着皮管子，跪在地上。

应姐跑在前面，看见丈夫跪在病床前，吼了一句：“干吗？”

护士说：“幸亏他捏住这个皮管，要不然，血回流多了，凝固了就麻烦了！”

医生跟在后面，板着脸，说了一串日语。应姐站得笔直，双手下垂，连连点头。

江龙不知他说什么，但看得出来，是在训斥应姐。他望着床上的人，心中暗暗地说：老詹啊，我对不起你，我害了你，没把你看护好……

詹姆斯的眼睛闭得死死的，眼睫毛也不动一下。

护士重新换一瓶药水，那医生又用日语说了一阵，背着手走出去，护士留下来了。

应姐这才松懈下来，走出门去又回过身来对江龙说：“有护士看着呢，回去。”

江龙临走前，回过头来朝床上看去。这时护士转身去放空瓶子，詹姆斯昂起头，睁开眼睛，举起右手，手心朝下，手掌从上到下做了一个下坡又上坡的手势。江龙明白，这叫潜水，让他潜伏到日本人的特务组织里刺探情报，一腔怒火的他平静了，果断地点点头。

走出门来，他一眼就看见院子门口的铁门已经锁上。他明白了，这里是日本的特务机关，要让詹姆斯逃出去，他需要潜伏。

女人侧身躺在床上，脸上苍白，没有血色。难怪她这几天吃不下饭，原来是怀上了孩子。

她的嘴角边还有血痕，那是刚才自己一耳光抽的。江龙有些心疼，跟着又硬起心肠：她是日本人，还是日本间谍，是我的敌人，怪不得她有文化，怪不得她有心计，怪不得她有主见…… 还说自己走桃花运，其实是走牛屎运，是上当受骗。她是鲜花插到牛粪上，那也是一朵有毒的花，我这堆牛粪有什么光荣的？啊，我已经中毒了，还有解药吗？

他瘫了一样，软软地靠着椅背，垂着脑袋，又气又恨，还有对这女人的几分怜悯与不舍。想到这里，他长长叹了一口气："你怎么不早说呢？"

"我早说，你就会原谅我吗？"她反问道。

江龙有几分心疼，但更多的是愤怒："早说，早说我早就把你掐死了——"

"那你掐死我吧！"女人平躺下来，解开衣领，露出雪白的一片颈脖子。

他按捺不住满腔怒火，冲过去，跨上床，骑到她的身上，两手夹住她的脖子："你当老子不敢是吗？"

女人一点儿也不反抗，只是静静地躺着，像是被打了麻药一样。如果她真要反抗，江龙说不定已经下手了，可越是这样，越是不忍心。

多好的女人，给自己洗脚，教自己认字，就是买一双鞋子，也给他买贵的，自己买便宜的……更何况，她为我怀了孩子，我要杀她，就是杀我自己的孩子，怎么下得了手？

想到这里，他翻身下去，也躺到床上，两手摊开，仰面朝着天花板，扑哧扑哧喘粗气。

女人见他不动了，反过来，趴在他胸口上，轻柔的话就像春风，吹得他耳朵眼痒痒的："江龙，我爱你是条汉子，我要让你过好日子，要不然，你早死了……"

她身子晃晃，两团软软的东西在他胸前慢慢地揉动。他心头一热，还没翻身起来，跟着凉了，长叹一口气："你图什么？"

"只是要詹姆斯的东西，就是你们说的罪证……对我们来说，只是影像资料……你们中国有句话，'相骂无好言，相打无好拳'。只要两国交战，哪一片战场不是血淋淋的？哪里不死人？”

“可是，可是……你们杀的都是平头老百姓啊……”

她趴在男人的胸脯上颤抖了，涌出泪水，滴在他身上：“你不知道，我也很痛苦啊！中国的老百姓很善良，很勤劳，所以我……喜欢你，女人都喜欢坚强勇敢的男人……”

“那，你还要那些东西干啥？”

“冤冤相报何时了？流传出去，有损我大日本的尊严，我不能不维护我的祖国呀！”她说得振振有词。

江龙把女人推开，想要怒吼，又想到隔壁有人，只是咬牙切齿地说：“你们日本人有尊严，中国人为什么不该有？”

“我也不想战争，看到你们中国人死得那么惨，我不也哭过多少次？可是，各为其主啊。”

她说得不假，路上，不止见她哭一回，可是，那是猫哭老鼠啊！江龙愤愤推开她：“既然如此，我们各走各的路……”

女人也翻身坐起，两手紧紧抓住他的胳膊，眼巴巴地望着他：“不行，你不能走，肚里的孩子是你的，他不能没父亲。我哥已经给你找了份事，在他办公室负责采买，待遇又高，工作也轻松……”

“你在软化我，你想收买我？”江龙本来是要跳起来的，但想到詹姆斯对他说的话，不能与他们硬着干，要深入他们中间去，就像是孙悟空钻进铁扇公主的肚子里……

给詹姆斯换衣服，洗澡，消毒，都是自己亲自干的，身上根本没东西，血证肯定是藏起来了，乔医生在山洞里就是为了看守血证。不怕，他们拿不到！美国人说得对，潜伏下来，等老詹拆线带他走……

想到这里，他把悲愤咽下肚子里，挤出几丝笑容：“唉，谁让我遇到你了呢？不是冤家不聚头，哪个与快活有仇啊。能过好日子，那也是我祖上修来的福气，但愿你生个儿子吧！”

见他又坐到床边上了，女人搂住她，一副心满意足的样子：“你真好，这才是我想要的江龙，不过，你好歹也要给我们干点事吧！”

江龙马上警惕地躲开：“要我当汉奸？不对我说清楚就不干。比如说，我们当时都到你家了，怎么又把詹姆斯放跑了？”

如果说，江龙一味地迎合她，应姐还会起疑心，叫他当汉奸他坚决不干，这才符合他的脾气。

“其实，当时得到情报，并不晓得你们有多少人，我们人手不够，就在渔村里等着你们。我只是一个岗哨，没想到你们竟然到我手上了。把他们两个稳住，我赶去渔村找人，那个游击队长太狡猾，带他们划船跑了。他可能早就来了，一直躲在房子外面偷听……”

哼哼，算盘打得好啊，我一直错怪大烟袋了。如果晚一点，日本军人来岂不是将我们一网打尽？结果只抓到我这一个昏迷不醒的人，还要给我治病，还把一个女人贴给我了，可算是赔了夫人又折兵……

江龙于是又问她：“你说你，缠上我这个大老粗、穷光蛋，和我一起一路吃苦，把自己都交给我了，不后悔？”

她幽幽地叹了一口气：“没办法，我们日本人效忠天皇，倡导武士道精神，执行命令，说一不二。我接到的指示就是要把影像搞到手，不惜一切代价……”

江龙按捺着性子，稳住身子，盯住她不放：“付出的代价也太大了吧？你居然还帮我们国军通风报信，如何向你的主子交代啊。”

女人泪眼婆娑了：“江龙君，行行好，千万不能对人说……那一切，都是为你呀！我感激你，看到你有难了，情不自禁要帮你。我也很同情中国人，看到死伤那么多，我们日本军人所做的坏事，也像尖刀一样插在我心上。”

两人面对面，脚抵脚，她的眼泪涌出眼睛，泪眼盈盈，妩媚动人。江龙心软了，叹了一口气，低下了头。

“有的时候，我也是真情流露……看到吉普车被炸得稀烂，我痛惜那个女医生，那么年轻漂亮死得那么惨，我也为自己计划落空难过……”女人说起来有几分伤感，“你说，我上千里路都走过来了，快到目的地却是一场空，回来我怎么交代啊？”

江龙疑惑了：“你知道他们没死？”

她得意了：“我们搞情报的人是吃干饭的？炸死两个人与炸死五个人怎么会一样？大使馆撤离了，正好瓮中捉鳖，要不是大烟袋及时赶去，早把詹姆斯抓住了。”

女人真以为江龙与自己一条心了，滔滔不绝地开导他。江龙暗想，怪不得日军步步深入，他们的情报工作就是做得好。我为什么不能也像他们那样做？

起码,可以打入他们内部,像这女人混进我们中间一样,搜集情报,也为陈明他们出点力……

想到这里,他就要女人把他们的联络据点说出来,说要搞不清楚,以后自家人打自家人了还不晓得。

应姐想拉拢他,就吐露了一些真实的情况。她说最多的就是做生意的人,就像他的父母一样,早就被派到中国来了,说起来是经商,其实是刺探情报。那时候他们兄妹两个人都很小,加起来还没有10岁。可能是父母执行任务不力,情报不准确,被日本特务机关派人来处决了……

父母死了,兄妹两个加起来还没有10岁,到处流浪,被农民收留,在中国农村长大。哥哥十来岁的时候,被日本人偷偷带回国当了特工,长大后来到中国,又训练妹妹当了特务……

这是什么国家呀,对自己人也这样心狠手辣。江龙恨得牙痒痒的,欠身过去,伸出巴掌为她抹去眼泪,愤愤地说:“杀了你们的父母,你们还为他们效忠?”

女人马上止住了哭泣:“因为我们爱国,不像你们中国人麻木不仁,我们飞机都丢炸弹了,你们还有人仰望看稀奇;我们都占领你们领土了,你们还有富豪大吃大喝娶小老婆;还有不少人为了金钱甘愿当汉奸……”

“胡说八道,老子才不想当汉奸哩!”江龙立即起身要下床,“你是指着和尚骂秃驴是不是?”

女人又把他拉住:“我不是说你,不是为金钱,你是为我、为孩子……”

“你要不是日本人多好……”

他心疼的感觉被女人发觉了,更对他信任了,依偎在他怀里,喃喃地说:“江龙,不要离开我。现在任务已经完成了,哥哥也同意我俩的婚事了,以后我什么都是你的……”

任务?江龙抚摸着女人光溜溜的手臂,讥笑道:“你的任务不就是搞到证据吗?哼哼,那是瞎子点灯白费蜡!”

“已经搞到了,是你亲爱的乔小姐拿出来的——”她扬扬得意的笑容中带着点诡异。

“放屁!”乔子琴是江龙心里的仙女,也为了这罪证漂流在外,怎么会轻易拿出来?他绝对不信,“她不可能给你的!”

“嗯?是吗?她要不拿给我,我找起来可就费劲了。所以啊,我就说是你让我去拿的,说你要帮她收藏起来,她信任你呀,当然就乖乖地拿出来了……”

天哪！乔子琴听她的了？证据他们拿到手了？看着女人得意的笑脸,江龙的肠子悔成十八截,双手捏成拳头,恨不得将这个女人打成肉饼。他气急败坏地将她扯倒在床上:“你把她怎么样了?”

女人仰面看着男人着急的样子,心里舒坦极了:“我能把她怎么样？一根汗毛都没动她,真的。留个活口,也好让她做证明,证明你是他们当中的叛徒……所以,你是回不去了——”

江龙如万箭穿心,对着女人破口大骂,什么脏话、丑话都说出来了,把她家里的祖宗八代都问候了一遍。

见他生气、着急的样子,女人不生气,捂嘴笑了:“我说你们才无耻哩。你们偷偷地取证,千方百计地隐藏,费尽心机地转移,不顾生死地要逃跑……”

“因为那是你们的罪证!”江龙咬牙切齿地说,觉得脑袋瓜子空了,然后装上了满脑袋的糨糊,他不知道该怎么办,一时间什么话也说不出来了。他最急切的想法就是把这女人掐死,那些东西一定在他哥哥的手里,再到办公室把东西抢出来,带着詹姆斯逃跑……

女人像是看穿他的心思,像蛇一样迅速溜下了床,站在门口,伸出手指头点点他:“江龙,你给我听好了,是你出卖了他们,你是罪人,谁也不会相信你这个叛徒的!”

江龙赶紧跳下床来,冲着女人捏紧双拳:“不可能,他们信任我。因为你,他们才起疑心的。”

“这不就得了？我是你的人哦。你看,詹姆斯是你带出来的,我是你带到山洞的,那些材料是我取走的,而我是你的老婆,是你孩子的母亲,你我已经拴在一根绳子上了,你跳到黄河都洗不清了!”

他抱着脑袋,痛苦地蹲下了,想喊又不敢大声喊出来,像是一匹将死的狼,只能在喉咙里嘶鸣:“不是——这样的——”

“还能怎样？只要你一露面,他们就会把你杀了。军统特别行动小组也到武汉来了,头子就是船长,上次遭遇时他们吃过亏,现在要除掉你可是名正言顺了。”

江龙痛苦地低吟道:“就是你……你这个蛇一样的女人,让我不仁不义了,天啦——”

他的叫声还没结束，外面传来哇的一声大叫，穿透墙壁，传到了他们的小房间。声音太响了，太怪异了，喊出这声音的人，不是喉咙破了就是心肺炸裂了吧。

然后一声比一声高，一声比一声怪，吼声简直像是野兽的咆哮，阴森而恐怖。接着，就是玻璃瓶子碎掉的声音，还带着液体的飞溅声、男人的呵斥声。

是詹姆斯被拷打了吗？女人首先站起来冲出去，江龙心惊肉跳，愣了一下，第一个念头就是：我得救他去！

他赶紧跑到桌子边上，拉开桌子底下的抽屉，掏了一把，空的！他不信，将抽屉全部拉开，手枪不在里面！他然后把衣柜也打开了，床单、被子全部掀起，都没有，找不到手枪！

手枪被这女人收起来了？该死的东西！赤手空拳斗不过他们呀，先去看看动静吧！

他出门，到隔壁病房去，发现门口已经站了两个大汉子。女人站在两人后面，见他来了，扯住他的手进了屋子，站到前排。

詹姆斯的病床正对着房门，两边各有一个男人死死地按住他，他只能欠着身子狂叫："你们不是人！你们是野兽！你们反人类——"

那个总管——应姐的哥哥，站在他的病床侧面，两手带着白手套，左手拿着一个扁扁的盒子。

这分明就是詹姆斯舍命保住的东西，就是小黄毛牺牲性命夺回来的东西，就是自己潜水到关门洲悄悄取回来的东西，就是几个人千辛万苦一路保护的东西呀。

从认识老詹以来，他的话就没顺畅过，总是几个字几个字地往外蹦，而今，语言障碍被愤怒冲决了，他一句句中国话虽然不地道，但是就像决堤的洪水滔滔："你们就是毁掉了证据，也掩盖不了你们残暴的罪行……"

这些东西如今落到日本人的手上了，怪不得詹姆斯这么愤怒。连江龙的血也冷了，像是马上要冰冻住一样。应该怎么办？冲过去，抢过来，抓着这些东西往外跑？可跑得出去吗？院子门口还有站岗的，这整个医院都是他们的人。

要是陈明在就好了，他要带着游击队来就好了。哪怕就是船长吧，也应该不愿意这东西落在日本人手里的……

我怎么就成了千古罪人了？他的头脑里像是塞了满满一脑袋的蜜蜂，嗡嗡嗡发出轰鸣,头上青筋毕露,头昏目眩,想不出个办法来。

他双拳紧握,正要向里面走,就听见詹姆斯愤怒的吼声:“江龙,你这个无耻的叛徒!没想到你在我们中潜伏了这么长时间,你就是个卖国贼!你就是奸细!你就是个王八蛋——”

这个家伙,平常说话都结结巴巴的,今天骂我骂这么狠,他不知道我冤枉吗?哦,不对,他是在提醒我!刚才,我们俩说好了,他叫我潜伏,我要救他,但不是现在,我要夺回罪证,但是不能硬拼……

屋里几个人都回头望着他,江龙装作惭愧地低下头,咕噜道:“詹先生,不要生气,我也是,我也是为你好。”

詹姆斯更加怒不可遏,扯着喉咙大喊:“为我好个屁!你个卖国求荣的家伙,你是为自己,你是为你吃得好住得好,你是为你的老婆。你以为你有福气,半路上捡来个老婆是打鱼的女人吗?这是个日本女人,她与她哥哥都用日语说话,她是日本间谍呀,呸!”

他一口浓痰吐来,总管赶紧闪开,斯文地摇摇头:“詹姆斯先生,不必动怒,这只能怪你们无能。护送你的人跑了,陪护的医生耳朵聋了,这个救过你的人现在也坑害了你。”

第一次听应姐哥哥说这么多话,北方味道的中国话比老詹讲得地道,然而说出来的话比大粪都臭:“你已是英雄末路。所有这些事跟你有关吗?中日打仗与你一点儿关系都没有吧,愿意看热闹就看,不想看,就回你的美利坚去!”

詹姆斯的喉咙已经嘶哑了,只能低声说话,却依然句句带刺:“亲爱的浑蛋,你以为我与你一样没有人性?我到中国是来伸张正义的,而你呢?就是来杀人放火的吗?”

总管并不理睬他的指责,只顾自己不紧不慢地说:“把你的子弹取出来,我们已经做到仁至义尽。我们也达到了目的,拿到你们拍摄的影像材料。现在,这事应该画个句号了。”

站在门边的一个男人擦过江龙身子,立即到隔壁的东边房间拿过来一只脸盆。江龙正奇怪脸盆用来干什么时,另一个男人已经从兜里掏出一只打火机。

詹姆斯见到打火机心里一沉,一种极度的恐慌从他的骨髓深处涌起,不由自主地漫了出来。就像是一只刚刚死里逃生的青蛙惊魂未定,突然间又迎面看见了一条蛇,而且,这条蛇正张着大嘴盯着他。

刚才这几个家伙到这里来时，詹姆斯本来还要装睡，可是他们叽里咕噜的日语让他惊觉，大声问："你们，是日本人？"

领头的就是总管，江龙接詹姆斯来这里的时候，是这人开的车，文质彬彬，还十分有礼貌地与他握了手，说自己是医院的总管，是江龙妻子的哥哥，能够为抗日英雄疗伤十分荣幸。

进了医院，也是这人带他检查，又给他介绍这家医院著名的外科一把刀，能保证手术万无一失。

等所有准备做好了以后，这个男人还亲自送他去手术室，从头到尾都讲的是中国话。没想到现在突然变了，这里的人都说起日本话来，让他大吃一惊。

还没开口问，那个总管就用比他标准的中国话喊他了："詹姆斯先生，谢谢您配合。"趁他惊愕之际，男人又说了，"配合我们圆满地完成了任务。"

詹姆斯感到了巨大的恐怖，还留有一点幻想，装傻地问什么任务。

"我妹妹已经从山洞里取来了我们一直想要的资料。"

妹妹？山洞？资料？詹姆斯吓坏了，大惊失色，怀疑自己没清醒，是不是听错了。他欠起身子，想问总管说的什么，这才看见总管手里拿的东西，竟是自己用生命捍卫的血证，顿时大叫不已，跟着挣扎着坐起来，扯掉了手背上的输液针管。

现在，见总管要烧掉这些东西，他的心被捏紧了。

"噢，不，不！你们……想干……吗？"詹姆斯惊恐万分，心中不祥的预感让他的声音打战，一种低不可闻的调子从他的口腔和胸腔之间一点一点挤了出来。他甚至能感觉到这几个字挤破了他的皮肤，是从血肉之间蹦出来的。那是怎样一种撕心裂肺的恐惧和疼痛啊，比他身上的伤还要痛上千倍万倍！

就在打火机出现在人们眼前时，站在门口的江龙更不安，他已经意识到了最可怕的事情将要发生。他下意识地往前倾了倾身子，双腿习惯性摆出了向前腾跃的姿势。如果，有曾和江龙一起干过活的人在场，那么他们一定能知道，这是江老大要动手前的征兆，而且还是雷霆一击！

可是就在这时，他身边的日本女人发觉了，轻轻用手拉了一下他的胳膊，他几乎无意识地扭过头来，看见应姐脸上那一抹深沉的歉意。他看见詹姆斯举着滴血的手，手背朝上，上起下落，心里突然一动，想起了詹姆斯刚刚跟他说过的话，于是冷静下来，想起现在做什么都来不及了。他呼地吐了一口气，仿佛想把心底的压抑全部吐出去！

叮的一声，清越而有回声，打火机盖被掀开，一簇蚕豆大的火苗在房间里闪现！仿佛所有的光、所有人的视线、所有人的心思都被这簇火苗牢牢地攥住了。

“不，不，不！你们不能这么做！这是历史——”詹姆斯几乎就要从床上蹦起来了，可是手术时注入身体的麻药还没消散，神经麻痹着，让他一时半会还无法协调身体的机能。

他满脸通红，眼睛圆瞪，两颗眼珠子凸了出来，嘴上胡须一根根地站立着，可是他的手臂却无力地低垂着。他的身体不听使唤地继续躺在病床上，但他的双脚却在大脑的指挥下诡异地弓了起来，只不过一条向上弓，一条侧着弓起。

江龙的脸色已逐渐正常，但谁也没注意到，他垂在身旁的手已经紧紧地握成了拳头，而且因为用力过度，指关节微微发白！

“你说什么都没用，它必将变成一团灰烬！”总管冷漠的声音在房间里响起。然后盒子被打开，在所有人的注视下，那一簇豆大的火苗靠近了盒子。

江龙觉得自己的心被架在火苗上，被那灼热的火苗煎烤着、燃烧着！

“你——这是对历史的亵渎——”詹姆斯几乎用尽了全身的力气喊，只是他的声音是那样的无力和低沉。

跳动的火焰闪着蓝光、黄光，朝上舔舐着，房间里有种爆炸前的汽油味。总管像是逗老鼠的猫，欣赏够了詹姆斯的愤懑，这才抽出胶卷，用力一扯，刺的一声，一条半透明、影影绰绰有黑影的胶卷带在火苗上一晃，然后腾起了一道亮堂堂的光，发出一阵刺鼻的气味，迅速化成了灰烬！

“求求你们——停下来——”詹姆斯仿佛一下子老了10岁，语气充满了绝望。

江龙咬着牙，心里衡量着，是现在出手然后逃走，还是像詹姆斯说的那样继续潜伏？做任何决定都没有意义了，因为干什么都来不及了，那些东西都像油纸一样见火就着。

因为现在已经没有证据了！他如果出手，肯定不能带走詹姆斯，就算他自己逃走，如果没有詹姆斯这个人证，那么他将永远背负叛徒的污名！而继续潜伏则意味着，他还能寻找机会证明自己！

映入他眼帘的，是詹姆斯脸上一双空洞的眼睛，仿佛失去了所有生机，詹姆斯栽倒在床上，昏死过去了。

江龙整个晚上都在做噩梦，梦见詹姆斯死了；梦见乔子琴变成一个恶鬼，手臂有扁担那么长，满手滴着血，指甲像是剪刀，向他伸出来，问他要人、要血证；然后，又梦见陈明来了，端着机关枪，射出的子弹一串串的，打得他全身冒血，可就是死不了，他吓得哇哇乱叫。

天蒙蒙亮时，他眼皮子打架，支撑不住才睡了过去。

再醒过来，满屋子亮堂，应姐笑嘻嘻地站在床前喊："该起来了，你干脆早饭、中饭一起吃吧。"

他抬起身子看了一下，桌上有好几样菜哩。但是他脑袋沉重，抬不起来，又倒在枕头上。

"今天加餐，有红烧鱼、炒豆腐干、肉圆子汤，还有霉干菜烧肉，你还不满意？"

他眯缝着眼睛，问隔壁房间的人吃了没有。女人眼睛望着纱门外，轻声说："还昏迷不醒。"

他身子一挺坐起来，翻身下床就说要去看一看。但女人坚持要他刷牙，他只好端起杯子，拿起牙刷走出门。

他蹲在台阶边，侧着脑袋刷牙，见病房门口坐个男人，面无表情地朝病房里看着。另一张空床上坐个护士，眼睛望着木头架子上的玻璃瓶，瓶子里浅黄色的药液不紧不慢地滴着。

詹姆斯仰面躺着，纹丝不动，与昨天没有差别。江龙刷了牙，再回来洗脸，用毛巾使劲擦，像是要将自己的脸擦破。他这时终于平息了一时的愤怒与紧张，想出了办法。

他坐到桌子边上，将桌子一拍，突然嚷着要喝酒，跟着打开抽屉找钱。

"这么多日子没酒喝，你不也过来了？"

应姐暴露了身份，罪证也销毁了，没什么秘密与需要了，江龙对应姐的爱怜此时都化成了厌恶，仿佛一下子从奴隶到了将军，时不时找岔子，拿应姐当出气筒。

他的声音压得很低，咬牙切齿地说："老子想要喝酒怎么办？我心里痛得很，我出卖了朋友了，我当了汉奸，我没脸见人了，都是被你这女人坑害的！给我酒喝！要多喝一点儿，脑袋瓜麻木了，想不起以前的事了，也看不见现在的事了,我的心也不痛了……你让我出去喝酒!”

“钱在衣柜的抽屉里,自己拿。”女人生气了,朝门外一指,“你去,你去看看,能出去吗?”

他从衣柜的抽屉里摸出一块银圆,跟着就打开门出去了。

从隔壁门口走过,他又望了一眼,詹姆斯依然平躺在床上,没有发出任何声音。难道真昏睡过去了吗?他难道一直不吃不喝吗?江龙很难过,有种透不过气来的感觉,只有甩着膀子往院子外面走。

可是,大门紧锁着,他摇晃着铁门,发出咣当咣当的声音,发出愤怒的吼声:“我要出去,我要去喝酒——”

门口当中坐着的男人只是望着他,什么话也不说。最东边那个小屋出来个男人对他呵斥道:“回去,不准出去!”

接着又出来一个男人,用日语叫了一声。应姐走出来,把他拉回去了:“知道你心里难受,你想喝酒就给你喝,我去给你买吧!”

她说完接过他的钱,叫人来开了门,顶着太阳往外走。她好半天才回来,先走到书桌边,从手中布袋子里掏出一瓶酒放在书桌上,说留着以后喝,再抽出一瓶酒放在方桌上,说:“酒买来了,你喝吧。”

江龙一只脚踮在另一张板凳上,一口接一口地往喉咙里倒酒。

女人叫他多吃点菜,他只是摇头,只是喝酒,什么话也不说。她一碗饭没吃完,他已经喝了半瓶酒了。

应姐伸手把酒瓶拿过来,将瓶塞塞上,说:“够了,够了,明天再喝吧!”

“不,我还要喝,我要喝得和詹姆斯一样,晕倒了,人事不省了,什么也就不知道了。我心里痛啊!我痛得很呢!只有酒能让我不痛……”他又把瓶子夺过来。

应姐走到他身边,一只手给他打扇子,一只手轻轻抚摸他的胸口,轻声安慰他:“江龙,不要闹了,为了你的安全,为了我们孩子的安全,既然走到这一步,你就认了吧!”

“认什么?我都不认识你,凭什么娶你?你到底叫什么名字?”

“那,我告诉你,我的日本名字叫印子。”

“啊呸——”江龙吐了口唾沫,扭过头去还是发牢骚:“怪不得当时不和我结婚,原来是他妈的特务,心里有鬼!”

女人坐到他身边，头靠在桌子上，望着男人，幽幽地说："其实，我多想和你拜天地呀！按照你们中国的习惯，披上红盖头，穿着红嫁衣，坐着大红花轿，吹吹打打到你家，我们一拜天地，二拜父母，夫妻对拜，然后入洞房。以后生个胖娃娃，安安稳稳过日子……"

说着说着，她豌豆角一样的眼睛涌出两滴泪水。江龙心疼了，放下酒杯，伸出巴掌，将她的泪水抹去："有那么一天的。等你们日本人滚蛋了，我一定用大红花轿抬你，给你补个热热闹闹的婚礼。"

女人磨过头去："没那么一天，我们是敌对国家的敌人，哥哥接纳你，不是愿意认你这个妹夫……"

江龙说："我知道，他只是把我当诱饵，引詹姆斯来。你们东西不是取到了吗？不是已经销毁了吗？那就应该把人放了，人家有爹妈，有国家，放了他，我心里安稳点！"

应姐不哭了，伸出指头，轻点他的额头："我说你是傻子吧。虽然物证被毁灭了，但他还是人证。我们要让他写'南京获得新生''南京一片祥和''南京人民喜迎解放、感激皇军恩德'这类的文章……"

扑哧！江龙刚喝到嘴里的酒喷出来了："你他妈大白天说胡话。"

女人也不生气，提起刚才装酒的那个袋子，抽出一卷报纸，递给江龙说："据医生检查，詹姆斯已经苏醒了，他在假装昏迷。你把报纸给他看，动员他和我们合作，我们保证他的安全，重金答谢，还把他送回美国……"

江龙接过报纸翻翻，从"东京"两个报头字上看出是日本报纸，一下扔在地上，没好气地说："你们那些鬼子记者，瞪着眼睛乱放屁。你们兄妹都是他妈的白眼狼，连畜生都不如……这些照片就是假的，文章也是假的，骗老鬼去！"

她打开一张《东京朝日新闻》说："这假不了。"

江龙凑过去，看到半张纸上写着密麻麻的字，他只认得日期，1937 年 12 月 22 日，上面有五张照片：日军的军医和护士正在为中国伤兵诊断和治疗，日本士兵正在和中国摊贩说笑……

江龙指着照片说："眼睛瞎了？没看见中国小商人笑得比哭还难看……"

应姐说："管他呢！只要詹姆斯补写几篇日记，对着镜头说说话，他的事情就结束了，他就自由了。"

詹姆斯手术以后要加强营养，不能老饿着不吃东西，怎么接近他呢？听到这里，他突然想通了，放下酒杯，说："我去。"

应姐也站起来："但我要在场，房间里原来的看管在场，东边房子里的人也要来的。这是考验你的时机，你可不能乱来，否则，害了你，害了我，还会害他的。"

到时候再说呗。他胡乱点头。

江龙一进门，就冲着床上吼叫："我说你这个姓詹的老外，你装死啊？你挺尸啊？你绝食是吗？怎么屁都不放一个？老躺着不睁眼睛，你是躺在床上拉屎——不想好了？"

应姐扯了一下他胳膊："人家没在床上拉屎。"

"我是打比方哩。"江龙甩开他，又吼，"我说你这个人哪，是不是不晓得好歹？人家把你子弹取出来了，没要你一文钱，你总要说声谢谢吧！你要睡到什么时候？"

"好好跟他说话，不要这么粗声大气的，他还疼着呢！"女人又补充一句。

"还疼？你他妈还是个爷们吗？子弹打你活该，哪个叫你把人家轮船上的东西抢了的？你就是强盗啊！"

听到他的话，边上几个特务暗笑。应姐有几分不满了，到底是个粗人，该说的他不说，不该说的他信口开河，还是自己说吧！

她清清嗓子，上前一步："詹姆斯先生，我很敬佩您的为人，您的坚毅果断、机智幽默，不管从哪个方面来说，都堪称是个英雄……"

既然争取了这个机会，就要想办法多说几句，江龙把她推开，抢过话头来："詹姆斯，你怎么不向我学学呢！看我现在，老婆也有了，吃的住的都不错，再也不要奔波流浪了！你的什么证据我当初不晓得，也不是我交出来的，你们藏在哪里我也不晓得，你别把我拉上。我只听我女人的，因为她肚子里有我的孩子……"

"别扯远了。"应姐低声提醒他后，自己继续说下去，"用中国话来说，识时务者为俊杰。留得青山在，不怕没柴烧。日本和美国一向和平共处，至今没有交恶，不希望因此而影响两国的关系，我劝您……"

女人说得滔滔不绝，他只能顺着她的话说，否则插不上话："你说我是潜伏在你们队伍中的人，你胡说八道……我不是潜伏，只是看你可怜，当初把你捞起来，后来又帮你把酒桶捞起来。我生病了，都是为你呀，日本人说我害瘟疫，要烧死我……”

他絮絮叨叨，居然在控诉日本人了。应姐又扯开他，走上前去，把报纸放到詹姆斯的脑袋边：“你看看报纸吧！报纸上登的才是真的，看懂了以后，你就知道怎么做了。哪有你说的那些事？有图为证啊……”

床上的人依然无声无息，总管走进来，拿起一张报纸，直截了当地说：“詹姆斯先生，你现在数罪并罚，实不可赦，但是，我们依然给你机会。你给我听着，如果说，我们大日本的新闻你不信，让印子给你念念中国的报纸吧。听了以后，你就知道了，你搜集那些所谓的罪证有多可笑。”

“《新申报》上刊登一则从南京发出的新闻通讯，题为‘日本军亲切关怀难民，南京充满和睦气氛’。”应姐接过报纸，很认真地念起来，“慈和的阳光照耀着城市西北角的难民区。死里逃生的南京难民，现在已经受到皇军的抚慰。他们跪拜道旁，感激涕零。在皇军入城以前，他们备受中国反日军队的压迫，生病的人没有医药上的帮助，饥饿的人不能够取得一米一粟，良民的痛苦无以复加。幸而皇军现已入城，伸出慈悲之手，散播恩惠之露……”

妹妹念完了，哥哥又接着说：“那段时间，你是在南京的，你应该看到，我们日本和中国人民是和睦友好的，不仅有文字，我们也有照片嘛……希望你幡然醒悟，给我们办三件事：第一，按我们报纸的口气，补几篇日记；第二，做好准备，在摄影机前面说几句话，描述你看到的和平南京；第三……”

第三点他还没说下去，就有人来报告，叽里呱啦的日本话很急促，他匆匆出门了。

詹姆斯亲眼看见了他们的暴行，面对他们无耻的谎言居然也能听得下去，身子一动也不动，难道真的昏死了吗？

江龙脚一跺，转身就走，边走边大声嚷嚷：“嘴巴说出白沫子，他还当老子扯母猪疯，不说了！”

应姐也跟着回来。他俩知道隔壁有人，什么话也不敢多说。

桌子还没有收拾，他也不管，坐在方桌边又开始喝酒，只是喝得很节制，一边喝一边想着办法。应姐——不，印子——从柜子里拿出一件旧衣服，是淡黄色的旗袍，从来没见她穿过。这就是说，她原来就住在武汉，就住在这个地方。

她打开书桌的抽屉，拿出一把剪子、一把尺子，把那件衣服剪开来，比画着剪成一件小衣服，然后拿出针线缝起来。

她骗了自己很多次，但是这件事情说的是真话。她肚子里有我们的孩子了，想到这里，他心里有点暖意了。但他跟着又想，我有孩子了，詹姆斯呢？连老婆也没有，他为什么就该那么惨？

思前想后，他终于想到了办法，一边喝酒一边从嘴角遗漏，弄得满身都是酒味，最后趴在桌子上呼呼大睡起来。女人走过去推醒他："叫你不要喝那么多，怎么把一瓶酒全喝完了？上床睡吧！"

当天晚上，他没有吃晚饭，一直沉睡。半夜，听到身边女人发出均匀的鼾声，他轻轻地起来，开门的时候，把整扇门端起，没有发出一点摩擦的声音。

院子门依然锁着，两头屋子都是漆黑的，只有中间那屋亮着灯光，透过纱门，看见一个特务在门边打瞌睡。

江龙爬上院子那棵大杨树，白天已经看好了，通向屋子的电线正从那树枝间穿过。他搬起一条粗壮的树枝，猛然放下，树枝一弹，就像当头一棍，电线被打断了。

当中屋子突然断电，漆黑一团。看守跑出来，向两头看了看，然后就向东边那屋子走去，一边敲门，一边用日语喊着些什么。听不懂也猜得出来，是说屋子停电了，要蜡烛、火柴。

江龙滑下大树，潜到门口，趁机跑到詹姆斯身边，轻声问："没醒吗？"

詹姆斯果然醒着，痛苦地说："我不想活了，活下去我要疯了——"

"你不能死，要活着。可以发疯，疯得越厉害越好……"话还没讲完，听到脚步声往这边过来，他猫着身子，钻出房子，回到屋里又悄悄躺下。

没有多久，敲门声响起，是日本人在说话。女人起床到门口，他们咕噜咕噜地说了一阵子，然后到床边上喊江龙，说詹姆斯解大便了。

他心中大喜，这个老外还真会来事，咕嘟咕嘟道："谁不拉屎撒尿？这有什么稀奇的？"

应姐说："他在床上解大便了，弄得满床都是。又停着电，这深更半夜的，几个日本人都不愿意给他清洗，看在你们熟悉的分上，你去帮他一下。"

"什么？叫我给他洗屁股、擦大便？这个老外捉弄人嘛。"他跟着也躺倒了，"我不去。"

"难道你叫我去？"

他装着很不情愿的样子提着水瓶，走到詹姆斯那个房间。床头柜上已经点了蜡烛,屋里的特务跑了。他端起脸盆倒上水,搬到他的床前,果然闻到一股臭味。

屋里已经没有其他人,他担心外面有人偷看,背对着门,一边掀被单,一边放低声音说:“我情愿你拉屎拉在床上我来收拾,也不要你死。你是人证,你把看到的事情说出来就是证据……”

詹姆斯说话也不打结了,急匆匆说:“委屈你了,江,只有这办法,我估计他们会让你来收拾。老实说,如果换作是你,能按他们说的做吗?”

“当然不行,绝对不行。”江龙忍着臭,一边帮他换下被单,一边给他擦洗身子,始终背着门,低着声音说,“但是,要保证你这个人证活着,再到重庆找你们大使馆去……”

“可是物证都毁了,我真不甘心啊……”詹姆斯的声音已经是哭腔,被江龙的巴掌捂住了嘴。

“别忘记,还有物证。乔医生父亲冲洗的照片,她公公还拍了日记的照片,也是有底片的。”

“是啊。”他突然想起来了,“我们还有复制的罪证啊!”

见他情绪好转了,江龙再三叮嘱:“你的身体很虚弱,手术后还没恢复,你要吃饭,要喝水,该干什么干什么。最好的办法就是装疯,尽量干些出格的事。”

“呵,这个主意好,我就装疯。”

江龙趁机问他,日本报纸为什么也说假话,欺骗他们自己国家的人干什么?

詹姆斯的声音压得更低了,告诉他,日本军人掌握了媒体,广大日本民众对南京大屠杀的惊天血案知道得不多,他们在愚弄人民,所以更要揭穿他们。江龙想,还是有文化好啊!把日本人的事情也说得这样透彻,以后要向他好好学学。

第十八章　病房中逃离

一队便衣气势汹汹地开进宝通禅寺,惊动了整个寺庙,慈航很快迎出。

来者不善,早上陈明和乔小姐去了很久没有回来,跟着就有一个男人和一个女人来找他们。他记住陈明的话,并没有说出他们的动向。中午时分,乔小姐却带着那个男人来了,也不跟他打招呼,跟着把外国记者接走了。但是他看得很清楚,乔小姐没有再出去。

没过多久,有人就被打死在寺庙门口。他出门一看吓一跳,子弹从脑袋后面穿过,脸部开了花,死人面目全非。是不是陈明不敢说,他满心悲愤,折身进去叫人来收尸。现在,这帮人又来干什么?

他忐忑地迎上前去,带头的船长亮出派司,慈航知道是军统的人,不敢得罪,就说去请方丈。

“不必了。”船长板着脸说,“我们来找詹姆斯、乔子琴。”

出家人不打诳语,他不能扯谎,也不能说出来,再怎么问都像个哑巴。船长见问不出名堂,歪了一下头:“给我搜查!”

手下人刚散开,就听见远处传来一声清脆的枪响,是从寺庙后面最高的山上发出来的。

战争年代,大家对枪炮声特别敏感。这么一队穿便衣的军人进门,已经让人们惊恐不安,进寺庙的人都是来烧香磕头祈求安宁的,大门口打死了人,庙里有枪声,在静谧的环境中更令人惊悚,就像一颗炸弹丢进了寺庙,哭的、喊的、尖叫的人纷纷往外跑。

船长转身望去,层层叠叠的大殿后面有宽大的阶梯一直通往山上,枪声就是从那边传来的。他什么话也不说,拾级而上,一行人都跟着他向上爬。

慈航一个劲儿地念佛:宝通禅寺的大劫到了吗?来寺庙避难的那个女人怎么样了?他不顾一切地也跟着跑上去。

前面那一帮人出了大殿就茫然了,不知何去何从?慈航也不顾他们,从一棵大白果树绕过去,一条小路弯弯曲曲,沿着石阶登梯,穿过一片竹林,后面乱石林立,绕过乱石就到了洞口。

船长带的人全部拔出手枪,小心谨慎地猫着腰往前走。知客僧冲在前面,来到一个山洞前,洞口的大门敞开着,他不顾危险跨了进去。

前面的小屋空荡荡的,可是后面有一道小门,门开着,里面漆黑一团。见和尚先进去了,船长向身边的人要了手电筒,朝里射出一道强光:山洞的前面摆着一张小床,还挂着帐子,可是没有人。

“这里有人——”知客僧在里面叫喊,船长才跟着进去。

就在山洞的最深处躺着一个女人,软弱无力地趴在地上,手里拿着一把手枪,枪管子还是热的。她虚弱地睁了一下眼睛,然后又闭上了。

特工走过去把她扶起来,正是他们要寻找的女人,身上有一股刺鼻的味道。船长阴沉着脸,心里却默默地怪薛岳多事,只说了三个字:“送医院。”

如果不是路上遭遇了日本人,说不定詹姆斯他妈的已经被带到重庆了。他只能怪自己无能,两拨人都在他眼皮底下跑了。从庐山撤侨回来,他就接到手下人的报告,说看见他们在木镇现身。他赶紧指令手下拦截他们。

没想到还是晚了一步,日本特务先动了手。然而毕竟是在国统区,船长的人得心应手,眼看就要成功了,薛司令插了一杠子,把陈明他们带走放跑了,把江龙也放跑了,却把军统的这支特工队伍的人全部软禁起来了。

船长一肚子不高兴,可是强龙斗不过地头蛇。对方何止是蛇,简直是大老虎,自己虽然最后把手下人领出来了,这些人却都混到武汉来了。茫茫人海,形形色色,到哪里去找他们?

到底他们有没有赶在大使馆撤离之前到了?罪证是不是交到大使馆去了?要到重庆,一票难求。他们一定还在武汉,不管三七二十一,找到詹姆斯、乔子琴再说。当然,如果找到陈明,那就是意外的大收获了。

就在这时,属下报告,陈明现身,在宝通禅寺附近。那陈明发现有人盯梢,绕了一大圈才打算进寺庙。他当机立断,让人枪杀了他。除掉心头之患,那两人没有保护神,也更方便找到吧。

幸亏这女人放了一枪，引得他们赶过来。事关重大，真要出了事，真不知如何向重庆方面报告哩。

通过医生检查，乔子琴还处于半昏迷状态，除了被麻醉之外，还有一些精神和情绪上的波动，需要静养。船长留下一个特工，带着一队人马回去了。

乔子琴其实已经有意识了，只是头脑昏沉沉的。

油布包刚刚拿出来，抓在手里，还没有来得及放进布袋，自己就遭了暗算——一定是那个姓应的女人把自己麻醉后，把助听器也拿走了。

原来她是早有预谋啊！我落入她的陷阱了，说什么拿过去调一下设备，其实是把它搞坏了。要不然她走进洞里我怎么一点也没听见？我是医生，她用麻药我怎么也没发觉？肯定是我的注意力高度集中在血证上，也根本没想到自己信任的人会坑害自己。

她和江龙是夫妻，而江龙与自己不仅是老乡，而且是战友……为什么？为什么突然之间，天使就变成魔鬼了？莫非是江龙让她来害自己的？如果江龙不可靠了，詹姆斯是不是也有危险了？她拿证据去干什么？陈明到哪去了？还回来不回来？

她醒过来，两手空空，洞里一片漆黑，那个女人临走把电灯也关了。她心存侥幸，到处摸索，身边只有手提袋。她胸闷气短想呕吐，头脑昏昏沉沉的，不知应该怎么办，也站不起来，连坐起来都费劲……

她爬了一阵，又是一阵眩晕，突然心悸——万一爬不出去，再有歹徒进来，我还能活吗？想起布袋里有手枪，放一枪，能给外面报个警也是好的呀。

做梦也没想到，这一枪放出去，引来的却是船长一行人。尽管他们是军统特务，是国军方面的人，可是他们想要血证，还发生过冲突，现在能对自己有利吗？

江龙的那个女人到底是干什么的？她未必想置我于死地，否则拿到了罪证，就会马上干掉我的，何必将我麻醉呢？一个打鱼的女人，拿日本人的罪证干什么？如果是日本特务的话，会和一个码头工人结婚吗？

江龙那么正直、善良、勇敢，怎么会和一个日本女特务混在一起？从湖口开始，我们就没有一起赶路了。但是一路走来，也听到他的一些事，比如说通风报信啦，英勇杀敌呀，还传得神乎其神的。

女人说得再明白不过了，她就是江龙带过来的，詹姆斯就是江龙带走的，也是江龙说血证要放到医院里面去的。难道江龙出了问题？他是不是穷得昏了头，要把这东西拿出去卖钱？不对呀，看他住的环境不错，按照湖城人的说法，他是糠箩里跳到米箩里了，不至于缺衣少食。不过，真要卖给新闻媒体，也能把罪恶揭露出去。

那家医院挂的是朝鲜国旗，与日本人没有关系啊！最可怕的是卖给日本人，日本人如果拿去销毁掉那就前功尽弃了。不，江龙是条硬汉子，他和日本鬼子有血海深仇，怎么会卖国求荣呢！

这也难说啊！英雄难过美人关，那女人换了打扮，真是又年轻又漂亮，江龙这样的码头工人，做梦也想不到能娶这样的媳妇吧！还有，那幽静的小院子虽然并不豪华，但十分温馨，也可能是软化男人最温柔的一刀。为石榴裙下跪的男人，远比为五斗米折腰的男人多啊！

啊，詹姆斯，你在哪里？我怎么办？到利民医院去吗？既然他们夫妻两个如此加害于我，我去了，岂不是自投罗网？我能把詹姆斯救出来吗？

对，我有手枪。手提袋还抓在手里，她伸手摸了一把，硬邦邦的，手枪依然在包里面。船长还真是手下留情，送我来医院，手枪居然没有没收。

陈明到哪去了？他一定会回寺庙的，我应该在那里等他。不行，船长说不定已经在那里留下了眼线。我病房门口坐的那个男人，侧着身子，只能看见半张脸，估计一只眼睛看走廊，一只眼睛看病房，是怕我跑吧？

找薛司令？他的司令部不在武汉，我一个人怎么走得去？我的耳朵又听不见。该死的日本飞机，让我变成了一个聋子！该死的姓应的女人，带了助听器给我，只是为了向我打听情况，只是为了骗取日本屠杀南京的罪证。

要有个助听器就好了。这个医院能买到吗？不知这是什么医院？

她想上厕所了，下床穿好鞋子，刚提包出门，门边坐着的男子马上站起来，厉声问她到哪里去。

乔子琴一肚子不痛快，也不说话，扶着墙，往前面指了一下。男人伸出手来，像是要扶她。她的不高兴已经由十分增加到十二分，奋力甩开男人，大声嚷嚷道："我上厕所，一个男人跟着干什么？我又不认识你！"

看守尴尬地停住了。真是糟糕透了，在陈明的带领下，好不容易才摆脱了军统特务的纠缠，现在自己居然用枪声把他们招来，这不是自己找霉倒吗？

回到病房门口，她冲着前面的护士办公室大喊了一声："医生——我要医生——”

不多久,一个老医生带着一个年轻的女医生进来了。老医生头发已经花白,却梳理得一丝不苟,看样子就是个德高望重的专家。他没有撤退,想必是因为年纪大了。

乔子琴产生了一丝信赖感,从床上坐起,朝门口指了指,两手的掌心凑到一起,做一个关闭的姿势。

年轻女子还像个实习生的模样,轻盈地走到门口,对看门的特工说:“麻烦往外面坐一下,我们要给病人检查。”

男人身子转过去了,病房门关起来。乔子琴这才向女医生伸过手去,拿起那病历,翻转过来,又伸手要笔。老医生点点头,抽出自己上衣口袋的笔递过去。

乔子琴在病历反面唰唰写下这几个字:耳朵被炮弹震聋,不愿被外面人知道,请找五官科医生来。

老医生也不说话,只是用听筒听了一下她的心肺,翻翻眼睑,然后看看耳朵,撕下几张纸递给她,还写了一行字:给你找五官科医生,钢笔与纸张留你写字。

说完,老医生打开门,领着实习医生走出病房。他在门口还对女医生说了一声:“关上门,给她请医生会诊。”

这明显是说给看守人听的。乔子琴知道老医生明白自己的意思了,侧身朝着大门躺着,紧张地观察着门外动静,随时防止有人进来。

她的头脑已经彻底清醒,但是还有些沉重,却强睁着眼睛。过一会儿,终于门在动了!一个微微发福的中年妇女走进来。怎么如此熟悉?大武汉怎么也这么小!这不是给我看耳朵的那个医生吗?看她开处方的签字叫韩梅,难道这里是武汉医院?

韩医生看见她也愣了一下,跟着笑了,关上门,坐到床前,拍拍她的肩膀,看见床头柜上有纸与钢笔,她在纸上写了一行字:“病症他们给我介绍过了,耳朵不是看过了吗?现在无法治疗。”

乔子琴也不多话,只是低声说:“韩医生,我现在处境非常危险,看在你的同事是我同学的分上,帮我买个助听器,然后帮我逃出去好吗?”

韩医生拍拍她的肩膀,拿起笔在纸上写:“助听器不便宜,全是进口的。”

乔子琴看到以后点点头，歪着身子，右手伸进旗袍的偏衣襟里，掏出一片亮闪闪的金叶子递过去："你看这够不够？"

韩医生点点头，跟着写道："绰绰有余，剪一小条就够了。"

"全部都给您。"乔子琴附在她耳边说，"还请您……给我找一套医生穿的衣服。今晚，我一定要出去。"

女医生点了点头，把金叶子捏在手里，站起来走出门去。

乔子琴在后面大声叮嘱道："医生，等会你给我送药来的时候，再带点晚饭来给我吃好吗？"

韩梅回过头来，冲着病床点点头。门口的看守说，不需要的，等换班的来，自己到食堂给她打饭。

女医生朝他翻了个白眼："没见人家是娇小姐？食堂饭菜怎么吃啊？我从家里给她带饭来。"

韩医生把门关起来，乔子琴赶紧拿起茶几上刚才写字的纸张，全部撕成指甲盖大的小片片，放进布包里，后来趁上厕所时全部扔进粪坑里。

天快黑了，女医生才来，一手拿饭盒，一手拿一包小药片，推门进来，脚一勾，反脚一踢，把门关上，还大声嚷嚷着："饿坏了吧！看看，哪有医生给病人送饭的？我们真是奉行人道主义精神啊！吃了饭，吃了药，好好睡觉，到明天就应该好些了。"

见她手里拿的只有饭盒与药片，乔子琴眼巴巴地望着，一双大眼睛暗淡无光，失望的神色写满她的小脸。

韩医生眨眨眼睛，把饭盒放在床头柜上，这才忙不迭地脱下外面的白大褂，里面却是一件护士装。跟着，她手脚麻利地把护士装也脱下来，又从口袋里掏出一顶护士帽和一个口罩，塞进她的被单里，这才又把医生的白大褂子穿起来，嘴里还轻声地嘀咕着："可把我热死了。"

乔子琴见她像变戏法一般一气呵成，不禁佩服她的聪明：原来，她是这样把衣服带给我的哦。可是助听器呢？

见对方还有几分失望，韩梅打开饭盒，第一层是菜——几片咸肉、两个荷包蛋，还有苋菜，把荷包蛋也染红了；第二层是白米饭；第三层难道是汤吗？不是，最下面，有一只写着外文的纸盒，有连线，还有耳塞，就是她上次使用过的那种助听器。

乔子琴迫不及待地戴起来,笑得像一朵花,凑近她说:"韩医生,你真好。带我出去吧!"

女人坐下来,与乔子琴头挨着头说话:"夜晚12点护士交班,等她们从这房间出去,你大摇大摆走出去,看守一定会以为是刚才的护士留下一个走迟了。你趁机赶紧下楼,然后到西大门等车,我带你到我家住。"

韩梅贴着她的耳边说完,还递上来一张纸片儿,上面画着线路图。然后她打开病房的门走出去,边走边抱怨着:"吃饭这么慢,我可等不起。记得饭后吃药,明天上午,我来拿饭盒子哦……"

既能听见了,又有出门换的衣服,还画好了出病室的路线、暂时落脚的地方……韩梅真是白衣天使啊!这样的安排天衣无缝,她照章办事。

深夜,几个护士交接之后,乔子琴立即把护士装套在自己短旗袍外面,戴上帽子与口罩,又把被子卷成一个筒,两只枕头排成长条形塞进去,像有人睡觉的样子。

那只蓝印花布的手袋不好提在手上,好在那护士装本来就肥大,她将布包放进怀里,腰带扎上,虽略显臃肿,外人也看不出来。

趁几个护士进了另一个病房,她出了病房,关上病房门,径直走出去。

午夜时分,门旁边坐的看守已经昏昏欲睡,见一个白色的影子出来,也当她是护士,盯着背影看过去,好像耳朵拖下来一条线,虽然有点奇怪,却并不很在意。

乔子琴赶紧加快脚步,与刚才的查班护士背道而驰,听到后面又有纷沓的脚步声,晓得她们出了房间,身子一闪,进了护士站。等脚步声消失,得知她们又到另一个房间去了,赶紧出来下了楼梯。

顺着纸张路线的指引,她找到了送职工回家的医院车子,一头钻进去。她还没看清车里人,就有人问:"怎么工作服还没脱下来?"

她还没想起来怎么回答,跟着就有熟悉的女人声音响起:"哦,我们科的护士,受了风寒,怕冻着了。肚子疼是不是?回家喝点姜汤,明天记得把衣服带回来哦。"

韩医生唠唠叨叨嘱咐着,她胡乱点头。包还夹在衣服里面,她趁机抱住胸腹。一直到韩医生叫她起身,她才抱着肚子跟着下了车,进了一座大院子。黑洞洞的,她跟着前面的人走,来到西北角一栋楼下面,跟着开了门的韩医生进了客厅。韩医生开了门,推开一间小屋的门,说:“到家了。这是我女儿房间,她是武汉大学的学生,叫胡晓晓,这么晚了还在学校,你和她睡吧。”

房间很小,却有大大的书桌和大大的床。韩梅烧好水,乔子琴洗漱完毕,回到房间时,床上已经躺着一个比她胖一圈的姑娘了,一双月牙儿般的眼睛笑眯眯地盯着她说:“妈妈从哪里搞回来一个美人?”

“你是晓晓吧!我叫乔子琴。”她走过去自我介绍,“我是韩医生的病人,耳朵被日军的炸弹震聋了,你看,还戴着助听器呢!”

“干吗要住我们家?”姑娘看起来有几分警惕。

“我和武汉医院的莫莉是同学,本来是奔投她的,谁知她一家到重庆去了……”

晓晓放心了,伸出胖乎乎的肉包子手拉她上床:“莫莉?那可是我妈医院的院花,她同学比她还美啊……不过,一个是洋美人,一个是古典美人哈。”

这是个爽快的丫头,自来熟。乔子琴上床要睡另外一头,丫头还不让,非拉她头靠头,说便于说悄悄话。乔子琴很难为情,就说在外面漂泊,已经很长时间没有洗头了,睡在一头,别把胡小姐熏晕过去吧。

“知道你逃难来的,我也在外面闯荡过的哟,哪那么多的讲究。”晓晓拉她躺倒,支棱着一只胳膊打量着她,然后说,“我明白了,一个千娇百媚的美人,有男人对你图谋不轨,你就来个金蝉脱壳是不是?我是武汉大学学生会宣传部长,我叫胡晓晓,今后就是你的保护神了。”

看她还比自己小三四岁,却要当别人的保护神,乔子琴忍俊不禁,但也伸出手去,捏捏她胖乎乎的鼻子:“那就仰仗胡部长保护了——”

胡晓晓就说:“乔大姐,你是医生,也曾经是大学生,干脆和我们一起搞救亡运动吧!反正你现在没地方可去,我们人多势众,谁也不敢欺负你。”

乔子琴心一动,大学宿舍可能还真是个寄身之处,也免得在外面东跑西颠被特务发现。学生人多,托他们打听人,委托他们到医院探视詹姆斯,可能都方便一些,马上就答应了。

于是就问她能不能去学生宿舍住,胡晓晓说:“进我家就别想走了,明天上午学生抗联成立,我带你去认识一些学生领袖,还有外地来的呢。”

两人连说带笑,深夜才入睡。

江龙回到自己房间，一进门，应姐连连扇巴掌说臭死了。

“还嫌我臭？”江龙一屁股坐到椅子上，指着女人说，“你们把人家气昏了，大便拉在床上是你们造的孽，一个个都嫌脏嫌臭，让老子给他擦屁股，你还说臭？把铁门打开，我到长江里洗澡去——”

应姐看他真生气了，下床对他说好话：“说着玩的，你别生气，我只是问你，他好些了没有？”

“好个屁啊！伤筋动骨一百天，骨头都要打洞，才把子弹取出来，肯定要慢慢长啊！人家疼得要死，你们就迫不及待了，又要他补写什么鬼日记，又要他对摄影机说话，他都不能静养，怎么好得了？”

“你声音不能小点啊？”应姐着急地对他摇手，“还昏迷不醒吗？”

“就是啊，像死猪一样。我把那满是大便的裤头放在他鼻子上，他眼睫毛都不动一下……”听应姐说他可怜，江龙愤愤地说，“他可怜，你们可恶！同样是外国人，人家帮我们，你们打我们，一个天上，一个地下——”

应姐把他嘴巴捂住了，不让他说下去，说更深夜静，外面听得清楚，让他赶紧休息。

江龙到床另一头倒下去，想着心思，天蒙蒙亮了才打个盹，突然就听到隔壁传来吼声，然后是铁门哐当哐当的响声。喊叫的是詹姆斯，他嚷嚷道：“饿死了——我要吃饭——我要吃牛排——我要吃面包，快给我送过来啊……”

天色已经微明，詹姆斯站在院子里，左手吊在脖子上，衣服也没穿，只穿条裤头，还是昨天晚上江龙给他换的，一身的胸毛，一头卷发，是乱糟糟的，像个怪物。

他用汉语嚷了一阵，然后就用英语叽里咕噜说了一大堆，谁也听不懂。那几个人都进东边屋里去了，他又去敲门，一会儿说吃这样，一会儿说吃那样，一会儿用中国话说，一会儿用英语说。见没人搭理他，他就抄起院子里晒衣服的竹竿扛在肩上，唱着一首外国歌，在院子里绕圈子。

女人喊起还在床上赖着的江龙：“哇，詹姆斯好像疯了——”

“不会吧？”他这才拖着鞋子下了床，一步跨出去，站到台阶上对詹姆斯喊，“嗨，我说你个老外，你发什么神经病啊？一大早的，闹得我们不能睡觉，你不是害人吗？”

“呀——陈大烟袋——”詹姆斯听江龙说话的时候，冲他眨眨眼睛，转身跑回来，冲到台阶上，伸出毛乎乎的右手与他握着，一边口齿十分清楚地说，“船长吗，你回来了？鬼东西，跑哪去了？你不在的时候我好苦啊！江龙这个狗东西，把我带出来，把我整死了，我活不了了，你快救我啊……”

他说了中文，然后又用英语叽里咕噜地说了一大串话，说得嘴角两边都起了白沫子，依然无休无止地唠叨。

应姐走出房门来，看他的模样极不正常，到东边屋子里，对那里人说了几句日语，吩咐他们去搞菜搞饭给他吃，尽量搞好一点。

听到另外有人说话，还是女人的声音，詹姆斯回过头来，甩了江龙的两只手，朝女人奔过去，边跑边喊：“乔小姐，亲爱的，我终于见到你了，我想死你了，你到哪去了？”

说话间，他已经跑了过来，一把抓住应姐的两只手：“亲爱的乔，快快快，我们赶紧走，这里都是魔鬼撒旦，要我们下地狱。当着你的父亲，我要求婚，我要娶你，我们要结婚……”

然后他又用英语说了一堆叽里咕噜的话。应姐死死地盯着这个男人，想看看他是真疯还是假疯？可是他那蔚蓝的眼睛迷迷蒙蒙的，看不清就里。

她尽力想摆脱他，可是对方一只手臂吊在胸前，只用一只右手，依然把她抓得牢牢的。

“想干什么？你他妈的头发昏呀？”江龙看似有几分气愤了，一扯就把他扯开了。

“哇呀呀——船长呀，你怎么抢我爱人啊？”詹姆斯被拉开来，走到树下，伸手折了一支树枝又追了过来，拦住就要进屋的应姐，跪在她的跟前，举起手里的树枝大声喊道：“亲爱的乔，我爱你！我向你求婚，嫁给我吧！我们一起到美利坚合众国，让罗斯福给我们证婚……”

围观的特务们看得哈哈大笑。

铁门打开了，应姐哥哥来了，他阴沉着脸走过来，低声说：“詹姆斯，你不要跟我们耍鬼把戏，老老实实按我们说的办，否则——”

他的话还没说完，詹姆斯像见了鬼似的跳起来：“你是谁？你是阿波罗吗？你知道吗，宇宙万物都是天主创造的，天主创造了一切，他才被说成是至高无上、全能全知、无所不在的唯一真神，是宇宙的最高主宰呀。耶稣降生人世，就是为了救赎罪恶满盈的世人的……”

詹姆斯指天画地、滔滔不绝地说着。总管不管他说什么,只是用日语冷冷地吩咐手下人,让他们把詹姆斯带回去。

三个人过来抓住他,触动了他的肩膀,他被杀一样地叫喊起来,那声音惊天动地,让人恨不得捂住耳朵。总管呵斥了几声,有人捂住了詹姆斯的嘴巴,把他拉进屋里,关上了房门。没有声音了,院子里的几个人这才吐出一口气。

应姐对哥哥说,可能他饿了,赶快给他找点东西吃吧!

这个斯文的男子面孔扭曲得很难看,咬牙切齿地说:“他装疯的,不给饭吃!”

“可能真疯了,昨天晚上把大便拉在床上了。”

听到妹妹这样说,男人才惊奇地问:“真的?”

江龙在一边不满地说:“不是蒸的还是煮的?你手下的人一个都不去收拾,却把我半夜三更叫起来给他擦洗大便,弄得一身臭味,你妹妹都不让我上床……”

他这话说得兄妹两人都不好意思了,两人用日语嘀咕了一阵,女人扭头就走。见江龙还愣在院子里,她喝令了一声:“你给我回来!”

“干什么呀?”江龙虽然不满她的呵斥,可是见她哥哥瞪着他,只好慢腾腾往屋里走去。从院子到房间,要上三级台阶,正对着詹姆斯住的房间,他一边走一边朝里面看。

可怜的詹姆斯被绑在床上一声不响,是嘴巴被堵住了呢,还是又昏迷过去了呢?是真昏迷还是假昏迷呢?

他想多看几眼,身后却传来那个总管的咳嗽声,知道有人监视着,他这才进了自己房间的门。

一进门,应姐就把门关上了,然后让他洗脸刷牙,自己打开衣橱找衣服,同时问:“江龙,你说詹姆斯是真疯还是假疯?”

江龙本来想直截了当地说他真疯了,可留了一个心眼,坐到饭桌边说:“我们男人心粗得很,你看他是真疯还是假疯?”

女人叹了一口气:“你别说,他受的打击还真不小……”

这话有同情詹姆斯的意思,是在试探我吧?江龙脑筋转了一下,突然变脸:“我受的打击还不小呢!他居然敢调戏我老婆,不是看他才动了手术,老子一拳头下去,把他的高鼻子打成扁鼻子!”

应姐一边换衣服一边嬉笑:“你吃醋了是不是?”

“哎呀,我也是为詹姆斯伤心啊。我有这么好的老婆,有这么好的地方住,能在医院干活了,马上儿子也要生出来了,我真是从糠箩里跳到米箩里了……这外国佬好可怜,九死一生搞来的东西,结果被你们一把火烧了,心爱的人也见不到了。现在刚刚开刀,疼得要死,你们还逼着干他不想干的事情,要是我,也要疯了!”

外面又有人嚷起来:“这家伙,还是真疯了,又在床上小便了——”

第十九章　大学内相遇

宿舍区的楼群后面有一道边门,穿过去,就是武汉大学的操场。

乔子琴与胡晓晓睡晚了,起迟了,走到操场上,喇叭里已经传来男人说话的声音。远远望去,黑压压的一片人,两人拉着手跑了一阵,也挤不进人群里。

喇叭里的声音特别有磁性,好像,还有几分熟悉。

“哎呀,可惜你看不见他,你不知道,他长得好英俊的……”

乔子琴对台上演讲人盯着看了一会,将信将疑地问:“不是你们的同学?”

“不是的,他从江西那边来,一路上招募东边来的逃难学生,成了他们抗日救亡学生运动的领袖。人长得好英俊,声音也好听,演讲特别棒。昨天晚上我们布置会场,装扩音喇叭,就是为了庆祝会师,欢迎他今天给我们演讲。你听,他讲得多动听,诗歌朗诵一样,声音都有磁性哩。”说着说着她听痴了,扬起圆圆的面孔,微微张着小嘴,雕塑一般听入神。

这就是一个姑娘深更半夜才回家的原因啊。把演讲的人夸成一朵花,是不是少女的情窦初开了?

乔子琴微笑地注视着身边的女大学生,不一会儿,也被演讲的声音吸引了去:

五千载文明的泱泱中华,
九百万平方公里的滚滚黄沙,
四万万苦难深重的炎黄儿女,
九一八,激起我们国仇家恨的爆发……

听到这几句，胡晓晓转回头来问："你说，这是不是诗歌朗诵？呀，比诗人朗诵得都好呀！"

这样充沛的激情，这样悦耳的声音，难道会是那个小火轮上的大副？前面人头簇拥，她看不清楚，干脆离开人群远一点看。

广场边有一个花台，她站在上面，远远望过去，台上是一个穿白衬衫的男子，身材修长，五官模糊，但那模样还真有点儿像。

演讲还在继续："……有多少深沉的文化，就有多少深沉的苦难；有多少深沉的苦难，就有多少不屈的呐喊——同学们，持戟长啸吧，怎能让日寇犯我中华？"

大副学的不是国文，怎么有这样好的文采与口才？

"你们看见了吗？父母慈祥的目光，在敌人的刺刀尖下死不瞑目；你们听见了吗？姐妹悲怆的哭喊，在敌人的淫威之下窒息。流离失所的人们，在沦陷的国土上丧失了尊严；温暖甜蜜的家园，在战火中毁于一旦；翠色欲流的田野染成了猩红的血色；儿童充满稚气的欢笑，在血腥弹雨中戛然而止……"

真是啊，诗歌一样的语言，句句都在阐述中华民族的苦难，一定是夏勇了，东北不是最早沦丧的吗？他一定饱受国破家亡的苦难……

"中华民族，已经到了最危亡的时候，华夏儿女，已经到了苦难的深渊边，我们应该怎么办？"

底下响起排山倒海的口号。

"每一个有血性的中国人都应该记住，我们身上凝聚着中华民族几千年不屈的精髓，具有磅礴澎湃、激昂回肠的正气，具有百折不弯的铮铮铁骨，充满不屈不挠、自强不息的民族精神。我们有民族的智慧，我们有神圣的使命，我们有茁壮的血根……"

听到这里，操场上响起滚雷一般的掌声，台上的声音更加慷慨激昂了：

"我是中国人，我爱我的祖国；我是华夏儿女，我爱我美丽的家园；我们不想战争，侵略者逼迫我们拿起武器；我们追求光明，从未熄灭对黑暗的怒火；我们珍惜生命，更需要用我们的血肉去筑建新的长城！"

听到这里，会场上的掌声如山呼海啸。

"同学们，在国家危亡的关键时刻，鼓起我们的斗志、振奋我们的精神吧！我们需要什么精神？那就是万众一心、敢于斗争的拼搏精神；那就是不怕牺牲、舍身救国的奉献精神；那就是艰苦奋斗、不屈不挠的自强精神……”

讲完之后，广场上响起雷鸣般的掌声，跟着一声声口号如同狂风暴雨席卷而来：

“爱我中华——”

“保卫国家，驱逐日寇——”

口号声此起彼伏，乔子琴也听得热血沸腾，情不自禁地举起拳头。

在此起彼伏的口号声中，喇叭里又传来低沉的男中音，是她熟悉的歌曲，是她熟悉的声音：“我的家在东北松花江上，那里有我的同胞，还有那满山遍野的大豆高粱……”

夏勇，真的是夏勇！他怎么在这里？正在这个时候，身后传来了汽车的引擎声。

乔子琴惊觉地回头朝外看去，满车穿黑制服的人从围墙外跑过来，马上觉得大事不好，跳下来对胡晓晓说：“快把喊口号的学生叫来，警察抓他们来了！”

“不会吧？”胡晓晓茫然地摇摇头，还是冲过去告诉了那个拿铁皮喇叭的同学。

那个男生马上挤进人群，朝主席台跑去，一边跑一边对人群中喊道：“警察来了——赶紧疏散——”

这边，胡晓晓紧张地问：“警察来抓抗日演讲的人干吗？凭什么？”

“还有什么？”乔子琴说，“欲加之罪何患无辞，说共产党聚众闹事呗……”

胡晓晓朝台上跑去，不知要干什么。乔子琴朝四周打量了一下，万一其中有军统的人就坏了，我躲还躲不及呢！她赶紧往回跑，躲进了宿舍区。想想担心胡晓晓，又从小门探身望着操场。

台下人已经跳到台上了，喇叭里已经变成另一个人的声音：“同学们，赶紧疏散！”

那边，汽车已经开进广场。车上下来一群警察，顿时口哨声、叫喊声、跑步声混杂着响起，操场上炸了锅一样，学生们四处奔跑。胡晓晓带着一个男子跑向边门，近看果然是夏勇。

“快来！”乔子琴闪到一旁，等两个人进了门，与晓晓后面的人打了个照面，微微一笑，“大副，果然是你。”

“乔医生？”小伙子俊朗的面孔愣了一下。

胡晓晓诧异地望了他们一眼，低声吩咐："赶快回家！"

她说着带夏勇跑起来，乔子琴跟在后面也跑进教工楼，进了胡晓晓的家，三个人才喘了一口气。

两人几乎是异口同声问对方："你怎么在这里？"

"你们怎么认识的？"胡晓晓问。

夏勇站定，伸手向乔子琴指指："我们一条轮船出的湖城……"

"同舟共济的人啊！"胡晓晓眨眨眼，张罗他们坐下说话，"难怪你们经验这么丰富，原来，你们都在社会上打拼过。"

"是抗战让我们成熟起来了。"夏勇笑容里有几分担心，"我还是到学生宿舍去吧，否则……"

胡晓晓说没事，她爸爸是教授，妈妈是医生，坚定的抗日分子。

胡晓晓把电扇开着，去给他们烧茶。

房间里只剩下两人，一个英俊的男人和一个美丽的女人，似乎有点尴尬，都有许多话问对方，又不知从何说起。本来是风马牛不相及的人，有了同舟共济的经历，便增加了一份亲切。

像是为了解释自己与胡晓晓认识的原因，夏勇说起自己来的经过。

原来，武汉大学搬迁进川，还有些没来得及走的，留下来做抗日宣传工作。胡晓晓和同班同学何广生组织学生去九江、庐山前线慰问演出，也收留沿途遇到的流亡学生，队伍越来越壮大。

夏勇与船长失散后向西赶路，沿途收留了几十个学生。进入国统区遇到晓晓他们的时候，正逢女学生遭遇国军的调戏，他带领着东边来的学生仗义执言，解救了武汉的女学生们。英雄豪举，加上英俊的外表、悦耳的口音、犀利的口才，让学生们钦佩不已，于是公推他为学生领袖，带着这帮学生有计划地宣传抗日。一路走来，各地的学生融合在一起，产生了深厚的友谊。胡晓晓对夏勇更是崇拜得不得了。

武汉大学已经搬迁，学生宿舍里住的大多数是流亡来的青年，夏勇带西进的同学们到了武汉大学，受到了热烈欢迎。他正在演讲的时候，就发生了警察抓学生的事。

讲述了大致情况，夏勇说，担心詹姆斯他们，一路打听都没有结果，只是在木镇遇见江龙，他身边还跟着个女人……

她按捺不住自己的悲愤,很不礼貌地打断了他的话:“就是这个女人,让我们前功尽弃了。”

夏勇马上就知道情况不好:“怎么了?没找到大使馆吗?詹姆斯的材料掉了吗?”

“你是共产党吗?船长呢?”乔子琴一个问题都不回答,却突然反问。

他摇摇头,但是跟着又点点头:“不过我知道,共产党是代表广大人民利益的党,我比较倾向他们的政治主张。船长是军统的人,他动员我参加国民党,我没有听船长的,在半路上,他就把我甩了。你呢?你信仰什么?”

“我信天主,我信耶稣。船长可不是个好东西。”乔子琴秀美的眼睛闪耀着纯粹的光芒。把他们一路上的经历告诉夏勇,又把罪证的失落说了,让夏勇直喊可惜。

乔子琴很无奈地说:“现在,陈明也不可靠了,他把我们甩在寺庙里就走了;江龙也不可靠了,他把詹姆斯带走了,也不知道给他做手术没有;那个女人更不可靠,什么人都靠不住……”

听到乔医生介绍的情况,夏勇叹息地问:“是不是江龙叛变了?在木镇遇到的时候还看不出来呀 ,难道因为那女人的关系?到武汉就变了吗?”

夏勇沉默了一阵,然后说:“我本来是想把沿途收容的学生带到武汉大学,然后就回轮船公司的,看来,要为这事情耽误一阵子了。”

乔子琴马上从床边站起来,情不自禁走过去抓住他的手:“你能把詹姆斯救出来吗?你能把罪证夺回来吗?”

正说到这里,胡晓晓推门进来,看见乔子琴的手抓住夏勇的手,立即把脚收回去说:“我没看见,我什么都没看见,你们继续亲热吧!”

真好笑,乔子琴出门去,见她提着水瓶站在客厅里,眼睛里有一丝酸涩、一丝妒忌,暗暗好笑:“丫头,进来。”

拉她进门了,乔子琴接过水瓶给夏勇倒了一杯茶,然后说:“别误会,我们不是情人,我们是战友,我们有一个共同的朋友,是个美国记者……”

夏勇对乔子琴眨眨眼睛:“他是我们乔小姐的未婚夫。”

乔子琴刚要解释,被夏勇使了个眼色,只有任凭他说:“那个美国人,在南京大屠杀期间目睹了鬼子的罪行,你说他应该怎么办?”

晓晓得知乔子琴是有对象的人,脸色马上多云转晴,滔滔不绝地说:“利用他的特长，记录日本人的残暴，向全世界揭露……”

“你真是有远见卓识。”夏勇肯定道，“他就是这样去做的，用影像最真实地记录了鬼子的罪行。可惜，我们劫持鬼子的军用物资时候他受了伤。到了武汉，又没有找到大使馆。日本特务把他搞到利民医院去做手术，罪证也骗去了，可能还要胁迫他篡改证词。”

“啊？那要想办法把他救出来！利民医院我知道，是我们家附近的贵族医院，朝鲜人开的。”晓晓转而说自家的事了，“我父亲也打算到那里做手术，把骨刺切掉。要不然到了山城，路无三尺平，怎么走啊！”

“你母亲在武汉医院，大医院更方便啊。”乔子琴说。

胡晓晓发愁地说：“大医院的好医生、好护士都走了，就是平时，医疗技术和设备也不如利民医院，离我们家也近，不是战乱，早就把手术做了，现在不做不行了……”

乔子琴就问她什么原因，晓晓告诉他们，父亲特别胖，一般人搬不动他，手术后谁去医院照顾？武汉乱糟糟的，都忙着逃命，连个护理都找不到。

夏勇心一动，扭头瞟了乔子琴一眼。她也正扭头看他，赞许地点点头，他马上说：“我陪你父亲去住院吧！”

“那可太好了！”胡晓晓乐得直蹦，但是，跟着又平静下来，说，“非亲非故的，怎么能麻烦您呢？”

“我就一个流浪汉，没关系的。”夏勇说现在国难当头，非常时期，善良的人本应该互相照顾、互相扶持才能共渡难关。

乔子琴马上说：“都是相互救援的。在路上遇见土匪，我去救詹姆斯，却被他所救。就像夏勇救了晓晓，今天晓晓也救了夏勇。我是被韩医生救的，不能为你们做点什么，但如果胡教授去治疗，全家都忙，我照看家也能做点事吧。”

这么一说，晓晓才把他们带到父亲卧室。

听了介绍，胡教授一口回绝，说端屎端尿太脏太累，不能麻烦人的。

夏勇就说不要紧，国难期间，都是中国人，这个时候更应该互相帮忙。比如说韩医生与乔小姐并不认识，却那么热心帮助她逃出医院，帮她买助听器，还把她收留在家里……

“嗨，救死扶伤，医生的本分，那不是应该的吗？”韩医生下班回家来，一进门，正巧听到他们的话，扭头瞅着乔子琴笑，“乔小姐，这么帮你说话，是你未婚夫?”

“妈,不要乔太守乱点鸳鸯谱哦。”胡晓晓扯了母亲一把。

乔子琴顺手接过韩医生的提包,大大方方地说:“真不是的,我们是反法西斯战争的同盟者。没有亲情关系的互相帮助更可贵,所以呀,夏大副愿意陪胡教授住院手术,你们就同意了吧。”

晓晓把夏勇向母亲做了介绍,又说他愿意照顾父亲手术的事情。韩梅连连摇头说使不得,不能劳驾贵客,她带了些菜回来,先请他们吃饭。她一边叫女儿到厨房先把煤炉打开,一边抽出布袋里的报纸递给丈夫,轻笑着说,这是他每天的精神食粮。

“不过是了解了解,咱们大武汉还能保几天吧。”胡教授接过报纸顺手翻了一下,就放在书桌上,再问两个年轻人一路的状况,对他们的爱国行动大加赞赏,也为詹姆斯的处境担忧。这更加坚定了夏勇的决心。

趁三个女人去厨房忙乎,他把詹姆斯的事情说了,说一边可以照顾胡教授,一边也能探听那个外国人的情况。夏教授感动极了,不再坚持。

饭菜好了,为欢迎客人,韩梅开了一瓶酒。乔子琴首先感谢韩医生救了他,说他们一家这么好,自己要是男儿身的话,也愿意照顾胡教授。

韩医生还是坚持说,自己家的事情不能麻烦外人。

乔子琴眼睛瞟着夏勇,充满了鼓励的神色。

夏勇端起酒杯站起来:“九一八事变中,我的父母均死于日本鬼子的炸弹下,胡教授要不嫌弃,我就拜您为干爹吧!我这里先干为敬了。”

见他端着酒杯一干而尽,夫妻两个正在发愣,他已经走到胡教授面前跪倒,恭恭敬敬磕三个响头,而且喊了一声“干爹”。

胡教授笑得大张着嘴,赶忙扶起他:“哎呀,如何是好?免礼免礼,赶快起来。”

夏勇又朝着韩梅跪下了,磕了三个头喊“干娘”。边上的女孩子也看傻了眼,没想到这个夏勇说来就来真的,东北人到底爽快啊!

乔子琴感动得眼泪都快要流出来了,心想,这个英俊的小伙子是看上这家姑娘了,还是为了要帮着找詹姆斯呢?

老两口连忙叫他坐下来吃饭,问他为什么这么做。

夏勇说得头头是道:“一是因为父母双亡,无依无靠;其二,您两口膝下无子，我算是滥竽充数；其三，小妹今天救了我，把我领到你们家，也算一段缘分；其四，干爹干娘不仅古道热肠，而且有强烈的爱国之心，干儿子打心底里佩服；其五，干爹要住医院，需要人照顾，认亲之后，我就能理直气壮地陪护您了。”

乔子琴也没有想到，夏勇不仅抗日演讲精彩至极，还这么通晓人情世故。乔子琴见胡晓晓满脸崇敬地望着他，脱口而出道：“其实干儿子还不名正言顺，如果要说是女婿，更有理由一点。”

老两口全部看着小女儿，她放下筷子，捂着脸就跑了。

夫妻俩对视了一下又望着夏勇，胡教授打破困窘，直截了当地问：“小伙子，你愿意把干爹换个称呼吗？”

英俊的小伙子涨红了脸，像个大姑娘一样腼腆：“不知道……晓晓什么意思？”

乔子琴笑着说：“她可是对你一见钟情啊。”

“那……我听二老的……”

听他这么一说，桌上的人皆大欢喜。

饭后，胡家母女在厨房里嘀嘀咕咕的，其余的人都坐到客厅里来了。胡教授把报纸抖得哗啦啦响，气愤地说：“你们看看，国难当头，还在同室操戈！”

两个年轻人就问怎么了，胡教授说：“十分明显，这是国民党特务暗杀了共产党的人。”

乔子琴一惊，接过报纸一看，头版头条消息让她惊恐万分，情不自禁叫了一声：“啊，他们还是把他打死了！”

她颤抖着双手把报纸递给夏勇。

头版头条通栏标题是《宝通寺门前血案，被杀者携带枪支》，一大版的文章中还有一张照片，死者趴在台阶上，脑袋开了花，白衣黑裤浸在血泊中。

“你说这是……”

“一定是陈明，怪不得失踪了！”夏勇话还没有说完，乔子琴抢着说，跟着眼泪簌簌地往下滚落。

第二十章　医院里分离

一想到詹姆斯受的苦难,江龙就睡不着觉,床像是一口烧红的平底锅,他就像是上面的煎饼,翻来覆去,像是要被烤煳的样子。他好不容易才入睡,听到人叫他,醒过来,已经临近中午了。

他看见屋子中间不仅站着大舅子伊藤,还站着一个他只见过一面的人,但那草鞋底一样的面孔让他忘不掉,就是轮船上的日军之一。

轮船一触礁他就跳江浮水到小孤山上去了,不是听说日军被全部打死了吗,怎么还活着一个?

江龙竭力克制着自己的情绪,赶紧坐起来,咕噜噜地解释,说这几天没睡好觉。

"是否为他人担心啊?"总管轻轻地说了声中国话。

"哪里啊,都是被那老外闹腾的。"江龙赶紧喊他们坐。

伊藤摇头,盯着他下床穿衣,问:"江龙,有一件事我一直没问你,就是我们日军的军用物资在小姑山触礁的事情,你知道吗?"

老子当然知道,轮船触礁了,是我跳进江里去给游击队送信的。可我怎么能自己出卖自己?

他不满地咕噜着:"我告诉过你妹妹呀。我是司炉,铲煤的,上船只是混饭吃的,他们要把轮船搞坏了,我到哪找人领工钱去?我不同意,上了甲板,结果轮船触礁,地动山摇,我掉进了江里。大冷天,我就发烧感冒了,所以,到印子那里才昏倒的……"

"是的是的,我们打仗时,江龙君不在船上的干活,我证明证明的。"

这里的人要么说中国话,要么说日本话,没有用日本腔调说中国话的,只有江龙与印子兄妹三人中国话说得很地道。他装着不认识的样子问道:“这个说中国话的东洋人是谁?”

伊藤说:“小野君,你们一条轮船的。”

小野又说起蹩脚的中国话来:“江龙君,大大的好人,是我们,日本的一家人,用中国话说,就是日本女婿了……”

总管用日语和他说了一句,他马上申明:“他没有,参加,触礁事件,我证明。”

印子对他们的到来不高兴,此时才扯过凳子给小野坐了,让哥哥也坐下来,给他们各倒了一杯茶,然后自觉地坐到床上。只有江龙站着,就像是三堂会审一般。我是犯人吗?他干脆蹲下来,却又要仰视他们,不甘心,就坐到印子身边。

小野端起杯子喝了一口,咳嗽了一声,就说:“我从湖城,来执行另一个任务,就是调查,我们的一船军用物资,被他们搞到哪里去。”

印子心事重重,不时地看看哥哥,又看看小野。她不明白,小野和特高课不同,他是湖城方面的驻军,既然南京大屠杀资料已经销毁,他还一路追过来干什么?

小野突然用纯日语叽里咕噜说了一大堆话。江龙扭头一看,三个日本人都表情很僵硬,就明白大事不好了。可能还不仅仅是追查翻译官的事,还要追查他们一船军用物资的事。这个小野真是个幽灵啊,怎么会大难不死?怎么能追到武汉我住的地方来?

他没听明白,印子听懂了,除了军用物资被劫持外,还有比那更贵重的东西,就是小野的电台和密码本等。丢了这么重要的东西,当事人可是死罪呀,于是想把有关的人员带回去秘密审讯。

哥哥一定知道小野来干什么。首先是要詹姆斯,然后就要江龙,一定对丈夫不利。

可是,丢失了那些东西,是他们湖城军方的事情,跟我们武汉的情报机关没有关系,跟我工作更没有关系呀。我们一路上吃了好多的苦,九死一生才搞来他们所要的影像资料,已经完成了任务。哥哥曾经答应我,事情办好了就可以过自己想过的日子。

现在,我只想和江龙在一起,安安稳稳把孩子生下来,哪怕再回到农村,只要远离战争，过一辈子安稳的日子就好。

伊藤早已经接到电报，知道小野要来，没想到他居然是来带人的。伊藤一肚子不服气，凭什么自己的功劳要被别人抢去？妹妹是自己唯一的亲人了，现在又怀上了孩子，受了那么大的罪，应该还她一份安稳的日子，做哥哥要保护她才是。

看他们小两口那么恩爱，如果要把江龙弄走了，妹妹马上生孩子了，谁来照顾她？以后日子怎么过？他得想个办法，留这两个人在身边，以后也许还有用。

从湖城到武汉，江龙一路大长见识，尽管认字不多，但明白的道理多了，也会察言观色了。他拉了妻子一把，印子轻轻告诉他："这家伙要把你们带回去调查。"

真是祸从天降呀，回去还有命吗？他装着不知道的样子，看看他们兄妹的表情，就知道他们不愿意交出自己和詹姆斯。自己当然不愿意回湖城，否则乔子琴与陈明更要认为自己是叛徒了。

问不出名堂来，两个日本男人只好离开。目送伊藤和小野两人出门，江龙心事重重地问："既然你们情报做得那么好，应该知道物资都被新四军拿去了，找我们干吗？"

"轮船上丢了那么多东西能不问吗？我估计，估计有电台……他不说我也猜得出来，如果真丢了那玩意儿，肯定与詹姆斯有关。"印子不想对丈夫隐瞒。

窃取电台和密电码那可是大事，否则，小野不会这么迫不及待地追过来。詹姆斯毕竟才手术两天，如果要对他用刑，铁人也受不了啊！

"你怎么就肯定与他有关？"江龙看印子心神不宁地收拾桌子，没好气地说，"他们的东西沉到江里去了，他们应该问龙王爷要，找詹姆斯有鬼用！"

"你当我们情报机关是吃素的吗？就是沉到江底的轮船，他们也能上去摸清楚那些东西是不是还在船上。而且劫持轮船的都是土包子，只有詹姆斯是当记者的，他懂得电台密电码，不找他找谁？"

"他拿电台去有什么用？自己的那些东西都保存不了……"

"你不要给别人担保了，只要我们不出岔子，只要你不走就行了，"印子给江龙泡了杯茶，嘱咐他，"哪儿也别去，我去看看到底是怎么回事。"

印子探听一会儿回来告诉江龙，小野执意要带走江龙和詹姆斯。看着丈夫失神的样子,她上前紧紧抱住他:“我绝不让你走!”

江龙能感觉到印子虽然语气坚定,可身体却在瑟瑟发抖,顿时心如猫抓:“老詹怎么办?”

印子将头埋在江龙宽厚的怀抱里,半天才抬起头来,幽幽地说:“那个美国人在你心里是不是比我还重要?”

“废话一堆! 老詹不能被他们抓走!”江龙失神地喃喃道,猛地推开印子,顺手抄起桌子上的水果刀藏在袖子里,抬腿就往外走。

印子把江龙拖住:“江龙君,特高课是不会听从陆军部的。你是我们的功臣,詹姆斯是我们好不容易抓住的人证,哥哥正让他拍照登报澄清南京的事,怎么可能轻易拱手让小野带走?!”

“可小野带宪兵来了。”

印子刚要说话,一阵脚步声直奔他们屋,伊藤推门而入,反手又关上门。

看他脸色铁青,印子的心里咯噔了一下,沉甸甸的,像要落入汪洋大海。她眼眶湿润了,泪盈于睫,垂手站到哥哥跟前,哽咽着喊了一声。

难得看到伊藤眼镜后的泪光,他平静了一下心情,看着江龙,神情严肃地说:“江龙君,印子就拜托你了。”

他说完之后,深深地向江龙鞠个躬。见两人莫名其妙,他看看印子又说:“前几天就打算派给你俩任务,现在赶紧去吧。”

伊藤说完拿出一封信交给印子,用日语吩咐了一阵子,然后匆匆走了。

印子接过信装进衣袋,开始收拾衣物。

江龙大惑不解,问她要干什么。印子头也不抬,迅速而有条不紊地将两人衣服一件件叠放进箱子里:“江龙,哥哥让我们立即赶往田家镇去执行任务。”

“田家镇是哪里?”江龙突然明白过来,“难道你哥哥和小野干起来了? 那个美国人怎么办?”

“我哥说了,他绝不会把你们交给小野,美国人他会想办法藏起来的,事不宜迟,我们马上走。”

印子把行李收拾好,再梳了一个往下垂的巴巴头,穿上一件丝绸旗袍,鹅黄的底子上有灿烂的红花,耳朵上还挂了两只金耳环,立刻显出几分华贵与妖娆来。

“真是人靠衣裳马靠鞍,你换了发型,换了衣服,简直像个贵夫人一样。”

“还是没乔小姐美貌，是吗？”女人说出来的话泛着酸水。

江龙本来想抬举她，引她高兴，见她又吃醋了，于是回到詹姆斯身上去：“我们出去了，他怎么办？”

她这才抬起头来，面色有几分苍白，却很平静地说：“我哥哥说了，给他吃喝，但拉屎撒尿就让他在床上，可能比打他还难受……”

江龙差点跳起来了：“你们怎么这么不人道？我不走了，我要去照顾他，我要给他洗得干干净净的，我要陪着他养伤。”

“你是老天爷？要什么就能得什么？”女人叹了一口气，“别多事了吧！你能帮得了吗？”

听他这么一讲，江龙的心里像被插了一把刀，搅得心里生疼，可他想起詹姆斯做的那个潜水的动作，忍着心痛出了门。

女人临出门又折回去，提出一只小皮箱让江龙拿着，在门上加了一把锁，幽幽地说：“不知何时才能回来哟……”

两人走到走廊中间，江龙突然站住，冲着纱门里喊道：“老外，你是个疯子，你是个神经病，你在床上拉屎撒尿，真的是不想好了吗？你疯吧！我可不想跟你一起疯，老子不会再给你擦屁股洗屎尿了，我跟老婆游山玩水去了，还不晓得什么时候回来。你要有种，你就睡在屎尿堆里一辈子吧！你他妈就睡在屎尿堆里过一辈子吧！”

他把最后一句话又重复了一遍。女人连拉了他几次，不想让他说这些，可是，他已经把话说得差不多了，就是阻止他说，也来不及了。

詹姆斯听明白了，日本特务要把江龙带走，不知道能不能回来。从今以后他更孤独了，更寂寞了，更无助了，他好心酸。

江龙最后重复一遍的话，落音在“过一辈子”这几个字上，他明白了，大吼一声，像狼嚎一般，然后用英语唱起了《老人河》：

黑人劳动在密西西比河上，
黑人劳动白人来享乐，
黑人工作到死不得休息。
从早推船直到太阳落，
白人工头多凶恶，

切莫乱动招灾祸，
让我快快离开白人工头，
快快离开密西西比河
……

不管是英文还是中文，江龙一句话也听不懂，走出了小院吐了一口气："天哪，我总算出狱了！"

走到与医院隔离的那道高墙边，里面的歌声传出来，依然听不懂，但是很悲伤的调子，听得他想哭。那歌声，就像是捅进心里的螺旋刀，把子被一双看不见的手搅动，一钻一钻地疼。他突然站住："你说，詹姆斯怎么过？"

女人扫了他一眼："你还想给他洗屎尿、擦屁股？"

"天这么热，不干净，万一伤口又化脓了，那可不好办。"

"放心，每天上午，还有护士来给他吊水呢！"

他心里轻松了几分，笑嘻嘻地说："护士小姐们娇滴滴的，能够忍得住这些臭味儿？"

"走走走，管他呢！"女人有几分不耐烦了。

江龙虽然一百二十个不愿意，眼下也实在没什么良策，只得和印子两人出门直奔田家镇。

这是一趟美差啊！他第一次坐上小轿车，开车位和副驾驶位坐的都是日本特工，身边坐着个美娇娘，车窗拉着雪白的帘子，看不见外面。出了城路况不好，摇摇晃晃的，除了开车的，都在睡觉。

江龙睡不着。救不出詹姆斯，他就是个罪人。不论怎么说，罪证被日本人销毁，詹姆斯被抓住是事实，他摆脱不了干系。汉奸，这个词让他心惊肉跳。不说陈明对他的期望，就是赵铁头知道他做出这样的事，也不会饶得了他的。这么一想，他如坐针毡，浑身难受。

他潜伏下来，主要目的是救出詹姆斯。现在他离开武汉，马鞭子打蚊子，够不着啊，还怎么救出老詹？不行，得想个办法回去，先解决掉前面这两个特务再说。

一路上，他都在盘算怎么下手。晚上在路边住宿，两个日本特务就睡车上，夫妻两人找了一户农家。躺在床上，江龙才吐了一口气："我的妈呀！自从进城,这才敢放心大胆说话。我们到底出来干啥?"

印子睁开眼睛,伸出食指点了一下他脑门:"我说你呀,就是不懂事。不出来,你和小野一同回你老家去吧!"

"你哥那么好,让我们躲开小野?"

"你编的谎话圆满吗?已经跳到江里了,也只有往下游漂。你怎么到上游了呢?"

"那你教我怎么说?反正你们当特务的受过训练,有一套对付别人的办法。"

"你就说,轮船上的人怕你泄露秘密,把你抓回去了。见你水性好,让你保护詹姆斯,到时候给你大洋……"

他沉默了一阵子,重重地喘了一口气:"戴着一顶汉奸的帽子,我又能往哪里跑?走在中国的土地上,都要被人指着脊梁骨骂……"

印子的睡意也全消了,歪着脑袋瞅着他:"是啊,就拿最信任你的乔小姐来说吧,听说你是个叛徒,给你两个耳光算是轻的,说不定,还掏出枪把你崩了……啊,对了,你的手枪呢?"

"我放在最底下的抽屉里的,怎么找不到了?"江龙一直没问,也一直不好问,此时倒打一耙,"不会是你们那些特务拿去了吧!"

"他们敢进我的房间?今天我哥也才第一次到我的房间来。"

江龙装模作样地摸着脑袋说:"这就奇了怪了……"

他心里知道,唯一的可能是乔子琴拿去了。因为那天自己进门的时候,只有乔子琴一个人在房间里,而且是躲在衣橱侧面的,她后来走的时候花布袋子沉甸甸的。

见他什么也不说,印子这才告诉他:"别想多了,现在我们就是拴在一根绳子上的蚂蚱,谁也蹦不了。这次出来,第一是躲避小野;第二,我要送信;第三,我们还要沿途送材料。要不,怎么会给我们派一辆车?"

"是啊!我也奇怪,怎么给小舅子这么好的待遇?我可是牛屎发烧,头一次坐这么好的车子呢。"

"好了,睡吧,睡吧!"印子困倦得很,她说完倒在枕头上,很快响起均匀的鼾声。

江龙睡不着,这下子完了,参加日本人的间谍活动,还真的当上汉奸了?她到底送什么信？没有进城，信就没有送出去，我倒要看看写的什么。

他悄悄起来下床，连鞋子也不敢穿，像是不小心一样，把放在板凳上她的衣服蹭掉下来了。看看床上人，没有动静，他又提起衣服，掏出信来，就要出去找个有亮光的地方仔细看看。

床上的人声音低低地发话了："干什么？"

这家伙，没睡着呀，他愣了一下，赶紧回答："上厕所。"

"说谎都不会说。拉屎还是撒尿？"女人坐起了，"把灯点上吧！"

"你也上厕所吗？"

"给你看信！"印子愤愤地说，等他把灯点着，伸出手来。江龙知道自己的行动被她发觉了，也知道她不情愿，但是坚持着，说："跟你一起出来，总该知道干什么吧。万一你把我卖了，我还帮你数钱都不晓得。"

她黑着脸，拔下头上的簪子，在油灯底轻轻拆开信，说："你不就是要打探消息吗？我不跟你说清楚，你睡不着觉是吗？你看吧！"

他硬生生接过来，一看，上面全是中国字，他也认不全，但他认识"胡子"两个字，也是重复最多的两个字。他看不懂，不作声了，也不上厕所了，老老实实躺床上睡觉。但是他知道，绝对不会这么简单，好后悔自己没好好学认字，一封短短的信也认不全。

印子侧了身子，嘴角弯弯，显示出一丝嘲讽。两人一夜到亮没话说，第二天在车上也不说话。

汽车进城，开到了一家米店门口停下。印子下车，坐在副驾驶上的特工也下了，两人打开车的后备厢，那个男人拿出一卷枕头席子，印子带他进了米店。也不过几分钟的时间，两人又回来了，上车以后，车子继续往东开。

到了另一个镇，印子又从车后取出一卷枕头席子，带着那个男人又进了一家布店，不多久又出来了。

出了城，车子开得风快。

转过一座山，突然看见前面一个路口，一大团人围在一起。印子用日语说了句什么，司机马上使劲扳动方向盘，可惜没来得及转弯，轿车发出一声怪响，横在马路上。

"检查，检查！"两个持枪的士兵拨开人群，一边跑着一边喊着，挥手示意，让他们的车子过去。

印子让特工下去:“你们去说,我们有东西忘记带了,给他们解释解释——”

司机和副驾驶座位上面那个特工跑下去了,拦在两个端枪的士兵面前,指手画脚地说着什么。江龙想听听他们说什么,车子已经发动了,扭头一看,居然是印子在开车。

天哪,这女人能开汽车?他仓促间只是问:“那两人不带了吗?”

他的话音刚落,汽车已经开出去一大截,敌机的轰鸣瞬间而至。

“赶紧下车!”印子开了车门,就地一滚,滚到路边的山坡下,江龙还没她的动作快。

转瞬间,几架日本人的飞机呼啸而来,盘查的人与被盘查的人纷纷跑进国军的战壕里。日军又扫射又扔炸弹,杀人凶器暴雨一般倾泻下来,气浪把工事的顶盖都掀飞了,观音山要塞一阵大乱。

两人也被一股巨力掀翻在地,等到飞机飞走,江龙从泥堆里爬出来,才觉得后背疼痛难耐,反手一摸全是血。

印子倒好,被掀起的泥土盖住,只是蹭破了点皮,并没有大碍。再回头寻找那两个日本特务和两个国军士兵,除了地上散落四处的烂肉和断胳膊断腿,再也找不到完整的尸体。

两人一阵后怕。再看轿车,真是奇迹,除了被飞起的石子砸碎了前窗玻璃,倒没有太大的损伤。

“快快进车!”印子坐进驾驶室,吆喝了一声。见江龙已经坐到副驾驶座位上了,她抓起方向盘,油门一踩就开动了。

“飞机不是跑了吗?”江龙话音刚落,就听见后面有人大声呼叫,紧接着子弹射了过来,打在后盖上乒乓乱响。但是,车子呼地一下把追赶他们的人甩开了。

“女人还会开汽车?这辈子头一次看见,你怎么这么能干?”

“娶了我不亏吧?”她目不斜视望着前方。

“你比乔子琴还能干。”江龙由衷地佩服。

印子淡淡地笑了:“人比人气死人!我比不过人家,命不好,人算不如天算……”

“我们不是有通行证吗?躲着中国士兵干什么?”

“跟着我走没错。”

江龙听印子说这些没头没脑的话,一时不知道如何应对,半天才闷闷地回了句："我们中国人有句俗话叫嫁鸡随鸡，嫁狗随狗，不是嫁鸡鸡随，嫁狗狗随，你知道吗？"

她答非所问："江龙，如果刚才死的是我，你会不会记住我这个日本特务老婆？"

"什么话？我不要你死！但是，你要不是日本特务多好啊！"

"没办法，已经这样了，如果不是这样，我们……该多好啊！"她的声音哽咽了。

江龙侧过头去看她，两行清泪从她的丹凤眼往下滴落，亮晶晶的。他有些心疼，伸出巴掌要给她擦泪，她却扯起袖子，忽地把眼泪擦掉，大喝一声："别乱动，当心翻车！"

她说完吸了一下鼻子，把所有的泪水都吞回去了。

江龙见她情绪反常，有些诧异："为什么要回去？不是说要去田家镇吗？"

"能过得去吗？你不知道我车上装的是什么东西？"

"什么东西？我看你走一路送一路枕头席子，马上都秋凉了，谁还用这东西？"

她不再说话，汽车沿着公路上了高岗，茫茫四顾杳无人烟，她这才把车停下来："我给你看看车上装的是什么。"

开门下车，她打开后备厢，拿出一卷枕头席，又钻进车子里，把车门关上，把手里的东西递过去："你看吧。"

他急着打开，里面却是一卷纸，每一张都画的是个长着仁丹胡子的老人。见过，这是卖药的广告。

他愤愤地扔到脚下："你们日本人也真是的，烧杀抢掠，还要到中国卖药。那个菜籽一样大的小颗粒清清凉凉的，消暑是不错，但也不像他们吹嘘的那样包治百病吧。居然还往小城镇宣传，有什么稀奇的？"

女人让他一张一张地翻看，看着看着，他发现了问题："怎么有的不同呢？"

见女人挑起细长的眉毛，像是两个横着的问号，江龙不问自答：

"有的八字胡朝上，有的八字胡朝下，有的左胡子尖朝下，有的右胡子尖朝上……你打算以后卖药？"

"不懂了吧！每张图都不一样，因为它们的含义不同。"她面无表情地说，"让各处汉奸为我们侦查好地形，在我们部队进攻之前张贴出来，就能为日本军人指路。”

胡子指路？印子点点头，指着那些胡子说：“左右胡尖上翘表示道路畅通无阻；八字胡左尖下弯表示左道不通，右道通；八字胡右尖下弯表示右道不通，左道通；八字胡双角下弯表示两边都不通……”

她一边说着，一边一张张地翻给他看。看到没胡子的老头，就说：“图上面老头子没有八字胡就看字。仁丹的‘仁’字上一横起笔、左角下弯，暗示前面左拐是死胡同，往右拐道路畅通；如果图相反，它的意思也相反。”

“如果，这‘仁’字上面一横是条直线呢？”

“说明从图的这个地方开始，两侧都是相通的。”女人说完，最后问他看懂了没有，记住了没有。

这一问让江龙彻底愤怒了，突然就把那些纸张甩到脚下狠狠地践踏：“哼哼，收买中国的汉奸，用卖药的广告指路，让你们鬼子大兵可以横冲直撞，顺顺当当地残害我们，还要我做这些丧尽天良的事？你们好毒辣，你们好无耻啊！”

“不对，无耻的应该是你们中国的那些汉奸！”

就像对方一个耳光打在脸上，江龙满脸火辣辣的，他推开车门，一步跨到车下，指着女人说：“我也是汉奸？参与了你这些事吗？”

女人依然坐在车上，盯着他看，看着看着，眼睛渐渐地湿润了，压低了声音说：“所以，我没有叫你送信，没有叫你送这些广告。我知道，你爱你的国家，我不愿意、不愿意你的手沾着你们同胞的鲜血，可是，可是我也不愿意，你们的手上沾着我们人的鲜血呀！”

是啊，跟她出来，她啥也没叫我干。可是，想到最近的遭遇，他一直没有时间问，没有机会问，因为他们就住在日本特务的老巢中，四处都有人监视，说话声音都不敢大，躲在被窝筒里悄悄说些话都怕外面人听见。

现在不怕了，旷野茫茫，甩个手榴弹都炸不到人，就是和女人闹起来，也没有人给她撑腰。他内心的小火山终于爆发，忍不住愤怒地指责道：“你为什么要把詹姆斯骗到医院？”

“我是真的想给他治伤，子弹已经取出来了，不正是你希望的吗？”望着他喷火的双眼，她有几分歉意，“我知道，你问我为什么要骗取影像材料。我早说过，只是为了完成任务，为了我们帝国的安全，为了尽量保护我们士兵的生命……”

“你们士兵有生命，我们中国百姓就没有生命？”江龙更加愤怒地说，“就拿刚才来说，你们的飞机一阵轰炸，我们的道口就死了一片人啊！”

“我的两人不也一起送命了吗？是我葬送了他们的生命啊！”她就势倒在座椅上蒙脸大哭，“一只带血的手臂就在草棵里，那只手还半握着，像是还在开车，小司机才 19 岁。但是，他们要不下车去，我们也逃不了，我就是个杀人凶手啊！”

“你难道没伤我们的人吗？你从乔子琴那里取出那些东西，她就随随便便让你取出来了？”

女人停止了大哭，依然抽搐着说：“我没有杀她！要杀她其实容易得很，我只是让她昏迷了，也就难受一两天，醒过来就没事了……”

“你不杀她，只为了放一颗烟幕弹，让她指证我是叛徒，是不是？”

“只是一部分，”印子用手背抹去眼泪，说，“我也喜欢她的美丽和善良，毕竟我是在中国长大的，我对中国人是有感情的……”

江龙深深地叹了一口气，跳下去，背靠车门，面对着正在下落的夕阳，茫然地说：“你说，假如我们两国继续为敌，我们的孩子长大，让他的枪口对谁？是对他的父亲，还是对他的母亲？”

印子跪在座位上，双手伸出车窗搂住他的脖子，呜呜咽咽地说：“这就是我痛苦的地方啊！我早就有这样两难的经历了。养父母对我很好，我们的人到村子里去，要把我们兄妹两个接走，他们死活不放，哥哥还是被他们拐回日本去了……”

“也可能是他自己偷跑回去的呢？”

“别乱说。几年之后，哥哥派人来接我，养父母把我藏起来，他们找到了，居然把我养父母打死了。他们倒在血泊中，断气之前还在呼叫着我的乳名。至今想起来，我的心都淌血。刚才看到两个同胞，被自己人的飞机炸死，我也差一点没命了，你说，我心里能好受？”两人流下的泪混合在一起，打湿了她的手背。

江龙的手在她的手背上抚摸，潮叽叽的，也心酸地说：“我们夫妻，不知道还能在一起多久。”

女人只是伏在他的肩膀上哭，他的心就像被盐水腌了一样疼痛，猛地捏住印子的手：“走吧！不要送情报了，不要回去了……”

“到什么地方？”印子抬起头来，茫然地摇着脑袋，“走？你说得好听，走哪去？我有国家，但回不去了。我的父母死了，我的养父母也死了，这世界上，我唯一的亲人是哥哥……”

江龙马上接过来说:“我不是你的亲人吗?”

“未必吧!”印子凄然一笑,“我太清楚了,我们是同床异梦,刚才你说‘你要不是日本人就好了’,可是我就是日本人,这就是说我不好！真正联系着我们的关系的,只有我肚子里的孩子,你是因为这个才留在我身边的。可是,我不知道他能不能叫你一声爸爸,我也不知道,我能不能等到他叫妈妈的那一天……”

江龙欠身过去,双手与她的双手相握:“等得到的,等得到的。我们逃出去,你现在有车,你能开车,开得远远的……”

印子苦笑了一阵,然后问他:“能逃得出去吗？又往哪个地方逃？逃到日本是不可能的,在中国的土地上,哪个地方不是在打仗？不用说生孩子了,吃个安稳饭的地方都没有。”

“到国军那去!”江龙就说认得他们不少人呢,有团长,还有司令,收留他们是不成问题的,团长不是还要给他们补办婚礼吗?

女人说,覆巢之下,焉有完卵？担心他不明白,还说国民党节节败退,到国军的手下就是送死的炮灰,不是被打死,就是打死别人。她最后叹了一口气:“你杀我,我杀你,何时是个尽头?”

所有的路都被堵死了,江龙问:“那你说怎么办?”

“还是医院好。我们住在后院里安安静静的,等宝宝生下来,哪怕你到医院当个杂工,治病救人,也是高尚的事业。那医院是朝鲜人创办的,不管是哪个国家的天下,我们都有一碗安稳饭吃。”

“那医院,我们还回得去吗？除非除掉小野,否则这家伙总是像无常鬼一样跟着我。”

“除掉小野?”印子心动了,低头沉思,突然发现身上全是血,叫了一下,“江龙,你受了伤,我靠着你,身上也沾满血迹,你难道也不疼吗?”

女人要拉他上车,说车上有急救包,要给他擦药。

“背上疼没什么,最主要的是我心里疼。”他不愿意上车,看着车厢里摊着一堆广告纸,粗黑的眉毛纠结成两个墨团,“你那些破纸怎么办？干脆,一把火烧了算了。”

“想烧你就烧掉吧！你不是说,嫁鸡随鸡,嫁狗随狗吗？我随你。”

她说完打开后备厢,把剩余的两卷也拿了出来,把车上散乱的也抱下来。

两人就在公路边的地沟里打着了火,眼看着那些广告纸化为灰烬。

印子始终板着脸,升起的火焰给她的脸色涂了一层金光。江龙突然觉得女人好美好美,比乔子琴还要美。烧完之后,两人都吐了一口气,这才上了车,为江龙擦了药,然后她又到驾驶室坐下,发动了汽车。

江龙问她到哪去,女人说:“给你找个地方住下来,养养伤。我回去看看,没有危险再来接你。”

烧掉了那些仁丹胡子,江龙轻松多了:“你不怕我逃跑了?”

“不怕。”印子开着车目不斜视,“逃到哪里,别人都当你是叛徒,只有我,能证明你人在曹营心在汉。”

“谁相信日本特务呀?”江龙冷冷一笑,“你有什么证据?”

“到时候你就知道了,它不但能证明你不是叛徒,也能证明我没有害你们中国人的意思。而且,我是在帮助你们……”她的话说得模模糊糊的,“你等着我来找你,不要乱跑,我都是为你好,也为我好,为我们将来的孩子好,听我的……”

到底是搞间谍活动的,话说一半留一半。江龙有些好奇,非要打破砂锅问到底,女人就是不说。

进了另一个小镇,入住旅社。路上,他们把该说的话都说完了,旅社都是板壁,说什么话都不太方便,只能早早洗漱睡觉。

等天明江龙醒来,身边空空荡荡的,到院子里看,连小车也没了踪影。

第二十一章　轮船上偶遇

码头上尽管人多，却还井然有序。

防洪墙靠长江的一侧队伍像一条长龙，等候上船的人一个个带着行李，汗流浃背、焦急地等待着栅栏打开。在毒辣的太阳下，大家背着包的、提着箱子的，不是舍不得放下来，是担心检票的时候来不及跑，上不了船，这可是性命攸关啊。

趸船上堆满了货物，要先运上轮船，装进底层后才能上人。

陈明能上船，靠着科长给他的牌子。他一包一包搬运货物，放到底舱，走上甲板，扯起衣襟，擦擦头上的汗水，趁机四处打量。

荷枪实弹的国军包围着船只，跳板上码头工来来往往不断，大件儿的，还靠龙门吊。吱吱嘎嘎的声响中，吊起的防空炮安放在船舱顶上，一群人扶着炮管，呼叫声、口哨声不停地响着，旅客安心了。

说得好听，所谓的战略大撤退，其实就是当逃兵。江岸上堆积如山的战备物资就像大山一样沉重，防洪墙临街到处是买不到船票的逃难人，哭的叫的都有，更让人觉得心里堵得慌。

陈明现在迫不及待地要到宜昌去。他从防空洞里出来，找了半天没找到乔子琴，幸亏找到了大胡子，让他去寺庙找知客僧通知山洞里的人，告诉他们自己的去处。时间太紧急，首先要搞到船票，把詹姆斯和乔子琴送上船，只要是直达重庆的船，自己就完成任务了。

国民党的政治中心都搬过去了，重庆不能再撤退吧。美国大使馆在那里，詹姆斯上交了材料，大使馆有条件向全世界发布消息，他的治疗问题也能解决了，绝不能让他在武汉做手术。

可是，在轮船公司看到的那一幕，让他彻底打消了搞船票的希望。

连国民党的一个团长都没办法送走家人，一个受伤的军官也没办法上船，他一个小小的游击队长算什么？在国民党统治区都不敢暴露自己的身份，怎么能搞得到两张船票？

不能让詹姆斯随便露面，乔子琴又是个聋子，她的同学也没找到，只有自己出面了。摆渡摆到江边，送佛送到西天，哪怕是一张船票，把那个醒目的外国人放进船舱也算完成任务。至于乔子琴，再想办法吧！

还有一个关于民生公司的问题，没想到卢作孚当了国民党的大官——交通次长，了得呀。从在武汉看到的情况知道，这个人爱国，不需要自己做动员了。

但是，既然接受了任务，无论如何，也要把新四军第三支队的欠条交给他。要完成任务，就必须到宜昌去面见他。

陈明在路上中了毒，全身溃烂，在深山一个神秘老头的医治下脱胎换骨，死里逃生，原来黧黑的皮肤现在变白点了，那些大胡子也稀疏了。到武汉的时候再收拾了一下，外表形象不再像以前那样勇猛彪悍，只是内心依然刚强。

他并不知寺庙里发生的情况，不知道一个游击队员去庙里送信牺牲在大门前，更不知道利民医院的情景。

好不容易混上船，他把货物放下，如果再下船就会前功尽弃，必须要找个地方藏起来。但是船上工作人员拿着铁皮喇叭，已经在通知让送客的和搬运货物的员工下船。

他想找船长、大副，或者轮机长都行，给他们说明情况，让自己随船到宜昌。他一路喊着船长，但是，甲板上也有国民党的士兵，横着枪对他腰杆上扫了一下，恶狠狠地说："找你妈鬼呀！找师长、旅长都没用，看到你搬货上来的，不就一个搬运工吗？滚下去！"

两人正在对峙中，开始放旅客了。岸上的人一拥而上，把栈桥踩得悠悠晃晃，似乎随时都有崩塌的危险。

挤挤挨挨的人群像潮水一般，陈明眼前突然闪出两个熟悉的身影——一个端庄的女人，右边肩上背着一个大包袱，左手提着只木箱；身边走着一个苍白的少年，弱不禁风，大病初愈的样子，只背着一个大大的书包就已经累得直喘。

女人的脸涨得通红，走得踉踉跄跄的，稍微迟缓一点，后面人拥过来，就把她挤到一边去了。少年要去接一下木箱，女人摇摇头，把他推开了。

陈明逆着人群横冲直撞，一下子挤到他们跟前："钟太太，你们来了？"

女人抬头一看，怎么这么熟悉啊："哦，你、你是乔小姐家的……""家丁"两个字她不好出口，而且他似乎起着主心骨的作用，身份非同一般。

陈明知道她要说什么，还是点点头，说："是的，是的，来，我帮你拿。"

"哎呀，那可太好了，还有长长的一截路，马上还要上船，正在犯愁呢！"女人把包袱递给他。

"箱子也给我。"他把大包袱往肩上一套，伸出手去。

一边匆匆走着，女人一边答谢："哎呀，拿一样东西就帮我大忙了！"

"没事，我劲大。"陈明提过木箱，"哈哈，不信任我吗？"

"哪里，哪里，我们母子俩在木镇多亏你们呢！"

她一手捏着两张船票，一手就把孩子的背包接过来自己背着，一边走一边对孩子说："快谢谢这个叔叔。"

少年仰起一张清秀的面孔说："我知道，他是和乔医生一起的。"

这对母子就是钟太太和她的儿子钟雷鸣。他们在乌镇住旅馆时，乔医生治好了少年的病，但也引来了特务，陈明见暴露了目标，还冲着女医生大发雷霆。现在想起来有点内疚，哪怕不是借船出海，也要帮一下子的。

说话间已经到了趸船上，前面的人已经开始上船。上去的人乱哄哄地都在寻找座位，什么话也来不及讲。陈明身子一闪，拦住别人，让钟太太走在前面，自己拉起少年的手上了舷梯。

女人举起手里的船票，这船票颜色与别的都不同，是土红色的。一位高级船员接过来看看，微微弯下腰，右手恭敬地做了个请的姿势，领着他们往上攀登，左手拦住了陈明："这位先生——"

女人点点头："他是护送我们的。"

茶房本来要接行李，现在手一伸，做了个放行的手势，将他们一直领到最后一个船舱的房门前。

门开着，里面只有两张上下铺，上铺空着，下铺铺着雪白的被单，当中一个床头柜，也铺着雪白的台布，上面还有一只花瓶，花瓶里插着几枝金黄的菊花。床头柜的下面一格，放着水瓶和茶杯，洗得干干净净，比旅馆还雅洁。

他们三人进去以后，茶房站在门口，恭敬而肃穆地鞠躬致礼："太太，这间屋子是给您准备的，您到了我们船上就等于到家了，有什么事吩咐一声。"

“嗯,到家了,到家了……”女人的眼眶里涌出了泪花,轻声道谢。

陈明心中一愣,别人搞不到船票,这女人还能住单间,还有专人服务,到底什么来头?他心中打定主意,就说:“谢谢你,这里有我呢,需要的时候我们再麻烦你吧!”

女人矜持地对茶房点点头,茶房才走了。

在川江上,这已经是比较大的轮船了,这一间又是较好的船舱。原来这样的单间很多,现在为了扩大装载能力,多数改成了大统舱。两个上下铺的床位本来可以住四个人的,现在只铺两张床,特意留给这母子,招待的规格不低呀!

那么只有一种可能……陈明心中一沉,把包袱和木箱都放在上层,然后给他们各人倒了一杯茶,让他们好好休息。

少年却说想到外面看一看。

“我带你去。”陈明把少年带到船舱外面,让他趴在栏杆上,还在他背上拍拍,“少爷当心一点,注意安全哦。”

少年扭头说:“别叫我少爷,我叫钟雷鸣。”

“好名字,钟声像打雷一样响。”

陈明说完,那女人也出来了,在他身后满怀感激地说:“不是你们乔小姐,我们就可能回不了四川了。邀请她到我们船舱住吧,我这里宽敞些。”

“我们进去说!”陈明做了个手势,钟太太进去坐到床上,他坐到她对面,这才说,“实不相瞒,我们乔小姐也是要到重庆的,可是买不到船票,我这次想到宜昌去想想办法。钟太太很幸运……”

这时候,汽笛长鸣,船剧烈地震动了一阵,离开了码头。

听他说这几句话,绝对不是一般的家丁,女人另眼相看,抽出腋下的手绢捂住了脸:“大兄弟,我也说实话,我们母子两人能回四川,是他父亲用命换来的呀!”

陈明听乔医生说过,充满同情地说:“我知道,孩子爸爸在路上被飞机炸死了……”

女人捂着脸号啕大哭:“不是的。大兄弟,你是个实在人,你家小姐帮了我,刚才你又帮忙提行李,路上怕有日本奸细,不敢说,我丈夫是国军团长,在抗日前线阵亡了。”

“哦,他是出川抗日的军官。”陈明充满敬意地站起来,向她鞠了一躬。

她一句话也说不出来了，只是捂住脸啼哭。孩子懂事地进来："妈妈，船舱里闷热，你到外面透透气吧！"

女人捂着脸走出船舱，趴在栏杆上哭得肩膀一耸一耸的。

钟太太不在，少年这才仰着脸对陈明轻轻地说："叔叔，我看你不像个下人。"

"我像上人吗？"陈明咧嘴一笑。

少年认真地说："别哄我，我也是国中二年级学生了。"

"呵呵，文化比我高。那么，你看出来我像是什么人？"

"不管什么人，反正我看你像打鬼子的，而且是非常坚决、非常勇敢的那一类。而且你们是有秘密的。"

陈明和他拉拉手："好聪明的孩子！但是，对任何人都不要说啊，因为船上说不定就有日本特务。"

孩子站起身来，趴着铁门框向两头望望，只有船舱前面有人。他又退回来，坐到陈明边上，悄声地对他说："我也有秘密，告诉你，我爸爸是国军团长，是抗日的川军，你听说过钟团长吗？"

陈明摇摇头。

"哦，对了，你不是国军，那就是这个——"

见他伸出右手的四个指头，陈明把他四个指头捏拢来，只是淡淡笑笑。

孩子又问："你知道饶国华吗？"

陈明由衷地竖起大拇指："二十三集团军145师中将师长，英雄啊！"

少年惊讶地说："你了解得这么详细，跟我说说好吗？"

这个时候应该在查票了，他必须要在这里躲一阵，于是和孩子讲起来："他们是在安徽打仗的。"

"你是安徽人吗？"

他不置可否："我跟你说吧！1937年10月以后，淞沪战役转战到安徽南部广德战场，那一仗打得好惨烈！日军发起总攻，倾泻了成千上万吨的炮弹、炸药。饶师长的部队苦战三昼夜，阵地失守，伤亡极惨重。最后他们就剩下一个营的人员了……"

"那里，就有我爸爸……"孩子已经泣不成声。

"啊？你爸爸是饶师长的部下？他们死得惨啊！"陈明沉痛地说，"饶师长对剩下的人鼓动道：前人史可法曾说过‘以城为殉’，我誓与广德共存亡！于是，他们剩余的仅一营部队冲入敌人当中想恢复阵地，但是寡不敌众，被鬼子重重包围了，最后打到弹尽粮绝。11 月 30 日晚上，饶师长举起手枪，对着脑门开了一枪，慷慨成仁了，年仅 44 岁……”

“你怎么晓得这么多？”

“因为，广德是我的家乡，饶师长就是在那里牺牲的……”其实，陈明在说谎，他不是那里人，而他说的故事，是人们的传言，说得有鼻子有眼的，只是为了让孩子确信他说的故事。

“可惜，爸爸没来得及跟我说这些就战死了。”少年哭得很伤心，“你就只知道饶师长，不晓得我父亲是怎么死的吗？”

为了安慰后人，他只得继续编造下去：“我不知道具体名字，但只听说过，有一个团长战斗到最后，鬼子喊着抓活的，一齐朝他拥来，他没子弹了，抱着一个鬼子滚下了悬崖……”

“那就是我父亲，一定是的！人们发现他的时候，身边还有一个鬼子。”小钟哭着喊道。

陈明被孩子感动了，他搂起少年，从心底涌上来一股柔情，抚摸着他的脑袋：“孩子，你爸爸也是英雄，跟饶师长一样是英雄。以后，我回去，在家乡的纪念碑上，刻上他的名字……”

“谢谢你！我爸爸就是跟饶师长一起离川的，饶师长对家里人说：‘我此去，为国而战，义无反顾，我万死不辞！’”

“记得这么清楚？”

“因为我爸爸把他的话写下来交给了我爷爷，我爷爷也送我爸爸一面旗子，你知道上面写的什么吗？”见对方摇摇头，孩子从他怀里挣扎出来，要去够上铺的箱子，“在那里面，我拿给你看。”

“你拿不到，我帮你拿。”陈明取下箱子，放在下铺。

孩子从脖子上取下钥匙，打开箱子，里面有染血的军装、皮靴、裤子、衬衣等男性的军用物品，还有一个盒子，用白布包着，正中间用粗重的墨汁写着一个大大的“死”字。

陈明骇然地盯住那个盒子，他已经明白那是什么了，伸手止住孩子继续动作的手：“我知道了，就是这个字——”

“不，还有其他字，像诗一样，合仄押韵的字。”他取下那块白布，展开来，上面有黑色的楷书，“你看，这里写着：‘幸吾有子，自觉请缨。赐旗一面，时刻随身。伤时拭血，死后裹身。勇往直前，勿忘本分！’”

少年还显得稚嫩的声音却念出了铿锵的声调，这是英烈家乡父老乡亲的嘱托，这是英雄男儿献身国家的豪迈誓言呀！

看着看着，陈明这个铁汉子内心也震动了。骨灰盒那么朴素，那么单薄，木头盒子上只是简单地刻着几个字：“钟天成烈士永垂不朽”，字迹粗枝大叶，却字字千钧。

他没有与川军打过交道，只是听新四军的领导们说过：他们与红军打交道的时候，并没有值得炫耀的成绩，但在民族危亡的关键时刻，却用自己的热血和生命，谱写了“川军能战”“无川不成军”的美名，显示了中华儿女的铮铮铁骨。

陈明万分感叹，接过那块白布，将骨灰盒规规矩矩地包扎起来。

就在这个时候，女人闪身进来，匆忙关上门，压低了声音说：“雷鸣，你怎么把箱子打开了？那里面都是你父亲的遗物啊！”

少年朗朗地说：“我只是要给叔叔看看，我们全家都爱国！”

“钟太太，对不起！”陈明转身过来，向门边的钟夫人鞠了一躬，“我知道这是英雄的骨灰，我向他致敬！”

女人的眼睛还红着，现在又泪眼盈盈。她合上箱子，把钥匙又给孩子挂在脖子上，含着泪说：“儿子，钥匙交给你保管，就是要你与父亲一样，将来保家卫国，誓死不当亡国奴。”

钟雷鸣说：“妈妈，我知道你的心思。我给叔叔看，因为他也是个爱国者，希望他能和我们一起到重庆去。”

“孩子，不要耽误先生的事，他到宜昌就要下船的。”钟太太摇摇头，接着又对陈明说，“真没想到，回川的路这么难走！本来，有他爸爸的勤务兵护送的，路上被炸死了。幸亏，轮船公司有接待，凭着丈夫的烈士证件拿到了船票，还专门安排了房间。”

因为是老病号，夏勇推胡教授去看门诊的时候，和那个朝鲜专家套了半天近乎，才答应加个病床给胡教授。

到处都是人，更多的是伤员，都是被鬼子飞机炸伤的。门诊部人满为患，到处臭烘烘的、乱糟糟的，夏勇说人多嘈杂，要推教授到花园里去转转。

“这么麻烦你，多不好意思。”

“为您老人家出点力还不应该吗？”

门诊部左边是急诊，右边是手术室，后面是住院处，再往后就是食堂、澡堂、停车库、太平间……

一路走过去，到处都是人，幽静的地方在高高的围墙后面。几乎把医院区域都走完了，他们来到一堵高墙下，只有一道门，门虚掩着，能够看得见里面有两栋房子、一片灌木、一片竹林，一栋两层红楼掩映在葳蕤繁茂的竹林里。那是不是乔子琴去过的地方？

夏勇正想往里走，门里闪出一个满脸横肉的中年人，问他们到哪去。

“老爷子身体不好，想到竹林里凉快一下。”

“不行，后面是家属区，闲人免进！”夏勇的话没说完，就被门卫打断了。

他们只得退回。高墙下是一排夹竹桃，盛开着艳丽的红花，粉嘟嘟的，比桃花还艳。听说这种植物有毒，但是投下了一片阴凉地，胡教授看他头上冒汗了，就说在这里歇歇吧。

夏勇侧身坐在花墙边石头上，两只机灵的眼睛四处瞄望，平均每一分钟要冲着后门看两次。

忽然，他看见一个白影子移动而来，不一会儿，一个高大的护士迈出边门，手里捧着一个托盘，白瓷的托盘里放置一个装药水的空瓶子，还有一根黄色的软软的胶皮管、两个小药瓶子及针头什么的。

里面有人输液？既然是家属区，离医院也就一墙之隔，怎么会有治疗室？在小红楼里吗？

他站在石头上，想看得更远点。绿荫婆娑的竹林里，露出红色的砖墙，显得有几分神秘。不是动手术的人，一般不会输液的，但是动过手术的人，为什么要在家属区治疗呢？会不会是詹姆斯？

他打量着、思索着，耳边响起中文系教授铿锵的声音，他像是在对着夹竹桃演讲：“曾经，李清照发出了誓言：‘生当作人杰，死亦为鬼雄’；曾经，文天祥表明心迹：‘人生自古谁无死，留取丹心照汗青’……几百年后，难道我们后人还不如前人吗？”

护士走出来，脚步有几分滞重。

夏勇为教授鼓掌,然后充满激情地说:“父亲,您的话鼓舞了我,让我想起了流亡的生活,觉得憋闷得很,我想唱支歌。”

“你唱吧,你唱,唱出心声,吐出块垒,心中会轻松一些。”

夏勇来劲了,站在石头上引吭高歌:“我的家在东北松花江上,那里有森林煤矿,还有那满山遍野的大豆高粱……”

女护士已经走过去了,他刚唱了一句,她就扭过头来,盯了他一眼,是不满还是赞赏?看不出来。

望着女护士的背影,胡教授笑了:“你看看,别人不听你的歌。”

“我的歌,不是唱给女孩子听的。”他俯下身子对教授说,嘴巴往门那边努了一下。教授眉毛一扬,点点头,合着他的歌声,两人一起唱起来:“九一八,九一八……从那个悲惨的时候……”

两人合唱的声音更大,传得更远。高墙后看门人出来了,恶狠狠地说:“吵什么吵?”

他们停了下来,夏勇很无辜地睁大眼睛:“我们在吵吗?我们在宣传抗日。你反对抗日?你是汉奸啊!”

那人只能干瞪眼,退了回去。一老一小也不理睬他,又唱起来,一直把歌唱完。就在停止歌声以后,忽然听到墙内一声号叫,然后传来一个男人的歌声,听不清歌词,只有旋律,但分明是用英文唱的……

是他,是詹姆斯!一定是。夏勇真想冲进去,看看能不能把他救出来。不行,按照乔子琴说的,这应该是个日本人的特务机关,不能打草惊蛇。现在知道詹姆斯在这个地方就行了。

韩医生去照顾丈夫,晓晓也跟着去了。

夏勇回到胡家,一进门,乔小姐就问他有没有线索,他点点头说有了,然后又问:“你记得,到江龙家走什么样的路径?”

乔子琴说:“那时候,耳朵听不见,但是一路看进去,门诊部在前面,住院部在后面……再后面,是生活区域。然后,有一堵很高的墙,围墙下面是夹竹桃,夹竹桃差点有墙那么高了,盛开着鲜艳的花……”

夏勇想不到,她对夹竹桃的印象那么深刻。

“花儿看起来很美,但是有毒,就像是跟江龙在一起的那个女人。你们不知道,她换装以后,装扮成一个城市女人了,很漂亮,难怪江龙会被迷惑住,成为我们的叛徒……”

夏勇说自己印象不深,只见过一次:“我只见过她一次,也没仔细看。”

乔子琴说起来愤愤不平,滔滔不绝,说江龙昏倒在她门前,说不定就是她搞的鬼。幸亏陈明把他们带出来,否则当天就可能被抓住,现在能不能活着出来还难说。现在,她又把最重要的东西拿走了,不知道能不能弄得回来……

她想得太天真了,还弄得回来吗?日本人为了掩盖他们的罪行,将所有暴露他们罪行的物证全部盖上“不许可”的红章,集中销毁,流传开来的火速追缴。那个女人,本来就是他们钓鱼的鱼饵,詹姆斯有这么集中而且比较全面的罪证,是他们要抓捕的大鱼,所以才不惜一切代价要追回。到手之后,可能早就迫不及待地销毁了……

乔子琴继续介绍,高墙后面的情况,还有那红色的小二楼,掩映在竹林里面……这些都不重要,那个小院子是重点,那是江龙住的地方,有大铁门,院子中间有棵大树,树下三间平房,江龙他们住在最西边……

说是家属住宅,但是乔子琴说进去出来都没看见有人,只是小红楼上有动静,与医院前面乱乱的嘈杂环境相比是两个天地。

“詹姆斯可能就关在里面。”夏勇把自己怎么唱歌,里面又传出了外国歌曲说了一番,而且判断是英文歌曲。

乔子琴说:“那一定是詹姆斯,他唱的歌是不是《老人河》?”

“我不懂英文,要是朝鲜话或者日本话还能懂一点,这首歌也没听过。”

“詹姆斯教我唱过。”乔子琴哼了几句。夏勇点头,说就是这个调调。

“美国人一向开朗乐观,他又是个见多识广的人,很有文化修养,这是他最喜欢唱的歌。在湖城,他退烧后就哼这支歌。虽然后来受了枪伤,只要疼得不是那么厉害,他也经常哼着,在路上,他还教我唱的……”

夏勇打断她:“我不光听见他的歌声,还看见一个女护士从里面出来,手里拿个白盘子,盘子里面有装药水的空瓶子,还有橡皮管、针头什么的,一定是给詹姆斯用的。”

“那就是说,他已经手术过了,子弹想必取出来了,只是还没有拆线。”乔子琴在胸前画十字。她并不是虔诚的基督教徒,也没有进入教门,但她希望通过这样的祷告,让他减轻痛苦。

夏勇分析，鬼子也需要这样的人证——可能让他做反证，不会杀害他的。要将他从日本特务窝里救出来，只有找船长了。

“啊，不不不。”乔医生连连摇头，“船长软硬兼施、巧取豪夺都没能拿去的罪证，结果在我手里被日本奸细夺过去了，说不定，他会把我当汉奸，首先把我除掉……”

“陈明死了，江龙叛变了，你耳朵聋了，我手无寸铁。除了依靠船长把詹姆斯救出来，还有什么办法？”

“就是他杀害了陈明。你不知道，没有大烟袋，我们根本不可能平安到达武汉，也不会住进那座寺庙。一路上他就处心积虑要下毒手了，不是陈明领我们逃出来，我和詹姆斯可能也性命难保。”

乔子琴把路上发生的事情大致讲了一下。夏勇想起报纸上刊登的消息，一个大胡子在寺庙门口被枪杀，那一定是军统干的事，哪怕在国共合作时期，国民党也把共产党人当心头之患哩。

沉船之后，江龙到小孤山联络游击队，带着陈明下山，夏勇看见了他的果敢与坚毅，充满了钦佩。当时要救船长，陈明又交代了他沉船的任务，只匆匆说了几句话，当然，一面之交，远远没有他们一路走来患难与共的友情。

第二十二章　教授家夺枪

第二天胡教授做手术,乔子琴说自己不能去探望,非要给韩梅两块大洋,说是给胡教授买营养品的。韩梅母女和夏勇三个人都到医院去了。胡教授被推进了手术室,母女坐在手术室外面的长椅上窃窃私语,夏勇便趁此机会再出去打探一下。

夏勇刚刚下楼,就遇见三个便衣,领头的正是船长。两人异口同声,都问对方怎么到这里来了。夏勇爽快,说本来要回宜昌分公司报到的,自己岳父在这里做手术,就来照顾了。

江西之行死亡太多,急需补充警力,船长既然遇见了夏勇,知道他是个机智勇敢的小伙子,想将他扩充进队,说不定就是得力干将。

船长拍拍夏勇的肩膀,说他艳福不浅,大难不死,居然到武汉做了倒插门。

"没办法呀,哪有船长把大副甩了的?"

对于夏勇的责怪,船长并不在意,将他拉到医院外的大榆树下,趁着风凉,告诉他自己的身份,抱歉地说,当时任务紧急,来不及打招呼,就匆匆走了,现在见面也是个缘分。又说武汉保不住了,自己现在执行的任务是撤侨。这里是一家朝鲜人办的医院,过来动员他们搬迁。

夏勇马上想到了詹姆斯:"撤离还可以缓一步,拯救侨民可能更重要。"

"拯救?"船长打了一个激灵,"我一直在找美国记者,真是想救他,可找不着啊!"

"他就在这家医院治疗。"见船长两眼放出精光,夏勇心中暗喜:终于找到救詹姆斯的人了。不能说出乔小姐来,他们两人有过节。夏勇就把怎么听到他唱歌的事情说了出来。

“南京大屠杀的证据还在他手里吗?”

“很遗憾,”夏勇情不自禁地模仿詹姆斯,摇头耸肩摊手,“被日本特务骗去了。”

“可惜呀！我们还是来晚了一步。”船长的眼睛黯淡了,把他拉到一边,有几分失落,但是跟着又俯身过去,“有没有乔医生的消息？就是和詹姆斯那个美国人待在一起的女人?”

还说这家伙只关心血证,想不到还关心美人,居心叵测呀。夏勇忽然警惕起来,听说罪证被日本人拿去了,就不关心詹姆斯,却问起乔医生来,什么意思?夏勇知道,乔子琴不愿和船长搅在一起,才从医院里逃出来的。

难道船长找乔医生另有隐情？但从船长脸上看不出任何表情,为安全起见,他显得茫然地摇头:“我只打听到詹姆斯的消息,难道乔医生是那边的人?”

“那个大烟袋不是保护罪证的吗？都败坏在这个自以为是的家伙手上。别的不说,这么重要的东西保护不力,他就是我们民族的罪人,杀无赦!”

见他恶狠狠地做了一个劈掌手势,看来陈明死在他的手上是确定无疑的了。

夏勇盯着他问怎么救詹姆斯,船长不屑地说:“既然日本人已经把这些证据拿到了,还关着他干什么？对我们、对日方,他都没什么价值了,莫非问他要那一船物资的下落?”

“何止那些物资,当时我在船上狙击敌人,看见詹姆斯拿了更重要的东西。”夏勇想引起船长的重视,不得不把这一点说出来,“那是我们两个都没想到的东西,就是鬼子带到船上去的电台和电码本,被詹姆斯取走了。”

还有这样的事？船长懊悔地拍脑门:“呀！我们只盯着那些大件儿,居然被这个老外发现电台并取走了,弄到哪里去了？詹姆斯一定知道,我们一定要赶快把他救出来。这么说,他太有价值了。而且,只要找到他,也可以知道乔子琴的下落了。”

夏勇心里冷笑:到底是特务,你当我是傻子吗？他也不点破,反问船长怎么救人。

船长有些为难,说这家医院是侨民背景,不能硬闯。武汉现在一团糟,日本特务、汪伪政府的人、共产党分子等,活跃得很呐,非常时刻,必须有非常手段!

终于摆脱了“美女蛇”，也不在小院子里关禁闭了，江龙就像飞出鸟笼的鸟儿一样，高兴得身子像在秋千上晃悠，晕晕乎乎的，走路双脚都打飘。但是接下来，他就像剪掉翅膀的黑乌鸦，扑腾不起来了。醒来已经半上午，伙计问他吃早饭还是吃中饭，他一摸口袋，没钱，吞了一口唾沫。

老板走过来笑道：“客官，太太交了半个月的伙食费呢！你想吃什么给我们说，她如果没有回来，我们给你换药。”

这女人真把我丢在这里养伤吗？什么时候回来？干什么去了？江龙一头雾水。

管她哩，早饭当中饭吃。他要了二两酒，边吃边打主意：有翅膀的鸟是不会总是停在哪里的，怎么飞？往哪里飞？飞出去干什么？要想好了再动身。

江龙燥热的身子冷却了，这里他不认识任何人，也不知道要干什么，闲得骨头疼也不是好事。更可怕的是，只有詹姆斯才能证明他不是叛徒。他现在唯一的亲人，却是把屎盆子往他头上扣的人。

去哪里都没用，救出詹姆斯是第一大事。现在詹姆斯伤口应该拆线了，可以不打针吃药了，我要把他救出来，然后去找陈明。哪怕从此离开印子，也要做一个堂堂正正的中国人，那时候再去打鬼子。

下一步必须回武汉。

江龙打听了一下，有100多里路，甩腿走回去，太耽误时间了，而且走起路来，背上扯得疼。没有长途汽车，但是有码头就有船，还是下水船。不过要钱，自己不要说船钱，连路上的吃饭钱也没有！

他就问老板，想回城找太太去，住宿、吃饭钱能否退掉？

老板连连摇头，说：“您太太吩咐过的，不能退钱。先生想要什么东西，您出去看好了，让伙计给你买，一总在饭钱里面扣……”

这个女人打的什么鬼主意？有吃有喝，是真心让我在这里养伤呢，还是成心把我软禁在这里呢？

一文钱憋死英雄汉。江龙想，我真像是《隋唐演义》里的秦琼一样了，不过他还有马好卖，我有啥？江龙突然想起来，房间里面有箱子，那是从武汉带来的，女人没有带走，那里面应该有钱吧！

箱子上了锁，怎么开呀？只有拿到街上找开锁匠。他正要披衣下楼，把架子上面的衣服扯过来，却听到叮当的响声。嘿嘿，这个女人，把钥匙拴在自己衣服的扣眼上,好细心啊。

他把箱子放到桌子上,打开一看,不仅有自己的衣服,也有女人的衣服,长的短的、单的夹的都有,叠得整整齐齐的,还有一双新布鞋,一顶新帽子,可就是没钱。那女人在路上还不时往我口袋里塞钱,现在说让我在这里养伤,居然连一张纸币也没有给我留下啊!

江龙气急败坏,把箱子猛然一关,用劲太大了,箱子一下打翻在地,发出叮当的撞击声,有大洋!

他提起箱子摇了摇,端详了一阵,箱子底有夹层啊。他撕开封口,呵呵一笑:该我发财!里面有银圆,还有金银首饰,她这是给我一笔钱,让我远走高飞吗?那她独自抚养孩子,我怎么忍心?

不对,里面还有她的衣服,这就是说,她要我等着,把事情办完后,她与我一起远走高飞。

他坐在床沿上,眼眶一热,大腿一拍:不行,我不能自己逃命,得把詹姆斯救出来。我承诺过的,男子汉大丈夫,君子一言,驷马难追,这是我的任务。但是,我一个人带不出来,还要靠印子帮助。她已经听我的话,把仁丹胡子画都烧掉了,她的哥哥是特务头子,她一定有办法帮我把詹姆斯救出来的。

他站起来,要数一下有多少钱?扒拉那些东西的时候,发现底部还有一个盒子,被封在夹层的最底下,硬硬的,是什么东西?他迫不及待撕开取出来,打开一看,气都透不过来了。

天哪!盒子的颜色不一样,但里面装的东西他太熟悉了,那是詹姆斯历尽艰险从南京带出来的,那是自己冒着刺骨的江水从水里捞出来的,那是小黄毛拼死保护下来的,那是自己冒险从关门洲上面取回来的,那是詹姆斯千方百计带出来的,最后自己亲眼看见燃烧在日本特务手中的摄影胶带!那时候他的心都被烧焦了一样,一辈子都忘不掉呀。

我亲眼看到烧了的呀,不可能再恢复原样,这是印子复制的吧?对,一定是的,就像照片能再洗印一套一样。有情有义的女人啊!他突然那么想她——不能把她一个人丢在魔窟里,不能让自己的孩子在鬼子窝里生长,不能让后代也像她一样成为日本侵略者的工具啊。

他戴起遮阳帽和墨镜,再加上出来时穿的香云纱大褂,装成阔人的模样,在房间的镜子前照照,哈,都认不出来自己了。然后他看见楼上有几个客人要出去，这才提着皮箱走出来，尾随在他们后面，混出了旅店。

快要把这座小城镇走完了，终于找到了码头。他买了船票，回到武汉，赶到医院。江龙多了个心眼，没有进大门，而是绕着医院转了一圈，依然是高墙耸立，后面的墙上还拉着电网。看来要救詹姆斯出来，翻墙是不可能的。

高墙的后面是山坡，他爬上去看看，林深草密，能够看到医院的前方，看得见门诊部和住院部，医生、护士、病人来来往往，偏偏高墙下面的小院子看不见。一棵高高的白杨树枝叶稀疏，他爬到树上，站在上面，终于看到底下了！

小院的铁门开着，里面没人，只能看见他住的那排屋子的屋脊与后墙，而且后面那排墙没有窗户。他想见的人只是印子和詹姆斯，估计只有从大门才能进去。医院没警戒，人人都能来。

他大摇大摆向医院门口走去。绕过门诊部，到了住院处旁边，却从那门洞里传来铿锵的脚步声。他一路过来听惯了军人的步伐，知道肯定不止一个人，干什么的？别撞到枪口上了吧！

他闪身到一边，放慢脚步，透过墨镜，看到领头的竟是船长。他身边跟着两个穿制服的人，旁边是几个医院的头子，其中就有伊藤。

一行人从住院处出来，江龙见势不好，又想听他们到底说啥，一步退回去，躲到假山后面，刚刚藏好身子，他们走过来了。

船长与他的人走在前面，停下来，四处望望，几个医院管理人员这才走过来，装作唯唯诺诺的样子。他们满口的朝鲜话，江龙听不懂，船长他们估计也听不懂。

伊藤给他们充当翻译，说："我们是中立国，医院是慈善事业，不需要撤退，感谢中国政府对我们的关怀！"

船长扭着脑袋问："你敢说，贵院就没有其他侨民了吗？"

"真的没有。"伊藤依然慢条斯理地说，"你们不是把我们所有的房间都搜查过了吗？"

啊，船长是在动员利民医院撤出武汉吧。

船长阴沉着脸，说："我们撤出武汉之后，你们医院能保证不为日本人治病吗？"

伊藤的面部没有任何表情，平静地说："我们的责任是治病救人。根据国际公法，医疗无国界，即使日本的伤病员也应该获得医治。"

“那,我们撤离之后,你们的安全我们概不负责了。”船长很不高兴,“就此别过。”

医院的人二话不说,一起向船长他们鞠躬敬礼,然后转身回去了。

江龙不愿意和船长遭遇,依然躲着。忽然,夏勇不知从哪里钻出来,像是随随便便遇见了一样,由船长的手下掩护,转到大榆树的背面,两人很是说了一阵子话。

夏勇怎么在医院里？这个年轻人不错,勇敢机智又有文化,还是个正派的好人。太好了,太好了,要救詹姆斯,我终于有个帮手了。

等船长和他的人走过之后,他从假山后走出来,正想跟夏勇打招呼,一个胖乎乎的女孩子走过来和他说话了。

没地方躲藏,好在身边有布告栏,江龙赶紧收住脚,装作看告示栏上的张贴。就听夏勇低声说:“没找到……说小院子三间屋子的门都敞开着,都没人,连家具也没有。”

女子的声音响起:“回去还是不说吧！乔小姐和船长有芥蒂。”

夏勇回答说:“行,天那么热,你也不要回去了,我们在食堂买饭。”

“那我回去做饭给你们带来,等着吧!”

说完,夏勇进了住院处,那姑娘朝医院大门走去。江龙脑袋忽悠悠地转动着:有没有搞错？那小院子里怎么会没有人？就是他们把詹姆斯转移了,印子也应该住在那里啊！人不在也应该有家具呀！她会搬到哪里去？

这个姑娘怎么和夏勇那么亲密？他们是亲戚吗？不对,他是东北人,她说的是湖北话。只有一个可能,他们是夫妻或者未婚夫妻。

乔小姐应该指的是乔子琴吧,住在他们家里？怎么这么巧啊！既然乔子琴住在这姑娘家里,就说明印子没把她怎么样。

江龙灵机一动,多好的机会啊！我一定要找乔子琴把事情说清楚明白:我不是特务,我不是叛徒,我没有出卖他们,我也没有把她住的山洞告诉印子,是印子自己找过去的。乔医生是个心地善良的人,她应该相信我。

他悄悄地尾随着那个姑娘,一直走进了武汉大学教工宿舍区,确定了她家的位置。不一会儿,他看到了乔子琴在阳台上晾衣服,胖丫头也到阳台上与她说话,然后两人就进去了。他就在外面等着,等了大约两顿饭的时辰,见姑娘提着饭盒走了,他这才取下脸上戴的墨镜,大步流星走过去。

乔子琴这时在书架上找了一本《悲惨世界》，坐在阳台的藤椅上看。阳台外有一棵梧桐树，洒下一片浓荫。武汉外围打得热火朝天，居然还有这么一片安静的读书环境，她似乎忘记了战争，渐渐被书中人的命运吸引住了。

正看得入神，她忽然听到一个男人压抑的声音："乔医生，我可找到你了。"

家乡话，而且还是土话。她猛然一惊，抬头看去，阳台外面的梧桐树下，江龙近在咫尺。方腮大脸，宽额头，人高马大，依然是一副忠厚老实的模样。

不，不一样了，他已经和我们不一条心了，他已经和我们是对立面了，他现在是我的敌人。她马上纵身跳起，捧着书合在胸前，就像见鬼似的往后退。

她想大声骂他一顿，可是四周都是宿舍楼，尽管大部分已经迁移了，但是对面的窗口有人影，外面的人行道上有行人，左邻右舍也都有人，她只能用压抑的声音问："你、你为什么要来这里？"

"我是来向你解释的，我从来没有叫人害你……"他上前一步。

她低声斥责："你是魔鬼，你是瘟疫，你是叛徒，你是内奸……"

江龙不但不怕她的谴责，而且一步步走近，走到阳台外的栏杆边，厚嘴唇不断地翕动："我就是来把话说清楚的，我不是你们想的那种人，你误会我了……"

乔子琴往后一退，差点被客厅门槛绊倒，干脆转身就往屋里跑。她今天豁出去了，哪怕惊动左邻右舍，也要为民除奸。

她赶紧冲进大卧室，从书架后面取出手枪。她知道，里面还有六发子弹，足以打死这个家伙。

她刚刚把报纸扯开，把手枪掂在手里，江龙已经翻过阳台，进了客厅，站在主卧的门口了。乔子琴举起枪，瞄准他："来得好，我要用子弹和你说话。"

江龙见她用手枪对着自己，一点儿也不害怕，瞪着无辜的大眼睛说："我是不好，不该和那个女人在一起。"

她呸了一口："我不管你的私生活，我只问你为什么要出卖我们？"

"我要是出卖你们天打五雷轰，我要说半句假话，我就是猪，我就是狗，我就是爬爬虫……"这个壮汉子赌咒发誓，捶胸顿足，脸上青筋毕露，嘴角出现了白泡子。他一口气讲了许多，都是一路走来想到的话，在肚子里都快沤烂了，这才一口气说出来。

是啊！他们师徒两个舍命搞来的东西，拿到之后，如果为了钱，完全可以直接交给日本人，为什么要还给詹姆斯？为什么深更半夜接我上船？乔子琴端枪的手微微发软了。

乔子琴也难以相信，一个老老实实、本本分分的码头工人，怎么会成了别人的帮凶？他出卖自己也说不过去啊。可是，一系列事情都是他引出来的，这怎么解释？女人是红颜祸水，历史上有那么多明君都被女人祸害的，何况一个码头工人？

不是他，詹姆斯怎么会被引到那个医院？不是他，那个日本女人怎么会跟踪到山洞？不是他，自己怎么会被麻醉？不是他，大家用生命保护出来的东西，怎么会落到日本人手里？……

铁证如山啊！乔子琴不得不信，她端枪的手颤抖着，又用左手去扶住枪托："如果说，在湖城你还是条好汉，以后你干了些什么？"

他竭力为自己申辩，把他一路的经历讲完。乔子琴问他，既然有人送詹姆斯了，他为什么还要跟过来？

"陈明送詹姆斯了，你为什么还要跟来？"

江龙一句话，把乔子琴问住了，她面红耳赤，张口结舌，不知道怎么说才好。他也根本没指望对方回答，粗声粗气说自己的："在湖城医院我就说了的，我要送詹姆斯。在路上，我就说了的，我要跟陈明打鬼子。男子汉大丈夫，君子一言驷马难追，我说的话不能当放屁……我知道詹姆斯中了子弹，印子的哥哥在医院，说能够给他治疗，现在，不是把子弹取出来了吗？"

弄了半天，他来武汉，还是被女人牵过来的。这一切都是一个局，都是别人下的套，他钻进来了，还让我也上了套。想到这里，乔子琴恨得咬牙切齿，牙齿打战，咯咯地响。

江龙的大眼睛突然涌出了泪水，又扯起袖子匆忙擦去了，忙不迭地说："印子——就是我老婆，不是我带来的，是她自己跟着来的。她对你用了麻药，并不是想害死你，只是要完成日本人交给她的任务……"

"大家舍掉命保护的东西，现在到底在哪里？"

江龙沉重地低下了头，手扶着门框，不敢直说，只是吞吞吐吐道："都被……日本人拿去……"

呸！乔子琴的一口唾沫吐到他的脸上。她的手指头几乎痉挛了，只要轻轻地扣动，子弹就会射出去，可是她实在下不了这样的决心。因为对方不是日本鬼子，对方手里没有拿武器，对方是自己的老乡，一起患难与共的。她怒不可遏地说:“你他妈好意思说出来,这不就证明了你是为日本人办事的吗?”

乔子琴为自己感到吃惊,不但学会了放枪,而且学会了骂人,战争让一个淑女变成泼妇了。

“我才不想给他们办事哩。”江龙睁大了眼睛,直视着对方,“在万家岭战役中,我打死了鬼子的机枪手。在木镇遭遇战中,我打死了敌人的迫击炮手。你手里拿的枪,就是薛司令奖励我的……”

乔子琴上牙咬着下唇,愤愤地说:“幸亏我把枪拿在手里,要是在你这个叛徒手里,还不知道要祸害多少人呢。”

江龙说:“我只能认错,我只能认罪,我只是想把詹姆斯的枪伤治好……晓得你受了伤害,我、我都难受死了,你是我的救命菩萨,我不能恩将仇报呀!”

乔子琴动摇了,枪口微微下垂,但还是不甘心地问:“我们拼死拼活保护的东西呢?被你身边的女人骗了去,不把这些东西弄回来,如何才能洗清你的罪恶?”

江龙扶着门框,惭愧地低下头:“我没办法搞回来了。印子……就是那个女人,她是个遗孤,在中国长大的,她和中国人没有仇恨,但她哥哥是个特务头子,逼着她完成任务……”

“不要跟我说,你中了她的美人计!”乔子琴的双手都已经发软了,但依然托着手枪瞄准他,“你告诉我,那些东西到哪去了?”

“不能怪她,是我自己把持不住……她达到了目的,把这些东西交给了她哥哥,那家伙是日本特务头子,当着詹姆斯的面,一把火全烧了啊!”

“东西都毁了?”乔子琴手软了,尽管已经预见到了,但得到准确的消息,心尖儿都疼,泪水情不自禁往下淌,“你知道詹姆斯为此付出了多少辛苦吗?你知道我们历经了多少危险吗?就这么轻飘飘地被他们夺过去销毁了,我们的努力不全部白费了吗?詹姆斯,可怜的詹姆斯……”

江龙也不管她的枪口对着自己,突然蹲在门口抱头大哭:“乔医生啊,你以为我不难受吗?当时,我死的心都有,真想冲过去与他们同归于尽!手枪被你拿走了,我当时没有武器,满屋子的日本人,医院也在日本人的手里,我斗不过他们,我们俩都不想活了……”

“他要死吗?”她非常吃惊地问。

“谁说不是!”江龙抬起头,大眼泪汪汪的,“我悄悄劝他不要死。我说,詹姆斯你活着就是人证，还能证明我不是叛徒。可是，鬼子要他做反证，证明他们在南京没有大屠杀，证明他们搞中日亲善。轮船上的鬼子通信兵叫小野，没有死，特意从湖城赶过来，要他交出电台和电码本……”

“电台和电码本？”

“是的，满船的人也就他懂，他和老铁从轮船上取走的。”

这时，乔子琴已经暗暗庆幸刚才没有一枪崩了他，否则这些事就不知道了。她不禁为詹姆斯的命运担忧：“哦，上帝呀，刚刚手术过后，要是折磨他，可要受大罪了……”

“所以，我让他装疯，他叫我潜伏在特务机关里，可以为你们打探消息。”他一边说着，一边伸出巴掌，仿照着詹姆斯做出那个潜水动作。

听他说到这里，乔子琴将信将疑了，收住泪水，冷冷一笑：“你打探到什么机密了吗？”

“我知道，印子的哥哥是特务机关的头子，医院是朝鲜人办的，詹姆斯手术以后住在我的隔壁，进去有两道门岗，看守非常严密……”

“夏勇早就知道了。”

他忙问：“我今天也见到夏勇了，他是这家人的女婿是不是？”

乔子琴嗤之以鼻：“不要东扯葫芦西拉瓢，说正经的，你到底打探到什么消息了？”

“我知道，他们在每个城镇都张贴了仁丹广告……”

“这还是秘密吗？我们湖城大街小巷不也有吗？”乔子琴又把枪端起来瞄准他。听他七扯八拉地越说越远了，她突然有一种上当受骗的感觉，绕了半天，他就是怕我杀他呀！

“那些广告招贴，实际上是秘密指挥图标，图上面都有一个长胡子的老头对吧？那胡子有几种表示，什么道路是畅通的，什么道路不能走，什么地方左转弯行，什么地方右转弯不行……”

他一口气说了许多，乔子琴举枪的手已经累得抬不起来了，托枪的两手也在打战，她还是严厉地问他怎么知道的。

“我这次能够出那个小院子，就是为他们去送这些图的，他们即将攻打武汉，需要汉奸配合，为他们指引方向……”

“哼哼，你不也是他们当中的一个吗？”

“不,我不是汉奸,只是受了她的欺骗。我没害人,也没看见她害人,她只是想跟我一起,生下我们的孩子……就是因为有这些,我不能跟她一刀两断。她哥哥答应过,只要拿到他们要的东西,就让她过自己想过的日子……”

孩子?这个敏感的话题,牵扯了一个基督教会医院女医生最脆弱的神经,她突然有一丝同情这个男人了。这个可怜的穷汉子,可能一辈子没碰过女人,被一条美女蛇缠上情有可原。现在又有了孩子,孩子是无辜的,不能生下来就没有父亲啊!

她举枪的手垂下来了,但依然愤愤不平地说:“难道,就是因为女人和孩子,软化了你的斗志吗?你不是说还要打鬼子吗?”

他紧紧地攥起拳头,从地上站起来,告诉乔子琴,印子对那里熟悉,医院里还有夏勇,船长也去了,想依靠这些,把詹姆斯救出来……

最后,江龙长长吐了一口气,坦然地说:“该说的我都说了,你要真不信,就把我打死吧!死在自己人的枪下,比我在那里关禁闭强。”

他这么一说,乔子琴摇摇头,干脆放下了枪:“我不打你,怕脏了我的手。要处理你很容易,我们人多,随时随地都能置你于死地。”

“我不怕死,让我把詹姆斯救出来,我对不起他,把枪还给我!”见乔子琴不再把枪口对着自己,反而把手背到后面去了,又上前一步,“那枪本来就是我的。”

乔子琴当即又举起了枪,恶狠狠地说:“你再往前走,我就一枪崩了你——”

“枪是用来打鬼子的,不是打自己人的。我拿你们最想要的东西给你换。”这时,他才把手里的皮箱放到茶几上,打开来,从衣服里拿出来一个扁盒子,“你看,我不是叛徒,这是印子复制的。”

趁她看摄影胶带的时候,江龙猛地一步跨过去,夺走了她手中的枪。

血证到手了,她有一种功德圆满的成就,兴奋得透不过气了。再看客厅,皮箱张着大口,躺在沙发上,主人已经翻过阳台,大步流星地走远了。他的背上,一片猩红的血迹浸透了衣衫,不知在哪里受伤的?他的脚步却依然矫健沉稳,她突然增加了几分信任感,突然想起忘记告诉他陈明死了。后来一想,他不知道也好,有个怕头。

离开武汉大学的宿舍,江龙背上火辣辣地疼,心里嗖嗖地凉,一身的汗水顺着背脊淌，流在伤口上面，像是盐水浇的一样。他撩起衣襟扇扇风，才想起来自己穿的是一件黑不黑红不红的衣服，香云纱做成的，再把墨镜戴起来，看起来像特务一样，太惹眼了。

这也有点好处，胆大吓唬胆小的，他走进巷子里的一个小门诊室，把手枪往桌子上一搁，脱下香云纱大褂子，就说要包扎伤口。

五大三粗的个子，再这么一副打扮，以为是地痞流氓火并受了伤，医生吓坏了，也不敢问，二话不说就让护士给他擦洗伤口，最后包扎起来。

江龙问看病多少钱，医生摇摇头，说不要钱。

医生也是个大个子，现在穿的是短袖白大褂，墙上挂着一件白衬衣。江龙来了主意，脱了自己的褂子，把白衬衣取下来，把自己香云纱的衣服挂上去，说两件衣服换一下，医生你也不吃亏。然后，他把白衬衣套在自己身上，提起手枪，大踏步出去了。不仅屋子里的人不敢吭一声，左右邻舍都躲进自己家里了。

听到夏勇说的话，船长到他们住的后院去看过，什么人都没有了。那印子到哪里去了呢？江龙现在是妻离子散了。掂量一下自己的分量，一个人打水不浑，夏勇是书生一个，好像还在医院侍候病人，靠他也怕靠不住。

唯一能够依靠的，应该就是陈明了。根据陈明的性格，绝对不会把这两个人丢在这里不管的，唯一的可能，就是去买船票去了。笨人只有笨办法，他买了两根白布带，一根拦腰扎起来，将另一根白布带捆在脑袋上，盘起一圈，像是一个粗大的布箍子。四川的船工都这副模样，他们说怕风，这样扎着脑壳不疼。现在自己这副打扮，只是千千万万下长江到武汉帮工的一个，谁也认不出来自己了。

他用白布带遮住了他的眉毛，始终耷拉着脑袋，在江滩坎子上坐着，像是歇气的船工，却始终盯着江滩码头下船的人。陈明一定要为詹姆斯买船票的，江龙已经打听过了，武汉根本就买不到，他很可能到宜昌去了，买了船票一定会回来，回来一定会经过这里。

他的眼睛都望酸了，脖子都伸僵了，也见不到那个面目黝黑、长着一嘴大胡子的男人。突然，腰眼上有硬邦邦的棍子顶着，江龙还没叫出声来，侧脸看见那一双凌厉的眼睛精光四射，高兴地站起来，又被钳子一般的大手搂住了。

四周静寂无声，他依然压低声音："大烟袋，我不是叛徒……"

是陈明。

他好不容易弄到两张船票，可是从宜昌回来，一下船就碰到乔装改扮的慈航。慈航见到陈明大吃一惊："你，你——死在寺庙前的不是你？"

陈明震惊了，忙问怎么回事。慈航告诉他，那天他们早上出去，下午一个男人正要进寺庙，被人从后面打了黑枪，面目全非，报上登的，说那人带有手枪。

坏了坏了，让那个大胡子去找慈航的，结果当了自己的替死鬼！他满腔悲痛，却并不表现出来，因为这个僧人不是党内同志。他强作镇静，问其他几个人情况。

慈航告诉他，一个大汉子带个女人来找他们，自己没有告知。后来，是那个小姐带那汉子进来了，带走了外国人。她留在山洞里，被后来来的女人麻醉了。她苏醒过来后，放枪引来了国民党军统特务，把她带走了。现在寺庙也在国民党特务的监控中，方丈让他出去躲避一时。

慈航这么一说，陈明暗叫大事不好，唯一的办法只有去寻找江龙。在一个警惕的游击队长的眼里，江岸上坐的这个人格外引起他的注目。先是从身材看，再从神情看出，都像是江龙。再从衣服来看更是不伦不类：上衣穿着知识分子穿的白衬衣，居然拦腰扎了一条布带子，头上还扎了一圈布条子。

这是自己要找的人，也可能他正在找自己。兜了一大圈后，看这家伙还坐在这里，走近了才准确判定就是江龙。如果他是被人指使，放在这儿钓鱼的话，不会这样的打扮，只有这个文化不高、缺乏斗争经验又身大力不亏的码头工人才这样糊涂胆大。

这不是说话的地方，陈明只是搂着他，歪了歪嘴，两人就一直朝没人的地方走。陈明一边走，一边在他的耳朵边上轻声说："你不是叛徒，你是特务，把那些血证弄哪去了？"

"我也是受骗上当啊！"江龙侧过脸，声泪俱下，一五一十把事情经过说了出来。见对方恨得咬牙切齿，枪筒恨不得把他腰杆上钻一个洞，江龙依然固执地争辩："我干了坏事，也干了好事，希望你告诉夏勇他们，我不是叛徒……印子也不是坏人，她同情中国人，也为我们做了些好事……"

"谁能证明她不是坏人，你吗？"

"轮船上有个鬼子没死，叫小野，追到武汉来了，说我们拿了他的电台……他们要带走我，带走詹姆斯，我叫他装疯，他叫我潜水……女人有我的孩子了，她带我走,烧了那些仁丹胡子。我到乔小姐那去,把我的手枪要回来,等你来,一起去救詹姆斯……”江龙的话说得很快,说得很急,仿佛不快点说出来,子弹就要从他胸口穿过。

陈明并不完全明白江龙的话,但是,有一根线把一个一个点串起来,他多少明白几分。这才多长时间呢,武汉这边就发生了毁灭性的变化,陈明觉得他所有的工作全部白费了,一时间怅然若失。

江龙的厚嘴唇不停翕动,陈明却死死地盯着他的眼睛。这双微凸的眼睛,像马的眼睛一样,很单纯、很恐惧、很焦急,就是看不出来邪恶。要么这家伙太会伪装了,要么这家伙胸无城府,他宁愿相信后者。

陈明还是说:“血证毁在你的手里,你就是我们民族的罪人。”

“不,不,我只是上当受骗。印子也不是故意骗我,她是受她哥哥的指使,完成任务。但是,她把摄影胶带重新做了一盘给我了,找不到你,我也给乔小姐了。她住在武汉大学宿舍里,你去一问就晓得了……”

亲密战友死在寺庙门口,血证落到鬼子手里,詹姆斯被软禁了……眼前这人,拿不准是友人还是敌人,他说弄到了复制的摄像胶片,也不知是真是假……要保证血证送达,唯一的办法就是找到乔医生。

两人看似像码头上久别重逢的兄弟,亲密无间,搂着肩膀往前走,其实,是陈明牢牢地掌控着江龙。这人是根线索,也可能是根导火索,哪怕引爆自己,也只有孤注一掷了。

江龙见他眯着眼睛,默默地打量自己,急急说道:“我是跟你一条心的,印子不一样,她没办法选,如果不回日本,跟着她的养父母也不会变坏,求你不要杀她。你可以杀死我,我们的孩子将来一定不会像她那样,因为有我的血。你杀我吧!死在你的手里心甘情愿……”

见他闭上眼睛,陈明眯着的眼睛却突然睁大,冷冷一笑:“死在我手里很值是吗?我可是蒋介石点名悬赏十万大洋要捉拿的人……”

“哎呀,你这么值钱啊!”江龙的身子离开了他一点,又紧贴上去了。

万里长江,这里是最宽阔的地方,一望无际,只有繁忙的船只来来往往。隔着防水墙,那边是熙熙攘攘的大都市,这边,江滩上一个人也望不见。陈明突然把他推开:“你杀我怎么样?”

“不,我干吗要杀你呢?我又不是蒋介石,又不是日本鬼子……”江龙掏出一把手枪。

果然是叛徒！陈明插在腰间的手准备动作了："杀了我，你就可以和你的日本老婆过好日子啊。"

"我不要钱，钱财是身外之物。你答应我的，带我去打鬼子，把日本鬼子打跑了，我才能安安稳稳过日子。"说着，江龙居然把他掏出的手枪扔给陈明，"你看，薛司令奖励我一支手枪，不错吧？"

"你这个人啊，我得看看……"陈明打开看看，里面还有子弹，又扔了回去，说，"走吧。"

乔子琴打开门，先看见江龙，正要问他为啥回来了，接着看见他身后的陈明，像受委屈的孩子见到爹娘，哇的一声哭了。

陈明摆摆手，她用巴掌堵住嘴巴，连忙让他们进屋。关上门，她的眼泪就像断线的珠子一样往下淌："还以为你死了呢，你到哪去了？害得我们……血证丢了，詹姆斯被关起来了，就是这个家伙……"

江龙闪身到陈明的后面，像是怕打一样，急急分辩："我不是找回来一样了吗？"

"谁知道这是真的还是假的？"乔子琴取出盒子递给陈明。

他接过来，左看右看，一手托着盒子，另一只手掀开来，除了颜色不同，与詹姆斯身上解下来的差不多。他想凑到更亮的地方看一下，这才发现，盒盖里有点古怪，有一些浅浅的、暗暗的花纹。不，不是花纹，只是用尖锐的东西画了一些线条和一些方块儿，就像地图。对，这是地图！他也不吭声，蹲下来，伸出指头，习惯性地要往地上画，一看脚下是地板，就让乔医生拿纸笔来！

她不敢翻教授的东西，打开晓晓抽屉，找到铅笔和纸，递过去。陈明却把下巴一抬，示意给江龙，然后问他："医院地形你熟悉吧？"

江龙茫然地接过来点点头，就听陈明说："把纸铺地上，在右角画上医院的大门，还有其他的大房子，你住的那个小院子……"

乔子琴说要到桌子上画去，陈明摇摇头，两个人也只好蹲下来。这个比写字容易多了，江龙按照他的指点，很快在地上画了出来。

陈明问："医院的最后面是什么？"

"围墙啊！"江龙脱口而出。

“你把围墙后面的情况也画出来。”

“是个山坡,山上长了很多树……”从那个至今也叫不出来名字的小镇回来后,想自己一个人救詹姆斯,他围绕着医院跑了一圈,还跑到山上看了,对地形当然了解,他很快地在纸上画了出来。

陈明这才把盒子的内盖翻给他看:“这是你画的吗?”

“不是啊!这不是画的,这是用刀子刻出来……咦,和我画的一样呢。”江龙搔搔脑袋,觉得有些奇怪。

乔子琴也看出了端倪:“这盒子里画的有地图,不是你画的,那就是那个日本女人画的,她画这个干吗?”

“詹姆斯藏在山洞里?”江龙从地上蹦起来,“印子画的地图,是要告诉我这个秘密……”

“既然要告诉,为什么不直接把盒子交给你?”陈明机灵的小眼睛盯着他。

“没来得及说啊!”江龙努力分辩,把他们那天出去执行任务的情况说出来,说跟随的两个日本特务死了,他们在路上烧了仁丹胡子招贴画。旅社板壁很薄,人很多,什么话也不好说……说了半天,他才突然想起来,最重要的是什么,赶紧补充:“对了,对了,她要我在旅馆等她,说她要回来,她自己的衣服都没带走……”

说着,他站起来就要往门外走。陈明问他到哪去,他说要回去等印子,陈明问他,日本女人为什么要走?是不是回去找她的上司交代任务?

“没有完成任务,我们把那些纸都烧掉了……她回去不是要倒霉吗?”江龙这才站定脚步,说,“我估计,她回去找詹姆斯,原来住我隔壁的……”

“就是把詹姆斯藏在山洞里,也是在你们走了以后,那日本女人怎么知道?”

陈明一句话把江龙问蒙了,没精打采地垂下了脑袋:“难道,难道?”

“江龙!你被骗了一路,把我们人也骗进去了,把血证也骗进去了,是不是还打算把我骗进去?”

“不是的,不是的,我要有害人之心,天打五雷轰。她一定是之前就听说要转移的。”江龙的脑袋摇得跟拨浪鼓似的,“你要不想救詹姆斯,我自己去。其实,船长也在带着人找詹姆斯,他是军统特务……”

这是个新情况!陈明立即站起来:“不能让他们得手!你们看,地图上已经标注了山洞的位置。”

两个人探过身去，看见盒子内盖上面的线条最后边的一个大弧度，当中有一个凹点。江龙却搔搔后脑勺："我在山上转了一阵子，没看到有山洞啊。"

他老老实实无意当中说的这句话，反而让陈明的信任度又增加了几分。

乔子琴见两个男人的脑袋凑那么近，闻到他们强烈的汗味，这才想起客人来了没招待，就让他们两个到沙发上坐，自己去倒茶。陈明扭头看看沙发，翻翻眼睛："那个洋玩意儿坐不舒服，你也别倒茶，凉水就行。"

"最起码也要凉开水吧！"

她说着正要转身，陈明把摄影胶带的盒子递过去："如果是真的话，和你那里翻拍的日记胶卷、照片放在一起，三样东西全了，都让你保管吧！等詹姆斯出来，一起交给他，我们也算尽到了责任。"

"能把他救出来吗？"乔子琴在胡家住得着急了，"这里毕竟是国民党的天下，还是让他们去救吧！"

江龙说他们也没办法，就把今天看见他们的事情说了出来。陈明瞟了他一眼："那，你这摄影胶带也给他们？"

"凭什么呀！我们出生入死才弄出来的，复制品也应该属于詹姆斯。"像是怕有人抢似的，乔子琴把东西拿到卧室去收藏起来。

出来的时候，她端着两杯白开水，两个男人还站着，接过来，像往嘴里倒似的，一下子就杯底朝天。她干脆把茶壶提过来，让他们自己倒自己喝。

一壶水喝完了，陈明把嘴巴一抹，这才掏出了两张小纸片："赶紧行动，明天晚上 12 点半的船，好不容易见到卢作孚才搞来的。把詹姆斯救出来以后，江龙负责送你们上轮船，赶紧离开武汉吧！"

"你到哪去？"两人异口同声地问。

"把你们俩送上船，我就完成任务，该回去了。"

乔子琴还有一些担心："救不出来怎么办？"

"救不出来也要救，这就是我的任务。"陈明很坚决地说。

船长又到利民医院来了。上次他仅仅带了两个随从，打着撤侨的旗号，顺便到这个医院来摸一下底。

按照夏勇提供的信息，他借视察之名，并没有看到詹姆斯，本想偃旗息鼓。但是听夏勇那么一说，老鼠拖木锨——大头在后面，电台可是硬通货，能追查到日本的密电码更有价值。所以这回他来就有更明确、更重大的任务，更要找到詹姆斯。

于是他把补充后的小队人马全带来，清一色的制服，全副武装，气势汹汹地进了医院。他见到院长，明确地指出，据有关情报，美国记者詹姆斯先生在贵院治疗，现在应该恢复健康了，美国大使馆委托他们来接他回去。

知道情况有变，院长亲自出来接待。充当翻译的伊藤，翻译出了院长的话，说当初他们是接受了这样一个伤员，手术早已经结束，伤员已经恢复健康出院了。

这个骗不倒船长，问詹姆斯到哪里去了。伊藤说是一个女人来接的，一个中国女人，穿着阴丹士林的旗袍，齐耳的短发，举止很文雅。

满嘴谎言，船长拿大话吓唬他们："哼！他是对抗日有贡献的国际友人，你们扣押他，可是有私通日本的嫌疑啊。"

院长的态度也强硬起来，说有个手术病人亟待处理，让医院的总管领着他们搜查吧！

伊藤走过来打圆场，说先到会议室休息一下，请长官喝茶。就在快要进门的时候，他压低了声音说："长官，我知道他到哪去了，不过这是绝密，请您的随从留步，让在下悄悄告诉你。"

不入虎穴，焉得虎子。看这个总管十分温和，船长倚仗着自己有强大的后盾，向后面一摆手，其余的人乖乖留在外面。

他跟着总管进了大会议室，这里空无一人，他踌躇了一下，又跟进了里面的小会议室。但是，他一跨进去就觉得情势不好：四边分别站着几个彪形大汉，一律手背在后面，不用看也知道，全拿着武器呢！

他想后退已经来不及了，因为两道门都关上了，隔音效果又好，他只有外强中干地虎着脸问："这是干什么？"

伊藤不动声色地说："长官，别紧张，请坐下说。"

他没有坐，放软了语气："请你们把詹姆斯交给我们。"

伊藤已经变了一副嘴脸，不再那么恭敬，抄着两手坐到茶几上，一副趾高气扬的样子，冷冷地说："你还要詹姆斯干什么？影像资料我们全都已经拿到手，而且销毁了。"

"你们，你们是谁？"

伊藤冷冷一笑："这还用得着问吗？"

船长全身汗毛立正，一股冷气从丹田直往上涌，可是他不敢掏枪，因为屋子里几双饿狼一般的眼睛盯着他。他只有装着轻松的样子坐下来："既然留着詹姆斯没有用处，就把他交给我吧！"

伊藤讪笑道："余地山先生，大日本帝国何曾做过赔本的买卖？"

天啊，他连我的真名实姓都知道，对方明目张胆摊牌了。

船长不敢轻举妄动，外强中干地嘿嘿一笑："总管先生，你们可在我们的包围之中啊。"

"长官先生，你忘了？你在我们的包围之中，武汉在我们的包围中。"

男子不仅汉语说得溜，一抱拳的动作也充满了中国的江湖气，轻言细语像在谈家常。

船长为了表示自己的不屑，他双手抱住后脑勺，靠在沙发背上，故作轻松地摇摇头："你们拿他没用，难道我们拿他有用吗？"

"没用，你还来讨要？"

"只是尽一份保护侨民的责任。"

"算了吧！"伊藤冷笑，"各为其主，你我都要完成上司的命令。"

"可是你刚才还说，你们不做赔本的买卖，我可没东西给你们。"

"是啊！一船军用物资，你都拱手送给共产党了。"

如同蛇被打了七寸，船长立即跳起来了："不是我，我没有，我那个时候，正被你们皇军锁在船舱里……"

说出来他才后悔了，他怎么能用"皇军"这个汉奸才用的称呼呢？

"谁能证明？"伊藤阴恻恻地说，"你是船长，你的责任是把这一船物资送给你们国军的。"

他颓然地说："既然如此，那么你也应该知道，我是没东西可以和你们交换的。"

"有，我们日本最新式的军用电台，包括密电码。"伊藤俯下身子，凑近他说。

"那是詹姆斯拿的，他也交给新四军了。"船长推得一干二净。

"可是新四军没能力破译，又让人带往重庆找你们的谍报人员了。"

日本特务的鼻子就像警犬一般，他们的情报工作做得真好。船长脱口而出："既然你们知道了，一定有办法拦截下来的。"

“重庆是你们的大后方，除了轰炸，我们鞭长莫及。”伊藤说，“我也是为你们着想，留点生意大家做。”

“我们的情报网可不像你们无孔不入，”船长说，“现在也不知道那东西在哪个手里，我如何才能找到？就是找到了，为什么要给你呢？”

“呵呵，劫持轮船的那帮人在你们手里，即使詹姆斯不知道，他那几个同伴一定知道，只要你把这些东西给我们，我就给你们最想要的。”

“什么？”

“你们悬赏过十万大洋要抓捕的人物，你们委员长下定决心要清除的人物。”

陈明？船长哈哈大笑，这下他真的轻松了：“你让我们打死老虎？此人已经被我在这个世界上抹去了，你还能让他死而复生？”

“哈哈哈，哈哈……”斯文的总管笑得更豪放，“拿着鸡毛当令箭，你以为，在宝通禅寺门前杀死的是那游击队长吗？还谎报军情，邀功请赏，回重庆看你如何向上司交代？”

日本人的情报机构不是吃素的，船长笑不出来了，不把陈明除掉，后患无穷啊！他身上开始冒冷汗：“陈明没死？这家伙在你们手里吗？”

“电台不也没在你手里！”

啊，这是一次空对空的买卖，答应下来就是。一则可以脱身；二则不就一部电台吗？国民党不差他们的一部电台，密电码咱们抄下来以后再破译就是；三则陈明的价值可就大得多，这笔买卖自己不亏。

可是电台那么好找吗？陈明那么好找吗？想到这里，船长冷冷一笑：“只怕这笔买卖不太好做。”

“未必吧！我们找游击队长好找，你们找我们的电台也比我们有优势，因为那电台迟早要由你们的人破译密电码，迟早要到你们手里的。”

“陈明能到你们手里吗？”

伊藤微微点了下头。

船长还在犹豫着，对方却问他是不是成交，他果断地说：“你得先把詹姆斯还给我们。”

伊藤走到桌子边上，扯了一张纸，笔走龙蛇，很快画了一张地图，在当中重重地点了一个点，说：“你要的人就在这山洞里。今天我已经撤掉了防守，现在你们可以去提人了。”

船长担心遇到阻击，想走捷径：“我想，你们内部还有一条通道。”

“我们的通道你不能用，出医院往外面走。”

说完，伊藤从衬衫里掏出一支笔，在他眼前晃晃，“不要和我讨价还价，不要和我出尔反尔，这是我们今天的记录。”

录音笔？船长背脊发凉，全身每个毛孔都在冒凉气了。

詹姆斯已经伤痕累累。在残暴的日本特务手里，他装疯卖傻没有用，装着昏迷不醒也没有用，他只有咬紧牙关承受所有的苦难。

日本人似乎对他也丧失了信心，突然就把他移出了小院子，蒙上眼睛，似乎走了很秘密的通道，这才解开他眼睛上的黑布。他发现自己来到一个山洞里，里面雪洞一样明亮，生活设施样样不差。一道铁门锁上，似乎就再也没有人过问他。

比起寺庙里的那个山洞，这里条件好得多，甚至有热水，每天可以把自己洗得干干净净的，伙食也不差，只是寂寞，没人和他说话。他就利用这个时间锻炼，身体正在一点点恢复起来。

这天，他一口气做了 20 个俯卧撑，手臂还有些疼痛，但终于可以支撑身体了。他躺在床上歇了一会儿，就听到有开锁的声音，他陡然坐起，心思翻滚，难道日本特务又要要什么鬼花招了？

进来个女人，苗条的身材，姣好的面容，一头大波浪，定睛一看，这不就是那叫应姐的女人吗？啊，她是江龙的老婆，也是日本女特务，就是她让江龙出面，把自己骗进了日本人的特务机关的。就是她骗去了所有的血证，然后当着我的面，她哥哥将我视为生命的东西毁为一旦的！她是犹大，她是撒旦，她是恶魔！

同样是女人，乔小姐那么娇美可爱，她才是天使呢！除了乔，这世上没有让自己依恋的东西了。现在囚禁在这里，见不到乔小姐，死了算了。

啊，我不能轻易地去死！为中国人斩妖除魔，自己的死才值得。他摇摇自己的左手，捏捏自己的右手，即便左手还没力量，仅凭右手也能掐死这个恶魔。于是他一边吼叫着，一边扑过去：“你这个害人的女人，上帝让我来惩罚你——”

印子何其机灵，见他眼露凶光，后退一步，抽出手枪，直接瞄准：“你要害我，一定先会倒在我的枪口下！”

知道特务心狠手辣,詹姆斯绝望地捶打着胸膛:“你打吧！向我这儿开枪！我反正不想活了,囚禁在这不见天日的地方,生不如死!”

“跟我走。”印子闪到一边,让开一条路。

“你让我到哪去?”

“你真是狗咬吕洞宾,不识好人心,我是来救你的。”印子匆匆地说,“船长带人来找你了,日本机关的人手不够,山洞看守你的人也抽下去了,他们正在前面做交易,你如果愿意跟他们走,我就不管你。”

见她的枪口朝下了,而且听到“船长”这两个字,他从心底里生出一股怨气:“我干吗要跟他走?”

“问得好！的确,你丧失了血证,在他们眼里就没有价值了。”

“那他们为什么还要找我?”

“我哥哥要和船长做交易,用你去换电台,换取游击队长。”

“电台？我没有电台,在小孤山已经被新四军拿走了。”

“可是,据我们的情报,新四军没办法破译密电码,他们派人把电台正往重庆送。”

他信不过船长,但是能信这个女人吗？似乎有几分可信,他情不自禁地问:“带我到哪去?”

“去找江龙,找到他,就能找到你们陈队长,他能把你送到该去的地方。”

是相信这个女人,还是相信船长？自己是来帮助中国人的,船长是中国政府方面的人,似乎更应该相信后者。

他双手一抄,后退几步,躺到床上,冷冷地笑道:“江龙？他被你这条美女蛇缠住了,早就成了我们的叛徒。你们狼狈为奸,毁灭了我冒着生命危险搜集来的证据,还想用他来欺骗我吗？你把他叫来,我要当着你的面掐死他!”

女人平静地说:“我利用哥哥让我们出去执行任务的机会,把他丢在一个偏远的小镇上,如今正等着我呢!”

“骗鬼去吧！你回来怎么交差?”詹姆斯哼了一声。

“我们同去的人都被日军的飞机炸死了,我说他也死了,其实他只是受了伤。”

这也说得通啊！詹姆斯有几分动摇了,瞪着蔚蓝的大眼睛沉默地望着山洞的顶壁。

“江龙为了我们的孩子留在医院,是人在曹营心在汉。我知道,他叫你装疯,你叫他潜水,你们都一门心思抗日。”印子像是看穿了他的心思,枪口垂下,靠在石壁上,幽幽地说,“我没办法,一方面,我是日本人,必须得忠于我自己的国家。另一方面,我是被中国人抚养大的,我对中国有深深的情感,否则也不会嫁给江龙……”

“别狡辩了,你们的双手沾满了中国人的鲜血,犯下了滔天罪行。你们还毁掉了我视为生命的东西……”

詹姆斯对她大吼大叫,她仿佛受了惊吓,到山洞的铁门外打量了一番,匆匆进来,眼含热泪:“我没杀人,一路上还帮助过中国的军队。我交出你们的影像资料也是迫不得已,可是我把摄影胶带拷贝了一份……”

“你拷贝了一份？在哪里?”这个消息激发了詹姆斯的活力,他腾地坐起。

“在江龙那里,箱子夹层里。”印子毫不犹豫地说。

“啊,这就不错了哇！因为这是真实的记录,最能说明问题的摄影资料,它是活的。”乔小姐那里还有日记本的胶卷和一套照片,这么一来,血证资料都全了啊!

詹姆斯突然兴奋得满脸通红,站起身,迈开大长腿,几步跨到她的跟前,扯着她拿枪的手就往外走:“快快快,我们快出去!”

第二十三章　山洞口解救

铁闸门并不在山洞口，出了门之后，还要拐几道弯才能出山洞。身后越来越暗淡，前面开始是暗黑的，渐渐有微弱的光，越走越亮堂。詹姆斯被囚禁得简直要发狂，迫不及待地要见到阳光，只顾朝着光明奔去。

但是，他始终抓住身边女人的手。他有几分怀疑，有几分信任，各自占多少成分说不清楚。

已经呼吸到新鲜空气了，已经看到洞口灿烂的阳光了，女人猛地挣扎开来，轻声却有力地喝道："趴下，有情况！"

詹姆斯也是经过军事训练的，只是刚才兴奋过头，忽视了外面的声音。那声音极其细微，就像不大不小的风吹过，但的确有情况，那簌簌的声响，好像草棵被分开。

船长这么快就来了吗？他要拿我做交易是不是？我才不愿意当他的筹码呢！他居然跟日本人勾结起来了，该死的汉奸！还想算计大烟袋？陈明可是智勇双全的汉子！

詹姆斯从小就有英雄情结，有正义感，开始是被华夏文化吸引，在中国游历过许多地方，从民间俚语到诗词歌赋，每样都学到了一些。后来抗日战争爆发，他毫不犹豫地选择留下来，要为抗战出一份力。

到了中国，他发现陈明是真正的英雄，不仅有民间百姓的侠义精神，还有信仰、有手段，为自己的理想抱负不遗余力，这是中国先进党派的中坚力量啊。

他保护了我，我也要保护他，要为他清除敌人。想到这里，他倏地伸过右手就去夺女人手里的手枪。原本，印子的右手被他左手握得紧紧的，洞口左边已经闪进一个人，躲在凹处，尽管贴着石壁，似乎与石头融为了一体，但是身子就像在洞口增加了一块条石,仔细的人还是能发觉的。

霎时间,枪响了,说不清楚是谁的手指扣动的。一声清脆的响声之后,洞口左侧那个人影一个趔趄,又顽强站住了,身子与石壁贴得更紧。

洞口右侧的一个人影子不管不顾了,明明知道洞里还会发射出子弹,却猛地扑过去,喊了一声:“大烟袋——”

喊叫的是江龙,他太耿直了,太冲动了,只担心陈明。如果洞里是敌人的话,彻底暴露了身份,会被打成筛子了。

然而,也就是他这一声大吼,陈明见他暴露在山洞里的枪口下,担心他的安危,没有扣动扳机。洞里的两个人也同时醒悟过来,跃身而起,一个喊着大烟袋,一个喊着江龙。

詹姆斯不知道是不是自己打的枪,但是主动承担责任,跑过去抱住陈明痛不欲生:“陈队长啊,我怎么打的是你呀?”

陈明左腿的小肚子被洞穿,鲜血咕咕地流,哭笑不得:“该死的洋鬼子,老子来救你,你他妈的怎么恩将仇报了?”

“哎呀,我哪里晓得呀!你的腿赶紧要扎起来,我去找绷带——”詹姆斯一边跑一边嘀咕,“他妈的邪门了,那枪居然打了我的恩人——”

那边,印子喊着江龙,问他为什么回武汉,说:“我正要带詹姆斯去找你!”

江龙说:“我就是来救他的呀!你怎么先来一步了?”

“来不及了啊!小野带的宪兵队正在四处搜查,非要带走他不可。”

“那你更不能放枪啊。”江龙火了,上去就给她一个耳光,“这不是存心暴露我们吗?”

“詹姆斯来抢枪,不知道怎么就走了火,真不是有意的啊!”女人捂住自己的脸颊,当即跪下,“江龙君,你要相信我啊!”

陈明坐在洞口,一手捏住伤口的上方,另一只手端着枪毫不懈怠,冷冷地看着印子。

在湖边的小屋外,他就看见这个女人了。前不巴村后不着店,一个孤身女人为什么住在这里?在兵荒马乱的日子里,她为什么这样热心?陈明来晚了一步,没有贸然进屋,在窗外仔细地观察着女人的一举一动。

只见她穿衣打扮虽然土得要命,但一举一动并不迟钝,那语言、那神态更是超出渔家女人的从容,语音也透露出她绝对不是当地人。

当那女人说去找自己的时候,并不是朝歪脖子柳树那边跑,而是朝离开湖岸的方向跑,他就看出门道了。鬼子有可能因为人手不够,才让这女人守株待兔的,他们迟走一步就会落入鬼子的魔爪。

一路上,陈明都没有透露对女人的怀疑,担心给那两个涉世不深的人增加负担。因为他不能确定两人会追上来,所以只给慈航交代,说如果找他们的人不止一个,就不要告知他们的住处。偏偏那时乔子琴耳朵已经聋了,她根本没听见。

现在,陈明才有几分后悔,没有早给两个同路人警告。这个女人像是阴魂不散的魔鬼,附着在江龙身上,前后跟脚到了武汉,骗去了人证、物证。

现在,又是日本特务做下了局。在武汉大学乔子琴那里,陈明已经有些怀疑,可是,听说轮船上一个落水的鬼子没死,居然追到武汉来要带走詹姆斯,他急了。

武汉虽然在国民党手里,但是即将沦陷,日本人已经渗透进了城市,特务多如牛毛。何况在特务机关里,还有便衣宪兵来了,他们不达目的决不罢休,再耽误,只怕詹姆斯就要被带走了,那才是鸡飞蛋打哩。

所以,陈明这才孤注一掷,迫不及待地要赶来。果然还是上这女人当了。

詹姆斯扯出一条被单来,撕成一条条给陈明包扎。

陈明责备詹姆斯:“在日本人的特务机关里,更需要小心谨慎,你怎么轻易就开枪了?”

“我没看见啊,以为是船长呢!”詹姆斯分辩道。

“算我打的好不好!”女人,跪在地上抬起头,焦急地说,“你们快走吧,船长要拿詹姆斯、拿你和日本人做交易——”

陈明腿上汩汩地流血,哪怕动一下,都加剧血流的速度。他把枪放下,双手箍住小腿上部,抬起脚让詹姆斯包扎,同时问印子:“什么交易?”

“换取他们的电台和密电码……”

“印子,你还骗我吗?”江龙不信船长和他大舅子能坐到一起,“你把我甩在小镇上,到底为什么?”

女人的眼泪簌簌地往下流,望了陈明一眼,又望向江龙,匆匆分辩道:“我真的没说谎。我回来说,你们三个男人下去推车时被日军飞机炸死了,这才取得我哥哥的信任。我搬进小红楼,把詹姆斯搬进山洞。幸运的是,我从乔小姐那里拿到摄影胶带,马上就拷贝了一份……”

“那就是个诱饵！引我来上当是不是？骗了江龙,骗了詹姆斯,现在要来骗我吗?”大江大河都过来了,居然在阴沟里翻船,陈明恨得咬牙切齿。

印子在地下转过身去,匍匐几步,向陈明磕头:“我只知道小野来了,船长来了,江龙一向马虎,不知,你们这么快会发现地图,这么快赶来。我只想把詹姆斯带到江龙那里,一起去重庆。然后我们到乡下去,生下孩子,远离战争,没想到……”

“没想到,没想到你是个蛇蝎女人,是个害人精,没想到我一而再,再而三地被你欺骗！你敢说,手枪不是你的吗？你敢说,詹姆斯不是被你骗出来的吗?看看,船长带着军统的人都来了!”江龙个子大,站得高,他看见山下已经来了人。

果然,山下传来了叫喊声:“枪声是从那里传来的,赶紧上!”

“快,我们快走!”陈明从詹姆斯那里扯过绷带,随便捆扎后,费劲地站起来。

女人捂着脸,抬起头说:“我……怎么办?”

“死去吧!”江龙愤愤吐了一口唾沫,吐在女人的脸上。

印子绝望了,顺手摸起了小巧玲珑的手枪,在两个男人都去搀扶陈明的时候,把枪口直抵自己的胸膛,喃喃说:“我没有害人,我不想害人……”

第二个“人”字刚刚说完,沉闷的枪声响了,女人倒地的声音响了。

三个男人停止了脚步。

“印子！印子!”江龙听到枪声一惊,回头一看,女人已经倒下。他肝肠寸断,转身跑过去,蹲下来,摇摇女人,急促地喊了两声。印子脸色苍白,双目圆瞪,前胸的衣服破了一个洞,身后的血汩汩流淌,已经把她的肩膀和头发打湿了。

他的头脑仿佛空了,身子一晃,眼中流泪,心里流血。他见陈明已经转身向后山走,赶过去,稳住了身子,竭力不去看女人的尸体,只是把脊背送到陈明跟前:“快,我背你走,往后山走。”

陈明一掌把他推开:“你们走,船长是冲着我来的。”

詹姆斯什么话也不说,站起来,走过去,从女人手中取下手枪,又用没有拿枪的手在自己胸前画了个十字,突然转身朝山下跑去,一边跑一边喊:“船长,我来了,我把日本女特务打死了,你们是来救我的吧?”

他的声音那么响亮，在山谷里回响，一声声"救我的吧——救我的吧——"回荡着，声音传得很远。

趁陈明还在惊愕，江龙一把抓起陈明扛到肩上，转身就往后山跑。陈明在他的肩上挣扎着，使劲捶他的后背，愤愤地连声说："放我下来，放我下来！"

"比起我扛200斤的大米上轮船，你轻多了。你不要动，别连累我也摔到山下去了。"江龙一边跑一边说。

"詹姆斯和乔小姐必须上轮船，好不容易搞到的票。"陈明想把詹姆斯拉回来，"别让他跑到船长那儿去了！"

扛着一个人往山上跑，若是别人早累趴下来了，江龙脸不改色心不跳，还一只手托着陈明右腿的膝盖，生怕碰着他的伤口。他说："军统还搞不到船票吗？你真是咸吃萝卜淡操心。"

"但是，他们要拿詹姆斯做交易。"

"日本人都奈何不了詹姆斯，你以为他会怕军统？日本人得不到的东西，军统会得到吗？再说了，那东西也不在他的手里。"

"你知道在哪里？"

"不晓得！"说得很干脆，那汗水洇湿了衣服，还一滴滴地滴到陈明手背上。

"我知道，放我下来……"陈明似乎比江龙累，气喘吁吁地在他肩膀上说。

"你知道，那就好，一定会派大用场！他们，更不可能得到了。"江龙说得很笃定。

乱草丛中根本没有路，江龙背着陈明驾轻就熟，仿佛在大江大海中游泳一般。也不知走了多久，陈明发火了："放我下来，没危险了！"

江龙还往前面走："特务追上来怎么办？"

"啊！"突然，陈明低低叫了一声。

江龙只好把他放在旁边石头上，回过头来问他怎么了。陈明这才看到，江龙在擦汗水的时候，首先擦去的是泪水。

"我想坐坐。"陈明扯起袖子，也擦去自己脸上的汗水。这才问他要把自己背到哪里去。

江龙茫然四顾，打量了一下周围，说恐怕只有到武汉大学去了。跟着又说，白天可能还不太好去，晚上……晚上又担心戒严了。

"不如在这里多坐一阵子。"陈明这才告诉他，真的不需要再跑了，没危险了。

江龙自己也注意到,刚才来的人并不多,只是军统特工,也不会来搜山。因为,詹姆斯主动跑出去,就是为了表示,是他打死了印子,没有别的人了。船长找到了詹姆斯,肯定偃旗息鼓,打道回府了。

“印子……”江龙扭过头去,仰望着蓝天,太阳被密密匝匝的树枝挡住了光线,不是那么耀眼,却依然刺目。他拼命想把泪水忍回去,可还是顺着他宽大的颧骨流淌。

“军统来得好快呀!”陈明像是自言自语,“不管是有意的还是无意的,不管哪个开枪,我们的行动都失败了。不过,比小野抓回去好一点……”

“都怪我呀!”江龙再也忍不住了,双手捧着脑袋,蹲下来,汪汪大哭。

这时,非常低柔的歌声传过来,声音有点嘶哑,然而吐字非常清晰,是陈明唱的。江龙看过去,陈明把大烟袋捏在手里,凑近嘴边,既没有火,也没有吸,眼睛细眯着,闪着微微的泪光。

江龙第一次看见他哭,第一次听见他唱歌,他为啥要唱歌?

“你,你结过婚了没有?”

“我们,不去想女人了好不好?”陈明把烟袋往石头上磕磕,眨眨眼睛,突然放大了声音。

快到山顶了,下面就是悬崖峭壁。江龙不放心,生怕他腿脚不好支持不住,硬把他挤到里面去,自己坐在边上,脸朝着外面,什么话也不说了。

陈明探身一看,只见他脸上依然有泪滴,就问:“还在为你老婆哭啊?”

这句话勾起江龙的心思,他干脆弯下身子,将脑袋埋在两膝之间,又哭起来,哽咽着说:“这一回,她真的没骗我们……”

“唉!她没骗我们,不等于她没被她哥哥骗。”陈明长叹了一口气,“男人流血不流泪,不要儿女情长了。她,连同你的孩子都是战争的殉葬品,她都做出了牺牲,男人还做不到吗?”

“我……当然做得到,要不然就不会跟你们走到现在了。”江龙呜咽着说。

“那还说什么呢?那还哭什么呢?还说打鬼子呢,老婆孩子热炕头都舍不得丢……”

江龙冷不丁地站起来,扯起袖子,抹去眼泪,坚决地说:“哪个说的?你要我做什么我就去做,二话不说。”

“坐下，坐下。”陈明的手覆在江龙的膝盖上，沉重地说，“可惜，我们把血证葬送了。”

“没有没有，我们还有照片，有胶卷，有复制的摄影胶带。”

“是的，可那不是原件。还有更重要的东西，对我们战胜日本侵略者直接有用的东西，那就是他们的电台和密电码。现在，我要告诉你这些东西在哪里。”

“告诉我干什么？我又不懂那些玩意儿。”江龙诧异地转身望着他。

陈明苦笑道：“你看我，现在跑不动了，不托付你托付谁呢？而且还是你认识的人，你们一起并肩战斗过……”

“老铁？”见对方点点头，江龙兴奋地站起来，“他到武汉来了吗？”

“他到重庆去了，按照地下党的指派，他要把东西交给重庆有关方面的秘密联络者，去破译日本人的密电码。你赶紧去找老铁，帮他完成任务。”

陈明不知从哪里掏出一个蜡封的小圆球，如此这般地向他交代，又告诉他，遇见什么人说什么话，怎么应付。江龙突然觉得脑袋开窍了，终于明白如何兵来将挡，水来土掩。说书人就是这么说的。

江龙虽然心里还很难过，但是重任在肩，有了目标和方向，痛苦减轻很多，想要赶紧行动，又问完成任务以后怎么找他。

陈明掏出烟丝，放进烟锅里，吧嗒吧嗒抽了两袋烟，磕磕烟灰，捏着烟袋冲他翻白眼：“就此别过，你找我干吗？”

“我原来就说，要跟你打鬼子呀！”

“瘸腿了，跑不快了，怎么打鬼子？”陈明端起了大烟袋，“我原来就准备把詹姆斯送到武汉后马上回去，现在受伤更走不远了。”

江龙这时候才想起来，陈明还是个伤员呢！从他疼的程度来看，子弹可能把他的小腿骨头伤着了，怎么走得动？怎么走得远？他又一次要陈明趴到他肩膀上，说一定要送他离开武汉，背到一个安全的地方养伤。

陈明又装了一锅烟丝，边抽烟边说：“武汉马上要沦陷了，没有安全的地方了。詹姆斯已经不需要船票了，你就用他的船票到重庆，找老铁。”

“不行，我不能把你丢下不管，起码要送你下山。”

陈明把大烟袋磕磕，不耐烦地说：“你还能跟我一辈子啊？让我自己走路吧，你帮我弄两根树枝当拐棍拄吧。”

江龙拗不过他，但这边都是石头，看看山坡南边树木多，赶快朝那边跑去。

他选取一根较粗的“丫”形树枝，比着身长折断，然后去掉枝叶……忙活了好一阵子，等他做好两根拐棍，跑回原来的地方，已经不见陈明的身影。这家伙跑哪去了？江龙不敢大声吆喝，四周找了一圈，望望山坡下面，只有风吹草动，连烟味都没有一点。

他想喊喊不出，想哭又咽下了泪水，用衣袖擦擦脸，一跺脚，从后山走下去了。

第二十四章　宴会厅相见

经历了失望、绝望，再到有了希望，乔子琴人生的小船在波峰浪谷中颠簸。

半年多来，经历了太多的事儿，矛盾集中在最后关头，是不是能够撤出？是否能够安全到达重庆？那两张薄薄的小纸片，决定着她的命运。如果救不出詹姆斯，也要离开这该死的地方！最好与江龙一起走，高山峡谷是唯一能遮挡日机轰炸的旅途，那一路虽然山高水远，但不至于枪林弹雨吧。

无论如何，江龙会来的，他的行李还在这里。

战争与和平，过去看到的都是铅字，但纸上得来终觉浅。经历过这半年的出生入死，什么都比不上“和平”这两个字可贵。

什么也做不了，只能等待。为了消磨时间，她又走到胡教授的书房，找到了托尔斯泰的《战争与和平》，四卷本的巨著，每本都有一寸多厚，过去是看不下去的，现在以另一种体验来读，很快沉静下来。

没看几页就听到敲门声，是彬彬有礼的叩击，大约是夏勇回来了。他是这个家庭唯一没钥匙的人。

“胡教授还……”打开门，她却把后半句话吞回去了。门口是两个陌生人，紧绷着脸，虽然身着便装，那气势，那装扮，一看就是军统的人。

军统的人真是法力高强啊，居然找到这里来了。胡家人不可能告诉他们的，陈明也不可能，只有一个人——江龙！上帝啊，又被他出卖了吗？这个该死的叛徒、内奸、卖国贼，我怎么又上当了？

顿时，她像被恶魔卡住了喉咙，全身发软，双腿战栗，一手把住门框，一手把住门扉，尽力让自己不倒下。她想要尽力把门关上，可怎么抵得过两个男人？穿着皮鞋的大脚已经迈进房门，卡在门槛内了。

见到这个优雅的女子,那两人脸上挤出一丝笑容,一个人亮出他们的证件,另一个人拿出一张请柬:“您是乔小姐吧?”

她接过来一看,上面写着:

> 乔子琴小姐:
>
> 谨定于今晚六点,在楚都大饭店举行新闻发布会,恭请拨冗光临!
>
> 军情处

她只看了三行,就认定了这是圈套。

什么新闻发布会?是他们抓住了游击队长的新闻?陈明不是被他们打死了吗?抓住了江龙?把他当成日本特务,让自己去供认他、揭发他?……

她最直接的反应就是呼救。可是,宿舍的人大部分都已经撤离,如果不是胡教授腿疾,这家人也走了。谁来救我?我在这里谁也不认识,来人可是代表政府执行公务的。她把请柬塞到个家伙手里,扬起秀丽的眉毛,说:“我与军情处不相干,没有义务参加他们的会议。”

“可您有义务配合我们执行任务。”一个便衣带着笑容说,语气却很强硬。

乔子琴又找到了理由:“我是受人之托,帮人看家的,人家不回来,我不能离开。”

另一个人板着脸说:“我们的工作比看家更重要,任何人与任何事都无权耽误。”

“我就是不去!”乔子琴关不上大门,想进入另一个房间,他们总不至于砸门吧。

可是没容她转身,一只大手如钳子一般将她的胳膊捏住了,低沉的声音威胁着他:“乔小姐,不要敬酒不吃吃罚酒!”

开头说话的便衣态度和蔼些,又来一番好言相劝:“小姐不要误会,我们真是有好消息相告,您的外国朋友被成功地解救出来,不应该庆贺一下吗?他也迫不及待想见您……”

啊,詹姆斯被救出来了!乔子琴心里的石头稍稍落了下来,但是紧跟着心又悬起来:“是谁解救的?”

“当然是我们船长带领的人马啊。”这人交底了。

怎么就没有想到是他？无论如何，我也要去看看。乔子琴说要去加件衣服，写张留言条，两个便衣说不必了。看来，他们还会放我回来的。她只来得及抓起沙发上的一件外套，往沙发垫子下塞了一样东西，就被他们催促着出门上了车。

汽车开进一个院子，他们走进一间办公室，果然是船长。船长站起来，嘎嘎干笑着伸出手："乔小姐，咱们又见面了。"

她不理会对方伸过来的大巴掌，狠狠瞪着船长："我犯了什么罪？你们为什么要抓我？"

"呃，"船长有些尴尬地缩回手，解释道，"不是抓你，而是上面要求我们必须安全地把你和詹姆斯先生送到重庆。我们也是为了执行命令，你怎么还不领情？"

"他真出来了？"听船长说要把她和詹姆斯送到重庆去，乔子琴多少消了点气，"怎么救出来的？詹姆斯人呢？"

船长接到重庆长官的电话，好不容易找到乔子琴，心想她一定是重庆方面的人，也不见外，干脆和盘托出："我得到内线，找到利民医院的后山，詹姆斯正好打死了那个日本女特务，从山洞里跑出来。"

乔子琴倒抽了一口凉气，江龙老婆被打死了？她肚子里还有孩子啊！江龙和陈明也去了那里，他们没碰到吗？可是她不敢问，只是说："你们弄到船票了？"

船长笑笑："大家的目的不都是救詹姆斯先生吗？难道救出来了以后，还让他和那些大老粗一起跋山涉水？已经在我们的地盘上了，当然由我们护送了。还包括护送您，您还想要哪一个作陪？"

这话说得乔子琴不好意思了，解释说："不是啊，一路过来，千辛万苦，都是他们照顾的，还没向他们道谢呢！"

"哎呀，乔小姐早说嘛，他们是谁？他们在哪里？"

乔子琴有些疑惑，詹姆斯为何打死了江龙的老婆？陈明和江龙也是去救詹姆斯的，人跑到哪里去了？她有一肚子问题想要搞清楚，詹姆斯可能会知道的，就问他人在哪里。

"不能只想着老朋友啊。"船长笑着说，"乔小姐，今生有缘，快快请坐——这一路上，我也算保护过你和詹姆斯先生，以后但凡有用到余某的地方尽管开口。”

他们如此殷勤，原来是了解我的背景啊！乔子琴撇了一下嘴：“船长大人，你说这话是什么意思，是想收买我吗？”

船长呵呵一笑：“我也就是个小部门的小头头，怎么敢收买您乔小姐？只不过我觉得，多个朋友多条路是不是？”

“我们是朋友吗？”

“啊，看您说的，不是朋友能舍身相救？”船长恭敬地在她的茶几上放上一杯茶，“在土匪手里救过一次，在寺庙的山洞里也救过一次，即便贵人头上多忘事，也不能过河拆桥吧。”

不能说对方没帮过忙，但心里总是不舒服，乔子琴冷哼一声：“我没有路，也不想留后路。我只想赶紧到重庆，你赶紧把詹姆斯叫来，让我们走。”

船长瘦削的脸抽动了一下，又挤出几丝笑容：“乔小姐，你对我们不信任？那么，把你们送到卫戍司令官最高长官那里，由他派人护送你们去重庆如何？”

“不敢劳驾，我只是个普通的医生，不是达官显贵，不敢惊动你们上面的大头子，我自己走就行了。”

“就怕在路上再出岔子啊，”船长看看大座钟，半开玩笑半戏谑道，“时间还早，我们共进晚餐吧！我谨代表所有同仁对你们表达歉意，没能尽职尽责保护你们，让你们受了那么多的苦……”

不知怎么的，她有几分忐忑：“真能见到詹姆斯？”

“君子无戏言，请——”船长很绅士地弯腰，右手摊开，引她出门，上了汽车。

车灯雪亮，车速缓慢，因为路况不好，坑坑洼洼的时时颠簸几下。穿过街区，虽然没有路灯，但借助车灯，能看见好多处断壁残垣，像风烛残年老妪的牙床。

已经取消了宵禁，但街上也见不到行人。一阵秋风，卷起一片片梧桐的树叶，枯黄而单薄，像是僵尸的手爪，竭力想抓住什么，却无声地落在地上，带来一片萧瑟……

七弯八拐，他们来到一家豪华饭店。饭店伫立在山后面，漆黑的夜色中，反衬出璀璨的光辉。在这么混乱的情况下，依然有灯红酒绿的地方，乔子琴突然想到了这样的诗句：商女不知亡国恨，隔江犹唱后庭花。

车门打开，船长先下车，站在边上，伸出右手，挡在车门的框上，生怕碰到她脑袋似的。

饭店门口的射灯下，一个外国青年的身影有些不安分，进进出出，十分惹眼！

他身材高大，个条挺拔，一头金黄的头发修饰得像波浪一般，穿一身米黄色的西装，敞开着，白衬衫上打着鲜红的领带，让路过他的人无不侧目。

他的脸带着一点粉红色，蓝眼睛有几分孩子气的朦胧，鼻子微微带着鹰钩，耸立在棱角分明的脸庞中间，饱满的嘴唇半张半合，过分整齐的牙齿好像珍珠一般，五官显示出欧洲人的立体感。

这人有几分熟悉，又有几分陌生，真的是他？

当一行人进入大厅，詹姆斯一眼就看见了人群中的乔子琴。她仍穿着进城时他见过的阴丹士林旗袍，外面罩了一件白色的网衫，亭亭玉立，像翠竹一样朴实典雅，尽显东方女性的柔美。

“乔！你终于来了！”压抑的情感像火山一样爆发，他一声大喊，引起了大厅里的轰动。

他不顾一切地奔过来，一把抱住乔子琴狂吻，嘴唇像雨点一样落在她的额上、脸上，最后落在嘴唇上，就像是燃烧着的拔火罐，紧紧罩住乔子琴柔嫩的唇。

那么久的耳鬓厮磨，那么长的分别，那么多的担心，让乔子琴也不能自持。可是，旁边镁光灯连续闪动，让她猛然惊醒。天啊！大庭广众之下，怎么能如此放浪形骸？

但是，边上军统邀来的记者，已经拍摄到这突如其来的一幕。

詹姆斯的蓝眼睛朦朦胧胧，流露着喜悦和执着，乔子琴有几分感动。没有人比她更了解詹姆斯所受的苦难，她为他的获救感到欣喜，不忍心斥责他，只是奋力挣扎出来，三分羞涩、三分责怪、四分惭愧地说：“你刮了胡子，我都认不出来了。”

他蔚蓝的眼睛闪着挑逗的霓虹，话里有话地说：“可见，我在乔小姐心目中还没有位置。而我不同了，哪怕你化成灰，我也认识你……”

她的脸通红，不知道怎么回答才好，转身就往里走。侍者们早已等候多时，殷勤地把他们往里面请。

乔子琴从来没见过这样奢华的吃饭地方，天花板上挂着枝形吊灯，四周无数盏壁灯，脚下还有地灯，照得包厢雪洞一样，连地毯都是乳白色的，仿佛一尘不染。

包厢当中是一张大圆桌，桌上放置着鲜花，鲜花外围是一圈各色水果，水果外面是一盘又一盘的山珍海味，还有亮晶晶的银餐具、高脚酒杯、折叠成马蹄莲的粉红色餐巾……

她与詹姆斯坐在一起，一肚子的问题正想发问，船长却走过来，坐在她的另一侧，顿时，真皮垫子的椅子也像长了刺一般。

好在来不及说话，宴会已经开始了，船长首先举杯，祝今天圆满成功地端掉一个日本人的特务据点。

詹姆斯太清楚了，不是他们端掉了利民医院里的特务据点，而是对方主动撤离了。他不合时宜地说："虽然赶走了一小部分人，但即将到来的，却是铺天盖地的大部队。"

"留给日本人的只是一座空城，我们是战略转移。"船长的手下马上为头子解难，也举杯祝贺詹姆斯获救。

"战略转移只是逃跑的托词。"詹姆斯端起酒杯站起来，转身对乔子琴，"我敬你一杯酒吧。"

乔子琴也举起杯子站起来，却对詹姆斯用英语轻声说："谢谢你，为这次事情付出最多的是陈明，我代替他喝了这酒吧。"

两人碰杯的瞬间，又被摄影记者抓住了镜头，定格在一天之后的各大报纸上。

乔子琴仅仅喝了一杯葡萄酒，那酒劲也让她面若桃花。

乔子琴先与詹姆斯碰杯，船长有几分不满，趁机发牢骚："在路上，就叫你们把证据交给我们，你们不听，还偷跑了，结果如何？鸡飞蛋打鬼吹灯！"

"都交给你们，我们未必能进入武汉。"詹姆斯话中有话，然后用英文又和身边的乔子琴窃窃私语。

船长知道他们会说什么，两人的心都还在陈明身上。精心安排的晚宴为他人做嫁衣，没人领情，船长拉下脸来："无论如何，我们需要的东西没有了，努力全白费了。"

"并非如此！"乔子琴也沉下脸说，"起码，詹姆斯先生活着，他是人证，如果用文字回忆日寇的屠城罪行，同样有价值。"

詹姆斯说："是的，是的，我在寺庙山洞里就开始写了，没有纸张笔墨，小本子又被大烟袋拿去了,只有写在被单上,可惜没有带出来……”

“我们带出来了,只是这才是一个开头,希望记者先生配合我们继续写下去。”船长虽然这么说,更觉得今晚花大价钱请客是一个错误,这个乔子琴莫非是“共”字号的人?他突然兴趣索然,叫快上主食。

趁着军统的人交头接耳,詹姆斯与乔子琴一边刀叉并用切牛排,一边叽里咕噜用英语说话。

船长打趣:“你们说什么秘密吗?”

“谈情说爱,能让你听见吗?”詹姆斯没好气地说。

乔子琴的脸红得像大虾,但这回没抗议,只用英语问他其他人到哪里去了。他把情况简单介绍了一下:印子自杀了,陈明受伤了,江龙估计带他从后山撤离了……

乔子琴的心里很沉痛,可表面上装着平静的样子问詹姆斯现在怎么办。他说当然早去重庆为好,由他们官方输送更安全,既然船票不好弄,送给胡教授家也好。

欢宴不欢,匆匆结束。船长说明晨的那班船是小轮船,直接从武汉到重庆,晚饭后就可以直接上船。

但是乔子琴说还有东西放在武汉大学要去拿,由詹姆斯去陪着就行了。船长不同意,说时间耽误不起,武汉正是混乱的时候,还是汽车送他们去方便。

两人单独说话的时间都没有,詹姆斯不高兴了,说他反正也没有行李,何必跑一趟,就在这等他们。

船长说不行,要集体行动,如果走散了,就把他丢在武汉。

“那可不行,”詹姆斯反正两手空空,跟着他就往外面走,打趣地说,“丢下我,你们怎么回去交差?”

船长冷冷一笑:“老弟,不要过高地估计自己的价值。你把南京大屠杀的罪证弄丢了,就是一个普通的美国侨民,我们只有保护你的义务,没有一定要保证你安全的责任。”

“你的意思是我可有可无,是吗?你不要那么势利好不好?难道你也是有奶便是娘的人吗?”詹姆斯一路上把嘴皮子练得更利索了,然后滔滔不绝地分析武汉的现状与重庆的未来。

船长不耐烦地说:“这是我们的问题,用得着你这个老外来咸吃萝卜淡操心吗?”

“怎么不要我操心? 你们正在申请美国援助,美国政府的钱是纳税人的钱,我也有一份。要维护世界和平,只有结成反法西斯统一战线,就像你们现在搞国共合作,携起手来,共同抵抗日本侵略,这种做法就很好嘛!”

到了武汉大学,车一停,船长就迅速推开车门,果然是假睡。乔子琴想甩开船长,抢先一步下了车,回过头来对他说:“你跟着去干吗?”

“无事不可对人言,有什么秘密吗?”

乔子琴无计可施,又担心陈明、夏勇万一在里面怎么办? 她故意绕到阳台外,冲着里面喊:“胡晓晓,他们送我回来拿东西,你能把行李递给我吗?”

这样一喊,无异于通风报信,即使那几个男人在,也来得及躲起来。

江龙正好来了,说起印子的自杀痛不欲生,听说乔子琴被接走了,才说詹姆斯也被船长接走了。几个人异口同声问他陈明呢,他难过地摇摇头,说陈明不知去向。

胡晓晓问为什么不去找陈明,他这才停止哭泣,说是大烟袋交给自己非常重要的任务要尽快去完成。夏勇也说陈明是一条汉子,智勇双全,什么风浪都闯过来了,即使腿受了伤,他也有办法自救。

至于说乔子琴和詹姆斯,被船长接过去,也未必不是一件好事。他没说那么多,只是告诉胡家的人,我们这么些人吃尽辛劳,目的就是要把詹姆斯送到大使馆。自己是跑轮船的,知道这一路山高水险,还不知道路上会出现什么幺蛾子? 在国民党的地盘上,由军统特务护送可能更安全。

晓晓不乐意了,说夏勇不了解情况,乔子琴千方百计要摆脱国民党的控制,怎么还愿意落入军统特务之手呢?

夏勇就分析给他们听,说詹姆斯和乔子琴都是意志坚强的人,不会随便被他们左右。特务想顺藤摸瓜,从他们那里查找电台和密电码,不会有结果的。乔小姐和这件事无关,日本人拿詹姆斯都没办法,才把这烫山芋甩给中统特务的。

胡教授已经拆线出院了,勉强可以行走。武汉医院大部分撤到了重庆,院方通知韩梅到重庆去工作。民生公司正忙着紧急抢运武汉和宜昌的物资、人员,人手不够,迫切需要所有职工上船。夏勇趁机带着他们一家走,江龙如果跟他们一路,沿途也多个帮手。

正说到这里，阳台那边传来了乔子琴的声音，知道有中统的人跟随，两个男子赶紧从前门出去，再从边门进入武汉大学操场，融入浓郁的夜色中。

正愁没法把这些事告诉乔子琴，就听到她在外面喊叫，晓晓装着被吵醒的样子，披着衣服，一边咕噜一边到了阳台上："乔小姐呀！还以为你被他们抓去坐牢呢！"

乔子琴在阳台外面笑："哎呀，你放一百二十个心，我现在是重点保护对象，连保镖都是军统头目，我来拿行李，他们都寸步不离的。"

一看树荫下还有两个站得笔直的男人，胡晓晓心中有数了，胡乱抓了两件衣服，还把阳台上的电灯打开："乔小姐，你看是不是？"

一看，她只拿了两件自己的衣服，乔子琴心领神会："不对，不对，还有内衣呢？还有……"

"自己来找吧！要掉在我家，也没办法送给你。"

听她这么一说，知道屋里安然无恙，乔子琴这才绕到大门口。胡晓晓见她进来就要关门，船长的一只脚已经跨进来了："这么对客人不礼貌吧！"

胡晓晓明知故问："你是谁呀？我们没请你当客人。"

乔子琴只好为他介绍："现在他可是我的保护神，军统的大领导啊！"

"不敢不敢，谁敢领导乔小姐！我们只是一起乘船从湖城过来的同路人，百年修得同船渡，是不是？"船长已经推门而入，"家里就你一个人吗？"

"你查户口的？"胡晓晓不客气地反问。

"误会了，你们收留了乔小姐，我应该向你和你的家人道谢。"船长说着，跟在他后面的便衣已经把每个房间都探查过了。

晓晓也不管他们，对乔子琴说，船上要四天时间，洗漱不太方便，在家里洗个澡再走吧。船长说来不及了，出门在外，都凑合吧！他们一路来的时候哪有地方洗澡啊！

乔子琴就说，那好歹也要换换衣服吧！两人进卧室就把门关起来，拉上窗帘，这才好说话。晓晓于是把江龙告诉他们的事情说了，乔子琴也赶紧说陈明送来的船票在沙发垫子下。

第二十五章　轮船上斗智

轮船不大，可是条件不差，还有几个小客舱，就跟火车上中等卧铺的包厢一样。两张床面对面，上下铺。

船长和手下人进包厢以后，马上躺下，一人一个下铺。詹姆斯就说他们不够绅士，应该把下铺让给乔小姐。

“乔小姐愿意住上铺，我们是保护你的人，当然下铺更方便一点。”船长跟着又别有用心地说，“起码，现在你不要我们抬着走了。”

詹姆斯有几分不高兴：“当初，谁要你们抬我的？我变成那样又是为了谁？”

安顿好了，轮船开了，船长把门一关，让乔子琴与詹姆斯都到下铺来，说四个人要开个会。

小火轮触礁，被新四军劫持了军用品，还丢了一部日军的电台与电码本，这些东西都送给了共产党，这对船长来说是个非常严重的罪行。

军统派他打入轮船公司，本是要顺着长江沿途探听敌人情报的，谁知南京那么快就被占领了，小火轮也被日本军劫持了，还要装着军用物资开往上游，去支援日军攻打武汉。他心急如焚，要把东西送到日本人手里，他不被当成汉奸才怪。

好在大副与轮机长都爱国，招募了一些水手，大家做出了决定，沉船也不把这些物资送给日本人。根本没想到他们两人亲共，把他灌醉后，船上偷偷上来了三个人，其中就有詹姆斯。

夏勇也真有本事，让那个铲煤的码头工游泳去给游击队送信。本来是凶多吉少的事情，居然还办成了，却让新四军把物资接收过去了。哪怕沉到江里，也有个说法，现在送给共产党了，国民党那边不好交代啊。

更可怕的是,轮船上居然有日本最新式的电台。尽管那段时间他被关在船舱里,但东西在自己的眼皮底下被共产党拿走了,他难辞其咎啊!

当然,这件事是詹姆斯主谋的,否则那些土老帽儿也不懂。他不提,但得到电台的一方也不会提,但万万没想到,日本人探听到下落,而且知道带往重庆了,透露给他,还录了音,用詹姆斯与陈明做交换,只是要他探听电台与密电码的下落。

詹姆斯绝对知道电台与密电码的去向。上了轮船,如果能问出个子丑寅卯来,那么送给日本人,有丰厚的回报;送给自己人,也能将功补过。

亲自送两人是船长的私心,当然是表功,这也是在上面追究他责任时的一个砝码。武汉人太多太杂,日本特务无孔不入,万一有个闪失,他就鸡飞蛋打了。

轮船一开动,走廊上都是自己人,没人跑得掉,真要处置他们,半夜里往江里一丢,神不知鬼不觉……

于是,船长有恃无恐,单刀直入:"我们要问一个非常重要的问题,请你们认真回答。"

詹姆斯扭头看看乔子琴,为她开脱:"有什么问题就问我吧!大老爷们儿要有担当,她就是个医生,别难为她了。让她出去透透气……"

"不行。"那两个人异口同声。

"听你们说,我也长长见识。"两人一吼,甲板上就有脚步声靠拢他们的船舱,乔子琴这才明白过来,"啊,这里是审讯室。"

"有话就说,有屁就放。"詹姆斯嬉皮笑脸地说了一句,然后一阵大笑,把床铺拍得砰砰响,连乔子琴也被他感染得捂着嘴乐。

船长的眼睛一横,说:"正经点,我们都是同一战壕的战友,曾经在小孤山劫持了日本的轮船——不,应该说,我们的轮船被敌人劫持,然后我们夺回来了。"

越是靠近重庆,乔子琴的底气越足。她也不含糊,微微一笑:"不要我们我们的,我可不在你们之列,以后发生的事一概与我无关。"

"当时我被他们关在船舱里,所以外面的情况不太了解,鬼子的电台和电码本是我们的美国记者拿走的吧?"船长终于交底。

詹姆斯眨眨蔚蓝色的大眼睛:"是的,是的。除了日本的报务员,一船人都不懂电台,你们那小轮船上也不用电台。反正轮船要沉底了,不拿白不拿,拿出去还能帮你们打鬼子是不是？所以我就拿了。”

“你一个人拿的吗？”

船长和他面对面，死死地盯着他。詹姆斯眼睛眨眨，毫不犹豫地说：“是啊，是啊。担心我拿不动是吗？那时我手还没受伤呢！”

“好好好，你是条好汉，好汉做事好汉当。拿了电台以后你放哪去了？”

詹姆斯嘿嘿一笑：“船长啊，你问的问题怎么和日本人一样？”

“日本人也问你了吗？”乔子琴明知故问。

“当然喽，刚做过手术，小野——就是小轮船上的报务员，他们军曹被打死以后，不就是他领头了吗？其他的鬼子都被我们收拾了，这家伙掉到江里去了，水性不错，又是顺水，他就游回湖城去了……”

老外装傻，船长的手下提醒他：“说电台，不说小野。”

“对对对。说电台。”詹姆斯马上说起电台来，“电台的作用很大，尤其是在战争中，它就是军队的眼睛与耳朵，比那一船的军用物资更重要。可能正是如此，货轮押送的鬼子特别多，失事后，小野还带着宪兵队一路追过来。我听江龙说，他还问江龙要电码本呢！”

他似乎又扯远了，船长也被他牵着走：“江龙知道吗？”

“他知道个啥？一个没文化的大老粗，根本不知道电台是方的还是圆的！”

乔子琴也插进话来：“我也不知道电台长什么样儿。”

“那就是说，你一定知道了。”船长千方百计把话题拉回来，不耐烦地问，“告诉我，电台和电码本在哪里？”

“你这是审问我吗？”

“要是审问，就不在这里说话了。你知道，我们在武汉是有机关的，要一个人说实话很容易……”

“要对我用刑？”詹姆斯斜着眼睛问，“我一路上什么苦没吃过？”

“不不不，”船长申明，“你是国际友人，是朋友就实话告诉我，电码本是不是被老铁拿去了？”

“实话告诉你，电码本被我擦屁股用掉了。”詹姆斯这样说，让乔子琴闹个大红脸。他赶紧补充，“你们中国地大物博，人口众多，什么都好，就是卫生条件太差。不像我们美国，有抽水马桶、卫生纸。路上太艰苦啊，只有树叶当大便纸，那擦得干净吗？于是我就用日本人的电码本了，这也是纸张啊！我破译它费时间,对我也没什么用,尽管上面有油墨,比树叶好多了……”

这个话痨,又不知要扯到哪去了。乔子琴好不容易才忍住笑,埋头不说话。

船长哭笑不得,只有打断他:“电台呢?是不是老铁拿去了?”

“轮机长是管理轮机的,懂电台吗?他拿去当尿罐子?当小板凳?要不然,带回去给他儿子当玩具?”

“不要狡辩,老铁就是共党分子,我在窗子里看见他背个大包,沉甸甸的,是不是就是电台呀?”船长的脸板起来了。

“大概可能也许差不多是的吧!”詹姆斯的中国话说得越来越溜,“你看见了,应立即把电台抢回来啊。背着电台去见你们局长,好威风啊!好神气啊!好大的功劳啊!升官发财有时机,你直接坐飞机到重庆去了……”

该死的西洋鬼子,他妈的跟日本鬼子一样可恶,竟然这样取笑老子。船长恨不得上去给他一个耳光。但他审时度势,尽管走廊里站的有人,可也不能随便对着老外动武。局长交代,要把他一根汗毛也不少地带到重庆去,自己也不能随便违反政策……

看见船长气得像蛤蟆肚子一鼓一鼓的,一直在边上看着没说话的乔子琴终于忍不住了,笑得花枝乱颤。

船长隐瞒了日本人透露的事,说:“据我们的谍报人员说,老铁把电台带到重庆去了。”

“那可是你们国民党的‘首都’啊。”詹姆斯若有所思地说,“两党合作,共同抗日,正是蜜月时期,送给哪一边不都是一样的吗?”

“要送给我们党国,还要我们操心吗?”船长振振有词,“话虽如此,兄弟也可能反目,何况异姓兄弟?延安一天比一天强大,电台又给了他们,那不是如虎添翼吗?”

乔子琴早坐不住了,站起来款款朝门口走两步,又回头说:“送给谁,都不是我们平头百姓操心的事。记者先生,出去透透风吧。我们没有千里眼顺风耳,怎么知道重庆之事?”

“是啊,是啊,我才不会咸吃萝卜淡操心哩。”詹姆斯站起来伸伸懒腰,“妈的,再不出去舒展一下,腰杆要断了。”

他妈的,一个是四季豆不进油盐,一个是天上云够不着边,拿他们没办法。反正到了重庆就好办了,现在问不出个所以然,上司有本事,让他们折腾去吧。

但他依然外强中干地说："给二位敲个警钟，到重庆还需要保持联系，如有消息，请尽快通知我们……"

"收买我们当密探吗？"乔子琴莞尔一笑，出门来，詹姆斯早迈着大长腿不知跑哪去了。

轮船进入了高山峡谷。乔子琴见两岸青山高耸入云，虽然视觉压抑，精神却轻松一大截，好了，终于摆脱征途的苦难了！

她听船长说，这艘轮船是直达重庆的。船上有重要物资，还有要员。管他呢，到了重庆，这些都是路人了。

本来担心未婚夫着急，她想在宜昌打个电话，但是不知道什么时候能上船，什么时候能到达。到了船上想拍个电报，担心路上又出什么意外，还是突然到达，给他一个意外的惊喜吧！

想到李瀑那张英俊的笑脸，想到他热情的拥抱，乔子琴有几分陶醉。

轮船加速了，猎猎江风降低了温度，她滚烫的脸颊也渐渐冷却，心里也冷静下来了。

她和李瀑一条街道长大，小学、中学都是同学，后来他读了黄埔军校，自己则考上了医科大学。军校管理严格，他们两年以后才重逢，发现两人都变了，一个是英俊潇洒的军官，一个是亭亭玉立的闺秀，双方都有惊艳的感觉。那份青梅竹马的亲密，立即演变成了浓情蜜意的爱情……

现在好了，终于能在一起了。既然他在政府部门工作，找房子也不成问题，大后方安稳，他们可以成家立业过小日子了。想起来有几分甜蜜，又有几分难为情，她情不自禁地微微一笑。

正在这时，听到咔嚓一声，微光一闪，谁在偷拍？她抬起头来，看见举着照相机的人是詹姆斯。

她娇嗔地摆摆手："干吗偷拍我？"

"不是偷拍，是光明正大地拍。你就是三峡的当代神女，比巫山神女更漂亮、更优雅。刚才你微笑的那一瞬间被我定格，简直能让山河改色、天地增容——"

这家伙怎么这么能说呢？乔子琴被他夸得面红耳赤，赶紧打岔："我刚才没问，你到哪里搞来的照相机？"

“用西装换的呀。”詹姆斯告诉她，自己出了船舱到处转悠，看见一个上海人在拍三峡，就脱下西装，毫不犹豫地与他换了这台照相机。

果然，他只穿着一件白衬衣，乔子琴隐隐有一点心疼：“你、你真胡闹。到了山城，马上秋凉了，早晚还是很冷的。”

“几千里路跋山涉水，热也热了，冷也冷了，饿也饿了，痛也痛了，还有什么困难不能克服？到大后方还没买衣服的地方吗？”詹姆斯强词夺理。

“在重庆，天上会给你落钞票？”

“我可以挣钱啊。我要写文章，我要拍照片，我要跑报社。你呢？打算干点什么？”

乔子琴说：“当然还是干我的老本行啊！战争中那么多伤亡人员，还能不需要医生吗？”

詹姆斯笑她想得太天真，说那么多医院都搬到重庆去了，医生、护士也会多如牛毛的。

她胸有成竹地说：“那也未必，大处说看本事，小处说看关系。”

“看起来，你是有关系的哦？这个关系不知跟我是不是有关系？”詹姆斯斜斜地靠在栏杆上，把相机吊到脖子上，倾着身子直愣愣地望着乔子琴，“乔小姐，有些话我一直没机会说，这里没人，你总要给我一句实话吧。”

“什么实话？难道我向你撒谎了？”她知道他想说什么，干脆就让他说出来，今天绝了他的痴心妄想，也免得两人同一个船舱尴尬。

小女子的狡黠让他心动，他情不自禁地伸手捏扶住了她的手臂：“江上风大，不冷吗？”

乔子琴像是被蜜蜂蜇了一下，火速闪开，抱住手臂：“请不要这样。”

詹姆斯马上站直了，一本正经地说：“乔小姐，我爱你！我多少次想向你表白，你都不给我机会。如果这次一路顺风的话，能不能给我一个机会？”

“詹姆斯先生，”乔子琴扭过脸去，说，“你都是中国通了，可我国有句唐诗你恐怕不知道吧？”

一句“詹姆斯先生”让他心里冷了半截，中国的诗歌浩如烟海，岂是他每一句都知道的？就问她是什么。

“还君明珠双泪垂，恨不相逢未嫁时。”乔子琴抬头望着三峡的一线天空，将背着的酱色坤包往身后挪动了一下，很认真地告诉他，“意思就是说，我是有未婚夫的人。所以谢谢你向我表达爱情，没有在更早的时候认识，是我们之间的遗憾。”

“不对，不对，你还没有嫁人呢！你只是有未婚夫而已，我应该还有机会的。”

“我到重庆去，就是去和他结婚的。”乔子琴说得斩钉截铁。

詹姆斯后退一步，急着说：“不不不，你为什么要和他结婚？是那个自治会会长的儿子吧！我哪一点不如他？”

听他这么一问，乔子琴用眼角的余光扫视着他挺拔的身躯、棱角分明的脸庞，突然有些心动。他多才多艺、坚毅顽强、足智多谋、开朗大方，有那么多优秀品质，对自己的一往情深更让她感动。乔子琴突发奇想，如果当初没有跟李濛好，那么这个男人是不是更适合自己呢？

可是家庭的教养、社会的环境、中国的国情，都让自己不能越雷池半步。她身子往后缩了一下，又低头望着波涛。

滚滚的江水像她的心思一样翻腾，沉默一阵，她谨慎地说：“詹姆斯，我真心诚意对你说一声对不起！我们中国是礼仪之邦，讲究忠诚，在婚姻方面更得遵循父母之命、媒妁之言，不能三心二意、朝秦暮楚的。”

“哦，我没有机会了吗？”他痛苦地耸耸肩膀，摊开手臂。

见他失落的模样，她又加重了语气说：“我刚才告诉你的诗句，是我们唐代诗人张籍《节妇吟》中的，如果我朝三暮四，那我不是个节妇，就是个荡妇了。”

“爱情是双方的事，是自己的事，是一辈子的事。不要管别人的眼光！”詹姆斯固执地上前一步要拉她的手，“我只要你告诉我，你是不是爱我？”

乔子琴又往后面退了一步：“你我都是信奉上帝的人，我们的爱是广义的，就像你爱你的美利坚合众国，我爱我的四万万同胞一样。”

“不，不一样的，我们应该有专属的、只属于我们两个之间的爱。我们风雨同舟，历经艰险，结下了生死与共的爱情……”

“你说错了，只能说我们结下了深厚的友情。”乔子琴担心自己把持不住，转身就走，“我们只是同行了几个月，而我和他是一起长大的，那可是20多年的岁月啊。你能把一颗心分成两半吗？”

“啊——”詹姆斯突然大吼一声，双手猛力拍打自己胸膛，“我怎么这么失败？事业一事无成，爱情灰飞烟灭，我活着还有什么意思？”

“詹姆斯，你可不要想不开！”乔子琴吓了一跳，生怕他往长江里跳，反过来双手抱住他的胳膊，“你真的……”

“干什么？干什么？小两口吵架了吗？”船长突然跑来了。他现在对詹姆斯并不太关心，只担心他护送的乔子琴——“完好无损”四个字千斤重担啊。

“胡说八道！”乔子琴啐了一口，趁机跑进了船舱，詹姆斯渐渐平静下来，眼睛转而望着岸上。

高耸的青山、翻腾的浪花、湍急的漩涡，仿佛要将河道里的轮船挤扁一样。

前方隐隐传来吆喝声，是那种拖长了嗓子、尾音缭绕的号子声，旋律单调，没有歌词，只有反复的“嚯嚯——嗨嗨——”的吼叫在空谷回荡，高亢嘹亮，像是拼了命似的呐喊。

声音渐渐近了，看过去，层层叠叠的悬崖峭壁上，行进着一支弯弯曲曲的队伍，远远看去，如同一队蚂蚁。

随轮船前进，渐渐看清是一群褐色皮肤的人——都是些什么样的人啊？光着身子，赤着脚，脊梁几乎折叠成 90 度，在没有路的山间手足并用，抓住他们能够抓住的石头、灌木、草棵，一步步艰难地在山石上匍匐前进。

他们在干什么？

啊，看见了。轮船前方有一艘木船，木船上堆着高高的货物，木箱上有“南京……”字样，应该是来自南京的转移物资。

船与人之间，是长长的绳索——哦，他们是拉船的人。木船没有动力，水流湍急，只有靠人拉着逆水行舟。

眼前这一幕让他震惊，让他震撼，他情不自禁地举起相机，拍摄下这悲壮的场面。相机咔嚓咔嚓响了一阵，轮船开得快，经过这群人身边的时候又拍了几张，轮船驶过的时候又回头拍了两张。

回头望去，那些像蝼蛄一样的人，如同底片上的人影定格在他的心上。同时响在身后的，是那些拉船人的吼叫，充满了勇气、豪气、霸气，虽然渐渐远去，却震慑心灵。

詹姆斯突然忘记了所有的不快，举起双手，拢到嘴边，大声呐喊：“辽阔的土地，雄伟的山川，不屈不挠的中国人啊，我爱你们——”

第二十六章　南京城审判

血债要用血来偿。南京大屠杀的罪犯末日到了，首犯谷寿夫终于站到了南京国防部审判战犯军事法庭上。他毕业于日本陆军大学，在日本海军大学演讲时就曾说过："作战时的掠夺、强盗、强奸是保持士气的重要手段。"所以，他在七七事变后被派往中国，就在华北纵容部队烧杀劫掠，干尽了坏事。

淞沪会战期间，他率军绕道杭州湾登陆。1937 年 12 月谷寿夫率领他的第六师团进入南京之前，就号召他的部下，"打下南京放假一星期"，而且下令，"不容许共产主义的暴虐，为粉碎'共匪'的猖獗活动，农民、工人自不待言，直至妇女儿童皆应杀戮之"。

12 月 12 日（农历十一月十日）傍晚，他的部队攻破德械第 88 师防守的中华门，首先攻入南京市，由此开始了惨绝人寰的大屠杀。他们对无辜百姓掷手榴弹，用机枪扫射，不仅杀人放火，而且强奸抢劫。他亲自用军刀杀人，还强奸中国妇女十几个。杀人比赛的制造者野田毅与向井敏明也是他的部下。当然，参与屠杀的还有日军第 16、18、114 师团等日军部队。

南京大屠杀不但震惊了世界，连日本大本营本身都感觉到不安。为避免受到世界舆论的谴责，日本人一方面大肆收缴、销毁记录他们罪行的影像等资料，另一方面将谷寿夫于当月 27 日调任闲职。

日本投降后，谷寿夫逃回了日本老家。远东国际军事法庭将他列为乙级战犯，在东京长野县将其逮捕。1946 年 8 月，中国方面将他从东京巢鸭监狱引渡南京，押解到南京老虎桥监狱。

因"谷寿夫为侵华最重要战犯，尤为南京大屠杀之要犯"，1947 年 2 月 6 日，江苏高等法院刑庭第一庭在南京明故宫开庭对他进行审判。

公诉人代表中国政府起诉:南京大屠杀的主犯谷寿夫,担任日军第六师团中将师团长,于1937年12月13日率部攻入南京,立即展开惨绝人寰的大屠杀,查屠杀最惨厉为12月13日至22日。我被俘军民遭日军用机枪集体射杀并焚尸灭迹者有19万余人。此外零星屠杀,其尸体经慈善机构收埋者有15万余具。屠杀总数当在34万人以上。

起诉书中还举例指出:12月15日下午1时,我军警2000余名被日军俘虏后,押赴中华门外,用机枪扫射,饮弹齐殒。其中负伤未死者,悉遭活埋。同月18日夜间,又将我被囚于幕府山之军民67418人用铁丝捆扎,驱至下关草鞋峡,用机枪射杀,凡倒卧血泊中尚能挣扎者,均遭乱刀戳死,并将全部尸骸用煤油浇灌焚化……

谷寿夫的罪行真是罄竹难书!

但谷寿夫认为所有的罪证都销毁了,于是无耻地否认罪行:说他们的部队进城以后住中华门,居民已经迁徙一空了,没有屠杀的对象;说他的部队军纪严肃,保证没有杀过一个人。即使有杀人的现象,也不是自己的部下干的。再就是找各种证人,证明自己不在场。

他说那些证据全部是伪造的,不足以论罪,甚至睁着眼睛说瞎话:"我在南京大街上连个死人也没有看到过,甚至连杀人的事都没有听说过。只是在战争结束后,从报纸上看到有南京大屠杀这回事。"

尽管谷寿夫在法庭上百般狡辩,强硬抵赖,但法官们事先调查了几个月时间,找到了1000多个证人,从"万人坑"挖掘出上万具遗骸,拿出大量的事实证据,让谷寿夫最后低下了头。

然而,辩护律师竭力为谷寿夫开脱罪责,霍西说:"日军进攻南京时,松井石根是指挥9个师团的总司令,作为甲级战犯已被判处死刑,谷寿夫只是个师团长,南京大屠杀的主犯应该是松井,而不是谷寿夫。"

葛召棠等几位法官义愤填膺,据理力争:"南京大屠杀,松井石根和谷寿夫各有各的罪行。这次屠杀,谷寿夫是具体指挥官,而松井毫不制止,犯有纵容杀人罪。松井是首犯,谷寿夫是主犯。"

1947年2月16日下午,南京审判战犯军事法庭第二次开庭之后,谷寿夫依然为他的犯罪事实厚颜无耻地进行狡辩:"当日军攻克上海,南京处于战争状态之时,你们中国政府为什么不早做撤退准备?在双方交战炮火纷飞的情况下,有些非战斗人员不幸为流弹所中，这也是战争中不可避免的现象，本人对此感到抱歉。”

面对着证人席上陈放的从“万人坑”里挖掘出的穿有洞孔或划有伤痕的头骨，他抵赖说：“你们凭啥说这是日本士兵的刀枪穿刺的呢？”

面对着许多出席作证者的血泪控诉，他恶狠狠地说：“你们在堂堂国际法庭上，不要带上民族感情来对我审讯，这是不符合法律原则的，是不公道的。……军人以服从为天职，我是奉命来华作战，执行任务的，战争责任不在我谷寿夫身上。”

检方公诉人义正词严地进行批驳，揭露他不仅是日本军国主义侵华政策的执行者，而且是侵华战争的决策者。

英国驻华记者愤怒地站起来作证，说：“我当时在南京亲眼看到南京的活地狱，日军进城后的两天内，连续不断地屠杀，大规模地抢劫，侵扰私宅，奸污妇女，一切都失去了控制，街道上堆满了平民的尸体……”

一位日本记者揭露说：“从 13 日日军侵入南京之后，南京很快变成一片焦土。我亲眼看到，日军从难民区里拖出成百上千名已经被解除武装的中国士兵去枪杀，或者当作练习刺杀的对象……这是我有生以来第一次看到的活地狱。”

一位美国驻华记者作证说：“ 12 月 13 日，日军潮水一般拥入城内，恐怖随之开始……晚上，日军把附近一个收容所中的 1300 名难民全部拖走，用绳子缚着，押向刑场。我们目睹当时的情景实在痛楚极了。”

金陵大学美籍教授贝德士从旁听席上站起来说：“……据我们所知，有 100 多个青年妇女被日军劫去……所有箱柜均被打开，被褥和食物都不翼而飞。”

市民姚加隆头部受重伤，断了一条臂膀，控诉日军暴行说：“12 月 15 日，我携家眷避难于中华门外斩龙桥，日军将我妻奸杀，8 岁幼儿、3 岁幼女因在旁哀泣，被用枪尖挑入火中，活活烧死。”

更多的照片、日记，还有影像记录，都揭露了南京大屠杀的残酷：

“日军陷城后，更四出强奸，一逞淫欲。据外侨所组国际委员会统计，12 月 16、17 两日，我妇女遭日军蹂躏者，已越千人。且方式之离奇惨虐，实史乘所未前闻……

“遍处大火，烈焰烛天，半城几成灰烬。我公私财产之损失殆不可以数字计……即国际红十字会病院内，护士财物、病人被褥、难民食粮，亦遭洗劫一空……”

公诉人还补充说:“谷寿夫身边有两个士兵(即野田毅与向井敏明)打赌,从南京下关一直杀到夫子庙,一个杀了105个,一个杀了106个,杀106个的得了冠军,赢了一瓶白兰地。”

法庭最后放映了由国际红十字会提供的《日军南京屠杀罪行纪录片》,将南京大屠杀重新展现在人们面前。谷寿夫的辩护律师也只得说:“被告谷寿夫罪证确凿,不容抵赖,希望法庭以事实为根据,以法律为准绳,予以公正的判决。”

1947年3月10日下午,南京审判战犯军事法庭对战犯谷寿夫进行了最后的审判。

法庭设在中山路励志社礼堂,法庭外的广场上站满了旁听者,收音机、扩音器设在全城各街道要道口。

悬挂在审判大厅上方的横幅写道:“公审南京大屠杀主犯谷寿夫。”两旁的柱子上贴着根据岳飞《满江红》里名句改动的对联:“壮志饥餐胡虏肉,笑谈渴饮倭寇血。”

宽敞的法庭里挤满了人群。台上第一排坐着石美瑜、宋书同、李元庆、葛召堂、叶在增等几名身着黑色法衣的法官,第二排坐着出庭作证的中外人士和两名辩护人,台下的中外记者和听众有1500多人。

法庭内外戒备森严,谷寿夫被四名法警押上法庭,他穿着旧军服,留短胡须,面色发青,低头站在被告席。公诉人陈光虞开始宣读起诉书长达两个时辰:“被告谷寿夫,66岁,日本东京都中野区人,陆军中将,先后任日本第六师团长和第五十九军司令官……

“……判决如下:

“谷寿夫在作战期间,共同纵兵屠杀俘虏及非战斗人员,并强奸、抢劫、破坏财产,处死刑。

“按被告与各会攻将领,率部陷我首都后,共同纵兵肆虐,遭戮者达数十万众,更以剖腹、枭首、轮奸、活焚之残酷行为,加诸徒手民众与夫无辜妇孺,穷凶极恶,无与伦比,不仅为人类文明之重大污点,即揆其心术之险恶,手段之毒辣,贻害之惨烈,亦属无可矜全,应予科处极刑,以照炯戒。

“被告竟以空言抹杀,妄指为伪造,可谓毫无理由。综上各点抗辩,均属狡展图卸,殊无可采。查被告在作战期间,以凶残手段,纵兵屠杀俘虏及非战斗人员，并肆施强奸、抢劫、破坏财产等暴行，系违反《海牙陆战规例》及《战时俘虏待遇公约》各规定，应构成战争罪及违反人道罪。”

在像火山爆发的民众的愤怒与痛苦声中，谷寿夫两腿一软，面无人色地瘫下来，最后由两名法警连拖带拽将他押出法庭。

回到狱房后，他要求见看守所所长文瑞华，鞠躬哀求道：“恳望文所长给解除片刻手铐，我想写首诗留给我的妻子清子女士；另外，缝制一个小布袋，装上我的头发和指甲，留给我的家人。用头发和指甲作诀别物，是我们日本人的传统习俗。”

然后，他用一块硬纸板垫在膝盖上，写下以《赠清子》为题的四句诗：“樱花开时我丧命，痛留妻室哭夫君。愿献此身化淤积，中国不再恨日本。”

1947 年 4 月 26 日上午 11 点，两个法警将谷寿夫从看守所提出押往监刑室。

监刑法官葛召棠对谷寿夫验明正身后，宣读了执行处决的命令。最后问：“战犯谷寿夫，你若有话还可以做最后的陈述。”

谷寿夫惨白的脸毫无表情说：“我左胸口袋里有个小布袋，里面装有我的头发、指甲和一首诗。烦请法官先生寄往东京都中野区富町 53 号，近藤清子女士收，让我的指甲和头发回归故里。拜托了！”

葛召棠同意了，一位法警给谷寿夫解除手铐。谷寿夫从口袋中掏出那个小布袋，双手捧着递上去，在桌上的执行死刑命令上签上了自己的名字。

随后，两名法警将谷寿夫押上一辆红色刑车，在前后 50 辆武装汽车、摩托车的护卫下，经中山路、中华门驶向雨花台处决刑场，沿途人山人海，人们欢声雷动。犯有危害和平罪、战争罪和违反人道罪的南京大屠杀主犯谷寿夫被执行枪决，获得应有的下场。

我国参加远东国际军事法庭的首席审判官梅汝璈先生的一段话，让我们深刻地理解了什么是战争和历史：“我不是复仇主义者，我无意于把日本军国主义欠下我们的血债写在日本人民的账上。但是，我相信，忘记过去的苦难可能招致未来的灾祸。”

这，就是作者写《血证》原因。